अभी शेष है
(उपन्यास)

किताबघर

किताबघर प्रकाशन

नयी दिल्ली

महीप सिंह

अभी शेष है

ISBN—81-7016-639-X

प्रकाशक
किताबघर प्रकाशन
4855-56/24, अंसारी रोड, दरियागंज
नयी दिल्ली-110002

तीसरा संस्करण
2014

आवरण
इमरोज़

मूल्य
तीन सौ पचास रुपये

मुद्रक
बी० के० ऑफसेट
नवीन शाहदरा, दिल्ली-110032

ABHI SHESH HAI (Novel in Hindi)
by Dr. Maheep Singh
Price : Rs. 350.00

पुत्र जयदीप
पुत्रवधू मनदीप
के नाम

किउ वरणी किव जाणा
(कैसे कहूँ कैसे जानूँ)

गुरु नानक

पूर्वा

मानसिंह दो महीने के बाद पचहत्तर के हो जाएँगे।

अब वे सबके 'भाइया जी' हैं।

देश के विभाजन के समय वे भरपूर जवान थे। देश के अनेक भागों में हिंदुओं-मुसलमानों के बीच भड़के दंगों के समाचार वे पढ़ते भी थे और अपने रेडियो सेट पर सुनते भी थे। कलकत्ते में सीधी कार्रवाई के दिन और फिर बिहार में जो कुछ हुआ था, उसका उन्हें पता था। सरहदी सूबे में कुछ स्थानों पर पठान कबायलियों ने वहाँ के हिंदुओं-सिखों पर हमले किए थे, जिनमें सैकड़ों लोग मारे गए थे। किंतु उनके बड़े भाई लाभसिंह उन्हें ढाढ़स देते थे कि धीरे-धीरे सब ठीक हो जाएगा। जब राज पलटता है तो ऐसा ही होता है।

किंतु वैसा नहीं हुआ। सब कुछ उलट-पलट हो गया। उजड़े, लुटे-पिटे और अपने सगे-संबंधियों की खून से सनी यादें लेकर भीड़ के काफिले उधर से इधर और इधर से उधर आ-जा रहे थे। सभी लोग अपने वर्तमान को छाती से लगाए हुए थे। पहले उनका भविष्य मुट्ठियों में इस तरह समोया हुआ था कि उन्हें लगता था कि वे जब भी चाहेंगे उसे खोलकर थोड़ा-थोड़ा देख लेंगे। किंतु एकाएक असंख्य लोगों की मुट्ठियाँ खुल गईं और उसमें छिपा भविष्य जैसे छूमंतर हो गया। खाली हथेली लिए लोग भागते चले जा रहे थे। किसी की समझ में कुछ नहीं आ रहा था कि यह हथेली किस तरह सिमटेगी और कब और कहाँ इसके पास कुछ आएगा जिसे यह फिर से समेट सकेगी।

ऐसी ही खुली मुट्ठी लिए सरदार मानसिंह अपनी पत्नी भागाँवाली, दो बेटों और एक भतीजे को लेकर दिल्ली के एक मुस्लिम-बहुल मोहल्ले तुर्कमान गेट में आ गए, जहाँ से कुछ मुस्लिम परिवार उन्हीं की तरह भटकते हुए उस ओर चले गए थे।

इस उपन्यास का समय 1970 के आसपास का है। विभाजन हुए दो दशक से अधिक

का समय गुज़र चुका था। भारत और पाकिस्तान के रूप में बँटे दोनों देश इतिहास से कुछ भी सीखने को तैयार नहीं थे। भविष्य सँजोने वाली मुट्ठियाँ अब धमकी की मुद्रा में आ गई थीं। बिल्लियों की भाँति एक-दूसरे पर खौखियाते हुए जब दोनों देश थक गए तो 1965 में वे खुलकर एक-दूसरे के सामने आ गए। अपनी बंदूकों के आगे तेज़ संगीनें लगाकर दोनों ओर की सेनाओं ने सीमाओं के सभी बंधन तोड़ दिए। तोपों की गड़गड़ाहट और बमवर्षक हवाई जहाज़ों की दहला देने वाली आवाज़ों में से यह बात झरने लगी कि दोनों देश सदियों से युद्ध करते आ रहे हैं, दोनों देशों में बसने वाले लोग जाने कब से एक-दूसरे के खून के प्यासे हैं। पाकिस्तान के एक नेता ने यह दावा किया कि हिंदुस्तान से हमारी लड़ाई एक हज़ार वर्ष से चल रही है।

जेहलम नदी के किनारे बसा उनका गाँव था—पंजण। उनकी सोच में यह बात रह-रहकर आती थी कि भारत के बमवर्षक विमान रावलपिंडी और पेशावर पर बम गिराने जाते समय कहीं उनके गाँव पर भी तो कोई बम नहीं गिरा देंगे। इसकी कोई संभावना नहीं थी, पर भाइया जी का मन यह सोचकर काँप उठता था। वह पंजण की गलियों से तेज़-तेज़ गुज़रने लगता था, जिनमें उनकी अपनी हवेली थी और कितने ज़िगरी दोस्त थे।

भाइया जी इन्हीं धड़कनों को लेकर अपने परिवार में जी रहे थे।

इस उपन्यास की सीमा इस देश में 1975 में की गई आपातकाल की घोषणा तक है।

बीसवीं शती के अंतिम 25 वर्षों में इस देश ने बहुत कुछ देखा। राष्ट्रीय स्तर पर लोकतंत्र के लिए छटपटाहट भी दिखी, उसके साथ ही सांप्रदायिक दंगों का ऐसा रूप दिखा जो अकल्पित था। अंतर्राष्ट्रीय स्तर पर सोवियत संघ जैसी महाशक्ति बिखरकर केवल रूस गणराज्य तक सीमित हो गई। संयुक्त राज्य अमेरिका ने सारे संसार का कोतवाल होने का दायित्व स्वयं अपने कंधों पर ले लिया।

मेरी इच्छा एक त्रयी लिखने की है। पहला चरण आपके हाथों में है। शेष दो चरणों को पूरा करने के लिए मेरे पास पर्याप्त साँसें बची हैं कि नहीं, मैं नहीं जानता।

एच-108, शिवाजी पार्क
नई दिल्ली-110026

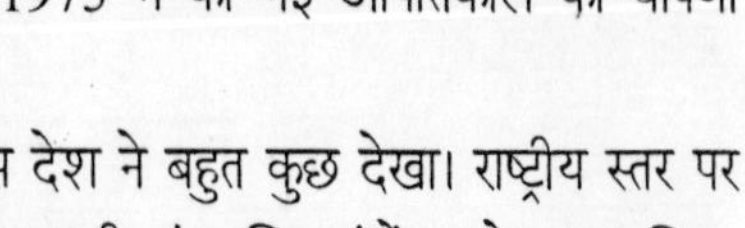

अभी शेष है

भगवंत ने अपने गिलास में चौथा पैग डाला और बोतल खाली कर दी। खाली बोतल को उसने कुछ ऊपर उठाकर देखा, फिर उसे फर्श पर लुढ़का दिया। पास ही मेज़ पर सोडे की कुछ खाली और कुछ भरी बोतलें पड़ी थीं। उसने एक बोतल उठाकर ओपनर से उसके ढक्कन को कुछ इस प्रकार मरोड़ा, जैसे किसी मुर्गे की गर्दन मरोड़ रहा हो। बाएँ हाथ में गिलास लेकर वह उसमें सोडा डालने लगा।

भाइया जी, बलवंत, भगवंत और इंदर मेज़ के चारों ओर बैठे थे। सभी के गिलास आधे-पौने भरे हुए थे। भगवंत को अपना गिलास चौथी बार भरते देखकर सभी के चेहरों पर गहरी उलझन के भाव-से उभर आए। भाइया जी का चेहरा कुछ अधिक सख्त हो गया। वह अपनी लड़खड़ाती आवाज़ में बोले, "भगवंत से चाहे सौ बार कहो, इसे अपने भले-बुरे की कुछ भी समझ नहीं है। एक गुर्दे के सहारे जी रहा है, पर चार पैग शराब पिए बिना इसका दिल नहीं भरता।"

"फिर पैग भी ये बंदों वाले कहाँ लेता है। इसके चार पटियाला पैगों में आधी बोतल खत्म हो जाती है।" बलवंत बोला।

भगवंत ने गिलास को मुँह से लगाया और एक भरपूर घूँट लेकर मेज़ पर टिका दिया। "इससे कम में मेरा गुज़ारा नहीं होता।"

"गुज़ारे का पुत्तर!" भाइया जी ने बहुत खीझकर कहा—"बंदे को अपनी सेहत का कुछ खयाल होना चाहिए। तेरा एक गुर्दा पहले ही निकल चुका है···ब्लडप्रेशर कितना हाई रहता है। डॉक्टर तुझे शराब पीने से मना करता है, फिर भी तेरी समझ में कोई बात नहीं आती।"

बलवंत अपना गिलास खाली करते हुए बोला, "भाइया जी, आप यूँ ही परेशान होते हैं। इसने आज तक किसी की सुनी है, जो अब आपकी सुनेगा!"

भाइया जी ने भी अपने गिलास का आखिरी घूँट पी लिया और बड़बड़ाते हुए

बोले, “मैं तो अब खपने और परेशान होने के लिए ही रह गया हूँ।”

मनजीत और गुरमीत ने आकर मेज़ साफ कर दी। गुरमीत ने सोडे की सभी खाली और भरी बोतलें ले जाकर कमरे से लगे छज्जे में रखे क्रेटों में रख दीं। उसे मेज़ के नीचे लुढ़की हुई एक बोतल दिखाई दी। उसने झुककर उसे निकाला और बोली, “चाचा जी, आपकी बोतल हर बार नई डिज़ाइन की होती है। क्या दुनिया में कहीं शराब की बोतलों की नुमाइश नहीं होती? अगर कहीं होती हो, तो आप उसमें ज़रूर भाग लीजिएगा। आपको फर्स्ट प्राइज़ मिलेगा।”

गुरमीत की बात सुनकर सभी हँसने लगे। भगवंत की आँखें सरूर से लाल थीं। गुरमीत की बात से आँखों की लाली में सुनहरी आभा जा मिली। उसने दही के दो बड़े चम्मच भरकर मुँह में डाले और अपनी मूँछों को हाथ से साफ करते हुए बोला, “ओ चुड़ैल, तेरी शादी में मैं हर डिज़ाइन की एक सौ एक भरी बोतलें दहेज में दूँगा।”

“मुझे माफ करना चाचा जी, इन बलाओं को आप अपने पास ही रखिए।” कहती हुई वह छज्जे की ओर चली गई।

सभी खाना खा रहे थे कि भाइया जी ने फिर वही बात शुरू कर दी, “भगवंत, रब का वास्ता है। अपने आप पर···हमारे पर कुछ रहम कर। इतना पीना तेरे लिए अच्छा नहीं।”

“आप तो भाइया जी, ऐसे ही बोलते रहते हैं। मेरी इतनी परेशानियाँ हैं, इतनी मुश्किलें हैं, मैं क्या करूँ? मुझसे और जो मर्ज़ी है करवा लीजिए···पर मैं इसे नहीं छोड़ सकता। इसके सामने मैं हार जाता हूँ।”

“तुझे छोड़ने के लिए कौन कहता है?” बलवंत बोला, “हम तो इतना ही कहते हैं कि कुछ कम कर दो···बस, दो पैग लिया करो···वो भी बंदों वाले।”

“वीर जी, इतने से तो मेरा गला भी नहीं भीगता।” भगवंत ने रोटी का टुकड़ा तोड़कर सब्ज़ी की कटोरी में डुबोया और मुँह में डाल लिया।

सुबह सभी भाइया जी के कमरे में बैठे चाय पी रहे थे। भाइया जी को बहुत अच्छा लगता था, जब वे अपने बेटों, बहुओं, पोतों, पोतियों से घिरे रहते। सुबह की पहली चाय के समय सभी का उनके कमरे में होना ज़रूरी था। एक सप्ताह बलवंत की पत्नी सतनाम कौर अपनी रसोई से चाय बनाकर लाती, दूसरे सप्ताह भगवंत की पत्नी जसपाल कौर यह भार अपने सिर पर ले लेती। भाइया जी के सामने बलवंत के तीनों

बेटे सुरजीत, हरजीत और परमजीत और दोनों बेटियाँ मनजीत और गुरमीत आकर बैठ गए थे, फिर भाइया जी की नज़र भगवंत के एकमात्र बेटे जतिंदर को ढूँढ़ने लगी।

"जतिंदर नहीं दिखाई देता?" उन्होंने पूछा।

भगवंत ने इधर-उधर देखा और कहा, "गधे का बच्चा अभी सो रहा होगा।"

उसकी बात सुनकर सभी हँस पड़े। जसपाल कौर की त्योरियाँ चढ़ गईं। वह बड़े गुस्से से भगवंत की ओर देखकर बड़बड़ाई, "रात को देर से सोया था। आज अगर घंटा-भर ज़्यादा सो गया, तो कौन-सी आफत आ गई?"

"आज...?" भगवंत बड़ी तीखी आवाज़ में बोला, "सूअर का बच्चा, वक्त से उठता कब है?"

जसपाल ने बड़ी घूरती आँखों से उसे देखा, "क्यों अपने आपको गालियाँ देते जा रहे हैं?"

बलवंत बोला, "जसपाल, तुम इसकी बातों की ओर ध्यान मत दो, यह तो ऐसे ही बोलता रहता है। जाओ, जतिंदर को जगाकर ले आओ। इस समय जब तक भाइया जी जतिंदर को देख न लें, उन्हें सुख की साँस नहीं आती।"

भाइया जी का कुनबा अच्छा-खासा था। अपने बाग-परिवार को चारों ओर देखकर उन्हें बड़ी तृप्ति मिलती।

सरदार मानसिंह, सभी के भाइया जी हैं। बेटों के लिए, बहुओं के लिए, पोतों के लिए, पोतियों के लिए, अड़ोसियों-पड़ोसियों के लिए, साइकिल मार्केट के सभी व्यापारियों, पुराने नौकरों और ग्राहकों के लिए, यहाँ तक कि चिट्ठी लाने वाले डाकिए के लिए भी। उनकी पत्नी का तीन-चार साल पहले निधन हो गया था। उनका नाम था भागवंती, किंतु यह नाम सारे वातावरण में दीवार पर टँगी पुरानी तस्वीर की भाँति अस्तित्व में रहते हुए भी अस्तित्वहीन हो चुका है। छोटे-बड़े सभी उन्हें बेजी कहते थे। भाइया जी उन्हें ए जी, ओ जी, भगवंत की माँ, सुरजीत की दादी कहकर बुलाते थे। कभी-कभी वह उन्हें भागवंती भी कहकर बुलाते थे, किंतु यह दिन कभी-कभी आता था। उस दिन ऐसा लगता था, जैसे किसी ने तस्वीर को दीवार से उतारकर उसकी मिट्टी-गर्द झाड़कर उसे फिर दीवार पर लटका दिया हो।

भाइया जी के बेटे हैं बलवंत सिंह और भगवंत सिंह। बलवंत सिंह अब पचास के आँकड़े को छूने जा रहा है। उसकी दाढ़ी ने उसकी उम्र से ज़्यादा सफेदी समेट ली है। घर का बड़ा बेटा होने के साथ ही तीन बेटों और दो बेटियों का बाप होने का

अहसास उसके चेहरे पर झलकता है। भगवंत उससे चार साल छोटा है। उसका बेटा जतिंदर बड़ा कोमल और सीधा-सादा है। भगवंत का डील-डौल उसके खाने-पीने के अबाध शौक को दरसाता है। वह भाइया जी का बहुत लाड़ला है, शायद इसीलिए बहुत ज़िद्दी और गुस्सैल है। इनकी बीवियाँ आम स्त्रियों की तरह अच्छी बीवियाँ हैं। छोटी-मोटी बातों पर रूठ भी जाती हैं, फिर घर-गिरस्ती की ज़रूरतों की हलकी-सी धूप लगते ही उनके गिले-शिकवे पंचर हुई ट्यूब की तरह बैठ जाते हैं।

भाइया जी के साथ एक और परिवार की निशानियाँ हैं। उनके भतीजे इंदर ने भी इस गर्द, गुबार और धूप से भरे संसार में अपने बचपन को आँखें झपकाते, टुकुर-टुकुर देखते, थोड़ा रोते, ज़्यादा महसूस करते हुए गुज़ारा था। आज वह अपने पैरों पर खड़ा सभी को चुनौती देता दिखता है। उसकी दो बहनें हैं और माँ-बाप···? यह एक लंबी व्यथा-कथा है। भाइया जी सुनाते हैं।

देश का बँटवारा होने से पहले ही गड़बड़ शुरू हो गई थी। मुझे अपने गाँव पंजण में ही सभी खबरों का पता लगता रहता था। पूरे गाँव में केवल दो रेडियो थे, एक गाँव के लंबरदार राजा ज़फर अली खान के घर में, दूसरा मेरे घर में। पूरे गाँव में कुल तीन-चार अखबार आते थे। मुझे अखबार पढ़ने का बहुत शौक था। मैं जब भी लाहौर जाता, साल-भर का चंदा मिलाप के दफ्तर में जमा करवा आता। डाक के ज़रिए अखबार दो-तीन दिन बाद मिलता था, किंतु देश की हालत का पता लगता रहता था। नई खबरें रेडियो से सुन ही लेता था। मैं बड़े भाई साहब से कहता, 'भापा जी, बड़ा बुरा समय आ रहा है। आइए, समय रहते यहाँ से निकल चलें।' मैं भाभी को भी समझाता, 'भाभी, भापा जी को समझाओ। हमारे पास जो भी थोड़ा-बहुत गहना है···रुपया-पैसा है···माल-मत्ता है, सब लेकर समय रहते यहाँ से निकल लें। चारों ओर आग लग रही है। बंगाल-बिहार में हिंदू-मुसलमान दंगे भड़के हुए हैं। यह आग पंजाब में भी आ जाएगी। इससे पहले कि हमारा सब कुछ जलकर राख हो जाए, आइए, यहाँ से निकल चलें।'

भापा जी बड़ी सहजता से कहते, 'मेरे भाई, हुकूमतें बदलती रहती हैं। राज-भाग कभी किसी के सिर पर, कभी किसी के सिर पर, पर आम लोग तो अपने घरों में ही बसते हैं। हुकूमतों का बनना और बिगड़ना फसलों की भाँति है, बोई, सींची और फिर काट ली। मन किया, तो गेहूँ बो दिए, मन किया, तो बाजरा या मकई बो दी। आम जनता तो धरती की भाँति होती है। वह अपनी जगह से नहीं हिलती। हम अपने स्थान, अपनी धरती, अपने घर से क्यों भागें?'

मैं कहता, 'भापा जी, आपको सपनों में जीने की आदत है। आप असलियत को नहीं पहचानते। सांप्रदायिक दंगों की जो आँधी देश में चलनी शुरू हो गई है, वह अब किसी के रोके नहीं रुकेगी। अंग्रेज़ों ने इस देश को छोड़कर चले जाने का फैसला ज़रूर कर लिया है, पर वे नफ़रत और अशांति के ऐसे बीज बो जाएँगे, जो ज़हर बनकर हमारी और हमारी आने वाली पीढ़ियों की नसों में दौड़ेगा।'

भापा जी मेरी बात सुनकर हँस देते, 'तुम तो बेज़रूरत चिंताओं को सहेजते रहते हो। दंगों की यह आँधी कुछ समय बाद रुक जाएगी। पंजाबियों को तो वैसे भी नहीं घबराना चाहिए। हमने अनगिनत अंधड़ अपनी छाती पर झेले हैं। यहाँ यूनानी आए, शक आए, हूण आए, फिर तुर्क आए, अफगान आए, मुगल आए। कुछ लूट-पाट करके वापस चले गए, कुछ ने यहाँ हुकूमत कायम कर ली। मुसलमानों के शासन में हिंदू-सिख नहीं खत्म हुए और सिखों के राज में मुसलमान अपने घरों को छोड़कर नहीं चले गए। क्या हुआ अगर हुकूमत फिर से बदलने वाली है? आखिर लोग तो नहीं बदल जाएँगे। हमारा पड़ोसी शेख मोहम्मद कितनी पुश्तों से यहाँ रह रहा है और मैं...लाभ सिंह वल्द झंडा सिंह वल्द मिलखी राम वल्द गंगा राम वल्द मंगा राम इस गाँव में पुश्तों से उसी प्रकार रह रहा हूँ, जैसे शेख मोहम्मद, नूर मोहम्मद, पीर बख्श या और किसी का खानदान। राजा ज़फ़र अली के पुरखे कई पीढ़ियों से इस गाँव के मुखिया रहे हैं। राजा जी आज भी हमारे सरपरस्त हैं। क्या तुमने उनकी आँखों में मेरा-तेरा, हिंदू-मुसलमान का भेद देखा है?'

भापा जी के तर्क के सामने मैं चुप हो जाता, किंतु मेरा मन अंदर से डोलता था, काँपता था।

भाइया जी का यह किस्सा प्रायः बीच से ही टूट जाता था। एकाएक उन्हें लगता, कोई उनकी बात नहीं सुन रहा है। बड़े चार पैग व्हिस्की पीकर, फिर पेट-भर खाना खाने के बाद भगवंत अपने पलंग पर औंधा जा गिरता और पल-भर में उसके खर्राटों की आवाज़ से कमरा गूँजने लगता। बलवंत सिंह शायद ही कभी समय से घर लौटा हो। उसके कारखाने में रात को दस-ग्यारह बजे तक काम होता रहता था। उनके पोते-पोतियाँ, उनसे यह कहानी कई बार सुन चुके थे। जब वह छोटे थे, उन्हें यह कहानी सुनने में बड़ी दिलचस्पी होती थी, कैसे मुसलमानों ने उनके गाँव को घेर लिया था...कैसे राजा ज़फ़र अली ने इन्हें बचाया था...कैसे वे शरणार्थी कैंपों में पहुँचे थे...कैसे कैंप पर कबाइलियों

ने हमला किया था... कैसे भाइया जी के बड़े भाई और उनके बड़े बेटे को दंगाई पकड़कर ले गए थे और किस प्रकार कुछ समय बाद उनके लहू से भीगे कपड़े बेजी की गोद में डालकर चले गए थे। यह सारी कहानी किसी भयावह फिल्म से कम नहीं थी। उस समय भाइया जी की आँखों में खून के आँसुओं की कितनी लकीरें अचानक उभर आती थीं। बच्चों को पाकिस्तान नाम से बने देश में खूँखार हत्यारे ही बसे हुए दिखाई देते थे।

किंतु अब ये बच्चे बड़े होते जा रहे थे। उनके लिए भाइया जी की कहानी बहुत बार बज चुके रिकॉर्ड की तरह रसहीन और उबाऊ होती जा रही थी। पाकिस्तान की जगह उनकी मानसिकता में अमेरिका, कनाडा, इंग्लैंड या जर्मनी की तस्वीरें बनती-बिगड़ती रहतीं और वहाँ जाने, उन देशों को देखने के सपने उनकी आँखों में तिरने लगते थे।

मनजीत कॉलेज जाने के लिए तैयार होकर भाइया जी के पास आई, "भाइया जी, मैं कॉलेज जा रही हूँ। आपको कुछ मँगवाना तो नहीं?"

भाइया जी की सफेद मूँछों और सफेद दाढ़ी के बीच छिपे होंठों पर बड़ी घनी मुस्कराहट उभर आई। उनकी छोटी-छोटी आँखें टिमटिमाते हुए मोतियों की तरह चमक उठीं। कॉलेज जाने से पहले मनजीत उनके कमरे में ज़रूर आती थी और पूछती थी, आपको बाज़ार से कुछ मँगवाना तो नहीं? भाइया जी उसकी चतुराई से अंदर-अंदर ही खिल जाते थे। वह मनजीत को अपने पास बैठा लेते। उनके अंदर एक पूरा समुद्र उमड़ आता। उनकी अपनी कोई बहन नहीं थी, फिर उनके घर भी कोई बेटी नहीं पैदा हुई। उन्होंने औरत के रूप में पहले अपनी माँ को जाना था। उस जानने का बड़ा मद्धम-सा अहसास उनके मन की किसी अंदर की परत में सँभला पड़ा था, फिर उनकी ज़िंदगी में आई भागवंती, उनकी पत्नी, एक पूरी औरत। भाइया जी का वह समय संकटों से भरा हुआ था। शादी के तुरंत बाद उनके बड़े भाई लाभ सिंह ने उन्हें अलग कर दिया था। उनके हिस्से में कुछ बर्तन, कुछ कपड़े, टूटी-फूटी हवेली का एक भाग और कुछ रुपए आए थे। उनके माँ-बाप यही कुछ छोड़कर गुज़र चुके थे। लाभ सिंह की गाँव में कपड़े की एक छोटी-सी दुकान थी। वे सप्ताह में एक बार जेहलम या पिंडी बहाउद्दीन जाकर कपड़ा ले आते थे और फिर अपने आसपास के गाँवों के गरीब मुसलमान किसानों और मज़दूरों को उधार बेचते थे। कटाई के समय उनका उधार

वसूल होता था। इस समय इतना गेहूँ, बाजरा और मक्का उन्हें मिल जाता था कि सारे साल इस अनाज से उनका गुज़ारा हो जाता था।

बड़े भाई से अलग होकर उन्होंने गाँव के पास से गुज़रती हुई सड़क के किनारे एक झोंपड़ी डालकर साइकिलों की मरम्मत करने का काम शुरू कर दिया था। उस समय उनकी उम्र मुश्किल से अट्ठारह-उन्नीस साल की होगी। वह सुबह आठ बजे से पहले अपने ठीये पर पहुँच जाते। भागवंती उन्हें चार-पाँच रोटियाँ बना देती, जिन्हें वह अचार और प्याज़ के साथ काम करते हुए काले हो गए हाथों से तोड़-मरोड़कर भूख लगने या समय मिलने पर खा लिया करते थे।

भागवंती में उन्हें एक ऐसी औरत मिली थी, जो 'ऑल इन वन' थी, किंतु एक बात की कसक उनके मन में सदा बनी रही कि उनके कोई बेटी न हुई। भागवंती ने पाँच बेटों को जन्म दिया था, जिनमें से आज केवल दो जीवित थे। बलवंत सिंह ने उनकी इच्छा पूरी की, एक नहीं, दो बेटियों को जन्म दिया।

मनजीत उनकी लाड़ली पोती थी। जब वह कॉलेज जाने से पहले उनके पास आती, वह उसे अपने पास बैठा लेते और देखते रहते। उस समय उनके होंठ धीरे-धीरे थिरकने लगते। वह अपनी बंडी की अंदर की जेब में हाथ डालते और पाँच-दस रुपए का नोट निकालकर मनजीत के हाथ में पकड़ा देते और कहते, 'चाट-वाट मत खाया कर ज़्यादा…अच्छी चीज़ खाया कर।'

मनजीत पूछती, 'क्या खाया करूँ भाइया जी?'

'दूध पिया कर…मलाई खाया कर।'

वह हँस देती, 'भाइया जी, आप भी कमाल की बातें करते हैं। कॉलेज में दूध-मलाई कहाँ मिलती है? …फिर …मैं क्या अब बच्ची हूँ कि हर समय दूध पीती रहूँ?'

भाइया जी हँसते हुए कहते, 'कैसे कागज़ी बच्चे हैं आजकल!' वह अपनी बात सुनाने लगते, 'वहाँ गाँव में मेरा एक दोस्त था, दोस्त मोहम्मद। वह घोसी था। पचास-पचास भैंसें उसके पास हमेशा रहती थीं। गाँव में उसके और मेरे बीच सदा मुकाबला रहता था। चुनकर एक भैंस के नीचे वह बैठ जाता, एक के नीचे मैं। पहले हम अपने-अपने मुँह में दूध की धारें लेते, फिर गागर अपनी जाँघों में दबाकर अपनी-अपनी भैंस दुह लेते, फिर एक साँस में गागर का सारा दूध पी जाते, फिर छलाँगें लगाते सारे गाँव में घूमते फिरते।'

मनजीत खीझकर कहती, 'भाइया जी, आपके पास बैठने की देर है कि आपको अपना पुराना गाँव याद आने लगता है। कभी आप पिंडी बहाउद्दीन पहुँच जाते हैं, कभी जेहलम नदी में डुबकियाँ लगाने लगते हैं। आज इतने साल बीत गए हैं पाकिस्तान बने...आपको अपना गाँव छोड़े...पर आप अभी भी वहीं के सपने लेते रहते हैं, जैसे आपके लिए यह कल की बात हो...जैसे आपको वहाँ वापस जाना हो। क्या रखा है इन पुरानी यादों में...आप इन्हें भूल क्यों नहीं जाते?'

भाइया जी के चेहरे पर वर्षों के लंबे पसार में फैली हुई मुस्कराहट उभर आती। वे मनजीत का हाथ पकड़कर अपनी छाती पर रख लेते और कहते, 'झल्लिए, ये यादें ज़बान पर नहीं...यहाँ बसती हैं...दिल में...दिल की धड़कनों में।'

मनजीत चली गई, किंतु भाइया जी कितनी देर तक किसी अथाह सागर में डूबे रहे। उन्हें लगा, जैसे जेहलम का गहरा जल शोर करता हुआ उनके चारों ओर बह रहा है। कितनी ही आवाज़ें एक-दूसरे से मिली हुई, एक-दूसरे को चीरती हुई, एक-दूसरे के ऊपर-नीचे होती हुई, चीखती हुई उनके चारों ओर फैल गई हैं और वह बेबस पीले पत्ते की तरह उसमें बहते-उड़ते चले जा रहे हैं।

मनजीत घर से बाहर आई तो उसने फिर घड़ी देखी, सवा नौ बजे थे। दस बीस पर उसका इतिहास का पीरियड था, फिर एक पीरियड खाली था। बारह बजे अंग्रेज़ी की क्लास शुरू होनी थी। उसने सोचा, इतिहास का पीरियड छोड़ दिया जाए। इस तरह अब कॉलेज पहुँचने के लिए उसके पास ढाई घंटे का समय था। उसने दरियागंज जाने वाली बस पकड़ ली।

बस में सवारियाँ ठसाठस भरी हुई थीं। वह धक्का-मुक्की करती हुई अंदर घुसी। कंडक्टर अभी भी आवाज़ें दे रहा था, पटेल नगर...पूसा रोड...पहाड़गंज...कमला मार्केट...दरियागंज...पुरानी दिल्ली। वह कंडक्टर के पास से निकलकर आगे बढ़ने लगी तो उसे लगा, जैसे किसी ने उसका दुपट्टा पकड़ लिया है। उसने घूमकर देखा, एक लड़का उसके साथ-साथ बस में चढ़ा था। उसकी आँखें चमक रही थीं, पर चेहरे से बड़ा निर्लिप्त दिख रहा था। मनजीत ने इस लड़के को पहले भी कई बार इस स्टॉप से बस में चढ़ते हुए देखा था। उसने अपना दुपट्टा कंधे पर डाल लिया और आगे बढ़ने लगी। उसे फिर लगा जैसे वह लड़का उसके साथ-साथ उसकी पीठ को छूता, कभी उसकी बाँह, कभी पैरों को स्पर्श करता हुआ आगे बढ़ रहा है।

उसके अंदर हँसी उभरी और होंठों पर आ गई। ऐसे लड़कों से उसका रोज़ वास्ता पड़ता था। विश्वविद्यालय के मॉरिस नगर बस स्टॉप पर रोज़ मिलने वाला वह चश्मे वाला लड़का उसे याद आया, जो उससे बात करने को सदा तरसता दिखाई देता था। ढीली-सी पगड़ी और छोटी-सी दाढ़ी वाला लड़का बस स्टॉप पर जैसे उसकी राह देख रहा होता था। विश्वविद्यालय से लौटते समय प्रायः वह तीन बीस की 'यू स्पेशल' लिया करती थी।

एक बार वह उसके साथ की खाली सीट पर बैठ गया था। उसने पूछा, 'आप मिरांडा हाउस कॉलेज में पढ़ती हैं?'

'नहीं···क्यों···?' वह बड़े रूखे स्वर में बोली थी।

वह लड़का घबरा गया था। उसने अपना चश्मा उतारकर रूमाल से पोंछा था और उसे लगाकर धीरे से बोला था, 'ऐसे ही। आप कीर्तिनगर में रहती हैं, मैं राजौरी गार्डन में। हमारा रास्ता एक ही है···इसलिए पूछ लिया।'

फिर दोनों कुछ नहीं बोले थे।

2

मनजीत दरियागंज स्टॉप पर उतरकर अंसारी रोड की तरफ चल दी। दो गलियाँ छोड़कर वह तीसरी में मुड़ी। दाहिनी ओर के मकान पर उसे अंग्रेज़ी में लिखा 'क्लैमर वीकली' दिखाई दिया। वह उस मकान की सँकरी और घुमावदार सीढ़ियाँ चढ़कर ऊपर आई। बालकनी के साथ लगे पहले कमरे में 'क्लैमर वीकली' का स्टाफ बैठता था, एक उप-संपादक, एक टाइपिस्ट, एक क्लर्क और एक चपरासी। उसके साथ वाले कमरे में बैठते थे, प्रोफेसर निरवैर सिंह आनंद, 'क्लैमर वीकली' के संपादक।

मनजीत ने कर्मचारियों वाले कमरे में ज़रा-सा झाँककर चपरासी सुखराम से पूछा, "आनंद साहब···?"

चपरासी ने आँखों के इशारे से जवाब दिया, 'अंदर हैं।'

मनजीत आनंद साहब के कमरे का दरवाज़ा खोलकर अंदर आ गई। उसने देखा, उनकी मेज़ के आगे दो व्यक्ति बैठे हुए हैं।

"सत श्रीअकाल!"

आनंद साहब के साथ ही अन्य दोनों की नज़रें भी मनजीत की ओर उठ गईं।

आनंद साहब ने आँखों से इशारा किया, बैठो।

वह दीवार से लगे सोफे पर बैठ गई और बैग में से निकालकर एक किताब पढ़ने लगी। सामने बैठे व्यक्तियों की बातें टुकड़ों-टुकड़ों में उसके कानों में पड़ रही थीं—

''पिछले साल आपको पचास हज़ार रुपए के विज्ञापन 'मैक इंडिया' की तरफ से मिले थे···।''

''नहीं, तैंतालीस हज़ार आठ सौ रुपए के···।''

''इस बार पूरे पचास हज़ार के मिलेंगे···।''

''आपने बढ़ाने का वायदा किया था···।''

''इन्कम टैक्स वाले बहुत परेशान करते हैं···।''

''आप हमारा काम कर दीजिए···हम आपका करेंगे···।''

''चलिए, दस-बीस हज़ार के विज्ञापन अपनी पार्टी के किसी और व्यक्ति से पकड़ लेंगे···।''

फिर वे आपस में बहुत धीरे-धीरे बातें करने लगे। मनजीत को आधी-अधूरी बातें सुनाई दे रही थीं··· ''उसे सबक ज़रूर सिखाना है···एक बार धूल चटा देना है···।''

फिर वे खड़े हो गए। उन्होंने हाथ मिलाए, हँसे। अपनी नज़रों से, चेहरे पर उभरी लकीरों से, खूब दबाकर हाथ मिलाने की गर्मजोशी से उन्होंने एक-दूसरे को यह अहसास कराया कि वे आपस में बहुत निकट हैं, गहरे मित्र हैं और एक-दूसरे के लिए कोई भी कुर्बानी कर सकते हैं।

वे गए तो मनजीत आनंद के सामने की कुर्सी पर आकर बैठ गई।

"तुम सुबह-सुबह कहाँ से आ गईं?" आनंद ने चपरासी को बुलाने की घंटी बजाते हुए पूछा, "चाय पिओगी या कुछ ठंडा?"

"चाय पिऊँगी, और मेरे लिए दो कचौरियाँ भी मँगवा लीजिए।"

आनंद के होंठों पर मुस्कराहट उभर आई।

"सुखराम···दो प्याले बढ़िया चाय बनाओ और मंगू हलवाई से चार कचौरियाँ ले आओ···गरम-गरम। मनजीत आती है, तो मेरा मन भी कचौरी खाने को कर आता है।"

"पर डॉक्टर ने आपको तली-मली चीज़ें खाने से मना किया है।" मनजीत बोली।

"इस समय मेरे सामने मनजीत बैठी है···सुंदर, तीखे नैन-नक्शों वाली, ज़िद्दी, ज़बान की कड़वी, दिल की अच्छी लड़की। उसके सामने थोड़ी-सी बदपरहेज़ी की जा सकती है।"

मनजीत हँस पड़ी—"आनंद साहब, आप तो अपनी बातों की कमाई खाते हैं।"

"थोड़ी-सी कमाई बातों से और थोड़ी-सी अपनी कलम से।"

"किसी को सबक सिखाकर, किसी को धूल चटाकर···।" कहकर मनजीत ठहाका मारकर हँसी।

"अच्छा··तुम चुपचाप हमारी बातें सुन रही थीं··माई बिज़नेस सीक्रेट्स··।"

"अच्छा, एक बात बताइए," मनजीत ने उसकी मेज़ पर अपनी दोनों कोहनियाँ टिका दीं और कुछ आगे झुक आई, "यह आप करते क्या हैं··? किसी को सबक सिखाना··किसी को धूल चटाना··? इसका आपके अखबार से क्या संबंध है?"

आनंद की नज़रें एक क्षण के लिए मनजीत की कमीज़ से झरती हुई सुनहरी आभा पर रुकीं, फिर उसके चेहरे पर आ टिकीं। उसकी नज़रों की भाग-दौड़ का कुछ आभास मनजीत को भी हुआ। वह अपने दुपट्टे को कंधे पर टिकाते हुए कुर्सी से अपनी पीठ लगाकर बैठ गई।

"तुम हमारा अखबार पढ़ती हो?"

"कभी-कभी कुछ पढ़ लेती हूँ।'' वह बोली, "मुझे तो आपके अख़बार में कुछ खास मज़ा नहीं आता। हाँ, भाइया जी पूरा पढ़ते हैं।"

"हमारे अखबार का नाम है क्लैमर··तुम क्लैमर का अर्थ समझती हो?"

सुखराम कचौरी ले आया था। उसने दो प्लेटों में दो-दो कचौरियाँ और आलू की सब्ज़ी डालकर दोनों के सामने रख दी।

"क्या मतलब होता है क्लैमर का?" मनजीत ने पूछा।

"तुम खाक अंग्रेज़ी पढ़ती हो?" आनंद ने कहा, "तुम्हारे अंग्रेज़ी के प्रोफेसरों पर कानूनी कार्रवाई करनी चाहिए।"

मनजीत ने एक कचौरी खा ली थी। आलू की सब्ज़ी में मिर्च बहुत थी। वह सी-सी करने लगी।

"सुखराम से कहिए, पानी लाए।"

आनंद ने घंटी बजाकर सुखराम से पानी लाने को कहा।

"क्या यह ज़रूरी है कि मुझे अंग्रेज़ी के हर शब्द का अर्थ पता हो और आप भी तो पता नहीं कहाँ-कहाँ से शब्द ढूँढ़कर लाते हैं?" वह पानी का घूँट भरते हुए बोली।

सुखराम खाली प्लेटें ले जा चुका था और चाय से भरे गिलास उनके सामने रख गया था।

"देखो," आनंद ने चाय का घूँट भरते हुए कहा, "क्लैमर का अर्थ है कोलाहल, गुल-गपाड़ा, हल्ला-गुल्ला, चीख-चिल्लाहट, लाउड कन्फ्यूज़्ड वॉयस··शाउट। आज की दुनिया शोर-शराबे की दुनिया है। अगर तुम ठीक से जीना चाहते हो, तो

चीखो-चिल्लाओ...हो-हल्ला करो। लोकतंत्र का मतलब है चीखना, शोर मचाना। जो जितना चीखता है, गुल-गपाड़ा करता है...बेमतलब...वह लोकतांत्रिक प्रणाली में उतना ही सफल होता है और अखबारों का काम है शोर करना। चुप आदमी की कोई परवाह नहीं करता। ऐसा अखबार भी कोई नहीं पढ़ता।"

"इसका मतलब यह हुआ कि आप हल्ला-गुल्ला करने के लिए अखबार निकालते हैं?"

"यह अखबार मेरी जीविका का साधन है, लेकिन मेरा अखबार बहुत छोटे साधनों वाला है। इस देश में बड़े-बड़े अखबार निकलते हैं। उनके पीछे करोड़ों रुपयों की पूँजी होती है। उनका संचालन वे पूँजीपति करते हैं, जिनके बड़े-बड़े उद्योग-धंधे हैं। ऐसे अखबारों के सामने मेरा पेपर कौन पढ़ेगा और क्यों पढ़ेगा? इसलिए अपना स्थान बनाने के लिए...अपनी छवि बनाने के लिए क्लैमर को कुछ हो-हल्ला करना पड़ता है।" यह कहकर आनंद ने चाय का आखिरी घूँट पी लिया, "लेकिन तुमने यह तो बताया ही नहीं कि तुम आईं कैसे?"

"आई तो मैं एक बड़े ज़रूरी काम से थी, लेकिन आप अपनी बातों में लगाकर मुझे सब कुछ भुला देते हैं।" मनजीत ने खीझकर कहा।

"तुम खीझती हो तो कितनी अच्छी लगती हो।"

"बेकार की बातें छोड़िए," वह बोली, "आप मेरी एक सहेली को जानते हैं न...नसरीन...जिसे मैं एक बार यहाँ लाई थी?"

"तुम अपनी डेढ़ दर्ज़न सहेलियों से मेरी मुलाकात करवा चुकी हो। उनमें एक नसरीन भी होगी।"

"नसरीन भुलाई जाने वाली लड़की नहीं है। मेरी सहेलियों में वह सबसे सुंदर लड़की है और मुझे यह भी पता है कि सुंदर लड़कियों को आप कभी भूलते नहीं।" वह खिलखिलाकर हँसी, फिर बोली, "उसकी एक समस्या का हल आपको ढूँढ़ना पड़ेगा।"

"क्या समस्या है?"

"समस्या कुछ उलझी हुई है," वह बोली, "नसरीन का परिवार कई सौ साल से दिल्ली में रहता है। वह बताती है कि उसके पुरखे मुगलों के राज के समय ईरान से आकर यहाँ बस गए थे। देश के विभाजन के समय नसरीन के दो चाचा और

कुछ रिश्तेदार पाकिस्तान चले गए थे। अब वे लाहौर में रहते हैं। नसरीन की बुआ भी लाहौर में है। कुछ दिन पहले वह यहाँ आई थीं। उस समय नसरीन के पिता ने उसके लड़के से इसका रिश्ता पक्का कर दिया। अब वह शादी के लिए ज़ोर दे रहे हैं, लेकिन नसरीन वहाँ शादी नहीं करना चाहती।"

"क्यों नहीं करना चाहती?"

"इसलिए कि वह किसी और लड़के से प्यार करती है।"

"यह बात उसे अपने माँ-बाप को उस समय बता देनी चाहिए थी।"

"आप भी कैसी बातें करते हैं?" मनजीत के चेहरे पर झुँझलाहट उभर आई, "अभी इस देश की लड़कियों को इतनी आज़ादी नहीं मिली है कि वे ऐसी बातें खुलकर अपने माँ-बाप से कर सकें और खानदानी मुसलमान लड़कियों की तो और मुसीबत है।"

"फिर··मैं इसमें क्या कर सकता हूँ?" आनंद ने हँसते हुए कहा, "मैं कोई काज़ी तो हूँ नहीं।"

"आप काज़ी हैं या नहीं, यह मैं नहीं जानती, लेकिन आप कोई रास्ता निकालिए।"

"तुम भी पागल हो मनजीत, भला इसमें मैं क्या कर सकता हूँ··? अगर तुम्हारी सहेली में माँ-बाप से, समाज से बगावत करने की हिम्मत है, तो अपनी पसंद के लड़के से शादी कर ले। अगर हिम्मत नहीं है, तो अपने माँ-बाप का कहना मान ले।"

"वाह-वाह··कितनी बढ़िया··कितनी गहरी सूझ-बूझ वाली सलाह दी है आपने!" मनजीत ने बड़े व्यंग्य से कहा, "इतनी बात तो हर व्यक्ति जानता है, लेकिन इससे समस्या का हल कहाँ निकलता है? अगर दो टूक फैसला करना इतना ही आसान हो तो किसी को किसी से सलाह लेने की क्या ज़रूरत है? सलाह की ज़रूरत पड़ती है, जब स्थिति दुविधा से भरी हो। हमारी पीढ़ी की बड़ी मुसीबत यह है कि हम फैसला कर नहीं सकते और न ही हम फैसला अपने बड़ों··माँ-बाप पर छोड़ना चाहते हैं। एक तरफ हमें अपनी आज़ादी खींचती है··दूसरी तरफ हमारे संस्कार खींचते हैं।"

आनंद ने बड़े गौर से मनजीत को देखा, "बातें तो तुम बड़ी समझदारी की करने लगी हो, लेकिन इस दुविधा का मुझे एक और कारण भी दिखाई देता है। जो खुद फैसला करता है, वह फैसले की ज़िम्मेदारी भी खुद लेता है। तुम्हारी सहेली यह

ज़िम्मेदारी लेने से डरती होगी। डर और असुरक्षा की भावना दुविधा को जन्म देती है।"

"यही तो मैं कहती हूँ," मनजीत बोली, "आप किसी तरह नसरीन के मन से यह दुविधा निकाल दीजिए।"

"मैडम, यह अखबार का दफ्तर है...दुविधा डालने या दुविधा निकालने वाली कोई एजेंसी नहीं है।"

"हम आपको इस सेवा के लिए माकूल फीस देंगे।" वह मुस्कराई।

आनंद के अंदर एक हलकी-सी लहर दौड़ गई...ठंडी हवा की...कल-कल करते निर्मल जल की...चमेली के सफेद फूलों की खुशबू की।

"मुझे क्या फीस मिलेगी?"

"हम आपको किसी एयरकंडीशंड रेस्तराँ में कॉफी पिलाएँगे।"

आनंद ठहाका मारकर हँसा, "अच्छा, किसी दिन नसरीन को साथ ले आओ। हाँ, आने से पहले फोन कर लेना।"

आनंद के दफ्तर से मनजीत निकली तो बारह बज चुके थे। उसने सोचा, अंग्रेज़ी की क्लास तो गई। हिंदी का पीरियड रिसेस के बाद शुरू होगा।

वह बस स्टॉप की ओर चल दी।

3

रीगल बिल्डिंग के टी-हाउस के बाहर लगे जँगले से टिककर आनंद खड़ा था। टी-हाउस खचाखच भरा था और उसमें से निकलता हुआ शोर फुटपाथ और रेलिंग के बीच चलते संवाद को बनाए हुए था। फुटपाथ पर लोगों की आवाजाही इतनी नहीं थी, जितनी तीन-तीन या चार-चार लोगों के बने हुए गुटों की आपसी बातचीत।

रमन बोला, "आनंद, यह राष्ट्रपति का चुनाव हो रहा है या दो देशों के बीच जंग छिड़ी हुई है? लोगों में इतनी उत्तेजना इससे पहले मैंने कभी नहीं देखी।"

"यह किसी जंग से कम है क्या?" आनंद ने देखा, आसपास खड़े लोग बड़ी उत्सुकता से उसकी ओर कान लगाए हुए हैं।

"आज़ादी के बाद कुछ ही वर्षों में हमने दो बड़े युद्ध देख लिए। चीन से हुए युद्ध के समय भी लोगों में बड़ी उत्तेजना थी, लेकिन सारी उत्तेजना के पीछे डर और सहमापन काम कर रहा था। लगता था, हम ऐसे शत्रु से भिड़ गए हैं, जिसने हमें यह अहसास करा दिया कि अहिंसा का नाम लेकर तुम आज़ादी की लड़ाई तो थोड़ी-बहुत लड़ सकते हो, कुछ हज़ार लोगों की भीड़ लंबे-चौड़े जुलूस निकाल सकती है, पुलिस की लाठियाँ भी खा सकती है, पर किसी स्वतंत्र देश की रक्षा के लिए ऐसी सोच और तरीके कारगर नहीं होते हैं।"

"तुम समझते हो कि इस देश को आज़ादी गांधी जी की अहिंसा के कारण मिली थी? भगत सिंह, चंद्रशेखर आज़ाद या सुभाष बाबू का उसमें कोई योगदान नहीं था?" विक्रम के तेवर हमेशा आक्रामक रहते थे। उसे लगता था, सामने खड़ा व्यक्ति जो तर्क दे रहा है, उसमें रत्ती-भर भी दम नहीं है।

आनंद मुस्कराया। वह जानता था, विक्रम उसे बहस की उन घाटियों में ले जाना चाहता है, जहाँ आवाज़ें बोलती कम हैं, गूँजती ज़्यादा हैं।

वह कह रहा था—

“आज़ादी लाने में, चाहे वह कितनी भी कटी-फटी है, हमारा योगदान सबसे ज़्यादा रहा है, क्योंकि इसके लिए हमने बेहिसाब कीमत चुकाई है। हम अपने बाप-दादाओं की धरती से बेदखल हो गए। लाखों लोग उस हिंसा के शिकार हो गए, जो मानव-इतिहास की सबसे बड़ी त्रासदी है। है कोई और मिसाल सारे मानव-इतिहास में, जब किसी देश से विदेशी हुकूमत लाखों लोगों की लाशों, उनके विस्थापन, आगजनी, लूटमार और कभी न भूलने वाली त्रासदियों के कंधों पर चढ़कर वापस गई हो?”

तभी गोस्वामी बिलकुल तीर की तेज़ी के साथ टी-हाउस से बाहर निकला और आनंद को झकझोरते हुए बोला, “नीलम संजीव रेड्डी और वी०वी० गिरि की काँटे की टक्कर चल रही है। काउंटिंग आखिरी दौर में आ गई है। दो-एक घंटे में नतीजा सामने आ जाएगा।”

जब परिणाम सामने आया, तो चारों ओर एक हिलोर-सी उठ गई। लोग सड़कों पर नाचने लगे। उनकी उत्तेजना जैसे रग-रग से बाहर निकल रही थी और शोर में बदलती चली जा रही थी। इंदिरा गांधी के उम्मीदवार वी०वी० गिरि कांग्रेस के अधिकृत उम्मीदवार नीलम संजीव रेड्डी को हराकर राष्ट्रपति का चुनाव जीत गए थे।

रमन ने बड़ी तीखी नज़रों से आनंद की ओर देखा, बोला, “क्यों आनंद जी, कैसा लग रहा है आपको? कांग्रेस की सरकार है। इंदिरा गांधी इस सरकार की प्रधानमंत्री हैं। उन्होंने अपनी पार्टी के उम्मीदवार के सामने अपनी पसंद का अपना उम्मीदवार खड़ा करके उसे जितवा दिया और अपनी पार्टी को हरवा दिया।”

विक्रम बड़े उत्साह से बोला, “कांग्रेस पार्टी में जिन लोगों ने अपना सिंडीकेट बना रखा था, इंदिरा जी ने उन्हें धूल चटा दी है। बहुत खूब इंदिरा जी!”

आनंद चुपचाप खड़ा इनकी बातें सुन रहा था। भीड़ 'इंदिरा गांधी ज़िंदाबाद' के नारे लगा रही थी।

गोस्वामी बोला, “सिंडीकेट वाले समझते थे, इंदिरा गांधी उनके हाथ की कठपुतली बनकर रहेंगी। वे जिस ढंग से चाहेंगे, उन्हें नचाते रहेंगे। कठपुतली तो उनके लिए चंडी साबित हो रही है।”

विक्रम उसी उत्साह से बोला, “यह हार सिंडीकेट की नहीं है, यह तो अमेरिकी लॉबी की हार है। अब यह देश समाजवाद के रास्ते पर बढ़ेगा, इसकी उम्मीद की जा सकती है। तुम कुछ बोल नहीं रहे हो आनंद...क्या बात है...?”

"देश ने एक नए ढंग के राजनीतिक दौर में प्रवेश कर लिया है, इसमें कोई संदेह नहीं है, लेकिन क्या तुम इसे अच्छा रुझान मानोगे कि कोई एक व्यक्ति अपनी ही पार्टी के फैसलों को इस तरह ठुकराकर अपने निजी उम्मीदवार को सबके ऊपर थोप दे? इससे तो पार्टी छोटी हो जाएगी, व्यक्ति बड़ा हो जाएगा। क्या लोकतंत्र के लिए यह अच्छी बात है?" आनंद बोला।

"दुनिया में जहाँ कहीं भी प्रगति हुई है, उसमें व्यक्ति की भूमिका मुख्य रही है। पार्टी तो सिर्फ माध्यम होती है⋯वह तो सिर्फ कुछ मीडियाकर लोगों का जमावड़ा होती है। रूस में कम्युनिस्ट पार्टी ज़रूर थी, लेकिन वहाँ लेनिन जैसा व्यक्ति न होता तो क्या इतनी बड़ी क्रांति होती?" विक्रम ने आनंद का हाथ पकड़ लिया, "क्या मैं ठीक नहीं कह रहा हूँ आनंद?"

"बहुत हद तक तुम्हारी बात ठीक है विक्रम, परंतु समाज ने उस पंचायत व्यवस्था को जन्म दिया था, जो हमारे देश में सदियों से प्रचलित रही है। आज सारे संसार में लोकतंत्र की व्यवस्था को सबसे अच्छी व्यवस्था माना जा रहा है। लोकतंत्र का मतलब है, बहुमत का निर्णय स्वीकार करना। इंदिरा जी ने पार्टी में बहुमत के निर्णय को ठुकरा कर अपने निर्णय की जीत करा दी है। क्या इससे लोकतंत्र मज़बूत होगा?"

रमन ने बड़े व्यंग्य से कहा, "आनंद जी, ज़रा विक्रम से यह पूछिए कि लेनिन के बाद जिसके हाथ में सारी व्यवस्था केंद्रित हो गई थी, स्टालिन, उसके समय में क्या हुआ था? आज सोवियत संघ में ही स्टालिन के शव को कब्र से निकालकर उसकी शव-परीक्षा क्यों की जा रही है?"

सड़कों से भीड़ धीरे-धीरे छँट रही थी।

दफ्तर में आकर आनंद ने अपना संपादकीय लिखा और टाइपिस्ट को दे दिया। टाइपिस्ट थोड़ी देर में टाइप करके ले आया। वह उसे पढ़ने लगा। उसके सामने आज के बहुत-से अखबार पड़े थे। सभी के शीर्षक एक ही बात कह रहे थे। इंदिरा गांधी का प्रसन्न मुख चेहरा विजेता वी०वी० गिरि और पराजित नीलम संजीव रेड्डी के चित्रों से ऊपर अपने पूरे जलाल के साथ चमक रहा था।

तभी उसे मनजीत का फोन मिला, "आनंद साहब, मैं और नसरीन आज आपसे मिलना चाहते हैं। शाम को आ जाएँ⋯?"

"मनजीत, आज नहीं, आज मैं बहुत व्यस्त हूँ। कल आओ तो ठीक रहेगा।"

"नहीं, आनंद साहब, नसरीन आज बड़े बहाने बनाकर घर से निकली है। उसके घरवाले आजकल उसकी कड़ी निगरानी करते हैं। कल पता नहीं वह निकल पाएगी या नहीं। हम लोग आपका ज़्यादा समय नहीं लेंगे।"

आनंद मुस्कराया, "मनजीत, शाम को पाँच बजे आ सकती हो?"

"ठीक है...और हाँ, कुछ कचौरियाँ मँगवाकर रखिएगा..."

वह हँसा, "तुम आओ तो।"

नसरीन कचौरी खा रही थी और हर कौर के साथ पानी पी रही थी।

"सर, कचौरियाँ हैं तो बहुत ज़ायकेदार, पर सालन में मिर्चें कितनी हैं।"

"ज़रा अपनी सहेली मनजीत को देखो। सी-सी भी कर रही है और गपागप खाए भी जा रही है। मेरे दफ्तर में आती बाद में है, पर कचौरियों की फरमाइश एडवांस में भेज देती है।"

नसरीन ने पानी का घूँट भरा। बोली, "यह मनजीत आप पर इतना हक क्यों जमाती है? यह आपकी लगती क्या है?"

"मनजीत रिश्ते में मेरी नानी लगती है।"

मनजीत इतने ज़ोर से हँसी कि चाय का प्याला मेज़ पर छलक गया। नसरीन भी हँसने लगी। सुखराम ने कपड़ा लाकर मेज़ साफ की और खाली बर्तन लेकर बाहर चला गया।

"हाँ, मनजीत, क्या समस्या है तुम्हारी सहेली की?"

"थोड़ी-सी बात तो मैं आपको बता चुकी हूँ, पूरी बात आप इसी से पूछिए।"

आनंद ने नसरीन की ओर देखा। रक्तिम आभा उसके गोरे चेहरे से फूट रही थी। एकाएक उसके मन में कौंधा, यह लड़की बहुत सुंदर है।

"हाँ, बोलो नसरीन, किस उलझन ने तुम्हें घेर रखा है?"

नसरीन की झुकी पलकें ऊपर उठीं। आनंद के मन में आया, क्या किसी लड़की की पलकें इतनी लंबी और भारी हो सकती हैं?

"सर, मनजीत ने मेरी मुश्किल का ज़िक्र आपसे किया ही है। सचमुच मैं बड़ी उलझन में हूँ। मेरी समझ में कुछ नहीं आ रहा है कि मैं क्या करूँ? मुझे कोई रास्ता नहीं सुझाई दे रहा है।"

"तू पहेलियाँ मत बुझा नसरीन, आनंद साहब को सारी बात बता। यह कोई-न-कोई

हल ज़रूर निकालेंगे।"

"देखो नसरीन, मनजीत मुझ पर ज़रूरत से ज़्यादा भरोसा करती है। मुझमें ऐसी कोई खूबी नहीं है। फिर भी अगर तुम अपनी उलझन मुझे बताओगी, तो शायद मैं कुछ सलाह दे सकूँ।"

नसरीन कुछ देर गुमसुम बैठी रही। वह पलकें झुकाकर नीचे देखने लगती थी। आनंद को उसकी यह क्रिया बड़ी मोहक लग रही थी, लेकिन शाम को उसे प्रेस क्लब जाना था। वह जानता था कि आज वहाँ बड़ी गहमागहमी होगी। पत्रकार एक-दूसरे से खूब जूझेंगे। अधिकांश लोगों का इंदिरा गांधी के प्रति भक्ति भाव अपने चरम तक पहुँचा हुआ होगा। वह उन पत्रकारों को भी जानता था, जिन्हें यह घटनाक्रम बहुत भयावह लगता होगा।

तभी उसे नसरीन के होंठों में कुछ हरकत दिखाई दी।

''सर, मुल्क की तकसीम के वक्त हमारे बहुत-से रिश्तेदार पाकिस्तान चले गए थे। हमारे कुनबे में कोई इस बात का हिमायती नहीं था कि मुल्क का बँटवारा हो, लेकिन जब यह बात पक्की हो गई कि यह मुल्क ज़रूर बँटेगा, तो हमारे चचाजान और फूफाजान पाकिस्तान जाने की ज़िद करने लगे। मेरे दादाजान और अब्बू ने उन्हें समझाने की बड़ी कोशिश की, पर वे नहीं माने।"

"ये लोग पाकिस्तान जाने के लिए इतने बज़िद क्यों थे?"

"वे बार-बार यह कहते थे कि हिंदुस्तान में हिंदू उन्हें सुख से नहीं रहने देंगे। ये सारी बातें तो हमें अब्बू ने ही बताई हैं। उस वक्त चारों तरफ बहुत मारकाट हो रही थी। अब्बू बताते हैं कि पाकिस्तान की तरफ से जो हिंदू-सिख बड़ी गिनती में इस तरफ आ रहे थे, उनकी आँखों में बदले की सुलगती आग उन्हें दिखाई देती थी।"

"चलो, जो होना था, हो गया," आनंद ने कहा, "जिन्हें उधर जाना था, वे चले गए। अब उलझन क्या है?"

"मेरी फूफीजान अपने बेटे से मेरी शादी कराना चाहती हैं। अब्बू को भी इसमें कोई एतराज़ नहीं है। उन्होंने तो मेरी एक तस्वीर भी उन्हें भेज दी है।"

"अच्छा, तुम्हारी तस्वीर देखकर तो तुम्हारे फूफाजी का और उनके साहबज़ादे का इरादा और पक्का हो गया होगा।" यह कहकर वह ठहाका लगाकर हँसा।

नसरीन का चेहरा शर्म से एकदम लाल हो गया, "ऐसी बात आप क्यों कह रहे हैं सर?"

"सर हैं ही ऐसे!" मनजीत बोली, "किसी को बिना चिढ़ाए इनका खाना हज़म नहीं होता।"

"अच्छा, अब यह बताओ कि मुश्किल क्या है? तुमने साहबज़ादे को तो देखा नहीं होगा। उसकी कोई तस्वीर देखी है?"

नसरीन ने आँखें झुका लीं, "तस्वीर देखूँ या न देखूँ, मैं और किसी से शादी नहीं कर सकती।"

"मतलब यह कि तुमने अपने लिए लड़का पसंद कर रखा है?"

"जी···।"

"तुम्हारे अब्बू इस रिश्ते के लिए रज़ामंद नहीं हैं?"

"जी···।"

"क्या वह लड़का पढ़ा-लिखा नहीं है? स्मार्ट नहीं है या मुसलमान नहीं है?"

"वह बहुत पढ़ा-लिखा है। अभी-अभी उसने एम०बी०बी०एस० किया है। मौलाना आज़ाद मेडिकल कॉलेज में इंटर्नशिप कर रहा है। मुसलमान है।"

"तब दिक्कत क्या है? कोई भी माँ-बाप अपनी बेटी के लिए ऐसा वर पाकर खुश होंगे।"

"एक बड़ी दिक्कत है। हम लोग शिया हैं और वो लोग सुन्नी हैं।"

"इससे क्या होता है? आखिर तो शिया-सुन्नी दोनों ही मुसलमान होते हैं?"

"शायद आप जानते नहीं हैं सर, शियाओं और सुन्नियों में बहुत भेद होता है।" नसरीन बड़ी उदास आवाज़ में बोली, "दोनों फिरकों के बीच में शादी-ब्याह तो बहुत दूर की बात है, आपसी मेल-जोल भी ज़्यादा नहीं होता, बल्कि यूँ भी कहा जा सकता है कि कभी-कभी दोनों के बीच गहरी नफरत का रिश्ता उभर आता है।"

आनंद को याद आया। मुहर्रम के मौके पर शियाओं और सुन्नियों में कितना तनाव पैदा हो जाता है, खास तौर से उन इलाकों में, जहाँ शिया बड़ी गिनती में रहते हैं। लखनऊ में जब मुहर्रम के ताजिए निकलते हैं, तो अकसर शिया-सुन्नियों में फसाद हो जाते हैं। सारे शहर में कर्फ्यू लग जाता है। पुलिस को कितनी चौकसी करनी पड़ती है।

"शिया-सुन्नी में मतभेद क्या है, इसका मुझे बहुत कम ज्ञान है नसरीन, लेकिन यह मतभेद इस हद तक है, यह मैं नहीं जानता था। अच्छा नसरीन, तुम्हारे डॉक्टर दोस्त को तो यह पता होगा कि तुम शिया हो?"

नसरीन ने गर्दन हिलाई, "उन्हें पता है।"

"उनके वाल्दैन क्या कहते हैं? क्या वे किसी शिया लड़की को अपनी बहू बनाना पसंद करेंगे?"

"अशरफ के वाल्दैन भी इस रिश्ते के एकदम खिलाफ हैं।"

"अशरफ मियाँ क्या कहते हैं?"

"वो कहते हैं, हमें अपनी शादी के लिए किसी तरफ के वाल्दैन की ज़रूरत नहीं है। हम कोर्ट मैरिज कर लेंगे।"

तब तक शाम काफी ढल गई थी।

4

रविवार था। भाइया जी के कमरे में परिवार के सभी लोग इकट्ठा थे। बलवंत सिंह की पुराने टायरों पर रबड़ चढ़ाने की फैक्टरी में आग लग गई थी। आग पर तो जल्दी काबू पा लिया गया था, लेकिन उसमें एक मज़दूर बुरी तरह जल गया था। बलवंत और उसके बड़े बेटे सुरजीत ने उसे अस्पताल पहुँचाया था। डॉक्टर कह रहे थे कि वह अस्सी प्रतिशत जल गया है। बचने की उम्मीद नहीं है।

भाइया जी ने पूछा, “बलवंत, यह बात तुमने ठीक से नहीं बताई कि आग लगी कैसे?”

“कुछ मत पूछिए भाइया जी, इन मज़दूरों में बीड़ी पीने की बुरी आदत है। हमने फैक्टरी में बीड़ी-सिगरेट पीने की सख्त मनाही की हुई है। जिसे बीड़ी पीनी होती है, वह फैक्टरी के बाहर जाकर पी आता है। आप जानते ही हैं, हमारी फैक्टरी तो उन चीज़ों से भरी होती है, जिनमें पलों में आग लग जाती है। कल मैं कच्चा रबड़ सोल लेने के लिए बाज़ार चला गया। आम तौर पर जब सुरजीत कॉलेज से आ जाता है, तभी मैं बाहर जाता हूँ, लेकिन कल रबड़ सोल पूरी तरह खत्म हो गया था। बहुत-से टायर रबड़ चढ़ाने के लिए तैयार पड़े थे। उनकी पूरी रगड़ाई हो चुकी थी। मैंने सोचा, अगर कच्चा रबड़ वक्त से न आया तो मज़दूर बेकार बैठ जाएँगे। मैं पूरी तरह समझाकर गया था। सारे काम के इंचार्ज रामभरोसे को चेतावनी दे गया था कि देखना, गलती से भी कोई अपनी बीड़ी फैक्टरी में न सुलगाए, लेकिन उस गधे के बच्चे कन्हैया ने काम करते-करते माचिस जलाकर बीड़ी सुलगा ली। जलती हुई माचिस की तीली पास खुले रखे सोल्यूशन के डिब्बे में गिर गई, जिससे उसमें एकदम आग लग गई। कन्हैया रगड़ाई किए हुए टायर पर सोल्यूशन लगा रहा था। वह आग की लपेट में आ गया। यह अच्छा हुआ कि उसी समय सुरजीत आ गया। उसने कई मज़दूरों और अड़ोसियों-पड़ोसियों की मदद से आग पर काबू पाया, नहीं तो सारी फैक्टरी जलकर राख हो जाती।”

भगवंत बोला, "पर मुसीबत तो हमारे सिर आ गई। अगर कन्हैया मर गया तो मज़दूर यूनियन के लोग हमारे पीछे पड़ जाएँगे और मुआवज़े की बड़ी रकम माँगेंगे।"

"हम मुआवज़ा क्यों देंगे?" सुरजीत बोला, "गलती तो कन्हैया की है। उसकी बीड़ी पीने की आदत से आग लगी। हमारा कितना नुकसान हो गया। इसका कौन ज़िम्मेदार है?"

भाइया जी सोच में डूबे हुए थे। सुरजीत की बात सुनकर वह बोले, "बेटा, बात इतनी आसान नहीं है, जितनी तुम सोच रहे हो। सभी कानून मज़दूरों का पक्ष लेते हैं। हमारा बड़ा नुकसान हुआ है, लेकिन हमारे लिए कौन लड़ेगा? मज़दूरों की बहुत-सी यूनियनें है, जो उनके हक के लिए लड़ती हैं।"

दूसरे दिन अस्पताल में कन्हैया की मौत हो गई। बलवंत और भगवंत ने अस्पताल जाकर उसका पोस्टमार्टम कराया। यह पुलिस केस बन गया था। बलवंत सिंह और सुरजीत सिंह के खिलाफ केस दर्ज हो गए। उन्हें अदालत से ज़मानत लेनी पड़ी। मज़दूरों का गुस्सा देखते हुए कुछ दिन फैक्टरी बंद रखने का फैसला किया गया। उसी दिन शाम को बलवंत सिंह के घर के बाहर मज़दूर यूनियन की तरफ से डेढ़-दो सौ मज़दूरों ने प्रदर्शन किया। सभी मुर्दाबाद के नारे लगा रहे थे और कन्हैया के परिवार के लिए हरजाने की माँग कर रहे थे।

घर के सभी लोग बहुत घबराए हुए थे। यह डर भी था कि कहीं भड़के हुए मज़दूर घर को ही कोई नुकसान न पहुँचा दें या बलवंत और सुरजीत के साथ मार-पीट न कर बैठें।

भाइया जी ने मनजीत को बुलाया, "बेटी, आनंद साहब तो हमारे मित्र हैं" हितैषी हैं। तुम उनकी बड़ी तारीफ करती हो। मैं उनका अखबार भी पढ़ता हूँ। बहुत सयाने आदमी हैं। क्यों न इस मामले में उनकी सलाह ली जाए?"

मनजीत ने आनंद को उसके दफ्तर में फोन किया और सारी बात बताई। घंटे-भर में वह उनके घर पहुँच गया।

उसे देखकर सभी को बड़ा ढाढ़स मिला। उसने कहा, "भाइया जी, आप किसी बात की चिंता न करें। बलवंत सिंह और मैं जाकर यूनियन के लीडरों से बात करते हैं।"

चड़ती राम की अगुवाई में प्रदर्शन हो रहा था। पहले तो वह इतनी तुर्शी में बोला,

जैसे बलवंत सिंह को ज़रूर जेल भिजवा देगा। वह यह सुनने के लिए तैयार ही नहीं था कि दुर्घटना कन्हैया की गलती से हुई है। जब आनंद ने उसे अपना परिचय दिया और अपना प्रेस कार्ड दिखाया, अपने अखबार के संबंध में उसे बताया, तो चड़ती राम कुछ ठंडा पड़ा। आनंद ने उसे भरोसा दिलाया कि मैं और मेरा अखबार सदैव मज़दूरों के हित के लिए लड़ते रहे हैं। कल आप मेरे दफ्तर आ जाइएगा। मैं बलवंत सिंह से आपकी सभी उचित माँगें ज़रूर मनवा लूँगा।

चड़ती राम के कहने से सभी प्रदर्शनकारी वहाँ से चले गए।

दूसरे दिन चड़ती राम 'क्लैमर' के दफ्तर पहुँचा। आनंद ने जानबूझकर उसे बाहर के कमरे में आधा घंटा इंतज़ार करवाया, फिर अपने कमरे में बुलाया।

"आइए, चड़ती राम जी, बैठिए...क्या सेवा करूँ आपकी? चाय लेंगे या कुछ ठंडा पिएँगे?"

दफ्तर का रंग-ढंग, आधा घंटा इंतज़ार और आनंद की मेज़ पर रखे दो टेलीफोन देखकर चड़ती राम कुछ घबराया और बुझा-सा दिख रहा था। इतने में फोन की घंटी बजी और आनंद अंग्रेज़ी में किसी से बातें करने लगा। इतनी बात चड़ती राम की समझ में आ रही थी कि बातचीत में पुलिस कमिश्नर का बार-बार ज़िक्र हो रहा था। बीच-बीच में कुछ नेताओं के नाम भी आ रहे थे और शाम को प्रेस क्लब में मिलने की बात भी तय हो रही थी।

फोन करते-करते आनंद ने घंटी बजाई और सुखराम से चाय और कुछ खाने के लिए लाने को कहा।

"हाँ, चड़ती राम जी, अब हम लोग अपनी बात शुरू करें। यह तो आप मानेंगे ही कि गलती कन्हैया की थी। आप जानते ही हैं कि पुरबिया मज़दूरों को बीड़ी पीने की कितनी आदत होती है। जब इन्हें तलब लगती है तो यह भी ध्यान नहीं रहता कि किस जगह बैठे बीड़ी पी रहे हैं। जहाँ पुराने टायरों की रिट्रेडिंग होती है वहाँ तो ऐसा मैटीरियल होता है, जो फौरन आग पकड़ लेता है। कन्हैया को बहुत बार समझाया गया था कि जब भी बीड़ी पीने की तलब उठे, वह फैक्टरी से बाहर चला जाया करे। पर भलेमानस पर किसी हिदायत का कोई असर नहीं था।"

चड़ती राम शुद्ध हरियाणवी अंदाज़ में बोला, "सो तो ठीक है साहब, ये पुरबिए तो बीड़ी पिए बिना दस मिंट ना रह सकें। कुदरत की बड़ी मार है इन पै, पर साहब,

एक आदमी तो मर ही गया। उस बखत वो फैक्टरी में काम तो कर ही रहा था। गाँव में उसके छोटे-छोटे बच्चे हैं साहब, उसकी औरत तो बेवा हो ही गई साहब!" अपनी बात में चड़ती राम यह भी कह गया, "आखिर हम भी तो इसी धंधे की रोटी खाते हैं साहब!"

थोड़ी देर की बातचीत के बाद सभी बातें तय हो गईं। कन्हैया का रिश्ते का भाई यह लिखकर दे देगा कि आग उसकी गलती से लगी थी। यूनियन के नेता की हैसियत से चड़ती राम पुलिस से अपनी शिकायत वापस ले लेगा। कन्हैया की बीवी को उसके गाँव के पते पर बलवंत सिंह की ओर से पाँच हज़ार रुपए भिजवाए जाएँगे और एक हज़ार रुपया चड़ती राम अपने और अपने साथियों के लिए लेगा।

दूसरे दिन आनंद अपनी पत्नी कोमल और बेटे अमितोज को लेकर डिनर पर आया हुआ था।

बलवंत सिंह बोला, "आनंद साहब, वह चड़ती राम का बच्चा तो इतना बढ़-चढ़कर बोल रहा था, जैसे वह इस घर को आग ही लगा देगा, पर आपसे वह रोब खा गया। जिस तरह आपने उसे धमकाया, फिर सहलाया, फिर अखबार की बात बताई, उससे उसे लगा कि हमारे हाथ उतने छोटे नहीं हैं, जितने वह समझता था।"

"मैं कहती थी न, आनंद साहब ज़रूर इस समस्या का कोई हल निकाल लेंगे।" मनजीत बड़े उत्साह से बोली।

सबके सामने व्हिस्की के गिलास रखे हुए थे। भगवंत दो-तीन पैग चढ़ा चुका था। बलवंत सिंह और आनंद अपने-अपने गिलासों से धीरे-धीरे सिप कर रहे थे। मनजीत और गुरमीत दोनों सलाद काटकर बीच की मेज़ पर रख रही थीं। औरतें साथ के कमरे में बैठी गपशप कर रही थीं। बलवंत के तीनों बेटे और भगवंत का बेटा इंदर ड्राइंगरूम में बैठे रेडियो सुन रहे थे।

भाइया जी बड़ी आरामकुर्सी पर बैठे थे। बोले, "मैंने ही मनजीत से कहा था, पुत्तर, आनंद साहब को फोन कर। पढ़े-लिखे सयाने आदमी हैं। उस वक्त मुझे अपने गाँव के राजा ज़फर अली की याद आ गई थी। वह भी बहुत सयाने और रोब-दाब वाले इंसान थे... बहुत ही सुलझे हुए और तास्सुब से बहुत दूर। गाँव में मुसलमान ज़्यादा थे। हिंदुओं-सिखों के घर बड़े थोड़े थे। वे हमें बकरे का झटका नहीं करने देते थे। जब कभी महाप्रसाद खाने का हमारा मन करता, हममें से कोई जेहलम जाता था।

बड़ा शहर था। उसमें हिंदुओं-सिखों की अपनी बस्तियाँ थीं। वहाँ झटके की दो-एक दुकानें थीं। मांस हम वहीं से खरीदकर लाते थे, वह भी चोरी-चोरी।"

सभी लोग उनकी बातें सुन रहे थे। मनजीत और गुरमीत बड़े व्यंग्य से मुस्करा रही थीं। गुरमीत बोली, "भाइया जी फिर अपनी पुरानी यादों में डूब गए हैं। इनके अंदर तो पुरानी यादों की टोंटियाँ लगी हुई हैं। मौका मिला···एक टोंटी खुली और यादों का पानी बहने लगा···भरर···भरर···।"

भाइया जी बता रहे थे, "बैसाखी आई तो सारे गाँव के लोग दो कोस दूर लगे मेले में जाने की तैयारी करने लगे। हिंदू, मुसलमान, सिख सभी बड़े जोश से बैसाखी मनाते थे। गाँव में एक गुरुद्वारा था। बैसाखी के दिन खालसे का जन्मदिन मनाने के लिए सारे हिंदू-सिख गुरुद्वारे में इकट्ठे होते। अखंड पाठ का भोग पड़ता, कीर्तन होता···सब लोग लंगर छकते। गाँव में एक घर अमोलक सिंह का था। वह महाप्रसाद खाने का बड़ा शौकीन था···।"

बीच में ही बलवंत सिंह बोल पड़ा, "मुझे अच्छी तरह अमोलक सिंह की याद है। लंबा-तगड़ा आदमी था···तुर्रेदार प्याज़ी रंग की पगड़ी बाँधता था।"

भाइया जी की आँखों में चमक आ गई—"हाँ, वही···बड़ा दबंग आदमी था। उसने उस दिन अपने घर के दरवाज़े बंद करके एक बकरे का झटका कर लिया। सोचा होगा, गाँव के ज़्यादातर मुसलमान मेले में गए होंगे, किसी को पता नहीं लगेगा, पर यह भेद बाहर निकल गया। वह दिन तो निकल गया, पर दूसरे दिन सारे गाँव में सुरसुरी शुरू हो गई। सिखों ने गाँव में झटका किया है, यह बात सारे गाँव में फैल गई। उस दिन शुक्रवार था। गाँव की मस्जिद में जुम्मे की नमाज़ के बाद इमाम ने बड़ी भड़काऊ तकरीर की। लगता था, गाँव में फसाद हो जाएगा। मैं दौड़ता हुआ राजा ज़फर अली के घर गया। इस घटना के बारे में वह सुन चुके थे और चिंता की गहरी लकीरें उनके चेहरे पर छाई हुई थीं। मेरे कुछ कहने से पहले ही वह बोल पड़े थे, 'मानसिंह, अमोलक ने यह काम अच्छा नहीं किया। इस गाँव में मुसलमान, हिंदू, सिख सभी बड़े प्यार से रहते हैं, लेकिन तुम जानते हो कि जुनूनी आदमी हर जगह, हर कौम में होते हैं। ऐसे जुनूनियों को ऐसा मौका कभी नहीं देना चाहिए। ऐसे लोग तो बस मौकों की ताक में रहते हैं। मज़हब इनके लिए मोहब्बत नहीं, नफरत होता है।'

''मैंने कहा, 'राजा साहब, अमोलक सिंह ने बड़ी बेवकूफी की है। हम सभी लोग इसके लिए शर्मसार महसूस कर रहे हैं। अब इस बात को आप ही सँभालिए···आप

हमारे सबके सरपरस्त हैं। हिंदू, मुसलमान, सिख सभी आपकी बहुत इज़्ज़त करते हैं ...आपको अपना रहनुमा मानते हैं। आप ही कुछ कीजिए।'

"राजा साहब ने मुझे भरोसा देते हुए कहा, 'मानसिंह, तुम घर जाओ, कोई फिक्र न करो। अपने लोगों से कहो, बिलकुल शांत रहें और कोई ऐसी बात न करें, जिससे भड़की आग पर घी पड़ जाए। बाकी मुझ पर छोड़ दो, मैं कुछ करता हूँ।'

"राजा ज़फर अली ने मस्जिद के इमाम, गाँव के मौलवी और खास-खास मुसलमानों को अपने घर बुलाया। उन्हें मेले से खरीदकर लाई मिठाई खिलाई। बड़े-बड़े कड़ेदार गिलासों में सबको मीठी लस्सी पिलाई। वहाँ जमा लोग पहले बड़ी तुर्श ज़बान में बोल रहे थे और गाँव में झटका करने की हिमाकत के लिए अमोलक सिंह को सबक सिखाने की बात कह रहे थे।

"राजा साहब ने उन भड़के हुए लोगों को बड़े तरीके से समझाया। कहा, 'इसमें कोई शक नहीं कि अमोलक सिंह ने बड़ी बेजा हरकत की है। इस गाँव में ऐसा पहले कभी नहीं हुआ, लेकिन एक बात पर हमें भी गौर करना चाहिए। कल बैसाखी थी। हम सभी इस दिन वाढी (कटाई) शुरू करने की खुशी मनाते हैं, पर सिखों के लिए बैसाखी की एक और भी अहमियत है। इस दिन इनके दसवें गुरु ने खालसा पंथ सजाया था। उन्होंने अपने सिखों का इम्तहान लिया था और पाँच बकरे भी झटकाए थे। आप जानते हैं कि इस दिन को ये लोग कितने जोशो-खरोश से मनाते हैं। आखिर हम लोग इतने तंगनज़र तो नहीं हैं कि अपने हमसायों को इतनी खुशी भी न दे सकें, अपने पड़ोसियों को उनकी मर्ज़ी के मुताबिक उनके किसी खास मुकद्दस दिन पर खुशी न मनाने दी जाए।'

"उस वक्त एक नौजवान बीच में ही बोल पड़ा, 'हम उन्हें यह त्योहार मनाने से तो मना नहीं करते। कल भी ये लोग गुरुद्वारे में इकट्ठा हुए थे। पाठ और कीर्तन भी हुआ था। सबका लंगर भी हुआ था, लेकिन झटका करने की इस गाँव में ना तो रिवायत है, ना ही इजाज़त है।'

"राजा साहब ने उसे ठंडा करते हुए कहा था, 'बरखुरदार, बैसाखी के दिन झटका करना उनके त्योहार का एक हिस्सा बन गया है, वैसे ही जैसे हम लोग बकरीद के दिन कितनी भेड़ों-बकरियों की कुर्बानी देते हैं। साल में अगर एक दिन उनमें से किसी ने ऐसी बात कर ली, तो हमें इतना तंगनज़र होने की क्या ज़रूरत है?'

"राजा साहब की बातों का लोगों पर खासा असर हुआ। न सिर्फ इतना हुआ कि

सारे गाँव में फैला हुआ तनाव खत्म हो गया, यह बात भी परवान हो गई कि बैसाखी के दिन झटका करने की इन्हें इजाज़त रहेगी।"

आनंद बड़े ध्यान से भाइया जी की बातें सुन रहा था। वह अंदर ही अंदर हिल गया था। बोला, "भाइया जी, मेरा जन्म तो मुल्क के बँटवारे के बाद हुआ। भापा जी रावलपिंडी से जुड़ी अपनी यादें अकसर सुनाया करते थे। सुनाते-सुनाते उनकी आँखें भर आती थीं और गला रुँधने लगता था। पता नहीं क्यों, मैं भी विह्वल हो जाया करता था। आज आपकी बातें सुनकर मुझे लग रहा है जैसे मैं अपने भापा जी के सामने बैठा हूँ। आपका चेहरा देखकर लगता है, आप पूरी तरह भीगे हुए हैं। लगता है, यादों की यह बारिश आपको कभी सूखा नहीं होने देगी।"

5

वी०वी० गिरि के राष्ट्रपति चुन लिए जाने से कांग्रेस को बड़ा झटका लगा था। मोरारजी देसाई, सादिक अली, कामराज, एस०के० पाटिल, निजलिंगप्पा, यशवंत राव चव्हान आदि कांग्रेस के दिग्गज नेता थे। कांग्रेस कार्य-समिति ने बँगलौर में अपनी मीटिंग करके नीलम संजीव रेड्डी को राष्ट्रपति-पद के लिए कांग्रेस का प्रत्याशी बनाया था। इंदिरा गांधी ने कार्य-समिति की बैठक में भाग नहीं लिया था। वह महसूस कर रही थीं कि बड़े-बड़े नेताओं का यह गुट उनके चारों ओर अपना पंजा कसता जा रहा है। वह प्रधानमंत्री थीं और चाहती थीं कि देश का राष्ट्रपति उनकी पसंद का होना चाहिए। उन्हें लग रहा था कि ये नेता किसी ऐसे व्यक्ति को राष्ट्रपति बनाना चाहते हैं, जो उन पर अंकुश लगाए रखे और ये लोग उन्हें किसी बेजान कठपुतली की तरह नचाते रहें।

इंदिरा गांधी को अपने पिता जवाहरलाल नेहरू का समय भी याद था। डॉ० राजेंद्र प्रसाद देश के पहले राष्ट्रपति बने थे। वे भी बहुत प्रभावशाली नेता थे। सारे देश में उनका बड़ा सम्मान था। राष्ट्रपति देश का संवैधानिक मुखिया होता है, पर राज्य का संचालन करने, नीतियाँ बनाने, उन्हें लागू करने का सारा दायित्व प्रधानमंत्री का होता है। उन्होंने देखा था कि कभी-कभी कुछ बातों को लेकर नेहरू जी और राजेंद्र बाबू में मतभेद हो जाता था। उससे दोनों के बीच कभी-कभी गहरा तनाव भी पैदा हो जाता था। वह उस स्थिति को दोहराना नहीं चाहती थीं। उन्होंने कांग्रेस कार्य-समिति के फैसले को चुनौती देने की ठान ली और उपराष्ट्रपति वी०वी० गिरि को अपना उम्मीदवार घोषित कर दिया और निर्वाचन मंडल के सदस्यों से आग्रह किया कि वे पार्टी के निर्देश की परवाह न करें और अपनी आत्मा की आवाज़ पर अपना वोट दें।

इंदिरा गांधी ने बहुत बड़ा जोखिम उठाया था। उन्होंने अपना पूरा राजनीतिक अस्तित्व दाँव पर लगा दिया था। बाबू जगजीवन राम जैसे कुछ वरिष्ठ नेता उनका साथ दे रहे थे, लेकिन जोखिम तो उनका नितांत अपना था।

वी०वी० गिरि की जीत से इंदिरा गांधी का एक सबल और दृढ़निश्चयी नेत्री का बिंब सारे संसार में उभर आया। कांग्रेस पार्टी दो फाड़ हो गई। कांग्रेस कार्य-समिति ने अनुशासन भंग करने के आरोप में इंदिरा गांधी को पार्टी से निष्कासित कर दिया। इंदिरा गांधी ने पलटकर वार किया। देव बरुआ को उन्होंने कांग्रेस का अध्यक्ष बना दिया। नई कार्य-समिति गठित कर दी गई। एक दूसरी कांग्रेस (इंदिरा) बन गई। दूसरी ने अपने आपको कांग्रेस (ऑफीशियल) बना लिया। दोनों ने सही कांग्रेस पार्टी होने का दावा किया। केंद्रीय स्तर पर कांग्रेस के विभाजित होने के कारण कांग्रेस की संसदीय पार्टी भी विभाजित हो गई। अधिसंख्य सदस्य इंदिरा गांधी के साथ रहे, किंतु कुछ ने अपनी वफादारी उसी कांग्रेस के साथ रखी, जिसके चुनाव चिह्न पर वे जीतकर संसद में पहुँचे थे। लोकसभा में इंदिरा समर्थक कांग्रेस पार्टी का बहुमत नहीं रहा। इस स्थिति में सरकार गिर सकती थी, लेकिन वामपंथी पार्टियों ने इस नाज़ुक अवसर पर इंदिरा गांधी का साथ दिया। उनकी सरकार बच गई।

इंदिरा गांधी के करिश्मे का जादू सभी के सिर चढ़कर बोलने लगा।

आनंद के दफ्तर में रमन, विक्रम और गोस्वामी बैठे हुए देश में पैदा हुई राजनीतिक गतिविधियों की चर्चा कर रहे थे।

रमन कह रहा था, "मुझे ये आसार अच्छे नहीं दिखाई दे रहे हैं। किसी एक व्यक्ति का करिश्मा किसी देश के लिए लाभकारी भी हो सकता है, पर उसका बहुत बड़ा नुकसान भी कर सकता है। हिटलर की मिसाल याद करो। जर्मनी में जब उसका उदय होना शुरू हुआ था, तो लोगों में उसकी शख्सियत में वही करिश्मा दिखाई दिया था, जो यहाँ आज इंदिरा गांधी में दिखाई दे रहा है। उस समय जर्मन लोग हिटलर के लिए पागल हो उठे थे। चारों ओर उसकी दुंदुभि बज रही थी। दूसरा विश्वयुद्ध शुरू हुआ तो यूरोप का एक-एक देश उसके पैरों पर पके हुए आमों की तरह गिरने लगा था।"

गोस्वामी ने बीच में ही काट दिया, "अपने आर्य होने, श्रेष्ठ होने का कैसा उन्माद उसने वहाँ के लोगों में पैदा कर दिया था, लेकिन इस उन्माद की कितनी बड़ी कीमत बिचारे यहूदियों को चुकानी पड़ी थी।"

विक्रम बोला, "जब कभी भी श्रेष्ठ नस्ल होने का, ऊँची जाति होने का या एकमात्र खुदाई मज़हब होने का उन्माद फैलाया जाएगा, तो दूसरे लोगों के साथ वैसा ही

व्यवहार किया जाएगा, जैसा नाज़ियों ने यहूदियों के साथ किया था। यहूदियों के साथ कैसे-कैसे ज़ुल्म हुए थे। गैस चैंबरों में भरकर किस तरह लाखों लोगों को तड़पा-तड़पाकर मार डाला गया था। इसकी कहानी सुनकर तो रोंगटे खड़े हो जाते हैं।"

आनंद बोला, "थोड़े-बहुत लोग नहीं, हिटलर और उसकी नाज़ी सेनाओं द्वारा साठ लाख लोग मौत के घाट उतार दिए गए थे; लेकिन यह भी तो सोचिए, आखिर उस हिटलर का आखिरी अंजाम क्या हुआ था? जब वह ज़हर खाकर आत्महत्या कर रहा था, उसके आसपास दस लोग भी नहीं थे।"

आनंद कुछ रुककर बोला, ''लेकिन इंदिरा जी को लेकर आप लोग बहुत दूर की उड़ानें भर रहे हैं। यहाँ ऐसी कोई संभावना नहीं है। इंदिरा जवाहरलाल नेहरू की बेटी है और जवाहरलाल नेहरू की लोकतंत्र में पूरी आस्था थी। जो कुछ भी हुआ है वह कांग्रेस पार्टी के अंदर का सत्ता-संघर्ष है। सिंडीकेट में अपने आपको दिग्गज समझने वाले बूढ़े नेताओं का जमावड़ा हो गया था। सारी सत्ता को अपने हाथों में बनाए रखने के लिए इनकी क्लिक बन गई थी। इन्हें इंदिरा जी ने चुनौती दी और इनका गढ़ तोड़ दिया। इनमें से ज़्यादातर सत्ता के भूखे लोग हैं। तुम देखना, कुछ समय बाद ही इनमें से कितने ही लोग एड़ियाँ रगड़ते हुए इंदिरा जी के पास वापस आ जाएँगे।"

"तुम तो इंदिरा गांधी के बड़े समर्थक लगते हो, आनंद!" विक्रम ने बड़े व्यंग्य से कहा।

"देखो, विक्रम, मैं यथास्थितिवाद का समर्थक नहीं हूँ। जब यथास्थिति टूटती है, तो ज़रूरी नहीं कि उसके अनुकूल और अच्छे परिणाम निकलते हों, पर मैं मानता हूँ कि यथास्थिति को टूटना चाहिए। उसके दूरगामी परिणाम अच्छे निकलते हैं। जड़ता टूटती है, तो गति आती है। इसी से मनुष्य आगे बढ़ता है, उसकी प्रगति होती है। इसमें कोई संदेह नहीं कि इस समय इंदिरा जी ने यथास्थिति बनाए रखने वाली ताकतों को अगर पूरी तरह तोड़ा नहीं है तो उन्हें करारा झटका अवश्य दिया है। देखना है कि आगे क्या होता है?"

सुखराम ने उसके सामने एक चिट रख दी। उस पर जत्थेदार सोहन सिंह का नाम लिखा हुआ था।

आनंद ने कागज़ समेटते हुए कहा, "आप लोग शाम को टी-हाउस आ रहे हैं? आगे की गपशप वहीं करेंगे।"

रमन, विक्रम और गोस्वामी बाहर निकले, तो आनंद ने सोहन सिंह को अंदर

बुला लिया।

सोहन सिंह ने कमरे में घुसते ही फतेह बुलाई, ''वाहेगुरु जी का खालसा, वाहेगुरु जी की फतेह...।''

"जी आयाँ नू जत्थेदार जी, आइए...।"

सोहन सिंह ने अपने साथ आए दो और सज्जनों का परिचय कराया, बाबू रामलुभाया जी, झिलमिल कालोनी सिंह सभा के प्रधान और कश्मीरी गेट व्यापार मंडल के कर्ता-धर्ता। दूसरे सरदार जयमल सिंह, एग्रो इंडस्ट्रीज़ प्राइवेट लिमिटेड के मालिक और गुरु हरिकृष्ण पब्लिक स्कूल, इंडिया गेट की गवर्निंग बॉडी के चेयरमैन।

आनंद ने घंटी बजाकर सुखराम को बुलाया और आए लोगों से पूछा, "आप लोग चाय लेंगे या कुछ ठंडा?"

सोहन सिंह ने कहा, "कुछ ठंडा ही मँगवाइए...बड़ी गर्मी है।"

सुखराम चला गया, तो आनंद ने पूछा, "सुनाइए जत्थेदार जी, क्या हुक्म है मेरे लिए?"

"हुक्म नहीं, हम तो आपकी कुछ सेवा करना चाहते हैं।'' सोहन सिंह बोले, "कैसा चल रहा है आपका अखबार?"

"देखिए, यह किसी धन्ना सेठ की पूँजी से निकलने वाला बड़ा अखबार तो है नहीं। इसे चलता रखने के लिए मुझे बड़े सारे पापड़ बेलने पड़ते हैं।"

सोहन सिंह हँस पड़ा, "इस पापड़ बेलने के काम में हम आपकी कुछ मदद कर सकते हैं?"

"क्यों नहीं...?" आनंद बोला, "अंधा क्या माँगे...दो आँखें। हमें कोई बड़ी कंपनी तो अपना इश्तहार देती नहीं। थोड़े-बहुत सरकारी इश्तहार मिल जाते हैं, उससे हमारा काम नहीं चलता। हमारे अखबार का सर्कुलेशन इतना नहीं है कि कोई इसलिए हमें अपना इश्तहार देने दौड़ा आए कि दूसरे ही दिन उसकी बनाई चीज़ की बिक्री दुगनी हो जाएगी। इस क्षेत्र में आप हमारी ज़रूर मदद कर सकते हैं।"

"सरदार जोध सिंह आपको कितने इश्तहार दिलवाते हैं?"

आनंद कुछ देर सोहन सिंह का चेहरा देखता रहा। वह क्यों आए हैं, इसे वह अच्छी तरह जानता था, पर ऐसा नहीं सोच रहा था कि वह सीधे-सीधे सौदेबाज़ी पर उतर आएँगे।

वह बोला, "जत्थेदार जी, यह पूछना आपके लिए वाजिब नहीं है और यह बताना मेरे लिए भी अच्छी बात नहीं है। जोध सिंह ही नहीं और भी कितने मेहरबान हैं जो 'क्लैमर' की मदद करते हैं। हमारे अखबार की एक पॉलिसी है। थोड़े-बहुत समझौते तो हम भी करते हैं। इस दुनिया में ज़िंदा रहने के लिए, जहाँ हर चीज़ खरीदी और बेची जाती है, समझौते करने पड़ते हैं, लेकिन हम अपनी नीति को लेकर कोई समझौता नहीं करते।"

"हम आपको अखबार की नीति बदलने के लिए तो नहीं कह रहे हैं। सिर्फ इतना कहना चाहते हैं कि सरदार जोध सिंह और उनके साथी आपकी जितनी मदद करते हैं, हम उससे ज़्यादा करना चाहते हैं।"

सोहन सिंह की बात सुनकर साथ आए रामलुभाया और जयमल सिंह ने अपनी गर्दन हिलाई।

"हाँ, आनंद साहब, हम आपकी और आपके अखबार की बड़ी इज़्ज़त करते हैं। हम तो आपकी दिलेरी के कायल हैं।" जयमल सिंह ने कहा।

रामलुभाया बोला, "राष्ट्रपति के चुनाव के बाद आपने जो संपादकीय लिखा था, मैंने उसे पढ़ा था। मैंने अपने कितने ही दोस्तों को पढ़कर भी सुनाया था। सभी आपकी हिम्मत और साफगोई की तारीफ कर रहे थे। आज जब सभी बड़े-छोटे अखबार इंदिरा गांधी की तूती बजा रहे हैं, उन्हें एक महान् नेता साबित करने में लगे हुए हैं, आपने उन खतरों की ओर भी लोगों का ध्यान खींचा है, जिनमें किसी डिक्टेटर का जन्म होता है। ऐसी चेतावनी देने का काम आप जैसा कोई आज़ाद तबीयत का एडीटर ही कर सकता है।"

आनंद मुस्कराया।

सोहन सिंह बोला, "जाने दीजिए। यदि आप यह नहीं बताना चाहते कि जोध सिंह आपकी कितनी मदद करता है, तो मत बताइए। इस वक्त हमारे ये दोनों साथी अपनी-अपनी फर्मों के दस-दस हज़ार रुपए के इश्तहार देकर आपकी कुछ सेवा करना चाहते हैं।"

रामलुभाया और जयमल सिंह ने अपनी-अपनी चेक बुक निकाली और 'क्लैमर वीकली' के नाम दस-दस हज़ार रुपए के चेक काटकर आनंद की ओर बढ़ा दिए।

"और इश्तिहार का मैटर?" आनंद ने पूछा।

जयमल सिंह बोला, "सिर्फ इतना छाप दीजिए...'विद बेस्ट कॉम्प्लीमेंट्स फ्रॉम

ए वेलविशर'…।"

आनंद चेक वापस करते हुए बोला, "हम ऐसे गुमनाम इश्तिहार नहीं छापते। आपको इश्तिहार देना है, तो फर्म का नाम और पूरा पता देना पड़ेगा।"

तीनों कुछ देर चुप बैठे रहे। फिर सोहन सिंह बोला, "ठीक है, आप ये चेक रखिए। मैटर हम कल भिजवा देंगे।"

मनजीत 'यू स्पेशल' से घर वापस आ रही थी। आज अंग्रेज़ी के पीरियड में उसे ओ'हेनरी की कहानी 'द लास्ट लीफ' पढ़ाई गई थी। वह उस कहानी के बारे में सोचने लगी, एक बीमार लड़की चारपाई पर लेटी रहती है। सामने एक पेड़ है। पतझड़ का मौसम है। अपने सामने वह पत्तों को झड़ता हुआ देखती रहती है। रोज़ ही कुछ पत्ते झड़ जाते हैं। सूखी टहनियाँ निकलती आ रही हैं। लड़की को लगता है, जब इस पेड़ की सभी पत्तियाँ झड़कर गिर जाएँगी तो वह मर जाएगी। झड़ती हुई पत्तियों के बीच उसे एक हरी पत्ती दिखाई देती है। वह रोज़ उस पत्ती को देखती है और सोचती है, जिस दिन यह पत्ती गिरेगी, वही दिन उसके जीवन का अंतिम दिन होगा।

पतझड़ बीत जाता है, पर वह छोटी हरी पत्ती नहीं गिरती। एक कलाकार, जो उस लड़की के मन की बात जानता है, एक रात वैसी ही पत्ती बनाकर पेड़ पर लटका आता है। असली पत्ती तो गिर जाती है, पर कलाकार की बनाई नकली पत्ती पेड़ पर लगी रहती है। बीमार लड़की यह बात नहीं जानती। वह उसी पत्ती को देखती रहती है, फिर धीरे-धीरे उस पेड़ पर नई पत्तियाँ आनी शुरू हो जाती हैं।

मनजीत उस कलाकार के विषय में सोचने लगती है, उसे लड़की के मन की बात कैसे पता लगी। उसे कैसे पता लगा कि उस लड़की के जीवन की साँसें उस पत्ती के साथ जुड़ी हुई हैं। उसने क्या सोचकर उस पेड़ पर नकली पत्ती लगा दी थी?

सोचते-सोचते उसका स्टॉप आ गया। वह बस से उतरी तो वह लड़का भी उतरा, जिसे इसी बस से आता-जाता देखती रहती थी। आज वह उसे बस में नज़र नहीं आया था।

वह अपने घर के रास्ते की तरफ मुड़ी ही थी कि वह लड़का सामने आ गया।

"मैं आपसे दो बातें कर सकता हूँ?" उसने बहुत अचकचाते हुए पूछा।

"करिए…!"

"आप थर्ड ईयर में हैं, मैं भी थर्ड ईयर में हूँ। आप पास कोर्स में हैं, मैं हिस्ट्री

ऑनर्स में हूँ। तीन साल से हम इसी बस में सफर कर रहे हैं। मैंने एक-दो बार आपसे कुछ बातचीत करने की कोशिश की, पर आपने लिफ्ट नहीं दी।"

"क्या यही सब कहने के लिए आपने मुझे रोका है?" मनजीत ने बड़े रूखे स्वर में पूछा।

"यही समझिए। थर्ड ईयर पास करते ही हमारे रास्ते बदल जाएँगे। आप शायद एम०ए० करेंगी या बी०एड०। मैं किसी कंपटीशन की तैयारी में लग जाऊँगा। मैं एक दिन आपके साथ बैठकर चाय पीना चाहता हूँ, क्या आप मेरी यह इच्छा पूरी कर सकती हैं?"

चेहरे से सख्त-सी दिखने वाली मनजीत हँस पड़ी।

"चलिए, आज ही हम साथ-साथ चाय पीते हैं, पर एक शर्त है। मुझे भूख लगी है, आप वहाँ चाय पिलाने से पहले मुझे मसाला डोसा खिलाएँगे।"

लड़के को महसूस हुआ, उसके चेहरे की हर मांसपेशी थिरकने लगी है, "श्योर...।" वह बोला।

मद्रास कैफे में दोनों आमने-सामने बैठ गए।

"मेरा नाम कमलजीत है।"

"मैं जानती हूँ।"

"आप कैसे जानती हैं?"

"उसी तरह जैसे आप जानते हैं कि मेरा नाम मनजीत है।''

वह ठहाका लगाकर हँसी। लड़का भी हँसने लगा।

"बी०ए० के बाद आपका क्या करने का इरादा है?"

मनजीत कुछ खीझकर बोली, "जब साथ-साथ बैठकर चाय पी ही रहे हैं, तो थोड़े-बहुत दोस्त तो हम बन ही गए हैं। अब यह आप-आप छोड़ दो और दोस्तों की तरह तुम पर उतर आओ।"

"ठीक है, तुम्हारा आगे क्या करने का इरादा है?"

"मैं खुद नहीं जानती। मन करता है उड़ूँ...सारी दुनिया का चक्कर लगाऊँ... देश-विदेश में खूब घूमूँ...तरह-तरह के लोगों से मिलूँ, पर मेरे चाहने से क्या होता है? होगा तो वही, जो किस्मत में लिखा है या जो माँ-बाप चाहते हैं।"

"तुम्हें एयर होस्टेस बनना चाहिए। यही एक ऐसा प्रोफेशन है, जो तुम्हारी इच्छाओं की पूर्ति कर सकता है।"

मनजीत कुछ उदास हो गई, “एक बार दार जी से मैंने कहा, मैं एयर होस्टेस बनना चाहती हूँ, तो उन्होंने झिड़क दिया।”

“तो तुम्हें किसी ऐसे लड़के से शादी करनी चाहिए, जो विदेश में रहता हो।”

“यह बात भी तो इतनी आसान नहीं है। खैर, मेरी बात छोड़ो। बी०ए० के बाद तुम क्या करोगे? अभी तुम किसी कंपटीशन की तैयारी की बात कर रहे थे?”

“मैं आई०ए०एस० की तैयारी करूँगा,” कमलजीत बोला, “सरकारी अफसर बनना चाहता हूँ।”

मनजीत आँखें नचाती हुई बोली, “सरकारी अफसर की मौज तो बहुत होती है, रोब भी खूब होता है, उसके सामने सलाम करने वालों की भीड़ लगी रहती है।”

कमलजीत हँसा, “सिर्फ इतना ही नहीं, उसके कंधों पर ज़िम्मेदारियाँ भी बहुत होती हैं और उसके सामने चुनौतियाँ भी बहुत आती हैं।”

6

निधान सिंह और बीर सिंह को सभी लोग छोटे संत कहते थे। बड़े संत निरंजन सिंह अस्सी की आयु पार कर गए थे। दूर-दूर तक उनके डेरे की मान्यता थी। विभाजन से पहले लायलपुर में उनका डेरा था, इसलिए उनकी ख्याति संत लायलपुर वाले के नाम से थी। अंग्रेज़ों ने अपने शासनकाल में उस क्षेत्र में नहरों का जाल बिछा दिया था और पूर्वी पंजाब के बहुत-से जाट किसानों को उधर ज़मीनें दे दी थीं। इन किसानों ने बड़ी मेहनत से उजाड़ पड़ी ज़मीन को खेती योग्य बनाया था। गेहूँ की उपज के लिए वह क्षेत्र जाना जाने लगा था और वहाँ समृद्धि का नया दौर आ गया था।

निरंजन सिंह अच्छे खाते-पीते खत्री परिवार का लड़का था। उसके पिता मिल्खी राम सभरवाल की लायलपुर में कपड़े की दुकान थी। दो भाइयों और दो बहनों के साथ निरंजन सिंह मिल्खी राम की सबसे छोटी संतान था।

उन दिनों पंजाब में धार्मिक लहरों का दौर था। सारे देश में पुनर्जागरण की लहर चल रही थी। संभ्रांत हिंदू परिवारों में आर्य समाज का प्रभाव लगातार बढ़ रहा था। सिखों में 'सिंह सभा' आंदोलन ने गुरुद्वारों को नई रंगत देकर 'अमृत-प्रचार' की लहर से लोगों में यह भावना भरनी शुरू कर दी थी कि सिख होने के लिए केशधारी और अमृतधारी होना ज़रूरी है। जिन परिवारों की आस्था तो गुरुवाणी और गुरुद्वारों में थी, किंतु जो केश नहीं रखते थे, ऐसे लोग मोने या सहजधारी सिख समझे जाते थे।

मिल्खी राम सभरवाल का परिवार ऐसे परिवारों में से था। परिवार का हर व्यक्ति सुबह 'जपुजी' का पाठ करता था। मिल्खी राम पास के गुरुद्वारे में माथा टेके और बताशों का प्रसाद लिए बिना दुकान नहीं खोलता था।

मिल्खी राम के दो बड़े बेटे बाप की तरह सहजधारी थे। उसकी सबसे बड़ी बेटी कौशल्या एक केशधारी सिख परिवार में ब्याही हुई थी और छोटी बेटी सतनाम का रिश्ता एक सहजधारी परिवार में तय हो गया था। सबसे छोटे गुड्डू को

केशधारी सिख बनाने का फैसला मिल्खी राम और उसकी पत्नी लाजवंती ने उसके पैदा होते ही कर लिया था। गुरुद्वारे में उसका नामकरण किया गया था। ग्रंथी ने गुरु ग्रंथ साहब से वाक लिया था। पहली पंक्ति में ही निरंजन शब्द आया था—सो पुरख निरंजन हरि पुरख निरंजन हरि अगमा अगम अपारा...।

उसका नाम निरंजन सिंह रख दिया गया था। सभी में कड़ाह प्रसाद बाँटा गया था और जयकारा लगाया गया था।

निरंजन सिंह ने बचपन से ही ऐसी रुचियाँ दिखानी शुरू कर दीं, जो उसके परिवार में किसी में नहीं थीं। पढ़ने-लिखने में उसका मन अधिक नहीं लगता था। लायलपुर के खालसा स्कूल से किसी तरह उसने दसवीं तक की पढ़ाई कर ली थी। वह नियमित रूप से पाँचों वाणियों का पाठ करता था। जब भी अवसर मिलता, वह गुरुद्वारे में पहुँच जाता, वहाँ झाड़ू लगाता, बर्तन साफ करता। रविवार, पूर्णमासी, संक्रांति और किसी गुरुपर्व पर जब गुरुद्वारे में बहुत लोग आते थे, वह सारा-सारा दिन सेवा में लगा रहता। लंबे बड़े पंखे से, जिसके लंबे डंडे को बीच से भी पकड़ा जाता था, वह इकट्ठा हुई संगत पर पंखा झुलाता, लंगर में जाकर काम करता।

छोटी आयु में ही उसने गुरु ग्रंथ साहब का पाठ करना भी सीख लिया था। गुरुद्वारे में जब कभी अखंड पाठ होता, वह उसमें कई बार अपनी बारी देता था।

उसने विवाह नहीं किया। लोग उसे संत निरंजन सिंह के नाम से पुकारने लगे। उसके श्रद्धालुओं की गिनती बढ़ने लगी। गुरुद्वारे में वह हारमोनियम पर कीर्तन भी करता था और कथा भी करता था। उसका कीर्तन सुनने के लिए दूर-दूर से लोग आने लगे थे। जब वह गुरु-इतिहास की कथा सुनाता तो लोग एकाग्र होकर घंटों बैठे रहते।

धीरे-धीरे उसके साथ भक्तों और सेवकों की भीड़ जमा होने लगी। उसका अपना अलग गुरुद्वारा बन गया, जो डेरा संत निरंजन सिंह के नाम से मशहूर हो गया। वहाँ धन की वर्षा होने लगी।

देश के विभाजन के समय लायलपुर में संत निरंजन सिंह के डेरे की संपत्ति लाखों में पहुँच गई थी। निधान सिंह और बीर सिंह उसके दो मुख्य सेवादार थे। चढ़ावे में हर महीने हज़ारों रुपए आते थे। आसपास के समृद्ध जाट किसान गेहूँ, बाजरा और मक्का की बोरियाँ भरकर डेरे में दे जाते थे। सभी दिन संगत के लिए सुबह-शाम लंगर का प्रवाह चलता रहता था।

संत निरंजन सिंह तो कथा-कीर्तन में लगे रहते थे। रुपए-पैसे तथा आय-व्यय का

सारा हिसाब निधान सिंह के पास रहता था। डेरे के नाम से बैंक में खाता खुला हुआ था। वैसे तो श्रद्धालुओं से जो भी धन प्राप्त होता था, उसकी रसीद दी जाती थी, किंतु बिना किसी रसीद के चढ़ावे में जो रकम आती थी, वह रसीदों द्वारा प्राप्त राशि से कहीं ज़्यादा होती थी।

डेरे की पक्की इमारत के कुछ कमरों में अनाज की बोरियाँ जमा रहती थीं। लंगर के लिए मँगवाई जाने वाली सामग्री—देसी घी, तेल और अचार के टीन, बर्तनों और पत्तलों के ढेर—से कई-कई कमरे भरे रहते थे। इन सभी की देखभाल की ज़िम्मेदारी बीर सिंह की थी। एक और कमरा था, जिसमें कई स्टील की आलमारियाँ थीं। उसी कमरे में एक मज़बूत तिजोरी थी। सभी मूल्यवान चीज़ें आलमारियों में बंद रहती थीं और चढ़ावे में आया सोना, चाँदी और नकदी तिजोरी में रहती थी। इस कमरे की चाबियों का भारी गुच्छा निधान सिंह के अधिकार में रहता था।

संत निरंजन सिंह सफेद गोल पगड़ी बाँधते थे और लंबा कुर्ता पहनते थे। नीचे घुटनों तक पहुँचने वाला कच्छा होता था। कभी-कभी वह सफेद धोती तहमत की तरह बाँधा करते थे। निधान सिंह और बीर सिंह की वेशभूषा भी ऐसी हो गई थी। संत निरंजन सिंह को बड़े संत जी और इन दोनों को छोटे संत जी कहकर पुकारा जाता था।

संत निरंजन सिंह को अखबार पढ़ने का शौक था। उर्दू अखबार 'मिलाप' को वह नियमित पढ़ते थे। रेडियो से समाचार सुनना भी वह नहीं भूलते थे। देश में उस समय जो राजनीतिक सरगर्मियाँ चल रही थीं, उनकी कुछ जानकारी उन्हें रहती थी। अपने दोनों शिष्यों निधान सिंह और बीर सिंह से वह इन विषयों पर चर्चा भी करते रहते थे और किसी भविष्यवक्ता की तरह कहते थे, 'मैं देख रहा हूँ, भयंकर संकट से भरे काले बादल गंगा-जमुना को पार करते इधर बढ़ते चले आ रहे हैं,' कहते-कहते उनकी पलकें कुछ क्षणों के लिए मुँद जाती थीं, फिर वह धीरे-धीरे आँखें खोलते थे, 'इन काले बादलों से अब पानी की जगह खून बरसेगा···खलकत इधर से उधर दौड़ती-भागती फिरेगी···आग की लपटें आसमान को छूने लगेंगी।'

निधान सिंह और बीर सिंह बड़ी श्रद्धा से उनकी बातें सुनते थे। न वे कभी अखबार पढ़ते थे, न कभी रेडियो से आने वाली खबरों की ओर विशेष ध्यान देते थे। वे सदा पाठ-पूजा, आने-जाने वाले लोगों के लंगर-पानी की व्यवस्था, वेतनभोगी सेवादारों की ड्यूटियों, चढ़ावे में आई चीज़ों को सँभालने के काम और चाबियों के गुच्छों को

सहेजने में लगे रहते थे। संत जी की बातें उन्हें किसी सर्वज्ञ महापुरुष की भविष्यवाणी जैसी लगती थीं।

कलकत्ता में मुस्लिम लीग की ओर से जो 'सीधी कार्रवाई दिन' हुआ था, उसकी खबर संत निरंजन सिंह ने पढ़ी थी, फिर बिहार में मुसलमानों का जो कत्लेआम हुआ था, इसका भी उन्हें ज्ञान था। स्थान-स्थान पर भड़कने वाले दंगों की चिंता उनके चेहरे पर अपने निशान छोड़ रही थी, फिर आसपास भी ऐसी घटनाएँ होने लगीं। हजारा में बहुत सारे हिंदुओं-सिखों को पठान कबायलियों ने मार डाला था। नौशेरा, अटक और रावलपिंडी के कुछ इलाकों में भी हिंदुओं-सिखों पर हमले हुए थे। कैबिनेट मिशन असफल होकर इंग्लैंड वापस चला गया था। पंजाब में मलिक ख़िज़र हयात खान की यूनियनिस्ट वज़ारत ने इस्तीफा दे दिया था और गवर्नर ने मुस्लिम लीग के नेता नवाब ममदोत को नई सरकार बनाने का न्योता भेजा था। संत निरंजन सिंह ने इन खबरों को भी बड़ी दिलचस्पी और चिंता से पढ़ा था।

लेकिन उस दिन उनकी चिंता एकदम बढ़ गई जब उन्होंने सुना कि लाहौर में पंजाब असेंबली की सीढ़ियों पर अकाली नेता मास्टर तारा सिंह ने असेंबली भवन पर लहराते मुस्लिम लीग के झंडे की रस्सियों को अपनी नंगी तलवार से काट दिया है और पाकिस्तान मुर्दाबाद का नारा लगाया है।

संत निरंजन सिंह ने निधान सिंह और बीर सिंह को बुलाकर कहा, "मैं जिस दिन की पेशीनगोई कर रहा था, वह दिन अब दूर नहीं है। सारे पंजाब में अब दंगे भड़क उठेंगे। ऐसी आग से कोई नहीं बचेगा, न लायलपुर, न अपना डेरा। भलाई इसी में है कि हमें यहाँ से निकलने की तैयारी करनी चाहिए।"

निधान सिंह ने सोचा, संत जी व्यर्थ ही डर रहे हैं। ऐसे दंगे-फसाद तो होते ही रहते हैं, इनसे डरकर कोई अपना घर-बार छोड़कर तो नहीं चला जाता। उसने कुर्ते के अंदर पहनी फतुही की जेब में पड़े चाबियों के गुच्छे को महसूस किया। तिजोरी में हज़ारों की नकदी रखी हुई थी। स्टील की आलमारियों में कीमती दुशाले, रेशमी रुमाले और न जाने कितनी कीमती चीज़ें रखी हुई थीं। इतना बड़ा डेरा⋯रोज़ आने वाला इतना चढ़ावा⋯क्या इस सबको ऐसे ही छोड़ दिया जाएगा?

वह बड़ी नम्रता से बोला, "संत जी, माहौल तो बहुत बिगड़ रहा है। लोग तरह-तरह की बातें कर रहे हैं। कहते हैं कि हिंदुस्तान बँट जाएगा। एक नया मुल्क पाकिस्तान बन जाएगा। हमारा लायलपुर पाकिस्तान में चला जाएगा। अंग्रेज़ी हुकूमत भी खत्म हो जाएगी, पर संत जी, राज-पाट तो पलटते ही रहते हैं। इससे क्या खलकत भी उजड़ जाती है? आप तो महापुरुष हैं। आपकी दिव्य आँखें तो बहुत दूर तक देख सकती हैं।

मैं तो अनजान मूरख हूँ···मैं क्या कह सकता हूँ।"

बीर सिंह ने उसकी बात को काट दिया। उसे यह बात सदा कचोटती रहती थी कि निधान सिंह के पास उन कमरों की चाबियाँ हैं, जिनमें असली माल-मत्ता है। मेरे पास तो अनाज की बोरियों, घी, तेल, अचार के कनस्तरों का हिसाब है। संत जी यहाँ से निकलने की बातें कह रहे हैं। निधान सिंह तो सारा माल-मत्ता एक गठरी में बाँध लेगा। मैं क्या अनाज की बोरियाँ और कनस्तर अपने सिर पर रखकर यहाँ से निकलूँगा?

वह बोला, "निधान सिंह जी, आपकी आँखें वे चीज़ें नहीं देख सकतीं, जो संत जी की रूहानी आँखें देख सकती हैं। संत जी ने अपने नाम-सिमरन, अपने तप, अपनी अटूट सेवा के बल पर जो सिद्धि प्राप्त की है, हम लोग उससे कोसों दूर हैं। संत जी की किसी बात पर शंका करना पाप है। संत जी ने आने वाले दिनों में जो कुछ होने वाला है, उसे इस तरह देख लिया है, जिस तरह हम लोग आकाश में चमकते हुए चाँद और तारों को देखते हैं। हमें दुविधा में नहीं पड़ना चाहिए और संत जी के कहे पर फूल चढ़ाने चाहिए।"

निधान सिंह अंदर ही अंदर चिढ़ गया। वह बीर सिंह के मन की बात अच्छी तरह जानता था, लेकिन आज उसने उसे बुरी तरह पछाड़ दिया था।

संत जी की आँखें बंद थीं, जैसे वे समाधि में चले गए हों। उनके मुँह से गुरुवाणी के बोल धीरे-धीरे निकल रहे थे, "जगत जलंदा रख लै आपणी किरपाधार···जित्त दुआहे ऊबरे तित्तै लियो उबार···।"

कुछ ही दिनों में सारा पंजाब धू-धू कर जलने लगा। देश का विभाजन घोषित हो गया। जो लोग इस विश्वास से आने वाले भयानक संकट को नकार रहे थे कि हुकूमतें बदलती हैं, लेकिन आम लोग अपनी धरती से नहीं बिछुड़ते, उनके विश्वास झूठे पड़ गए। पंजाब की नदियों का रंग इंसानी लहू से लाल होने लगा। शहर, कस्बे और गाँव लाशों से भर गए। शरणार्थियों के काफिले रास्तों में ही रोककर गाजर-मूली की तरह काटे जाने लगे। इधर से उधर और उधर से इधर शरणार्थियों को ले जाने वाली रेलगाड़ियाँ ज़िंदा इंसानों के बजाय उनकी कटी, क्षत-विक्षत लाशों को ढोने लगीं। लायलपुर में संत निरंजन सिंह का पक्का डेरा जलकर खाक हो गया। उनके निर्देश से निधान सिंह कीमती चीज़ों को सहेजकर संकट से पहले ही अमृतसर पहुँच गया था। उनके माता-पिता की पहले ही मृत्यु हो चुकी थी। दोनों बड़े भाई और उनके परिवार दंगाइयों की भेंट चढ़ गए थे।

बड़ी बहन कौशल्या अपने परिवार के साथ अंबाला पहुँच गई थी। छोटी बहन सतनाम को दंगाई उठा ले गए थे। उसका कुछ पता नहीं था।

संत निरंजन सिंह, बीर सिंह और उनके कुछ सेवकों को सेना ने बचा लिया था। सेना के संरक्षण में उन्हें अमृतसर तक ले आया गया। डेरे के नाम से जमा सारी धन-राशि बैंक की अमृतसर की शाखा में भेज दी गई थी, किंतु निधान सिंह ने अपने साथ लाई धन-राशि और सोने-चाँदी, कीमती सामान का जो हिसाब संत जी के सामने रखा, उसमें कुछ गड़बड़ दिखाई दे रही थी। बीर सिंह संत जी को यह समझाने की कोशिश कर रहा था कि गड़बड़ थोड़ी नहीं, बहुत ज्यादा है। उसकी जानकारी में सोने के बहुत-से गहने थे, जो श्रद्धालु महिलाओं ने डेरे के भवन के निर्माण के लिए भेंट किए थे। ऐसे बहुत-से गहने उसके हिसाब में नहीं थे। नकदी का तो कोई हिसाब ही नहीं था।

संत जी इस बात को जानते थे, किंतु समय शंका उठाने का नहीं था।

प्रश्न यह था कि अपना नया डेरा अब कहाँ बनाया जाए? लायलपुर, सरगोधा, मिंटगुमरी, मियाँवाली आदि क्षेत्रों में रहने वाले उनके लाखों श्रद्धालु अपने घरों से निकलकर भारत के विभिन्न भागों में आ बसे थे। वे लोग संत निरंजन सिंह के डेरे से भावनात्मक रूप से टूटे नहीं थे और न ही यह डेरा उन्हें अपने प्रभाव से दूर करना चाहता था।

पहले संत निरंजन सिंह ने सोचा कि अंबाला में डेरा लगाया जाए, किंतु निधान सिंह और बीर सिंह इस बात पर एकमत थे कि दिल्ली को अपना केंद्र बनाना चाहिए। वहाँ उन्हें अपने श्रद्धालुओं की बड़ी गिनती मिलने का भरोसा था।

महरौली में थोड़ी कीमत देकर कई एकड़ ज़मीन मिल गई। वहीं संत निरंजन सिंह का नया डेरा बनने लगा और कुछ वर्षों में वहाँ वही रौनक उभर आई जो लायलपुर में हुआ करती थी।

7

इंदिरा गांधी ने देश के चौदह बड़े बैंकों के राष्ट्रीयकरण की घोषणा कर दी। सारे देश में एक बार फिर तहलका मच गया। बैंकों पर देश के बड़े-बड़े पूँजीपतियों का अधिकार था। बोर्ड ऑफ डायरेक्टर्स में उन्हीं का वर्चस्व होता था। उन्हीं की पसंद के लोग बैंकों के बड़े-बड़े अधिकारी लग जाते थे। उनमें जमा करोड़ों की पूँजी पूँजीपतियों द्वारा चलाए जाने वाले उद्योगधंधों में इस्तेमाल होती थी।

बैंकों के राष्ट्रीयकरण की इस घोषणा से कुछ बड़े व्यापारिक घराने तो तिलमिलाए, किंतु आम लोगों की प्रतिक्रिया बहुत अच्छी थी। वामपंथी और समाजवादी पार्टियों ने इंदिरा गांधी के इस कदम की भरपूर सराहना की और देश के समाजवाद के रास्ते पर बढ़ने का इसे एक अच्छा संकल्प माना गया। बहुत-से जाने-माने लेखकों और बुद्धिजीवियों ने वक्तव्य देकर इसे बड़ा प्रगतिशील कदम घोषित किया और प्रधानमंत्री इंदिरा गांधी के बोल्ड तथा साहसपूर्ण नेतृत्व की बड़ी सराहना की।

टी-हाउस की हर मेज़ पर आज यही चर्चा हो रही थी। गोस्वामी अपनी लंबी मेज़ पर हाथ पटकता हुआ कह रहा था, "देखते जाइए, इंदिरा जी ने कांग्रेस के बड़े तीसमारखाँ समझे जाने वाले लोगों को तो धूल चटा ही दी है, अब वे नित्य ही कोई नया करिश्मा करेंगी। वे ऐसे करिश्मे नहीं करेंगी तो ये सिंडीकेट वाले उन्हें सत्ता में कैसे टिकने देंगे?"

उस टेबल पर जाने-माने गांधीवादी लेखक धर्मपाल भी बैठे हुए थे। बोले, "देखो भाई, ऐसी चौंकाने वाली गिमिक्स से भरी राजनीति बहुत अच्छी नहीं होती। कोई भी गंभीर और बड़ा नेता तात्कालिक उत्तेजना में कोई कदम नहीं उठाता। ऐसी खबरें भी आई हैं कि इस कदम को उठाने से पहले प्रधानमंत्री ने अपने मंत्रिमंडल से कोई विचार-विमर्श नहीं किया। उनकी अपनी एक 'कोटरी' है। उसी की सलाह पर उन्होंने यह कदम उठाया और आनन-फानन में राष्ट्रपति से अध्यादेश जारी करवा दिया।"

विक्रम बोला, "आप जानते हैं कि इस समय इंदिरा जी की कोटरी का सबसे महत्त्वपूर्ण सदस्य कौन है? उनका बेटा संजय गांधी। उसके सामने बोलने की किसी में ज़ुर्रत नहीं है।"

सामने से आता हुआ आनंद दिखाई दिया। रमन ने आवाज़ लगाई, "आनंद जी, यहीं आ जाइए···आपके लिए काफी मसाला है यहाँ।"

आनंद सबको नमस्कार करता, हाथ मिलाता दीवार से लगे लंबे सोफे में धँस गया।

रमन बोला, "आनंद जी, आज तो इंदिरा जी ने धमाका कर दिया। सभी बड़े-बड़े बैंकों का राष्ट्रीयकरण कर दिया। क्या सोचते हैं?"

आनंद ने सभी के चेहरों पर उड़ती नज़र डाली और बोला, "धर्मपाल जी इस मुद्दे पर बेहतर रोशनी डाल सकते हैं। क्यों धर्मपाल जी, आप क्या कहते हैं?"

"तुम्हारे आने से पहले मैं इसी विषय में कुछ कह रहा था।'' वह बोले, "मैं इस कदम के खिलाफ नहीं हूँ। कुछ पूँजीपति घराने इन बैंकों में आम जनता की गाढ़ी कमाई से जमा किए हुए धन का जिस ढंग से दुरुपयोग कर रहे थे, उसे तो किसी न किसी तरह रोका ही जाना था। यह काम कोई ऐसा नेता नहीं कर सकता था, जिसका इन घरानों से गहरा रिश्ता हो।"

बीच में ही विक्रम बोल उठा, "मोरारजी भाई प्रधानमंत्री होते तो वह ऐसा कदम नहीं उठाते।"

गोस्वामी बोला, "उनका सपूत कांति देसाई ही उन्हें यह नहीं करने देता। वह खुद भी कोई छोटा-मोटा पूँजीपति नहीं है।"

चर्चा बीच में ही रुक गई। सभी लोगों का ध्यान सामने की मेज़ की ओर चला गया। दो लेखकों के बीच अच्छी-खासी तकरार शुरू हो गई थी। एक लेखक बहुत चीखकर कह रहा था, "तुम जनसंघी हो···घोर सांप्रदायिक हो···तुम्हारी कहानियाँ जनसंघी पत्रिकाओं में छपती हैं···।"

दूसरा कह रहा था, "मेरी कहानियाँ कहीं भी छपें···इससे क्या होता है? कहानी छपने-भर से मैं जनसंघी नहीं हो जाता। और क्या तुम उन पत्रिकाओं में नहीं छपते हो, जो बड़े-बड़े पूँजीपति घरानों से निकलती हैं, और क्या मैं यह नहीं जानता कि तुम्हें अमेरिकन इंफॉरमेशन सेंटर से अमेरिकी साहित्य का अनुवाद करने का कितना काम मिलता है। मुझे लगता है, तुम सी०आई०ए० के एजेंट हो।"

उसी टेबल पर बैठे और लेखक इन दोनों की तकरार का बहुत मुस्कराते हुए भरपूर स्वाद ले रहे थे।

आनंद मुस्कराता हुआ बोला, "कितनी मुश्किल है। हम अपने लेखकों की पहचान इस आधार पर करते हैं कि वह मार्क्सवादी है, लोहियावादी है, जनसंघी है, सोवियत संघ की जय-जय करता है या चीन की। सी०आई०ए० का एजेंट सबसे बड़ी गाली है। यह देखने की कोशिश कितनी होती है कि लेखक ने लिखा क्या है? वह कितना सार्थक है?"

"आप सबको एक ही लाइन में मत खड़ा कीजिए, आनंद जी!" संजीव वर्मा बहुत दिन बाद टी-हाउस में आया था। वह पोलैंड के दूतावास में काम करता था और मार्क्सवाद का व्याख्याता समझा जाता था।

"मार्क्सवाद एक पूरा दर्शन है। सामंतवादी, पूँजीवादी और फासीवादी शक्तियों के खिलाफ सर्वहारा वर्ग के संघर्ष का सतत अभियान है। आज आधी से अधिक दुनिया ने इस दर्शन को स्वीकार करते हुए अपने क्षेत्रों से सामंतवादी-पूँजीवादी व्यवस्थाओं को उखाड़ फेंका है। वह दिन दूर नहीं जब दुनिया का बचा हुआ भाग भी इस दर्शन को स्वीकार कर लेगा।"

गोस्वामी जानता था, संजीव वर्मा का भाषण और लंबा खिंच सकता है। वह बोला, "संजीव जी, यह बताइए कि इंदिरा गांधी का देश के चौदह बड़े बैंकों का राष्ट्रीयकरण क्या मार्क्सवादी अवधारणा के अनुरूप कदम है?"

संजीव कुछ अधिक उत्साह से बोला, "यह अच्छा कदम है। मार्क्सवाद तो चाहता है कि समाज के उत्पादन के सभी साधनों पर पूरा अधिकार समाज का हो। इसमें निजी अथवा कुछ लोगों की इजारेदारी को खत्म किया जाना चाहिए, लेकिन इंदिरा जी इस देश को सही समाजवाद की ओर ले जाएँगी, मैं ऐसा नहीं समझता। वो बुर्जुवाई तबके की उपज हैं। वह सिर्फ गिमिक्स कर रही हैं। यह ठीक है कि उन्होंने कांग्रेस पार्टी की अमेरिकन लॉबी को पटकनी दी है। वह आने वाले आम चुनावों के लिए अपना जनाधार बढ़ा रही हैं। वास्तविक समाजवाद तो क्रांति के रास्ते से ही आएगा। माओत्से तुंग ने कहा ही है, क्रांतियाँ हमेशा बंदूक की नली से निकलती हैं। इसके ज़बरदस्त संकेत इस देश में नज़र आने लगे हैं।"

सबकी मेज़ों के कॉफी के प्याले खाली हो गए थे। टी-हाउस की भीड़ धीरे-धीरे बाहर निकल रही थी।

आनंद के सामने सुखराम ने एक कार्ड रख दिया। उसने उठाकर देखा, सुनंदा सिंह, स्वतंत्र पत्रकार। इशारे से उसने सुखराम से अंदर भेजने को कहा।

वह अंदर आई। आनंद ने देखा, सलवार-कमीज़ में एक भरी-पूरी युवती, तीखे नैन-नक्श, रंग हलका साँवला, कद पाँच फीट चार इंच से कम नहीं, थोड़े-थोड़े कटे बाल और आँखों पर गहरा काला चश्मा।

आनंद ने सामने की कुर्सी पर बैठने का इशारा किया।

वह बोली, "मेरा नाम सुनंदा सिंह है। स्वतंत्र पत्रकारिता करती हूँ। अंग्रेज़ी-हिंदी के कुछ अखबारों में कॉलम लिखती हूँ।"

"किन-किन पत्रों में लिखती हैं आप?"

आनंद ने फिर उसका कार्ड उठाया। साउथ एक्सटेंशन का पता था। टेलीफोन नंबर भी दिया था।

"थॉट में, रेडिकल इंडिया में, फ्री वॉयस में⋯हिंदी साप्ताहिक मुख्यधारा में, महिलाओं की पत्रिका घर-गिरस्ती में⋯।"

उसने अपने बैग से एक फाइल निकाली और उसके सामने रख दी।

आनंद फाइल देखने लगा। महिलाओं की समस्याओं पर, नौजवान लड़के-लड़कियों की सेक्स उलझनों पर, देश में बढ़ती हुई बड़ी उम्र के लोगों की आबादी पर, थियेटर की गतिविधियों पर बहुत-से प्रकाशित लेख थे।

"बहुत विषयों पर आप लिखती हैं।" आनंद ने फाइल बंद करते हुए कहा, "क्लैमर देखती हैं आप⋯?"

"सिर्फ देखती ही नहीं हूँ, नियमित पढ़ती भी हूँ।" वह बोली, "टी-हाउस के बुक-स्टॉल से खरीद ले जाती हूँ।"

"कैसा लगता है आपको?"

"इंट्रेस्टिंग⋯मुझे तो आपके अखबार का नाम ही बहुत अच्छा लगता है⋯क्लैमर ⋯अकसर आपको टी-हाउस में देखती भी हूँ।"

"आप क्लैमर के लिए कुछ लिखना पसंद करेंगी?"

"आपके दफ्तर में सिर्फ चाय पीने ही तो नहीं आई हूँ⋯!" वह एकाएक चौंक उठी, "आप विज़िटर्स को चाय नहीं पिलाते हैं?"

आनंद भी चौंक उठा और शर्मिंदा महसूस करने लगा, "सॉरी⋯," घंटी बजाकर उसने सुखराम को बुलाया, "चाय लाओ⋯कुछ खाने के लिए भी।"

"आप थियेटर पर कुछ नहीं छापते? दिल्ली में थियेटर एक्टिविटी काफी है। एन०एस०डी० के विद्यार्थी भी कितने नाटक करते रहते हैं...कई ग्रुप्स हैं। लगता है, आप थियेटर में खास रुचि नहीं रखते। कभी नाटक-वाटक नहीं देखते?"

"नाटकों में रुचि तो बहुत है, पर मौका नहीं मिलता। आप जानती हैं कि अखबार के दफ्तरों में शाम को बहुत काम होता है। शाम को कभी फुरसत मिल जाए, तो टी-हाउस चला जाता हूँ। राजनीति, साहित्य, सट्टेबाज़ी और कितनी ही बातों का वह नर्वसेंटर है।" आनंद बोला, "वहाँ जाकर मैं फ्रेश तो हो ही जाता हूँ...वहाँ की गपबाज़ी से मुझे कितनी नई बातों का पता लगता है। लेकिन थियेटर वाले वहाँ ज़्यादा नहीं आते है...।"

"वे श्रीराम सेंटर या त्रिवेणी की कैंटीन में ज़्यादा बैठते हैं।"

"आप हमारे लिए थियेटर पर नियमित रूप से लिखिए। अपने पर्चे की इस कमी को मैं भी महसूस करता हूँ। आप इस कमी को पूरा करेंगी तो मुझे बड़ी प्रसन्नता होगी।" आनंद ने कहा।

"मुझे क्लैमर के लिए लिखने में बड़ी खुशी होगी। मैं तो आपके पास आई इसी मकसद से थी। आप मुझे यह अवसर दे रहे हैं...थैंक्यू वेरी मच।" वह अपने प्याले से चाय का घूँट भरने लगी।

"सुनंदा जी, एक बात कहूँ...," आनंद बोला, "क्लैमर बहुत छोटा और सीमित साधनों से निकलने वाला पत्र है। इट इज़ ए वन मैन शो...पीर, बवर्ची, भिश्ती, खर...सब कुछ मैं ही हूँ। आपको ज़्यादा पारिश्रमिक नहीं दे सकूँगा...बस, थोड़ा-सा पत्र-पुष्प...।"

"उसके लिए आप चिंता न कीजिए। मुझे आप जितना पत्र-पुष्प दे देंगे वही बहुत है। सच बात तो यह है कि मैं क्लैमर से जुड़ना चाहती हूँ। क्या मैं यह कहने का दुस्साहस कर सकती हूँ कि नाउ ऑनवर्ड...इट इज़ नॉट वन मैन शो...इट इज़ टू मैन शो...वन मैन एंड वन वूमेन...।" कहकर वह ठहाका लगाकर हँसी।

आनंद भी हँसने लगा, "इट विल बी ए ग्रेट थिंग।"

वह उठ खड़ी हुई। उसने अपना हाथ आगे बढ़ा दिया। आनंद कुछ अचकचा गया। महिलाओं से हाथ मिलाने की उसे आदत नहीं थी। उसने खड़े होकर सुनंदा से हाथ मिलाया, "थैंक्यू फॉर योर विज़िट।"

जाते-जाते वह बोली, "अगले सप्ताह से शेक्सपियर के नाटकों का फेस्टिवल शुरू

हो रहा है। एन०एस०डी० रिप्रेटरी के लोग कर रहे हैं। उद्घाटन सोमवार को है। उस दिन मैकबेथ को स्टेज किया जाएगा। आप देखना पसंद करें, तो आपका टिकट भी ले लूँ?"

आनंद ने कुछ सोचा, फिर सामने लगे कैलेंडर की तरफ देखा, "ठीक है।"

दोनों श्रीराम सेंटर से बाहर निकले। आनंद अपनी गाड़ी की तरफ बढ़ा। वहाँ अच्छी-खासी भीड़ थी। आनंद को उसमें कुछ परिचित चेहरे भी दिखाई दिए। दो-एक से उसकी नमस्ते-नमस्ते भी हुई। वह किसी से मिलना नहीं चाहता था तथा यह भी नहीं चाहता था कि लोग उसे सुनंदा के साथ देखें और फिर टिमटिमाती आँखों से यह प्रश्न उगलें, 'यह कौन है?'

उसने कार का दरवाज़ा खोला और अंदर बैठकर अगली सीट का दूसरा दरवाज़ा खोलते हुए बोला, "सुनंदा जी, आप तो साउथ एक्सटेंशन जाएँगी⋯?"

सुनंदा बोली, "आप तो राजौरी गार्डन में रहते हैं न⋯? मुझे कनॉट प्लेस में कहीं छोड़ दीजिएगा।"

वह गाड़ी स्टार्ट करके चला तो उसे लगा, पीछे छूटी कुछ आँखें उसकी और सुनंदा की पीठ से लगातार टकरा रही हैं।

"आप मुझे प्लाज़ा या रीगल के पास कहीं उतार दीजिए⋯पहले पेट-पूजा करूँगी, फिर घर जाऊँगी।"

आनंद ने मुड़कर उसकी तरफ देखा, "घर में कौन-कौन है?"

"अकेली रहती हूँ⋯फ्रिज में कुछ चीज़ें तो बनी रखी होंगी, पर घर जाकर उन्हें गर्म करने का झंझट कौन उठाए?"

आनंद कुछ और पूछना चाहता था, पर उसने कुछ भी नहीं पूछा। रीगल के सामने उसने गाड़ी रोक दी। सुनंदा ने बाहर निकलते हुए कहा, "अपना राइटअप लेकर मैं दो-एक दिन में आपके ऑफिस आऊँगी⋯थैंक्यू फॉर द नाइस कंपनी⋯।" उसने अपना हाथ आनंद की ओर बढ़ा दिया।

गाड़ी स्टार्ट करके वह आगे बढ़ा, तो स्टेयरिंग पकड़े अपने दाहिने हाथ पर वह सुनंदा के हाथ की ऊष्मा कितनी देर तक महसूस करता रहा।

वह घर पहुँचा, तो दस बजने वाले थे। कोमल ने उसकी गाड़ी का हॉर्न सुन लिया था। डी०डी०ए० फ्लैट की बालकनी से उसने उसे गाड़ी पार्क करते देखा था।

“आज बड़ी देर कर दी,” उसने दरवाज़ा खोलते हुए कहा, “मुझे चिंता होने लगी थी।”

“आशू सो गया क्या?” अंदर आकर उसने बाईं तरफ पड़ने वाले कमरे में अमितोज को सोता देख लिया था।

कोमल रसोई की ओर जाते हुए बोली, “सुबह छह बजे से पहले मैं उसे उठा देती हूँ। उस समय बिचारे की आँखों में नींद भरी होती है। पौने सात तक तो उसकी बस भी आ जाती है।”

आनंद कपड़े बदलकर खाने की मेज़ पर आ गया था। मेज़ पर डोंगे रखते हुए कोमल बोली, “इतनी देर कैसे हुई?”

“टी-हाउस चला गया था। कभी-कभी वहाँ लंबी बहस छिड़ जाती है।”

कोमल के सामने उसे झूठ बोलने की कभी ज़रूरत नहीं पड़ी थी। आम तौर पर वह आठ बजे तक घर आ जाता था। सोने से पहले आधा-एक घंटा आशू के साथ खेलना उसे अच्छा लगता था।

आज जब वह अपने पलंग पर लेटा तो सुनंदा ने उसे घेर लिया··· नाउ इट इज़ नॉट वन मैन शो··· नॉट वन मैन शो···

तीसरे दिन जब सुनंदा उसके दफ्तर में आई, वह जोध सिंह से बातें कर रहा था। उसने अपने सहायक रामिंदर को बुलाया, “सुनंदा जी थियेटर पर कोई राइटअप लिखकर लाई होंगी। तुम उन्हें अपने पास बैठा लो और उनकी लिखी चीज़ देख लो। सुखराम से चाय भी मँगवा लो। मैं खाली होकर बुलाता हूँ।”

रामिंदर चला गया, तो जोध सिंह बोला, “सुना है, आजकल सोहन सिंह आपके पास बहुत आते-जाते हैं?”

“बहुत तो नहीं, हाँ, एक-दो बार ज़रूर आए हैं। उनके साथ रामलुभाया और जयमल सिंह भी आए थे।”

जोध सिंह हँस पड़ा, “सोहन सिंह कुछ बातों में बड़ा माहिर है। वह टायर मार्केट की दो-चार मोटी असामियों को ज़रूर फाँसे रखता है। वो इसकी मदद करते हैं और यह सरकारी महकमों में बहुत-से उलटे-सीधे केस निपटवाने में उनकी मदद करता है।”

आनंद मुस्कराया, “सोहन सिंह के पास टायर मार्केट है तो आपके कब्ज़े में कश्मीरी गेट की मोटर पार्ट्स वाली असामियाँ हैं।”

जोध सिंह हँस पड़ा, "आपकी नज़र से तो कुछ भी नहीं छिपा है आनंद साहब! सियासत में ज़िंदा रहना है, तो गाँठ में पैसा तो होना ही चाहिए, यह सियासत चाहे गुरुद्वारों की हो, चाहे मंदिरों की। आपने विचित्र नाटक में गुरु गोबिंद सिंह की लिखी यह बात तो पढ़ी ही होगी—

धनि धनि धन को भाखीऐ जा का जगत गुलाम।
सभ निरखत या को फिरै, सभ चल करत सलाम।।''

आनंद थोड़ा गंभीर हो गया, "जोध सिंह जी, यह सच है कि धन की महिमा अपरंपार है, लेकिन गुरुवाणी में एक बात और कही गई है कि यह धन ही मनुष्य की दुर्गति का कारण बनता है। इसके कारण ही उसकी जगहँसाई होती है। बिना पाप किए यह इकट्ठा नहीं होता और मरने के बाद एक धेला भी साथ नहीं जाता—

इस ज़र कारन घणी विगुत्ती इस ज़र घणी खुवाई।
पापाँ बाझों होवे नाहीं मोयाँ साथ न जाई।।''

जोध सिंह भी कुछ संजीदा हो गया, "सच है... बिना पाप किए, गलत काम किए दौलत इकट्ठी नहीं होती। उससे बड़ा सच यह है कि मरने पर इसमें कुछ भी साथ नहीं जाता, सब कुछ यहीं रह जाता है। यह कड़वी सच्चाई जानते हुए भी इंसान अंधा होकर इसके पीछे दौड़ता है। खैर, यह बताइए कि सोहन सिंह और उसके साथी आपको क्या लालच दे गए हैं?"

आनंद हँस पड़ा, "यही बात सोहन सिंह जी मुझसे पूछते थे... सरदार जोध सिंह ने हमें कितने इश्तिहार दिलवाए हैं, पर जोध सिंह जी, अपने अखबार में विज्ञापन छापने के लिए हम जो कुछ भी लेते हैं, वह किसी से छिपा नहीं रहता। बिना विज्ञापन छापे हम किसी से कुछ लेते नहीं और छपे हुए विज्ञापन साफ सामने दिखाई देते हैं।"

"हम आपके पर्चे के लिए एक काम और कर सकते हैं।" जोध सिंह उसे पैनी नज़र से देखते हुए बोला, "हम इसकी दो-चार सौ कॉपियाँ खरीदकर लोगों में बाँट सकते हैं।"

"यह बड़ी अच्छी बात है।" आनंद बोला, "हमारे समाज में लोगों को अखबार पढ़ने की ज़्यादा आदत नहीं है। अगर लोगों के पास हमारा पर्चा पहुँचेगा, तो उन्हें एक अच्छी चीज़ पढ़ने को मिलेगी।"

"यह तभी होगा जब आप अपने अखबार में हमारी बात छापेंगे।"

"छापेंगे क्यों नहीं, आप और आपका धड़ा कोई अच्छा काम देगा···गुरुद्वारों में हो रही लूट-खसोट को रोकने के लिए कोई रचनात्मक कदम उठा, तो हम उसे छापेंगे ही नहीं, अपना पूरा सहयोग भी देंगे।"

"सोहन सिंह और उसके धड़े को तो आप अच्छी तरह जानते हैं। पूरा लुटेरों का गिरोह है। गुरु-घर की मर्यादा का इन्हें रत्ती-भर खयाल नहीं है।" कहते-कहते जोध सिंह एक पल रुका, "आपको एक नई ख़बर दे रहा हूँ।"

आनंद बोला, "ऐसी क्या खबर है, जो अभी तक मेरे पास नहीं पहुँची है?"

"आपको पता है, गुरु हरिकृष्ण पब्लिक स्कूल की नई बिल्डिंग का ठेका किसे मिल रहा है?"

आनंद मुस्कराया, "गुरनाम सिंह को···।"

जोध सिंह समझता था कि इस बात की सूचना अभी तक आनंद के पास नहीं पहुँची होगी।

"डील कैसे हुई, यह भेद भी मैं जानता हूँ।"

जोध सिंह आश्चर्य से उसे देखने लगा।

"गुरनाम सिंह तो दिल्ली के जाने-माने बिल्डर हैं। दिल्ली में वे जितनी बिल्डिंगें बनाते हैं, उसमें लकड़ी के काम का ठेका सोहन सिंह के पिता सुलक्खन सिंह को मिलता है। इस समय गुरुद्वारा कमेटी पर कब्ज़ा उनके सपूत का है।"

"आपने क्लैमर में इस बात को छापा है?"

"अभी तो नहीं छापा। पहले पूरी पड़ताल कर लूँ फिर देखूँगा···।"

"आप अगर मिर्च-मसाला लगाकर इसे अपने अखबार में छाप दें तो सचमुच धमाका हो जाए।"

"मेरे पास एक और भी धमाका है।"

"कौन-सा···? सोहन सिंह को लेकर···?"

"नहीं, आपके धड़े को लेकर। जसवंत सिंह आपके साथी हैं न?"

"हाँ, फिर···?"

"पिछली बार जब आप गुरुद्वारा कमेटी के प्रधान थे, आपने जसवंत सिंह को क्या ज़िम्मेदारी सौंपी थी?"

"गोलक और कड़ाह प्रसाद की पर्चियों के काम की, वे निगरानी करते थे।"

"आपको मालूम है कि जसवंत सिंह ने कड़ाह प्रसाद की जाली रसीदें भी बनवाई हुई थीं। श्रद्धालु सेवादार से प्रसाद के लिए जो पर्ची कटाते थे, उसमें काफी पर्चियाँ जाली होती थीं। इसका पता पर्ची काटने वाले बिचारे सेवादार को भी नहीं होता था।"

जोध सिंह को उस समय इस बात की भनक लगी थी। उसने स्वयं मौके पर जाकर इस बात की पड़ताल की थी। उसमें उसे किसी तरह की गड़बड़ नहीं दिखाई दी थी। जारी की गई रसीद बुकें मुख्य सेवादार द्वारा रजिस्टर में चढ़ाई गई थीं।

"देखिए, उस समय मेरे कान में ऐसी भनक पड़ी ज़रूर थी। मैंने उसकी पूरी जाँच-पड़ताल की। मुझे किसी तरह की गड़बड़ नहीं दिखाई दी।"

आनंद बोला, "जोध सिंह जी, मैं एक अखबार चलाता हूँ, इसी से मेरी रोटी चलती है। अगर ऐसी बातों की मैं खबर नहीं रखूँ, तो न कोई मुझे पूछेगा, न मेरे अखबार को, लेकिन एक बात बता देता हूँ। आपके विश्वासपात्र जसवंत सिंह ने उस हेरा-फेरी में अच्छी-खासी रकम बना ली। वह यह काम कैसे करता था, यह मैं अभी आपको नहीं बताऊँगा।"

एकाएक उसे ध्यान आया, सुनंदा रामिंदर के पास कितनी देर से बैठी है।

जोध सिंह जाने लगे तो बड़े उदास दिख रहे थे। अगर क्लैमर में आनंद ने यह सब कुछ छाप दिया तो उनका बेड़ागर्क हो जाएगा।

आनंद ने घंटी बजाकर सुखराम से कहा, ''सुनंदा को अंदर भेज दो।''

सुनंदा के चेहरे पर खीझ उभरी हुई थी, "आपने कितनी देर मुझे बाहर बैठाए रखा।"

"माफी चाहता हूँ," आनंद बोला, "क्लैमर के पास ऐसी मुर्गियाँ बहुत थोड़ी हैं, जो नियमित अंडे देती हैं। इन्हीं अंडों से हमारा आमलेट बनता है।"

सुनंदा हँस पड़ी, "अगर यह मुर्गी कुछ अंडे दे गई हो, तो इनका आमलेट मुझे भी खिला दीजिए, बड़ी भूख लगी है।"

आनंद ने दीवार पर लगी घड़ी देखी, साढ़े छह बज गए थे।

"क्यों न कहीं बाहर बैठकर आमलेट खाएँ...साथ में गर्म-गर्म टोस्ट भी।"

सुनंदा एकदम खिल-सी गई, "मैं खुद यही कहने जा रही थी।"

दोनों जनपथ के कॉफी बार में बैठे थे। चीज़ सैंडविच काटते हुए आनंद बोला, "कुछ चीज़ें बहुत निजी होती हैं और इंसान हर किसी से उन्हें बाँटना नहीं चाहता, फिर भी आपके विषय में कुछ जानने की मेरी उत्सुकता है।"

सुनंदा कॉफी सिप कर रही थी। प्याले को प्लेट पर रखती हुई बोली, "आनंद जी,

हर किसी की गिनती से मैं उसी दिन आपको बाहर निकाल चुकी थी, जिस दिन पहली बार आपके दफ्तर में आई थी। मैं आपको बहुत दिन से जानती हूँ, हालाँकि उस दिन आमने-सामने पहली बार मिली थी। बताइए, मेरे बारे में आप क्या जानना चाहते हो?" वह कुछ क्षण रुकी, फिर ठहाका लगाकर हँस पड़ी, "रुकिए⋯रुकिए⋯आप यही जानना चाहते हैं न कि मेरा परिवार कहाँ है⋯शादीशुदा हूँ कि नहीं⋯अगर शादीशुदा हूँ, तो मेरे पति कहाँ हैं⋯मैं अकेली क्यों रहती हूँ⋯वगैरह⋯वगैरह⋯?"

आनंद हँसा, "आप तो महाज्ञानी लगती हैं। बिना पूछे ही सारी बातें जान जाती हैं।"

"इसमें ज्ञानी⋯महाज्ञानी होने की बात नहीं है," वह बोली, "जब भी दो अनजान व्यक्ति मिलते हैं, खास तौर से अगर उनमें एक मर्द हो और एक औरत, तो एक-दूसरे के बारे में यह सब कुछ जानने की उत्सुकता होती है। एक मज़ेदार बात आपको बताऊँ⋯?"

आनंद ने कुछ आश्चर्य से उसकी ओर देखा, "ऐसी कौन-सी बात है?"

"आपसे मिलने से पहले मैंने आपके बारे में सब कुछ जान लिया था। आपकी पत्नी का नाम कोमल है। आपका छह-सात साल का एक बेटा है अमितोज⋯स्प्रिंगडेल्स में सेकेंड में पढ़ता है।"

आनंद उसे विस्फारित आँखों से देख रहा था—"कमाल है⋯!"

"अब अपने बारे में कुछ बताती हूँ," वह इस तरह बोलने लगी, जैसे सामने बैठा व्यक्ति एक विद्यार्थी हो, "हम लोग रावलपिंडी के रहने वाले हैं। विभाजन के समय हमारे बहुत-से सगे-संबंधी वहाँ मारे गए थे। मेरे माता-पिता किसी तरह वहाँ से निकल आए। वे अंबाला में आकर बस गए। मेरा जन्म अंबाला में हुआ। लाहौर में मेरे पिता पंजाब नेशनल बैंक में काम करते थे। बैंक ने उन्हें अंबाला में बहाल कर दिया। मेरे दो छोटे भाई हैं। इस समय दोनों ही अमेरिका में हैं। मेरे पिताजी के एक अच्छे मित्र थे, उन्हीं के साथ बैंक में काम करते थे। उनका बेटा भी बैंकिंग का कोई कोर्स करके स्टेट बैंक में ऑफिसर लग गया था। मैं हिस्ट्री लेकर एम०ए० में पढ़ रही थी। सुमीत हमारे यहाँ आया करता था। मेरे भाइयों का दोस्त बन गया था⋯ए गुड स्मार्ट लुकिंग चैप। उससे मेरी शादी हो गई। दो-तीन साल अच्छे-खासे गुज़र गए⋯"

आनंद सैंडविच खाते-खाते उसकी बातें सुन रहा था। सुनंदा ने अपना काला चश्मा

अपने सिर के बालों पर चढ़ाया हुआ था। झट से उसने चश्मा उतारकर मेज़ पर टिका दिया और कॉफी के प्याले को उठाकर देखने लगी।

"एक प्याला गर्म-गर्म कॉफी और हो जाए?"

"श्योर।" आनंद ने वेटर से गर्म कॉफी लाने को कहा।

वह बोलने लगी, "सुमीत की विदेश जाने, वहाँ बसने की बहुत इच्छा थी। उसे कनाडा जाने का मौका मिल गया। वैंकुवर में वहाँ के पंजाबियों ने मिलकर एक कोऑपरेटिव बैंक खोला था। उसे बैंकिंग का अनुभव था ही। वहाँ उसका कोई परिचय भी निकल आया। उस समय कनाडा की सरकार भी प्रोफेशनल्स को इमीग्रेशन देने में देर नहीं लगाती थी। सुमीत वैंकुवर चला गया, यह कहकर कि कुछ सेट होते ही मुझे वहाँ बुला लेगा।"

एकाएक वह चुप हो गई। आनंद ने देखा, उसकी आँखें नम हो गई थीं।

"क्या हुआ…?"

वह मेज़ पर रखे नेपकिन से आँखें पोंछने लगी, "मेरे माता-पिता बेटों से मिलने के लिए न्यूजर्सी गए। वहाँ एक कार-दुर्घटना में दोनों मारे गए।"

"ओह…वेरी सैड…!"

दोनों कुछ देर बिलकुल खामोश रहे। आनंद सोचने लगा, 'इस लड़की ने अपने अंदर कितने समुद्र कैद कर रखे हैं! पर कौन है, जिसमें छोटे-बड़े समुद्र कैद नहीं हैं? कब…कहाँ…किसके तट पर ज्वार आ जाता है और खारा समुद्र बाहर निकलने को मचलने लगता है!'

"एक बात और हुई…।" सुनंदा सामने रखे प्याले की ठंडी कॉफी चम्मच से सिप करने लगी, "सुमीत ने साल-भर के अंदर ही वैंकुवर में एक कैनेडियन पंजाबी लड़की से शादी कर ली…।"

"तुम्हें कैसे पता लगा?"

सुनंदा के उदास चेहरे पर मुस्कराहट उभर आई, "मुझसे बात करते समय जब कोई आप से तुम पर उतर आता है तो मुझे ऐसा लगता है, जैसे उमस और घुटन-भरी गर्मी से निकालकर किसी ने मुझे एयरकंडीशंड कमरे में बैठा दिया हो।"

आनंद भी मुस्कराने लगा।

"पहले तो मुझे कहीं से उड़ती-उड़ती खबर मिली। मैंने विश्वास नहीं किया। शुरू में हमारा पत्र-व्यवहार नियमित रूप से होता था, फिर उसके पत्र आने बंद हो गए। मैं

लिखती, कोई उत्तर नहीं मिलता। उसके बैंक का फोन नंबर मेरे पास था। कभी-कभी मैं उससे फोन पर बात भी कर लेती थी। बाद में मुझे उसके बैंक से ही पता लगा कि उसने बैंक की नौकरी छोड़ दी है, फिर यह भी पता लगा कि कई पीढ़ियों से वैंकुवर के पास ही किसी शहर में बसे उसके ससुर का टिंबर का बहुत बड़ा कारोबार है। सुमीत को उन्होंने उसी में लगा लिया है।"

चारों ओर उमस घिरने लगी।

"इस तरह मैं बिलकुल अकेली हो गई। अंबाला जैसे शहर में यह अकेलापन मुझे बुरी तरह काटने लगा। पिताजी ने मेरे नाम कुछ पैसा बैंक में फिक्स डिपॉज़िट करा दिया था। मैं अपना डेरा-डंगर उठाकर दिल्ली आ गई। इस महानगर का जीवन आपको उदास न दिखने पर मजबूर कर देता है।"

एकदम चुप्पी व्याप गई।

आनंद बोला, "उदास न दिखना और उदास न होना एक ही बात नहीं है।"

वह उसे एकटक देखने लगी।

आनंद का दाहिना हाथ मेज़ पर रखा हुआ था। वह कॉफी के खाली प्याले में झाँक रहा था। एकाएक उसे लगा, उसके हाथ पर दो-तीन गर्म-गर्म बूँदें गिर गई हैं। उसने चौंककर देखा, भरी आँखों से सुनंदा बुदबुदा रही थी, "बी माई फ्रेंड।"

8

भाइया जी के साथ बलवंत और भगवंत बैठे सुबह की चाय पी रहे थे। सुरजीत फैक्टरी खोलने चला गया था। मनजीत-गुरमीत कॉलेज चली गई थीं। बहुएँ रसोई में उलझी हुई थीं।

बलवंत बोला, "भाइया जी, मनजीत बी०ए० फाइनल कर रही है। हमारे खानदान में आज तक किसी लड़के ने भी इतनी पढ़ाई नहीं की, लड़कियों की बात तो बहुत दूर की है। मैं बहुत चाहता था कि सुरजीत कम से कम बी०ए० तो पूरा कर ले, पर बी०ए० की दो साल पढ़ाई करने के बाद वह भी कॉलेज छोड़ बैठा है।"

भाइया जी बोले, "हमारे ज़माने में इतना भी कौन पढ़ता था। सारे पंज़ण में एक मैं था, जो दसवीं तक पहुँचा था। एक राजा ज़फर अली ने अपने बेटे को पढ़ने के लिए लाहौर के गवर्नमेंट कॉलेज में भेजा था।"

"भाइया जी, मैं और भगवंत भी कितना पढ़ सके?" बलवंत बोला, "मुश्किल से दस-दस जमातें पास कीं और लग गए काम-धंधे में।"

"काम-धंधे में न लगते, तो भूखों मरते!" भगवंत खीझकर बोला, "बदमाशों ने हमारे पास कुछ भी तो नहीं छोड़ा था। मैं बहुत छोटा था, पर मुझे याद है, फसादियों ने हमारे कैंप पर हमला किया था। ताया जी, बड़े वीर जी, बहन वीराँ को घसीटकर वो ले गए थे। ताई जी का रो-रोकर बुरा हाल हो गया था। सारे कैंप में अफरा-तफरी मची हुई थी। वह बात याद आती है तो आज भी रूह काँप उठती है। कुछ घंटों बाद फसादी आए थे और ताई जी की गोद में ताया जी और वीर प्रेम सिंह के खून से सने कपड़े फेंक गए थे...।''

"बहन वीराँ का तो आज तक कुछ पता नहीं लगा।" बलवंत बोला।

भाइया जी चाय से गीली मूँछों को साफ करते हुए बोले, "खबर लगी थी कि पास के गाँव के कालू घोसी ने उसे अपने घर में डाल लिया था। पता नहीं बिचारी

अब ज़िंदा भी है या नहीं।"

बलवंत बोला, "बाद में अगवा की गई ऐसी बहुत-सी औरतों की उधर और इधर फौज के लोगों द्वारा दोनों सरकारों की मदद से बड़ी खोज की गई। बहुत-सी हिंदू-सिख औरतें उधर से इधर लाई गई थीं और इधर के पंजाब से कितनी ही मुसलमान औरतें उधर भेजी गई थीं। पर वीराँ का कुछ पता नहीं लगा।"

"पुत्तर...," भाइया जी बोले, "ऐसी बहुत-सी बदकिस्मत औरतों ने उधर से इधर और इधर से उधर जाने से मना कर दिया था। अगवा करने वाले धाड़वियों ने उनसे ज़बरदस्ती शादी कर ली। उनके बच्चे हो गए थे। उनकी नई गिरस्तियाँ बस गई थीं। वो दुबारा नहीं उजड़ना चाहती थीं।"

तीनों बड़े उदास भाव से चाय पीने लगे।

"भाइया जी, मनजीत अब सयानी हो गई है। दो-चार महीने में उसकी पढ़ाई पूरी हो जाएगी। उसकी फिक्र भी करनी चाहिए।"

भगवंत हँसता हुआ बोला, "यह डुब्बजानी तो कहाँ-कहाँ के सपने देखती रहती है। एक दिन कह रही थी, मैं एयर होस्टेस बनूँगी, सारी दुनिया की सैर करूँगी।"

"इसीलिए तो मुझे उसकी और चिंता होती है। बी०ए० के बाद कोई अच्छा पढ़ा-लिखा लड़का मिल जाए तो इसके हाथ पीले कर दें।"

भाइया जी बोले, "बलवंत, तू कुछ ज़्यादा ही फिकरमंद हो रहा है। वाहेगुरु पर भरोसा रख...वही भली करेंगे...। लेख-संजोग तो धुर से लिखे आते हैं। मनजीत जैसी सुघड़-सयानी लड़की को कोई अच्छा वर ही मिलेगा।"

"भाइया जी, मिलेगा नहीं, ढूँढ़ना पड़ेगा। हमारे लोगों में अच्छे पढ़े-लिखे... काम-रोजग़ार से लगे लड़के मिलते कहाँ हैं।" भगवंत इतना कहकर उठ खड़ा हुआ, "चलूँ...चलकर दुकान खोलूँ। कंपनी से टायरों का कोटा मिलना है।"

मनजीत को मौरिस नगर बस स्टॉप पर कमलजीत इंतज़ार करता हुआ मिला।

"तुम तो कह रहे थे, आज तुम्हारा एक ही पीरियड है...तुम जल्दी घर वापस चले जाओगे?"

कमलजीत की आँखें मिचमिचाईं। चश्मा उतारकर उसे साफ क़रते हुए बोला, "पीरियड तो एक ही था। उसके बाद लायब्रेरी में बैठ गया। सोचा, तुम्हारे साथ ही

चलूँगा, तुम पर मेरी एक कॉफी ड्यू है।"

"तुम तो पूरे बनिए हो...एक-एक कॉफी का हिसाब रखते हो।"

"मुझे पता नहीं कि ऐसा हिसाब-किताब तुम्हारे साथ और कितने दिन रख सकूँगा।"

"क्यों...? अभी मैं जल्दी मरने वाली नहीं हूँ। यमराज से मैंने कह रखा है, मुझसे दूर रहना, अभी मुझे दुनिया की सैर करनी है।"

फिर वह एकाएक चौंकी, "कमल, आज मैं सीधे घर नहीं जाऊँगी। पहले मैं दरियागंज जाऊँगी।"

"वहाँ कौन है...?"

"कोई है...कभी तुम्हें भी साथ ले चलूँगी और आनंद सर से मिलवाऊँगी...अच्छा...।" कहकर वह दरियागंज जाने वाली बस की तरफ बढ़ गई।

मनजीत क्लैमर के ऑफिस पहुँची तो उसे पता लगा, नसरीन और अशरफ अंदर बैठे आनंद से बातें कर रहे हैं। उसने दरवाज़ा खोला तो सामने बैठे आनंद ने उसे देखा, "आओ मनजीत, बस एक तेरी ही कमी थी...कोरम पूरा हो गया।"

मनजीत एक कुर्सी खींचकर नसरीन के साथ बैठ गई, "अगर यह नसरीन की बच्ची भी यह सोचती कि मनजीत के शामिल हुए बिना कोरम पूरा नहीं होगा तो वह मुझे खबर करती...आदाब अशरफ साहब।"

"मनजीत जी, आप बिलकुल ठीक फरमाती हैं," अशरफ बोला, "यह नसरीन है ही ऐसी। आपको तो ज़्यादा भुगतना नहीं पड़ेगा। मारा तो यह नाचीज़ जाएगा, जिसे ताउम्र इस बला को झेलना पड़ेगा।"

नसरीन ने बहुत घूरकर अशरफ को देखा, "आनंद साहब बहुत मसरूफ आदमी हैं। उनका वक्त खराब करने का हमें कोई हक नहीं है।" फिर उसने मनजीत का एक हाथ थाम लिया, "सॉरी मनजीत, बस, अचानक ही यह प्रोग्राम बन गया कि आनंद साहब से मुलाकात कर ली जाए।"

"अच्छा हुआ मनजीत भी आ गई। आखिर सूत्रधार तो यही है।"

सभी हँसने लगे।

आनंद बोला, "हाँ...डॉक्टर अशरफ, यह बताइए कि अब बात कहाँ पर अटकी हुई है?"

"कुछ नहीं आनंद साहब, हज़रत मोहम्मद ने इस्लाम की बुनियाद रखी थी भाईचारे पर, बराबरी पर, ऊँच-नीच के खात्मे पर, फिरकेवाराना कबीलाई ज़हनियत छोड़ने पर। उसी इस्लाम को हमने अनगिनत फिरकों, जमातों में बाँट दिया है। शिया-सुन्नी का झगड़ा तो मोहम्मद साहब के बाद से ही शुरू हो गया था। चौदह सौ साल हो गए, झगड़ा बरकरार है, बल्कि यूँ कहूँ कि बढ़ता जा रहा है। हमारी पहचान इंसान के रूप में तो होती नहीं, मुसलमान के रूप में भी नहीं होती। हमें शिया और सुन्नी बनकर ज़िंदा रहना पड़ता है।"

आनंद मुस्कराया, "इस बात पर एक शे'र सुनिए...।"

अशरफ और नसरीन दोनों के मुँह से निकला, "इरशाद..."

"अर्ज़ है...

कोई शेख़ बन गया और कोई बन गया बरहमन।
हर शख़्स आदमी था तेरी बंदगी से पहले।।

हमारी मुश्किल यही है। धर्म...मज़हब हमें बेहतर इंसान बनाने के लिए बने थे। ये हमें और सब कुछ बना देते हैं...इंसान नहीं बनने देते।"

"इसी बात पर आनंद साहब, मैं आपको एक शे'र सुनाता हूँ।"

आनंद ने सिर हिलाया, "इरशाद..."

"मकसूद हो दुश्मन को गर मिट्टी में मिलाना,
तो उसको उसके दीन का पाबंद बना दो।"

"बहुत खूब...!" आनंद ठहाका लगाकर हँसा।

नसरीन कुढ़ रही थी, "अब ये शे'रो-शायरी रहने दीजिए। आनंद साहब, आज हम एक खास मकसद से आपके पास आए हैं।"

"बोलिए, मैं क्या खिदमत कर सकता हूँ?"

"अगर हमारे वाल्दैन नहीं माने, तो हम कोर्ट मैरिज कर लेंगे।" अशरफ बोला।

"मुझे यह बात ठीक लगती है।"

"कोर्ट में आप हमारे साथ गवाह बनकर खड़े होंगे?" नसरीन ने उस पर आँखें गड़ा दीं।

आनंद उसे एकटक देखने लगा। उसे लगा, नसरीन बेहद खूबसूरत लड़की है।

फिर उसे लगा, नसरीन एकदम छोटी बच्ची है, एकदम मासूम, जैसे कोई छोटी बहन होती है...बेटी होती है।...उसने अपना हाथ बढ़ाकर उसका एक हाथ अपने दोनों हाथों में ले लिया।

"तुम मुझे इतना छोटा क्यों बना रही हो? कोई बड़ी बात कही होती...कोई बड़ा इम्तहान लिया होता।"

मनजीत बोल पड़ी, "तू तो पागल है नसरीन...! आनंद सर के पास मैं तुझे लाई थी...किस भरोसे से?"

अशरफ को लगा, कमरे में उमस बढ़ती जा रही है।

"आनंद साहब, नसरीन ने जो बात कही है, उसकी एक वजह है। आप जानते हैं कि ऐसे मामले कितने नाज़ुक होते हैं। बात को गलत रंगत दे देना लोगों के लिए बाएँ हाथ का खेल होता है। आप जानते हैं, कोर्ट में एक महीने पहले एप्लाई करना पड़ता है। हम आखिरी समय तक उसे टॉप सीक्रेट रखना चाहते हैं। हम जानते हैं कि बाद में कुछ वावैला उठेगा। जब कठमुल्ला किस्म के लोगों को यह पता लगेगा कि हमने कोर्ट में जाकर शादी की है और एक सिख को गवाह बनाया है तो हो सकता है कि जुनूनियों का नज़ला कहीं आप पर न गिर जाए, आप किसी मुसीबत में न फँस जाएँ।"

मनजीत बोल पड़ी, "अशरफ मियाँ, आप आनंद सर को नहीं जानते। ऐसी बातों की न ये परवाह करते हैं, न डरते हैं।"

आनंद ठहाका मारकर हँसा।

"देखा, डॉक्टर अशरफ, मनजीत मेरी कितनी बड़ी वकील है। मुझे कुछ कहने ही नहीं देती। सारा मुकदमा खुद ही लड़ लेती है और खुद ही मेरी तरफ से सारे फैसले ले लेती है।"

कुछ क्षणों के लिए एकदम चुप्पी छा गई।

9

महरौली के नए डेरे में संत निरंजन सिंह के साथ वे सभी श्रद्धालु आ जुड़े, जो लायलपुर में आसपास के ज़िलों से उनके दर्शनों के लिए आते रहते थे। यहाँ उनके पास ऐसे लोग भी आने लगे, जो पहले उनके प्रभाव में नहीं थे। संत जी सुबह होने से पहले ही तीन बजे उठ जाते थे। लायलपुर में उन्होंने अपने लिए ज़मीन से कुछ नीचे तहखानानुमा एक छोटा-सा कमरा बनवाया हुआ था, जिसे 'भौरा' कहते थे। संत जी अमृतवेला में कुछ घंटे उस भौरे में गुज़ारते थे। उस समय वह किसी से नहीं मिलते थे। लोगों का विश्वास था कि भौरे में बैठकर वह तप करते हैं। भौरे के बाहर बहुत-से लोग सुबह-सुबह ही इकट्ठे हो जाते थे और इस बात की प्रतीक्षा करते थे कि कब संत जी बाहर निकलें और वे उनके साक्षात् दर्शन प्राप्त कर सकें।

यहाँ भी उनका अपना भौरा था। उनके तप और नाम-सिमरन की चर्चा दूर-दूर तक फैल चुकी थी। लोगों में यह विश्वास बढ़ता जा रहा था कि अमृतवेला में संत जी के दर्शन करने से सभी व्याधियाँ दूर हो जाती हैं। बहुत-से लोग अपना काम-धंधा शुरू करने के लिए उनका आशीर्वाद प्राप्त करने को सदा लालायित रहते थे। कुछ लोगों का तो यह नियम ही बन गया था कि अपना दफ्तर, फैक्टरी अथवा दुकान खोलने से पहले वे उनके डेरे पर आते थे, उनके दर्शन करते थे, उन्हें माथा टेकते थे, उनके हाथ से जल लेते थे, जिसे सभी 'अमृत' कहते थे।

निधान सिंह और बीर सिंह बातें कर रहे थे, "देश का बँटवारा हो गया, लाखों की जानें चली गईं, लाखों उजड़ गए। लायलपुर का अपना डेरा भी हाथ से चला गया, पर परमात्मा बड़ा कृपालु है...।"

दोनों एक-दूसरे को 'संत जी' कहकर पुकारते थे।

बीर सिंह बोला, "संत जी, अकालपुरख तो अपरंपार है। देश का बँटवारा लाखों-करोड़ों लोगों के लिए कैसी भी मुसीबत बनकर आया हो, हमारे लिए तो बेअंत

रहमतें लेकर आया। लख खुशियाँ पातशाहियाँ जे सतगुर नदर करे…लायलपुर में बड़े संत जी की बड़ी महिमा थी, लेकिन हमारे पास आते कौन लोग थे…आसपास के इलाकों के किसान, शहर के छोटे-छोटे व्यापारी…। चढ़ावे में आता था गेहूँ, बाजरा, मक्का… शहर के लोग एक-दो पैसे देकर मत्था टेक जाते थे।"

निधान सिंह हँस पड़ा, "संग्रांद (संक्रांति) या मस्या (अमावस्या) आती तो चढ़ावा थोड़ा बढ़ जाता था। बैसाखी, दीवाली जैसे दिन कितने आते थे? उस समय जो चढ़ावा आ जाता था, वही डेरे की पूँजी बन जाता था। गुरपूरब के मौके पर जितनी उगाही होती थी, उससे कहीं ज़्यादा जुलूस, लंगर पर खर्च हो जाता था…।"

सामने एक थाल बादाम, किशमिश, चिलगोजे, छुआरों से भरा हुआ रखा था। मुट्ठी-भर किशमिश मुँह में डालते हुए बीर सिंह बोला, "संत जी, दिल्ली तो सोने की खान है। यहाँ के व्यापारी तो लाखों में खेलते हैं। इन लोगों के बीच में जैसे-जैसे बड़े संत जी की महिमा बढ़ेगी, यहाँ किसी चीज़ की कमी नहीं रहेगी। वाहेगुरु अपने सेवकों के सभी कारज आप करता है। उसके भंडार में किसी चीज़ की कोई कमी नहीं।"

सामने गुरु नानक का चित्र लगा हुआ था। दोनों ने उसके सामने हाथ जोड़कर सिर झुकाया। दोनों के मुँह से निकला, "हे सच्चे पातशाह! अपनी कृपा के हाथ इस डेरे पर सदा बनाए रखना।"

बड़े संत जी भौरे से निकलकर संगत को दर्शन दे चुके थे। डेरे के अंदर बने बड़े हॉल में गुरु ग्रंथ साहब की ताब्या में एक सज्जन बैठे मुँह में बुदबुदाते हुए पाठ कर रहे थे। पास में ही तीन अन्य बीड़ों पर अखंड पाठ हो रहा था। इन बीड़ों पर सदा ही अखंड पाठ होता रहता था। श्रद्धालु यहाँ आकर अपने नाम का पाठ रखवा जाते थे। इसकी वहाँ पूरी व्यवस्था थी। डेरे का एक ग्रंथी धरम सिंह अपने रजिस्टर में अखंड पाठ करवाने वाले का नाम और पता लिख लेता था। पाठ का एक 'मोख' (मूल्य) होता था। पाठ रखवाने का इच्छुक व्यक्ति वह रकम धरम सिंह के पास जमा करा देता था। धरम सिंह उसकी रसीद दे देता था। जिस दिन पाठ प्रारंभ होता था, उस दिन पाठ करवाने वाला और उसके परिवार के लोग वहाँ आते थे और विधिवत् पाठ रखवाते थे। उस दिन संगत में वितरित किए जाने वाले कड़ाह प्रसाद का मूल्य देकर वह रसीद ले लेता था। पाठी लोगों की सूची बनी रहती थी। ये पाठी दो-दो घंटों की बारी देकर पाठ करते थे। हर पाठी को एक अखंड पाठ में तीन-चार बारियाँ मिल जाती थीं। हर बारी के हिसाब

से उन्हें धन मिल जाता था। इन पाठियों में पुरुष भी होते थे और स्त्रियाँ भी।

प्रातः की भीड़ छँट जाने और नियमित क्रियाकलापों के बाद संत जी विश्राम करने के लिए अपने कमरे में चले जाते थे। यह समय लगभग दस बजे का होता था। संत जी के लिए मलाई-बादाम वाला एक बड़ा दूध का गिलास आ जाता था। साथ में कभी वह मक्खन से सराबोर एक-दो पराँठे ले लेते थे। प्रायः भक्तगण संत जी के लिए मिठाई लाते रहते थे। दूध में जलेबी डालकर खाना उन्हें अच्छा लगता था।

उनके निजी सेवक ने आकर उन्हें बताया, "बाहर लाला मुल्खराज जी आए हैं···दर्शन करना चाहते हैं।"

संत जी ने उन्हें अंदर बुला लिया।

लाला जी ने आकर उन्हें माथा टेका। संत जी ने आशीर्वाद दिया और पूछा, "लाला जी, सुख-साँद···बाग-परिवार राजी-खुशी···काम रोज़गार चढ़ती कला में···?"

लाला जी ने हाथ जोड़ लिए, "संत जी, वाहेगुरु की बड़ी मेहर है। आपका आशीर्वाद से भरा हाथ मेरे सिर पर है···जिसके सिर ऊपर तू स्वामी, सो दुःख कैसा पावे।"

"सब कुछ अकाल पुरख की मेहर का सदका है। वही करन-करावनहार है। वही सबकी लाज रखता है।" संत जी बोले।

सेवादार लाला जी के सामने सूखे मेवों की एक तश्तरी और दूध का गिलास रख गया था।

"संत जी, परमात्मा की कृपा से मुझे किसी चीज़ की कोई कमी नहीं। बेटों ने सारा काम-काज सँभाल लिया है। मुझे तो उन्होंने पूरी तरह रिटायर कर दिया है। बस, अब जीवन के बाकी बचे दिन भजन-बंदगी में गुज़ारना चाहता हूँ। आप जैसे संत महापुरुषों की सेवा में लगाना चाहता हूँ। जब भी आपके चरणों में आता हूँ, मेरा मन फूल की तरह खिल जाता है। आप मुझे अपनी छतर-छाया में ले लीजिए। मेरा जीवन सफल हो जाएगा।"

निधान सिंह और बीर सिंह वहाँ आकर बैठ गए थे। उन्होंने लाला मुल्खराज की बातें सुनीं, तो एक-दूसरे को देखा।

निधान सिंह बोला, "लाला जी, बड़े संत जी का तो आपसे बड़ा स्नेह है, वह तो आपको याद करते रहते हैं। आपको एक-दो दिन न देखें तो पूछते हैं, भाई मुल्खराज

जी के दर्शन नहीं हुए।"

मुल्खराज ने हाथ जोड़ दिए और सिर झुका लिया।

वह अपने साथ सूखे मेवों और मिठाई के कुछ डिब्बे लाए थे। विदा होते समय उन्होंने फिर माथा टेका और संत जी के चरणों में एक लिफाफा रख दिया। लिफाफे से कुछ नोट झाँक रहे थे। निधान सिंह ने हाथ बढ़ाकर लिफाफा ले लिया।

सतवंत कौर का विवाह बड़ी छोटी उम्र में उजागर सिंह से हो गया था। उजागर सिंह गली-मोहल्ले में घूम-घूमकर चूड़ियाँ बेचता था। एक दिन वह अचानक गायब हो गया। पता लगा कि किसी औरत को चूड़ियाँ चढ़ाते-चढ़ाते उस पर उस औरत का इश्क चढ़ गया और वह उसे लेकर कहीं भाग गया। कई साल गुज़र गए, न उजागर का कुछ पता लगा, न उस औरत का। जिस औरत को लेकर वह भागा था, वह विवाहिता थी और दो बच्चों की माँ थी। उसके पति ने अपने छोटे-छोटे बच्चों को लेकर थानों के बहुत चक्कर काटे, फिर थक-हारकर लोगों के टूटे ताले ठीक करने और उनमें चाबियाँ लगाने का अपना पुश्तैनी काम करने लगा।

बीस-बाईस साल की सतवंत न सधवा रही, न विधवा हुई। उसके माँ-बाप ने उसे संत निरंजन सिंह के डेरे की सेवा में छोड़ दिया। वह सदैव बड़े संत जी की सेवा में रहती थी। भौरे से तप-साधना करके जब वह बाहर आते, उनके स्नान का प्रबंध करती। गर्मी में उनके लिए डेरे में ही एक ओर बने कुएँ में से डोल भर-भरकर पानी निकालती। संत जी लंबा कच्छा पहने एक बड़े-से पीढ़े पर बैठ जाते थे। वह उन्हें केशी स्नान कराती। संत जी किसी भी प्रकार के साबुन का प्रयोग नहीं करते थे। वह सदा कुएँ के पानी से नहाना पसंद करते थे और नित्य केशी स्नान करते थे। सतवंत उनके केशों में पानी डालती और अपने हाथों से उन्हें धोती। उनके शरीर पर पानी डालते समय वह उनकी पीठ भी रगड़ देती थी। स्नान के बाद उन्हें तौलिया, कच्छा, बंडी और धोती देती थी और स्वयं रसोई में उनके लिए पिस्ता-बादाम और मलाई वाला दूध तैयार करने चली जाती थी।

सतवंत की सेवा से बड़े संत जी बहुत प्रसन्न रहते थे। जब भी उन्हें किसी चीज़ की ज़रूरत महसूस होती वह कहते, "सतवंत को बुलाओ।"

डेरे पर सैकड़ों लोगों के लिए रोज़ लंगर पकता था, इस काम में वह छोटे संत बीर सिंह की मदद करती थी। रसदखाने की चाबियाँ उन्हीं के पास होती थीं। प्रायः संत

बीर सिंह रसद निकालने के लिए उसे बुला लेते थे, ''सतवंत, किसी सेवादार को साथ ले जा और घी का कनस्तर निकाल ला! देख, सेवादारों पर ज़्यादा भरोसा न किया कर! ये लोग आटा, दाल, चावल जो भी मिले, चुराकर अपने थैलों में भर लेते हैं। रसद तोलते समय भी इनके पास खड़ी रहा कर! काम पूरा होते ही स्टोर बंद करके चाबियाँ मुझे दे दिया कर!''

रसद-चोरी की बहुत-सी शिकायतें दोनों संतों को मिलती रहती थीं। ऐसी बातें बड़े संत जी तक नहीं पहुँचाई जाती थीं। निधान सिंह गोलक और नकदी-कीमती चढ़ावे का हिसाब रखता था और अपने 'स्ट्रांग रूम' की चाबी किसी को नहीं देता था, लेकिन बीर सिंह को तो दिन में दस बार रसदखाना खोलना पड़ता था। सुबह चाय के लंगर में संगत को भुने चने या मठ्ठियाँ दी जाती थीं। दोपहर के लंगर में रोटी, दाल, चावल, सब्ज़ी सब कुछ पकता था। शाम को भी चाय का लंगर चलता था, फिर रात के लंगर की तैयारी शुरू हो जाती थी।

सबसे ज़्यादा ध्यान सुबह बनने वाले 'कड़ाह प्रसाद' का रखना पड़ता था। सुबह बहुत संगत होती थी। संक्रांति और पूर्णमासी के दिन यह संख्या और बढ़ जाती थी। किसी गुरुपर्व वाले दिन संख्या लाखों में पहुँच जाती थी।

कड़ाह प्रसाद में देसी घी, आटे और चीनी को बराबर-बराबर मिलाने की प्रथा है। देसी घी के कनस्तर और आटे-चीनी की बोरियों से रसदखाना भरा रहता था। घी और चीनी की चोरी की शिकायतें आए दिन मिलती थीं।

दोपहर का लंगर समाप्त हो गया था। लंगर पकाने और फिर जूठे बर्तनों को साफ करने के लिए आसपास की बस्तियों से कुछ पुरुष और बहुत-सी स्त्रियाँ वहाँ नित्य आती थीं। सेवा करके वे सभी वापस जा चुके थे। बड़े संत जी अपने कमरे में आराम कर रहे थे। गुरुद्वारे में तीन अखंड पाठ एक साथ चल रहे थे। सुनने वाला कोई नहीं था, इसलिए पाठ करने वाले मुँह में ही बुदबुदा रहे थे। संत निधान सिंह सुबह से ही मॉडल टाउन के एक धनाढ्य परिवार के विवाह-समारोह में भाग लेने के लिए चले गए थे। सेवादार भी इधर-उधर ऊँघ रहे थे।

सतवंत ने रसदखाने का दरवाज़ा लंगर से पहले खोला था। आम तौर पर इसी समय उसे बंद किया जाता था। वह उसे बंद करने के लिए अंदर चली गई। बीर सिंह भी उसके पीछे-पीछे अंदर आ गया। सतवंत की चुन्नी नीचे ढलकी हुई थी। बीर सिंह

की नज़र उसके वक्ष के उभार पर टिक गई। सतवंत ने झटपट अपनी चुन्नी ठीक कर ली। छोटे संत जी को अंदर आया देख हलकी-सी घबराहट उसके चेहरे पर दौड़ गई।

"सतवंत, घी के कनस्तरों का पूरा ध्यान रखा कर! नित्य इनकी गिनती किया कर! बेईमान सेवादार इन्हें चुराने के चक्कर में रहते हैं।"

"जी, संत जी, मैं इस बात का पूरा ध्यान रखती हूँ। हर रोज़ इनकी गिनती कर लेती हूँ।" उसने कुछ थरथराती आवाज़ में कहा।

बात करते-करते बीर सिंह बिलकुल उसके पास पहुँच गया। उसने इधर-उधर देखा और सतवंत का एक हाथ पकड़ लिया—"सतवंत, तू बड़े संत जी की इतनी सेवा करती है, कुछ छोटे संतों का भी खयाल किया कर।"

वह एकदम घबरा गई। उसके मुँह से कोई शब्द नहीं फूट रहा था। बीर सिंह ने उसे अपनी मज़बूत बाँहों में जकड़ लिया और उसे बेतहाशा चूमने लगा।

सतवंत ने बुदबुदाते हुए कहा, "संत जी, कोई आ जाएगा। बाहर का दरवाज़ा भी खुला हुआ है।" उसने किसी तरह उसकी बाँहों की जकड़न से अपने आपको छुड़ाया और हाँफती हुई बाहर निकल गई।

संत निरंजन सिंह की आयु अस्सी को पार कर गई थी। इन दिनों वह बहुत बीमार रहने लगे थे। एकाएक उनके दिल की धड़कन बहुत तेज़ हो जाती थी। उस समय उन्हें बड़ी बेचैनी महसूस होती थी। बड़े-बड़े डॉक्टर उन्हें देखने आते थे। सभी की राय थी कि संत जी का दिल बहुत कमज़ोर हो गया है। उनका वज़न भी बहुत ज़्यादा है। उन्होंने उनका मलाई और पिस्ता-बादाम से भरा वह लंबा दूध का गिलास भी बंद करा दिया था, जिसे वह पिछले पचास-साठ वर्ष से नियमित ले रहे थे। उनके भोजन में से देसी घी एकदम निकाल दिया गया था, जिसका जीवन-भर वह भरपूर उपयोग करते रहे थे।

लेकिन संत जी का सुबह तीन बजे उठकर भौरे में जाने और वहाँ तीन घंटे पालथी मारकर बैठने का अभ्यास नहीं छूटा था। डॉक्टर इसके पक्ष में भी नहीं थे। वे उन्हें अधिक से अधिक आराम करने की सलाह देते थे।

डेरे में एक चर्चा खुलकर होने लगी थीं, संत जी के बाद उनकी गद्दी कौन सँभालेगा?… उनका उत्तराधिकारी कौन होगा?

घूम-फिरकर दोनों छोटे संतों पर लोगों की नज़र टिक जाती थी। निधान सिंह और बीर सिंह दोनों का डेरे में बहुत महत्त्व था। संत जी ने दोनों को ही ज़िम्मेदारियाँ सौंपी

हुई थीं। गुरु ग्रंथ साहब के पाठ, कीर्तन-कथा, व्याख्यान में दोनों को बड़े ध्यान से सुना जाता था। कीर्तन करने में संत निधान सिंह को कुछ लोग अधिक निपुण मानते थे। कीर्तन करते समय वह बीच-बीच में पुराणों से, रामायण और महाभारत से, बाइबिल और कुरान से भी बहुत-से उदाहरण देते थे। लोगों का मानना था कि पूरा गुरु ग्रंथ साहब उन्हें कंठस्थ है।

रोज़ शाम को संत बीर सिंह भाई संतोख सिंह के सूरज प्रकाश की कथा करते थे। उस कथा में पुरुष तो बहुत कम होते थे, पर महिलाओं से गुरुद्वारे का पूरा हॉल भर जाता था। लोग कहते थे, ज़बान का जैसा रस संत बीर सिंह के पास है, वैसा किसी के पास नहीं। गुरु-कथा का एक-एक प्रसंग वह इस तन्मयता से सुनाते थे कि बार-बार लोगों के सिर अनायास झुक जाते थे। विशेष रूप से उस समय, जब वे आह्वान-भरे स्वर में कहते थे, 'साध-संगत जी, बोलो वाहेगुरु!' उस समय वाहेगुरु-वाहेगुरु की आवाज़ें चारों ओर गूँजने लगती थीं।

इस बीच एक बात और हुई। संत निरंजन सिंह के दूर के रिश्ते का एक भतीजा सतनाम सिंह डेरे में नियमित रूप से आने लगा। निधान सिंह और बीर सिंह पचास की आयु पार कर गए थे। सतनाम सिंह चालीस-पैंतालीस के बीच होगा। उसके घर-परिवार के संबंध में कोई कुछ नहीं जानता था। वह अपने आपको अविवाहित बताता था। कुछ लोग यह भी कहते थे कि वह हफ्तावारी बाज़ारों में सिले-सिलाए कपड़ों की दुकान लगाता था। उसकी बीवी उसे छोड़कर किसी के साथ भाग गई थी। उसका कोई बाल-बच्चा था नहीं। मन इतना उचाट हुआ कि सारा काम-धंधा छोड़कर उदासी बन गया और हिंदुस्तान-भर के गुरुद्वारों और डेरों के चक्कर काटने लगा। डेरा संत निरंजन सिंह में पहुँचा, तो उसने बड़े संत जी से अपनी रिश्तेदारी ढूँढ़ निकाली, फिर वह यहीं टिक गया और सेवा करने लगा। धीरे-धीरे उसने संतों वाला वेश भी बना लिया—सफेद गोल पगड़ी, घुटनों से नीचे जाने वाला कच्छा और टखनों को छूने वाला लंबा कुर्ता।

बड़े संत जी जब बहुत बीमार रहने लगे तो उसने भी दावा करना शुरू कर दिया, ''संत जी का सच्चा उत्तराधिकारी मैं हूँ मैं उनका भतीजा हूँ हमारा खून एक है गद्दी परिवार से बाहर कैसे जा सकती है।''

शुरू-शुरू में निधान सिंह और बीर सिंह को उससे किसी प्रकार का खतरा नहीं दिखा था। डेरे में कुछ समर्पित लोगों की ज़रूरत थी ही। सतनाम सिंह का वहाँ आना उन्हें अच्छा लगा था। वह बहुत मन लगाकर सेवा करता था। जब लंगर बन रहा होता,

तो पूरा समय वहाँ खड़ा रहता। पकती हुई देगों का निरीक्षण करता। बीच-बीच में दाल-सब्ज़ी को चखकर देखता और मिर्च-मसाले के संबंध में आदेश देता था।

सतनाम सिंह बड़े संत जी के निकट आने, उनके पास बैठने, उनसे बातचीत करने, उन्हें अपने रिश्ते की याद कराने की लगातार कोशिश करता रहता था। संत जी भी उसे प्यार से 'पुत्तर' कहते थे और उसकी पीठ पर हाथ फेरते थे।

संत जी ऐसा तो बहुत-से श्रद्धालुओं के साथ करते थे। 'पुत्तर' या 'धीए' कहकर वह कितने ही लोगों को बुलाते थे। लोग उनके सामने आकर उन्हें माथा टेकते और वह कितनों ही के सिर पर हाथ रखकर आशीर्वाद देते थे।

किंतु जब से बड़े संत जी का स्वास्थ्य अधिक खराब रहने लगा था, दोनों छोटे संत बहुत कम लोगों को दर्शन के लिए उनके निकट जाने देते थे। बीर सिंह तो इस बात में बहुत चौकन्ना रहने लगा कि सतनाम सिंह उनके पास बिलकुल न जाए। जाए भी तो कुछ ही क्षणों में उनके दर्शन करके, उनके आगे माथा टेककर वापस आ जाए। वह कुछ देर वहाँ बैठने और बड़े संत जी से कुछ बातचीत करने की कोशिश करता तो बीर सिंह उसे डाँट देता, ''सतनाम सिंह, डॉक्टरों ने संत जी को पूरा आराम करने के लिए कहा है। उन्हें बातचीत करने से भी रोका है। अब तुम बाहर जाओ और अपनी लंगर की ड्यूटी सँभालो, वहाँ तुम्हारी बहुत ज़रूरत है।''

सतनाम मन मसोसकर बाहर आ जाता।

किंतु यह चर्चा तो ज़ोरों पर थी ही कि संत निरंजन सिंह की गद्दी उनके बाद कौन सँभालेगा? संत जी किसे अपना उत्तराधिकारी घोषित करेंगे? कौन इतने बड़े डेरे का मुखिया बनेगा, जिसके लाखों श्रद्धालु हैं, जिसमें बेअंत चढ़ावा आता है, जिसके साथ करोड़ों की संपत्ति जुड़ी है?

10

सुनंदा ने कहा था, 'बी माई फ्रेंड।'

अपनी किसी रचना में शायद यह बात रवींद्रनाथ टैगोर ने कही थी—स्त्रियाँ दो प्रकार की होती हैं। एक जिन्हें 'माँ' जाति की कहा जा सकता है और दूसरी वे जिन्हें 'प्रिया' जाति की माना जा सकता है। ऋतुओं से तुलना की जाए, तो एक वर्षा की भाँति होती है। वह ऊपर घुमड़ते हुए बादलों से जल की वर्षा करती है, धरती की तपिश दूर करती है, हमें तृप्त करती है।

दूसरी की तुलना बसंत ऋतु से की जा सकती है, वह हमारी नस-नस में उन्माद भर देती है, हमें इस प्रकार उद्वेलित करती है कि व्यक्ति तुरंत एक स्वप्निल संसार में पहुँचकर उसमें डूब जाना चाहता है।

कोमल का साथ मिले दस वर्ष का समय बीत गया था। जैसे सामने एक सूखी हुई धरती हो और उस पर हलकी-हलकी वर्षा हो रही हो। ऊपर से गिरता जल बहुत धीरे-धीरे धरती में जज़्ब होता जा रहा हो। कहीं कोई जलमग्न होने वाली बात नहीं, कहीं कोई तेज़ बहाव नहीं, कहीं मेड़ों के टूट जाने की संभावना नहीं। बस, पानी बरस रहा है और धरती में समाता जा रहा है, उसे तृप्त करता जा रहा है।

कोमल ऐसी ही थी। उसने कभी यह अहसास नहीं होने दिया था कि वह रूठकर जीवन में सूखा पैदा कर देती है या बहुत उत्तेजित होकर उसमें बाढ़ ले आती है। वह बस हलकी-हलकी फुहार का अहसास देती थी।

इसी फुहार में उसने एक फूल खिला दिया था—अमितोज।

पर सुनंदा माँ जाति वाली वर्षा नहीं थी। वह प्रिया जाति वाली बसंत ऋतु थी, जिसका साथ अनार के रस जैसी तृप्ति नहीं उपजाता, वह किसी तीखी-तेज़ लिकर की तरह मुँह के अंदर जाते ही हलक के रास्ते से आग की लपट की तरह अंदर उतरती चली जाती है और व्यक्ति की नस-नस मरोड़ खाने लगती है।

मेज़ के ऊपर रखे हाथ, उस पर गिरती आँसू की दो गर्म-गर्म बूँदें और ये शब्द, 'बी माई फ्रेंड।' आनंद की नसें सचमुच चटकने लगीं।

सुनंदा क्लैमर के लिए दिल्ली के रंगमंच की गतिविधियों पर एक कॉलम नियमित रूप से लिख रही थी। इसी के साथ आनंद उसे अपने पत्र के लिए और भी कई काम देने लगा था।

एक दिन वह बोला, ''सुनंदा, तुम नर्गिस का एक इंटरव्यू करके ला सकती हो?''

"नर्गिस का···?" उसने चौंककर पूछा, "इससे पहले तो मैंने क्लैमर में किसी अभिनेत्री या अभिनेता का इंटरव्यू नहीं देखा। आपकी ज़्यादा रुचि तो राजनेताओं में रहती है।"

"तुम ठीक कहती हो। लेकिन क्लैमर में कुछ वैरायटी भी तो लानी चाहिए। तुम इसके साथ जुड़ी हो, तो क्लैमर में कुछ ग्लैमर भी आना चाहिए।"

वह ठहाका लगाकर हँसी, "क्लैमर के साथ ग्लैमर···अच्छी बात है।"

"देखो सुनंदा, अगले हफ्ते नर्गिस की एक नई फिल्म का मुहूरत दिल्ली में हो रहा है। दिल्ली का एक फिल्म डिस्ट्रीब्यूटर उस फिल्म को फाइनेंस कर रहा है। वह मेरा परिचित है। उसी के ज़रिए यह इंटरव्यू फिक्स किया जा सकता है।"

"मुझे कोई आपत्ति नहीं है, लेकिन आपकी नर्गिस में इतनी रुचि क्यों है?"

"इसलिए कि मुझे उसकी ज़िंदगी बड़ी दिलचस्प लगती है। तुम जानती हो, वह अपने समय की मशहूर गायिका जद्दन बाई की बेटी है। मोहन बाबू उसके पिता थे। सुनील दत्त से उसकी शादी की कहानी भी दिलचस्प है।"

सुनंदा इस संबंध में कुछ नहीं जानती थी।

"क्या कहानी है?"

"मदर इंडिया में राजकुमार नर्गिस के पति का रोल निभाता है और राजेंद्र कुमार और सुनील दत्त उसके बेटों का। सुनील दत्त उसका छोटा बेटा है, जो बहुत शरारती और नटखट है।"

"यह फिल्म मैंने देखी है।"

"फिल्म पूरी होने के बाद एक दिन सुनील दत्त नर्गिस के घर पहुँच जाता है और बिना किसी दुविधा के उसके सामने प्रस्ताव रख देता है, मैं तुमसे शादी करना चाहता हूँ।"

सुनंदा के चेहरे पर कुछ आश्चर्य झलका, "उस समय तो नर्गिस और राजकपूर

के संबंधों की चर्चा बड़े ज़ोरों पर थी?"

"यह बात सभी जानते थे कि वह चर्चा बस चर्चा ही रहेगी। किसी अंजाम तक पहुँचने की कोई संभावना नहीं है। इस शादी में एक बात और दिलचस्प है। नर्गिस की उमर भी सुनील दत्त से ज़्यादा है।"

"क्या मैं नर्गिस से उसके व्यक्तिगत जीवन के बारे में भी पूछूँ?"

"मैं तुमसे यह उम्मीद नहीं करता कि तुम उससे सिर्फ यह पूछकर आ जाओगी कि आपने फिल्मी ज़िंदगी की शुरुआत कैसे की या आप किस फिल्म को अपनी सबसे अच्छी फिल्म मानती हैं या कौन-सा हीरो आपको पसंद है या⋯"

"बस⋯बस⋯," सुनंदा खीझकर बोली, "मुझे क्या करना है, यह मैं अच्छी तरह जानती हूँ और आपको यह याद है न, आज शाम को हम प्ले देखने जा रहे हैं, घासीराम कोतवाल।"

जनवरी का महीना था। दोनों नाटक देखकर निकले तो ठंडी हवा के थपेड़ों का अहसास हुआ। सड़कें सूनी पड़ी थीं। ठंड से सिकुड़ते लोग दुपहिया स्कूटरों या टैक्सियों की तलाश में इधर-उधर भटक रहे थे।

"आज तो किसी सवारी का मिलना भी आसान नहीं है।" सुनंदा बोली, "आप आज मुझे घर तक छोड़ आएँ तो कितना अच्छा हो⋯। मैं आपको गर्मागर्म कॉफी पिलाऊँगी।"

आनंद मुस्कराया। उसने अपनी कार को साउथ एक्सटेंशन की तरफ मोड़ दिया था, "सिर्फ कॉफी⋯?"

वह उसके साथ सट गई, "मेरे पास ब्रांडी भी है। जिस दिन बहुत ठंड होती है, मैं थोड़ी-सी पी लेती हूँ।"

आनंद पहली बार उसके फ्लैट पर आया था। सुनंदा ने एक नौकरानी लगा रखी थी, जो सुबह आ जाती थी और शाम को अपने घर वापस चली जाती थी। फ्लैट की एक डुप्लीकेट चाबी उसके पास रहती थी। नौकरानी अपना काम करके जा चुकी थी। ऑटोमैटिक कुकर में वह रात के लिए चावल और सब्ज़ी बना गई थी।

फ्लैट के अंदर आकर सुनंदा ने बत्ती जलाई। आनंद ने देखा, फ्लैट बड़े सलीके से सजा हुआ है और ज़रूरत की सभी चीज़ें उसमें हैं।

"इस फ्लैट में अकेले तुम्हें डर नहीं लगता?" उसने सोफे पर बैठते हुए कहा।

"कोमल का खयाल न होता तो कहती कि तुम मेरे साथ रहने के लिए आ जाओ।"

आनंद ने घसीटकर उसे अपने साथ बैठा लिया।

"ब्रांडी…?" सुनंदा ने पूछा।

"यह नशा किसी ब्रांडी से कम नहीं है।"

फ्लैट में जलती हुई रोशनी कुछ मद्धम-सी होती दिख रही थी।

आनंद को घर लौटने में काफी देर हो गई थी। कोमल ने उसे बताया, "अमितोज जब स्कूल से आया था, उसका माथा गर्म था और उसे हलका-सा बुखार था, फिर बुखार एकदम तेज़ हो गया और सारा शरीर तपने लगा। शाम हो गई थी, ठंड भी बहुत थी। आपके ऑफिस में फोन किया, पता लगा, आप कहीं गए हैं। इतनी देर कहाँ लगा दी?"

आनंद को लगा, वह पूरी तरह पकड़ा गया है। अपराध का अहसास उसे मथने लगा। आशू रज़ाई में लिपटा सो रहा था। उसने रज़ाई हटाकर उसके माथे पर हाथ रखा।

"इसे कोई दवाई दी?"

"मैं बहुत घबरा गई थी। ढूँढ़ने पर क्रोसिन की एक गोली घर में मिल गई। बड़ी मुश्किल से आशू को आधी गोली दी। भला हो जसमीत बहन जी का। उनके फ्लैट में फोन करके मैंने उन्हें बुला लिया। उन्होंने थर्मामीटर लगाकर देखा, आशू को 103 बुखार था। उन्होंने डॉक्टर वर्मा को फोन करके बुलाया। उन्होंने आशू को इंजेक्शन लगाया और गोलियाँ लिखकर दीं। जसमीत खुद जाकर कैमिस्ट से दवाई लाई।"

आनंद सिर झुकाए सब कुछ सुन रहा था।

"आज जसमीत मदद न करती, तो अकेली मैं क्या करती? आपको देर हो रही थी, आप कम से कम फोन तो कर ही सकते थे।"

वह गुमसुम खड़ा था। कोई चीज़ उसे बुरी तरह मथ रही थी। आशू का मासूम चेहरा उसके सामने घूम रहा था। उसे इस कड़कती सर्दी में ठंड लगी और तेज़ बुखार हो गया। कोमल को कितनी परेशानी झेलनी पड़ी। सुनंदा, उसका फ्लैट, कुछ घंटे पहले वहाँ जो कुछ हुआ वह क्या था? कोमल से उसे कभी शिकायत नहीं हुई। वह शिकायत का कभी कोई मौका ही नहीं देती, लेकिन जो कुछ हुआ वह क्या था?

कोमल ने खाना गर्म करके मेज़ पर रख दिया था। रात के साढ़े ग्यारह बज गए थे। उसने भी खाना नहीं खाया था। कोमल से कह रखा था, वह रात के खाने पर उसकी राह न देखा करे। अखबार के काम में देर-सवेर हो ही जाती है। वह वक्त से आशू

को भी खिला दिया करे और खुद भी खा लिया करे। आज उसने अभी तक कुछ नहीं खाया था।

खाना खाते समय कोमल ने फिर पूछा, "आज आपने इतनी देर कहाँ लगाई? ऑफिस से तो आप जल्दी ही निकल गए थे?"

सुनंदा, घासीराम कोतवाल, साउथ एक्सटेंशन में सुनंदा का फ्लैट, ब्रांडी, सब कुछ टुकड़ों-टुकड़ों में उसके सामने तैरने लगा।

उसे लगा, आज कोमल के सामने उसे कोई बड़ा झूठ बोलना पड़ेगा।

दूसरे दिन सुनंदा दोपहर बाद ऑफिस आई। वह कल देखे नाटक पर अपना राइटअप लिखकर ले आई थी। उसने अपनी लिखी सामग्री आनंद के सामने रख दी। आनंद के सामने आज के कई अखबार बिखरे हुए थे। उनमें लगे लाल निशान उसे साफ दिखाई दे रहे थे। एक अखबार आनंद के हाथों में था, जिस पर वह पढ़ते-पढ़ते निशान लगाता जा रहा था।

उसने आँखें उठाकर सुनंदा की ओर देखा। उसकी नज़रें झुकी हुई थीं, पर चेहरे पर हलकी-सी मुस्कराहट थी। वह उसके सामने बैठ गई। आनंद ने इंटरकॉम पर रामिंदर से कहा, "सुनंदा जी अपना राइटअप ले आई हैं। इसे देख लो और कंपोज़िंग में दे दो।" फिर उसने घंटी बजाकर सुखराम को बुलाया, "ये कागज़ रामिंदर को दे दो और चाय लाओ।"

वह चला गया। आनंद फिर अखबार में उलझ गया।

"अच्छा नहीं हुआ।"

उसने सुनंदा की ओर देखा—"क्या अच्छा नहीं हुआ?"

सुनंदा के चेहरे पर कुछ शर्म, कुछ संकोच, कुछ मुस्कराहट का घुला-मिला भाव था।

"कल जो कुछ हुआ।"

"तुम ठीक कहती हो।"

कुछ देर दोनों चुप बैठे रहे।

तभी सुखराम ने बताया, "बाहर इम्तियाज़ आलम साहब आए हैं।"

इम्तियाज़ अंदर आते ही गरजती हुई आवाज़ में बोला, "आदाब हुज़ूर..., आनंद साहब!"

सुनंदा को बैठा देखकर वह कुछ संकुचित हुआ, फिर आनंद से हाथ मिलाते हुए बोला, "कैसे मिज़ाज हैं?"

"बैठिए इम्तियाज़ साहब, आप शायद इनसे पहले कभी नहीं मिले…सुनंदा सिंह…।"

इम्तियाज़ ने हाथ उठाकर सुनंदा को आदाब कहा और बोला, "गालिबन, पहले मिलने का इत्तफाक नहीं हुआ।"

"यह हमारे लिए थियेटर का कॉलम लिखती हैं।"

"हाँ-हाँ…क्लैमर में इनका कॉलम तो मुतवातिर देख रहा हूँ। आप अच्छा लिखती हैं मैडम सुनंदा!"

सुनंदा ने उसकी ओर देखा और शुक्रिया में नज़रें नीची कर लीं।

"सुनंदा, इम्तियाज़ साहब 'क्लैमर' के लिए विदेशी मामलों पर लिखते हैं, खास तौर से पाकिस्तान पर।"

सुनंदा ने अब पूरी नज़र उठाकर इम्तियाज़ की तरफ देखा, "पाकिस्तान का नाम सुनते ही मुझे अपने पुरखों की ज़मीन याद आ जाती है, रावलपिंडी। मैं तो पाकिस्तान बनने के बाद पैदा हुई, लेकिन बचपन में अपने पिताजी को रावलपिंडी के बारे में ढेरों बातें करते सुनती थी। बहरहाल, आप कहाँ के रहने वाले हैं?"

"कानपुर और लखनऊ के बीच एक ज़िला है उन्नाव। मैं इसी ज़िले का रहने वाला हूँ। मुल्क की तकसीम के वक्त हमारे ज़िले से भी बहुत-से मुसलमान पाकिस्तान चले गए थे। मेरी सगी खालाजान और उनका परिवार इस वक्त रावलपिंडी में है। इस बात को आज बाईस-तेईस बरस बीत गए हैं। न उधर से कोई इधर आया, न इधर से कोई उधर गया।"

"खतो-किताबत तो होती होगी?" सुनंदा ने पूछा।

"वह भी बहुत कम। कुदरत का कितना बड़ा मज़ाक है। दोनों मुल्क लाखों लोगों की लाशों को रौंदते हुए, अंग्रेज़ी हुकूमत से आज़ाद हुए। उधर से आए करोड़ों हिंदू-सिख भाई यहाँ आकर शरणार्थी बन गए। इधर से लाखों मुसलमान उधर गए, यह मानकर कि वे अब एक ऐसे मुल्क में जा रहे हैं, जिसकी बुनियाद इस्लाम के उसूलों पर रखी गई है, लेकिन उस मुल्क में जाकर वे परदेसी बन गए, मुहाज़िर बन गए। न घर के रहे, न घाट के। यहाँ से वे उर्दू ज़ुबान साथ ले गए, जो पाकिस्तान के किसी भी हिस्से की ज़ुबान नहीं है।"

“लेकिन इम्तियाज़ साहब, उस तरफ से जो हिंदू-सिख इधर आए थे, वे कुछ समय तक तो ज़रूर शरणार्थी कहे जाते रहे, पर आज कहाँ हैं शरणार्थी? सभी यहाँ की जलवायु और रंग-ढंग में पूरी तरह घुल-मिल गए हैं। दिल्ली तो अब पूरी तरह पंजाबी शहर बन गया है।”

आनंद ठहाका लगाकर हँसा, “इम्तियाज़, सुनंदा शायद यह कहना चाहती है कि शरणार्थी पंजाबियों ने दिल्ली पर कब्ज़ा करके पुराने दिल्ली वालों को ही शरणार्थी बना दिया है।”

इम्तियाज़ और सुनंदा भी हँसने लगे।

“मैं समझता हूँ कि इधर से पाकिस्तान गए मुसलमानों की सबसे बड़ी समस्या यही है। पानी में पानी मिले, दूध में दूध मिले तो कोई समस्या नहीं होती, लेकिन पानी में तेल मिलाया जाए, तो वह बात नहीं बनती। पानी में तेल उतराता रहता है। न वह पानी को पानी रहने देता है, न खुद तेल बना रहता है। इधर से जो मुसलमान पाकिस्तान गए, वे बंगाल में जाकर बंगाली नहीं बने, पंजाब में जाकर पंजाबी नहीं बने, सिंध में जाकर सिंधी नहीं बने। इतने बरस हो गए, अभी भी वहाँ मुहाज़िर बने हुए हैं और मुहाज़िर ही बने रहना चाहते हैं।”

“इम्तियाज़, क्या यह भी आपको अजीब नहीं लगता कि जिन इलाकों को मिलाकर पाकिस्तान बना, उनमें पाकिस्तान बनाने के लिए उतना जोश नहीं था, जितना उन इलाके के मुसलमानों में था, जहाँ किसी भी सूरत में पाकिस्तान नहीं बनना था। ऐसा क्यों हुआ? आखिर पाकिस्तान बन जाने से यू०पी०, बिहार, महाराष्ट्र, राजस्थान, मध्य प्रदेश या गुजरात के मुसलमानों को क्या मिला?”

“आनंद साहब, यह सवाल सिर्फ आपका नहीं है। हिंदुस्तान में रहने वाले करोड़ों मुसलमानों के मन को यही सवाल बार-बार कुरेदता है, पाकिस्तान बनने से आखिर हमें क्या मिला? वहाँ हमारे सगे-संबंधी मुहाज़िर बन गए। हिंदुस्तान में हम दूसरे दर्जे के शहरी बन गए।”

सुनंदा बीच में ही बोल पड़ी, “इम्तियाज़ साहब, यहाँ तो मुसलमानों को हर तरह के अधिकार मिले हुए हैं। संविधान उन्हें वे सभी हक देता है जो दूसरे नागरिकों को मिले हुए हैं। सबको अपना धर्म-पालन करने, अपने ढंग से जीने, अपनी भाषा और संस्कृति की रक्षा करने की गारंटी यहाँ का विधान देता है। भारत एक सेक्यूलर देश है। वह पाकिस्तान की तरह एक इस्लामिक राष्ट्र नहीं है।”

"आप ठीक कहती हैं मैडम, मैं इस वक्त इस बहस में नहीं पड़ता कि हमारा संविधान कितना सेक्यूलर है या यह संविधान यहाँ सभी शहरियों को बिना धर्म, मज़हब, जाति, भाषा का भेदभाव किए कितने अधिकार देता है। मैं तो सिर्फ हिंदुस्तानी मुसलमान की सोच की बात कहता हूँ। उसके किसी कोने में यह अहसासे-जुर्म बना रहता है कि उसने इस देश का बँटवारा कराने, पाकिस्तान बनवाने में बड़ा अहम रोल निभाया था। मुश्किल यह है कि मुसलमानों में कठमुल्ला किस्म के जो लोग हैं, वे आम मुसलमान के इस अहसास पर फोहा लगाने के लिए उसे मज़हब और इस्लाम के नाम पर बरगलाते रहते हैं। वे समझते हैं कि उन्हें कट्टर मुसलमान बनाकर और कुछ खयाली पुलाव उनके सामने परसकर उन्हें ज़हनी तौर पर उस ख्वाबों-भरी दुनिया में ले जाएँगे, जब इस्लाम का परचम सारे हिंदुस्तान पर फहराता था।"

"इम्तियाज़, इसी के साथ एक तथ्य और भी है। इस सारी बात के लिए मैं हिंदुओं को भी कम दोषी नहीं ठहराता। आम हिंदुओं के पास किसी भी मुसलमान के लिए सबसे बड़ी गाली यह है कि मौका मिलते ही वे उसे पाकिस्तान का एजेंट, वहाँ का जासूस घोषित कर दें। उन्हें यह कहते भी पल-भर की देर नहीं लगती कि यहाँ का मुसलमान रहता इस धरती पर है, पर उसकी वफादारी इस धरती के प्रति नहीं है।"

"यही मैं सोचता हूँ," इम्तियाज़ बोला, "मुल्क का बँटवारा तो हो गया, पर समस्या हल नहीं हुई। गांधी जी इस देश में जैसा समाज बनाना चाहते थे, वह नहीं बना, लेकिन अब हम कैसा समाज बना रहे हैं? देश में गरीबी, बेरोज़गारी, जहालत का तकरीबन वही आलम है, जो आज़ादी से पहले था। इसमें आम मुसलमान का हाल बदतर है। फौज और पुलिस में उन्हें कोई पूछता नहीं, क्योंकि उनकी वफादारी शक के घेरे से आज़ाद नहीं हो पाई है। सरकारी नौकरियों में उनका औसत न के बराबर है। प्राइवेट इदारों के मालिक ज़्यादातर हिंदू हैं। किसी मुसलमान को नौकरी देने से पहले वे दस बार सोचते हैं। अपना खुद का कुछ धंधा करने के अलावा उनके पास कोई चारा नहीं।"

"इस क्षेत्र में भी आज़ादी से वे कितना काम कर पाते हैं," आनंद बोला, "एक सांप्रदायिक दंगा होता है, तो उनके कल-कारखाने, छोटी-मोटी दुकानें, कपड़ा बुनने की खड्डियाँ⋯सब या तो लुट जाती हैं या आगज़नी की शिकार हो जाती हैं।"

"माफ कीजिएगा, इम्तियाज़ साहब, मैं एक बात आपसे पूछती हूँ। सांप्रदायिक दंगों के बारे में मैंने जितनी रिपोर्टें पढ़ी हैं, उनसे यही पता लगता है कि ज़्यादातर जगहों पर दंगे की शुरुआत मुसलमानों की तरफ से होती है। शुरू-शुरू में हिंदू पिटते हैं। उन्हीं

की जान-माल का नुकसान ज़्यादा होता है। फिर पुलिस आ जाती है। उसे देखकर दुबके हुए हिंदू भी शेर बन जाते हैं और मुसलमानों की तबाही शुरू हो जाती है। उनकी दुकानें लुटती और जलती हैं। पुलिस की गोलियों से भी वही ज़्यादा मारे जाते हैं। आप जैसे बुद्धिजीवी मुसलमान इस हालत पर गंभीरतापूर्वक बैठकर विचार क्यों नहीं करते हैं?"

सुखराम ने आकर पूछा, "साहब, लंच लगा दूँ?"

इम्तियाज़ और सुनंदा दोनों बोले, "हम चलते है। आप लंच लीजिए, आनंद जी!"

आनंद बोला, "आज हम तीनों यहीं बैठकर लंच करेंगे। इम्तियाज़ साहब, क्लैमर के लिए आपसे कुछ बातें भी करनी हैं।"

आनंद घर से अपना लंच लाया था। सुखराम हलवाई से खाने-पीने की कुछ और चीज़ें ले आया।

लंच के बाद सुनंदा चली गई।

इम्तियाज़ बोला, "कहिए आनंद साहब, क्या हुक्म है?"

आनंद बोला, "पाकिस्तान में सियासत बिलकुल नई करवट ले रही है। पश्चिमी पाकिस्तान में जनाब ज़ुल्फिकार अली भुट्टो की पीपुल्स पार्टी को पूरा बहुमत मिला है और पूर्वी पाकिस्तान में शेख मुजीबुर्रहमान की अवामी लीग को ज़बरदस्त समर्थन मिला है। पश्चिमी पाकिस्तान की राजनीति पर हमेशा भारत भारु रहता है। वहाँ जो भी व्यक्ति सत्ता में आता है, वह भारत को धूल चटाने, कश्मीर को आज़ाद कराने, उसके लिए फैसलाकुन लड़ाई लड़ने की दुहाई देता है। भुट्टो यही कर रहे हैं।"

"भुट्टो की बात छोड़िए। वह तो कहता है कि भारत से हमारी लड़ाई एक हज़ार साल पुरानी है। वह अपने आपको महमूद गज़नवी का जाँनशीन समझता है, लेकिन पूर्वी पाकिस्तान में यह बात नहीं है। 1965 की जंग भी भारत और पश्चिमी पाकिस्तान के बीच हुई थी। न पूर्वी पाकिस्तान की तरफ से उधर कोई पहल हुई थी, न भारत ने उस ओर अपना मोर्चा खोला था। उस ओर हमारे मुल्क के खिलाफ वैसा जुनून नहीं है, जैसा पाकिस्तान के इस हिस्से में है।"

"इसका भी एक कारण है। पूर्वी पाकिस्तान के लोग पाकिस्तान बनने के बाद से ही यह महसूस करते रहे हैं कि पश्चिमी पाकिस्तान के लोग इस हिस्से को अपनी एक कॉलोनी समझते हैं। यहाँ के लोगों को वे भात खाने वाले गरीब बंगाली समझते हैं। सारी सत्ता उधर केंद्रित रहती है। फौज पर पंजाबियों का गलबा है। हुकूमत का सारा

काम-काज उर्दू जानने वाले उन मुहाज़िरों के हाथों में है, जो बँटवारे के वक्त पाकिस्तान चले गए थे।"

"एक बात तो आप मानेंगे, आनंद साहब, बंगाली मुसलमान अपनी ज़ुबान बचाने के लिए खूब लड़े थे। पाकिस्तान के हुक्मरान पश्चिमी और पूर्वी दोनों हिस्सों में उर्दू को ही कौमी ज़ुबान बनाना चाहते थे, लेकिन उन्होंने यह नहीं होने दिया। उन्होंने मोहम्मद अली जिन्ना की बात भी नहीं मानी थी। आखिर पाकिस्तान को उर्दू और बँगला, दोनों को ही अपनी कौमी ज़ुबान मानना पड़ा।"

"मुझे मालूम नहीं कि आप यह बात जानते हैं कि नहीं कि जब देश के बँटवारे की बात पक्की हो गई थी, बंगाल मुस्लिम लीग के कुछ बड़े लीडर सुहरावर्दी, फज़लुलहक़ जैसे यह चाहते थे कि पूरा बंगाल एक अलग मुल्क बने। इस नज़रिए से उन्होंने कुछ हिंदू बंगाली लीडरों से भी बात चलाई थी, लेकिन कांग्रेस को यह बात पसंद नहीं थी। श्यामा प्रसाद मुखर्जी जैसे हिंदू महासभाई लीडर भी इसके खिलाफ थे। आज बंगाली मुसलमान महसूस करते हैं कि वे अंग्रेज़ों की जगह पश्चिमी पाकिस्तानियों के गुलाम बन गए हैं।"

आनंद अपनी बात पूरी तरह स्पष्ट करना चाहता था, "भुट्टो ने यह चुनाव भारत-विरोध और कश्मीर की आज़ादी के मुद्दे पर लड़ा और भारी कामयाबी हासिल की, किंतु मुजीबुर्रहमान ने पूर्वी पाकिस्तान के लिए ज़्यादा खुदमुख्तारी, सारे शासन में अधिक हिस्सेदारी के मुद्दे पर लड़ा और उम्मीद से कहीं ज़्यादा सफलता पाई। उनके अभियान में न भारत को कुचलने की बात उठाई गई, न कश्मीर की आज़ादी की।"

"इस वक्त जो सूरते-हाल है, उससे तो यही लगता है कि पाकिस्तान की नेशनल असेंबली में बहुमत शेख मुजीबुर्रहमान की अवामी पार्टी का हो जाएगा।" इम्तियाज़ ने कहा।

"यही तो बहुत दिलचस्प बात है। क्षेत्रफल के हिसाब से पश्चिमी पाकिस्तान बड़ा है। इसमें पंजाब, सिंध, सरहदी सूबा और बलूचिस्तान शामिल हैं, पर आबादी के हिसाब से पूर्वी पाकिस्तान आगे है। हलके तो आबादी के लिहाज़ से बनाए जाते हैं। नेशनल असेंबली में अवामी लीग के मेंबरों की गिनती पीपुल्स पार्टी से ज़्यादा होगी।"

"आप समझते हैं कि पाकिस्तान में नई सरकार अवामी पार्टी की बनेगी?"

"यही तो मैं आपसे पूछ रहा हूँ। क्या पश्चिमी पाकिस्तान के लोग, खास तौर पर ज़ुल्फिकार अली भुट्टो आसानी से यह सत्ता बंगालियों के हाथों में जाने देंगे?"

इम्तियाज़ सोचने लगा। बोला, "देखिए, लोकतंत्र की तो यही माँग है कि जिस पार्टी का बहुमत होगा, सरकार उसी की बनेगी। अगर वहाँ की नेशनल असेंबली में अवामी लीग के मेंबर ज़्यादा हैं, तो शेख मुजीब की सरकार बनने से कौन रोक सकता है?"

"लेकिन इम्तियाज़, मुझे लगता है कि भुट्टो यह नहीं होने देगा। उसकी सबसे बड़ी तमन्ना पाकिस्तान का शासक बनने की है। उसकी पार्टी के मेंबरों की गिनती शेख मुजीब की पार्टी के मेंबरों से कुछ ही कम है। वह महत्त्वाकांक्षी व्यक्ति है। इतनी आसानी से अपनी हार नहीं मानेगा।"

"तो··· वह क्या करेगा?"

"मुझे लगता है कि वह कश्मीर में अपने आदमी भेजेगा, वहाँ गड़बड़ी पैदा करेगा। ऐसे हालात पैदा करेगा कि भारत उत्तेजित होकर जवाबी कार्रवाई करे और जंग की नौबत आ जाए। उस स्थिति में पाकिस्तान में एमरजेंसी लागू कर दी जाएगी और हाल में वहाँ जो चुनाव हुए हैं, उनके नतीजों को ठंडे बस्ते में डाल दिया जाएगा।"

इम्तियाज़ गंभीर हो गया, "क्या हिंदुस्तान और पाकिस्तान में फिर जंग हो सकती है?"

"हो भी सकती है। मैं आपको कुछ मैटीरियल देता हूँ। आप इसे देखिए और फिर कुछ लिखिए।"

"ठीक है।" इम्तियाज़ ने मैटर अपने ब्रीफकेस में रख लिया। उसका चेहरा उतर गया था। भारी मन से उसने आनंद से हाथ मिलाया और कमरे से बाहर निकला।

11

बलवंत सिंह दुकान से लौटा, तो सीधे भाइया जी के कमरे में पहुँचा। गुरमीत ने पूछा, “दार जी, चाय यहीं ले आऊँ?”

“यहीं ले आ। तेरे चाचाजी दुकान से आ गए हैं क्या? आ गए हों तो यहीं भेज देना।”

गुरमीत चली गई, तो बलवंत बोला, “भाइया जी, आपसे एक खास बात करनी है। अपने लाला पिशौरी लाल जी हैं न, जेहलम वाले, जो साइकिलों का कारोबार करते हैं?”

“हाँ-हाँ, मुझे अच्छी तरह याद है। मैं उन्हीं की दुकान से साइकिलों के पुर्ज़े खरीदकर लाया करता था। अब तो बहुत बूढ़े हो गए होंगे?”

“बस, आपकी ही उम्र के हैं। उनके तीनों बेटे जवान हो गए हैं। सभी साइकिलों के कारोबार में हैं। छोटा कृपाल चंद ट्रकों के पुराने टायरों का काम भी करता है। आज कृपाल चंद मेरी दुकान पर आया था, कुछ टायरों की रिट्रेडिंग के सिलसिले में। बातों-बातों में मैंने बच्चों के बारे में बताया। यह भी बताया कि मनजीत सयानी हो गई है। अब उसकी शादी भी करनी है। उसने एक रिश्ता बताया। लड़का अमेरिका में रहता है। बहुत पढ़ा-लिखा है। उसके पास इंजीनियर की डिग्री है। वहाँ किसी बड़ी कंपनी में काम करता है। आजकल यहाँ आया हुआ है।”

भाइया जी ने पूछा, “तुमने यह नहीं पूछा कि उसके माँ-बाप कहाँ हैं? कहाँ के रहने वाले हैं? भाई-बहन कितने हैं?”

“पिशौरी लाल जी के एक रिश्तेदार हैं सरदार हरनाम सिंह भाटिया। बँटवारे के बाद वे लोग लखनऊ में बस गए थे। हरनाम सिंह के बड़े बेटे भी ट्रकों के पुराने टायरों का काम करते हैं। इस सिलसिले में वे दिल्ली आते-जाते रहते हैं। कृपाल चंद से उनके व्यापारिक संबंध हैं। यह लड़का हरनाम सिंह का सबसे छोटा बेटा है। मनजीत की बात चली तो उसने ज़िक्र किया।”

इतने में भगवंत भी वहीं आ गया। बलवंत उससे पहले ही यह बात कर चुका था।

भगवंत बोला, "इस डुब्बजाणी को तो विदेशों की सैर करने का वैसे ही बहुत शौक है। हमेशा आसमान में उड़ने के सपने देखती रहती है। लेख-संजोग हुए तो उसके सपने भी पूरे हो जाएँगे।"

भाइया जी चुपचाप बैठे हुए थे। मनजीत इतनी दूर चली जाएगी, यह सोचना उनके लिए बहुत मुश्किल था।

"भाइया जी," बलवंत बोला, "मेरा मन नहीं करता कि लड़की को इतनी दूर भेज दूँ। उसे वहाँ कुछ सुख-दुःख हुआ तो वह किसके सामने रोएगी? मैंने यह भी सुना है कि ऐसे रिश्तों में धोखे भी बहुत होते हैं। बहुत-से लड़कों ने वहाँ पहले से शादी कर रखी होती है। यहाँ आकर फिर शादी कर लेते हैं। फिर या तो वहाँ लड़की को ले ही नहीं जाते या वहाँ ले जाकर छोड़ देते हैं। मेरा मन बहुत डरता है।"

"ऐसी डरने की भी क्या बात है वीर जी! ज़िंदगी में हादसे भी होते हैं, पर हादसों से डरकर ज़िंदगी थम तो नहीं जाती। लड़के से मिलते हैं, उससे बातचीत करते हैं, उसे परखते हैं। बात जँचेगी तो आगे बढ़ाएँगे, नहीं तो हमें ऐसी जल्दी भी नहीं है। मनजीत को तो अभी अपना फाइनल इम्तहान भी देना है।"

"लड़के को देखने, उससे मिलने लखनऊ कौन जाएगा?"

"हम दोनों चलते हैं।" भगवंत बोला।

भाइया जी अभी तक चुप बैठे थे। वे बोले, "तुम दोनों वहाँ जाकर लड़के से, उसके घरवालों से मिल तो सकते हो, लेकिन वह कितना पढ़ा-लिखा है, कितना काबिल है, कहाँ काम करता है, कितनी तनख्वाह मिलती है, इसकी परख तुम नहीं कर सकते। इसके लिए तो किसी सयाने और पढ़े-लिखे आदमी को वहाँ भेजना चाहिए।"

बलवंत और भगवंत दोनों को अहसास हुआ, भाइया जी ठीक कह रहे हैं। उनकी लिखाई-पढ़ाई कितनी है कि वे इतनी डिग्रियाँ लिए हुए लड़के की परख कर सकें।

"मेरी एक सलाह है।"

दोनों भाइया जी को देखने लगे।

"इस काम के लिए आनंद जी को लखनऊ भेजो। सयाने और पढ़े-लिखे आदमी हैं। अंग्रेज़ी का अखबार निकालते हैं। मनजीत से उनका प्यार भी बहुत है। लड़के के बारे में सही राय वही दे सकते हैं।"

"वह हमारे लिए इतना कष्ट उठाएँगे?" बलवंत ने पूछा।

"वक्त-ज़रूरत पर वह हमेशा हमारे काम आए हैं। याद है न, जब तुम्हारी फैक्टरी में आग लग गई थी। मज़दूरों ने हमारा घर घेर लिया था। पुलिस वाले हज़ारों रुपयों की रिश्वत माँगते थे। हम सब कितनी चिंता में थे। उस समय आनंद ने हमारी बाँह न पकड़ी होती तो क्या होता?"

भाइया जी ने खुद फोन करके आनंद को नाश्ते पर घर बुलाया। ऑफिस जाने से पहले वह आ गया। भाइया जी ने उसके सामने सारी बात रखी।

"इसमें संकोच की क्या बात है भाइया जी! शुक्रवार को मेरा पर्चा फाइनल हो जाता है। मैं अगले दिन लखनऊ चला जाऊँगा और इतवार को वापस आ जाऊँगा।"

भाइया जी ने बड़ी स्निग्धता से उसके दोनों हाथ अपने काँपते हाथों में ले लिए।

मनजीत और कमलजीत ने कॉलेज से निकलकर यू स्पेशल पकड़ ली थी। आज मनजीत बहुत चुप थी। कमलजीत ने उससे कुछ बात करनी चाही तो उसने बड़े उखड़े ढंग से जवाब दिया।

"लगता है, आज तुम्हारा मूड कुछ ज़्यादा ही खराब है।"

"बात मूड की नहीं है। मन में बड़ी उलझन है।"

"उलझन किस बात की है? कहीं शादी की बात चल पड़ी है क्या?"

"है तो कुछ ऐसा ही। एक लड़का अमेरिका से आया है। उसके पास बहुत-सी डिग्रियाँ हैं। अमेरिका की किसी नामी कंपनी में काम करता है।"

"फिर इसमें उलझन की क्या बात है? तुम हमेशा विदेशों के सपने देखती हो। अमेरिका जाने का सपना तो उनमें सबसे लुभावना है।"

मनजीत ने उस पर नज़रें गड़ा दीं, "कमलजीत, सपने देखना एक बात है। वे बड़े सुहाने भी लगते हैं, लेकिन जब आकार लेने लगते हैं तो उलझनें पैदा हो जाती हैं। हर सपने की एक कीमत होती है। उसे चुकाना इतना आसान नहीं होता।"

"क्यों, क्या लड़के ने लंबे-चौड़े दहेज की माँग की है?"

"ऐसी कोई बात नहीं। अभी तो बात शुरू हुई है, लेकिन अपने परिवार को, अपने लोगों को, अपने देश को छोड़कर सात समंदर पार जाकर रहने की बात सोचना इतना आसान तो नहीं है।"

"तुम्हारी बात सुनकर मुझे भी बड़ी उलझन हो रही है।"

"तुम्हें किस बात की उलझन है? बी०ए० पास करोगे तो कंपटीशन की तैयारी करोगे, फिर उसकी परीक्षा में बैठोगे। मुझे पूरी उम्मीद है कि तुम उसमें सफल हो जाओगे, फिर तुम सरकारी अफसर बन जाओगे। कितनी ही लड़कियों के माँ-बाप अपनी बेटियों की शादी का प्रस्ताव तुम्हारे सामने चाँदी की तश्तरी में सजाकर लाएँगे। तुम बड़ी ना-नुकर के बाद किसी एक को चुनोगे, उससे शादी करोगे, ठाठदार ज़िंदगी जिओगे।" मनजीत ज़ोर से हँसी।

"चलो, तुम्हारा मूड तो कुछ ठीक हुआ," वह बोला, "मैं जानता था, मद्रास कैफे में बैठकर, इडली-साँभर खाकर और मद्रासी कॉफी पीकर तुम्हारा मूड एकदम ठीक हो जाएगा।''

कॉफी पीते हुए कमलजीत ने पूछा, "लड़के को कब देखोगी?"

"यह क्यों नहीं पूछते कि लड़का मुझे कब देखेगा?"

"उसमें कोई उलझन नहीं है। कौन ऐसा बेवकूफ है, जो तुम्हारी जैसी सुंदर लड़की को देखकर ना कर देगा?"

मनजीत हँस पड़ी, "एक बेवकूफ तो मेरे सामने ही बैठा है।"

कमलजीत का चेहरा एकदम लाल हो गया। बोला, "तुम ठीक कहती हो मनजीत, पर मेरी हालत को तुमसे बेहतर कोई नहीं जानता। माँ-बाप का इकलौता बेटा हूँ। एक-एक साल के अंतर से तीन छोटी बहनें हैं। दो साल बाद पिताजी सरकारी नौकरी से रिटायर हो जाएँगे। सारी उम्र एक क्लर्क, फिर यू०डी०सी० की सीढ़ियाँ चढ़ते हुए वह इस उम्र में सेक्शन ऑफिसर बने हैं। रिटायर होने के बाद उन्हें कितनी रकम मिल जाएगी? सरकारी क्वार्टर भी हाथ से चला जाएगा। उनकी आँखों में अपना छोटा-सा घर बनाने का सपना है। लड़कियों की शादी में अगर वह सारी रकम खर्च हो गई तो बुढ़ापा कैसे कटेगा?"

"मैं ये सारी बातें जानती हूँ।" मनजीत ने मेज़ पर रखे उसके एक हाथ पर अपना हाथ रख दिया।

"मनजीत, चार-पाँच साल तो मैं अपनी शादी की बात सोच भी नहीं सकता। मैं जानता हूँ, तुम्हारे दार जी इतना इंतज़ार नहीं कर सकते।"

दोनों चुप बैठे हुए थे।

कमलजीत बोला, "तुमने यह तो बताया नहीं कि तुम्हारी दिखा-दिखव्वल कब हो रही है?"

"इस समय लड़का लखनऊ में है, अपने बड़े भाइयों के साथ। उसके माँ-बाप गुज़र चुके हैं। उससे मिलने के लिए पहले हमारे घर से किसी को लखनऊ जाना होगा, पर न दार जी इतना पढ़े-लिखे हैं, न चाचा जी। वहाँ जाकर लड़के से बातचीत कौन करेगा?"

"फिर क्या सोचा है? कहो तो मैं चला जाता हूँ। तुम्हारे लिए लड़का मैं पसंद कर आता हूँ।"

उसकी बात सुनकर वह फिर खुलकर हँसी, "इसी शनिवार को लड़के से मिलने के लिए आनंद साहब लखनऊ जा रहे हैं।"

शनिवार को रात की गाड़ी से आनंद लखनऊ चला गया। वहाँ उसकी रिश्ते की एक बहन रहती थी, जो लंबे समय से यह शिकायत कर रही थी कि वह उससे मिलने कभी लखनऊ नहीं आता। वह उसी के पास ठहर गया। लड़के के बड़े भाई जगमोहन सिंह को कृपाल चंद ने टेलीफोन से यह खबर दे दी थी। वह करीब ग्यारह बजे जगमोहन सिंह के मकान पर पहुँच गया।

आनंद ने मनमोहन सिंह को देखा तो धक् से रह गया। क्या यह लड़का मनजीत के काबिल है? भारी कद-काठी वाले मनमोहन के गहरे पक्के रंग पर अमेरिकी जलवायु का कुछ भी असर नहीं हुआ था। उसकी चौड़ी नाक पर मोटा चश्मा चढ़ा हुआ था। उसके चेहरे की गंभीरता देखकर ऐसा लगता था कि वह बरसों से हँसा नहीं है। और मनजीत? आनंद सोचने लगा, वह तो हँसी का एक ऐसा बहता हुआ झरना है, जो आसपास पड़े हुए कठोर पत्थरों को भी अपने प्रवाह में बहा ले जाता है।

आनंद कई घंटे उस परिवार के साथ रहा। दोपहर का खाना भी उन्हीं के साथ खाया। मनमोहन से उसने खूब बातें कीं। उसके पास इंजीनियरिंग की पोस्ट ग्रेजुएट डिग्री थी, फिर अमेरिकी विश्वविद्यालयों से उसने कई डिग्रियाँ ली थीं। वह जिस अमेरिकी फर्म में काम करता था, वहाँ से उसे मोटी तनख्वाह मिलती थी। बॉस्टन में उसका अपना फ्लैट था।

आनंद ने वापस आकर सारी बातें बलवंत सिंह को बताईं। भगवंत की पहली प्रतिक्रिया थी, "जो आदमी शक्ल-सूरत से मनजीत के योग्य नहीं है, उससे मनजीत का विवाह किसी भी हाल में नहीं करना चाहिए। डिग्रियों को शहद लगाकर चाटना है क्या?"

भाइया जी की गर्दन भी दाएँ-बाएँ घूम रही थी। अपनी लड़की इतनी सुंदर है, इतनी हँसमुख है। उसे ऐसे आदमी के हवाले कर दें? बिरादरी वाले क्या कहेंगे? लड़की की शादी इस लालच में कर दी कि वह अमेरिका चली जाएगी। क्या अपने मुल्क में उसके लिए अच्छे लड़कों की कमी है? सतनाम कौर भी बहुत नाक-भौंह चढ़ा रही थी। जसपाल कौर तो पंजाब का एक लोकगीत बोलने लगी, 'बापू, मेरे लिए वर ढूँढ़ना तो कन्हैया जैसा ढूँढ़ना···। लोग कहेंगे···अपनी सोहणी के लिए यही महिवाल मिला।'

किंतु बलवंत सिंह कुछ दूसरे ढंग से सोच रहा था। वह एयर होस्टेस बनना चाहती थी, जिसके लिए उसने बड़ी कड़ाई से मना कर दिया था। इससे उसे कष्ट हुआ था। वह मनजीत की रीझ पूरी करना चाहता था। मनमोहन इतना पढ़ा-लिखा है, इतनी अच्छी नौकरी पर लगा है। वहाँ उसका अपना घर है। लड़के में कोई ऐब नहीं है। शक्ल-सूरत की क्या बात है? आदमी की सीरत देखनी चाहिए।

अपने दफ्तर में बैठाकर आनंद ने मनजीत को सारी बात बता दी।

"आप क्या सोचते हैं?"

"देखो मनजीत, मैंने तुम्हें सब कुछ बता दिया है। फैसला तुम्हें करना है। सवाल तुम्हारी ज़िंदगी का है।"

"मैं फैसला नहीं कर पा रही हूँ सर, आप जानते हैं कि दुनिया देखने, खूब घूमने का मुझे कितना शौक है। बचपन से यही सपने मैं देखती रही हूँ, लेकिन क्या यह रिश्ता मुझे स्वीकार कर लेना चाहिए?"

"अगर तुम इंसान की बाहरी शक्ल-सूरत को बहुत महत्त्व नहीं देती हो तो इस रिश्ते को स्वीकार कर लेने में कोई बुराई नहीं है।"

मनजीत ने अपनी सहमति दे दी। एक सप्ताह में ही धूमधाम से उसका विवाह मनमोहन से हो गया। अमेरिका में मनमोहन का जॉब और उसकी क्वालीफिकेशंस को देखकर मनजीत को वीज़ा भी आसानी से मिल गया।

दो सप्ताह बाद वह मनमोहन के साथ अमेरिका के लिए उड़ान भरने वाले जहाज़ में सवार हो गई।

12

नगर की गुरुद्वारा राजनीति में सोहन सिंह की ऐसी तूती बोलने लगेगी, ऐसा किसी ने नहीं सोचा था। वहाँ कोई बड़ा सिख नेता नहीं उभरा था। सारी राजनीति पर या तो कश्मीरी गेट के मोटर पार्ट्स के सिख व्यापारियों का प्रभुत्व रहता था या टायर मार्केट के व्यापारियों और ट्रांसपोर्टरों का। इन सबकी नज़र अमृतसर से संचालित होने वाली अकाली राजनीति पर लगी रहती थी। आम सिखों के मानस में एक बात बैठी हुई थी कि शिरोमणि अकाली दल ही सिख हितों की रक्षा करने वाली एक पंथक पार्टी है। वर्षों तक मास्टर तारा सिंह इस राजनीति पर छाए रहे, फिर संत फतेह सिंह उभर आए। 1966 में पंजाबी सूबा बनने के बाद देश में एक ऐसा राज्य बन गया, जिसमें सिखों का बहुमत था। सिख राजनीति के लिए यह बहुत बड़ी बात थी। इस राजनीति को दिल्ली के सिख धनाढ्य व्यापारियों से बहुत मदद मिलती थी।

सोहन सिंह ने एक बात महसूस की, दिल्ली के सिखों की अपनी कोई आवाज़ नहीं है। दिल्ली का अकाली दल, अमृतसर से संचालित अकाली दल की एक शाखा मात्र है। दिल्ली की सरकार से अकाली दल के अच्छे संबंध हों तो यहाँ सरकार में उनकी पूछ बढ़ जाती है। अगर इन संबंधों में टकराव बढ़ जाए तो उसकी अनुगूँज यहाँ सुनाई देने लगती है। सरकारी दफ्तरों में उनके छोटे-छोटे काम महीनों लटके रहते हैं। केवल वही लोग सरकार से लाभ उठा पाते हैं, जिन्होंने कांग्रेसी रूप धारण किया होता है और अकाली-विरोधी होने का दावा करते रहते हैं।

सोहन सिंह ने इस नब्ज़ की पहचान कर ली। उसने अपनी ऐसी छवि बनानी शुरू कर दी कि वह दिल्ली के सिखों का एक सर्वमान्य नेता बन गया। दिल्ली की सिख राजनीति उसके इशारों पर चलने लगी।

इंदिरा गांधी को एक ऐसे ही व्यक्ति की ज़रूरत थी। पुनर्गठित पंजाब में अकाली दल का दबदबा बढ़ गया था। पंजाब में आज़ादी के बाद से ही निरंतर कांग्रेस पार्टी

की सरकार रही थी। अकाली दल से उसे कभी बड़ी चुनौती नहीं मिली, किंतु अब ऐसी संभावना बढ़ गई थी। नए पंजाब में कुछ समय के लिए अकाली दल और जनसंघ की मिलीजुली गैर-कांग्रेसी सरकार भी बनी थी। कांग्रेस के लिए यह बहुत आवश्यक था कि दिल्ली की सिख राजनीति पर उसका कुछ दबदबा कायम रहे। सोहन सिंह इसके लिए सबसे उपयुक्त व्यक्ति था।

सोहन सिंह ने प्रधानमंत्री की निकटता प्राप्त कर ली। प्रधानमंत्री की कोठी पर जाना, उनसे मिलना, उनके सामने दिल्ली के सिखों की समस्याएँ रखना, उन्हें मनवाना सोहन सिह की छवि का एक हिस्सा बन गया। जो काम बड़े-बड़े अकाली मोर्चों से संभव नहीं हुए थे, उन्हें सोहन सिंह ने करवा लिया था।

सोहन सिंह दिल्ली अकाली दल का अध्यक्ष था। केंद्रीय अकाली दल को यह बात पसंद नहीं थी। उन्होंने उसे पार्टी से निष्कासित कर दिया। सोहन सिंह ने अपना नया अकाली दल बना लिया, क्योंकि केंद्र की सरकार में उसकी बहुत पहुँच थी, उसके माध्यम से बहुत-से सरकारी लाभ उठाए जा सकते थे, इस कारण बहुत लोग, विशेष रूप से धनी सिख व्यापारी उसके साथ हो गए।

इस बार जब सोहन सिह क्लैमर के दफ्तर में आनंद से मिलने आया, उसके रंग-ढंग और रोब-दाब बहुत अलग थे। उसके साथ एक गनमैन था, जो सरकार द्वारा उसे दिया गया था।

आनंद अपनी कुर्सी से उठकर उससे मिला, "सत श्री अकाल जत्थेदार जी··जी आया नूँ···।"

सोहन सिंह की काया काफी भारी हो गई थी। उसकी दाढ़ी-मूँछों में बड़ा भराव आ गया था। उसके हाथ में एक तीन फुटी तलवार थी।

वह कमरे में आकर आनंद के सामने कुर्सी पर बैठने के बजाय, उसके सामने सोफे पर बैठ गया।

"आनंद जी, अपने चपरासी से कह दो कि वह उस वक्त तक किसी को अंदर न आने दे, जब तक मैं बैठा हूँ।"

आनंद ने सुखराम को बुलाया, "देखो, किसी को अंदर नहीं आने देना। कोई आए तो उसे रामिंदर से मिला देना। जत्थेदार जी का गनमैन बाहर बैठा है। उसकी पूरी खातिरदारी करो और जल्दी से दो बड़े गिलास मौसमी का जूस ले आओ।''

आनंद उसके पास ही सोफे पर बैठ गया।

"तुम्हारा पर्चा कैसा चल रहा है?" सोहन सिंह ने इस तरह पूछा, जैसे आनंद ने कुछ दिन पहले ही अपना अखबार शुरू किया हो।

आनंद ने महसूस किया, सोहन सिंह की भाषा भी बदल गई है। उसके सामने बड़ी विनम्रता से बैठने वाला सोहन सिंह आज उससे कितना अनौपचारिक होकर बात कर रहा है।

"अकाल पुरख की कृपा है जत्थेदार जी!"

"तुम इसे रोज़ाना अखबार क्यों नहीं बना देते? मैं तुम्हारी पूरी मदद करूँगा।"

आनंद हँस दिया, "जत्थेदार जी, अखबार चलाना पत्थर के चने चबाना है। मुझसे बारह पन्ने का हफ्तावार अखबार नहीं चलता, रोज़ाना अखबार निकालने की बात मैं कैसे सोच सकता हूँ? इतनी पूँजी मैं कहाँ से लाऊँगा?"

"रोज़ाना अखबार निकालने के लिए कितनी पूँजी चाहिए?"

"कम से कम दस करोड़ रुपए। मेरे पास तो दस हज़ार का इंतज़ाम भी नहीं है।"

सोहन सिंह सोचने लगा।

"इतना रुपया इकट्ठा करना कोई बहुत मुश्किल काम नहीं है। तुम अगर कमर कस लो तो यह हो सकता है। बोलो, सरकार इसमें तुम्हारी क्या मदद कर सकती है?"

"सरकार क्या कर सकती है, मुझे जो सरकारी विज्ञापन मिलते हैं, उनमें कुछ बढ़ोतरी कर सकती है।"

"प्रेस तुम्हारा अपना है?"

"नहीं, किसी और के प्रेस से छपवाता हूँ।"

"अगर तुम्हारा अपना प्रेस हो जाए तो कैसा रहे?"

"यह तो बड़ी अच्छी बात है। इससे मुझे बड़ी सुविधा हो जाएगी। मैं अपने पर्चे को ज़्यादा अच्छे ढंग से निकाल सकता हूँ। इसके पन्ने भी बढ़ा सकता हूँ।"

"तुम ऐसा करो, अपना एक पूरा प्रपोजंल बनाओ। मैं किसी भी बैंक से तुम्हें कर्ज़ दिलवा दूँगा, बहुत कम ब्याज पर। श्रीमती इंदिरा गांधी ने सारे बड़े बैंकों को सरकार के हाथों में दे दिया है। उनसे मेरे कैसे संबंध हैं, तुम जानते हो। उनके इशारे पर कोई भी बैंक तुम्हें कर्ज़ देने को तैयार हो जाएगा। बेफिक्र रहो, यह काम मैं तुम्हारे लिए करूँगा।"

सोहन सिंह मौसमी का जूस पी चुका था और रूमाल से अपनी लंबी मूँछें साफ कर रहा था।

"जत्थेदार जी, एक बात पूछने की मैं गुस्ताखी कर सकता हूँ?" आनंद बोला।

"बोलो, बोलो···! मैं तुम्हें अपना ही आदमी मानता हूँ।···मुझसे किसी तरह का संकोच मत करो।"

"आप मेरी···क्लैमर की इतनी मदद क्यों करना चाहते हैं?"

वह ज़ोर से हँसा। घनी दाढ़ी से बचा हुआ आँखों से नीचे का गालों का हिस्सा एकदम खिल-सा गया।

"आनंद, इस दुनिया का एक नियम है। यह पुराने ज़माने से चला आ रहा है और जब तक प्रभु की बनाई यह सृष्टि है, चलता रहेगा। संसार में हर कार्य के पीछे कोई न कोई मन्तव्य ज़रूर होता है। हम परमात्मा का नाम जपते हैं, उसके पीछे भी कुछ मतलब होता है। कोई धन माँगता है, कोई परिवार का सुख माँगता है, कोई अपनी सेहत माँगता है। बड़ा ज्ञानी हुआ तो मुक्ति माँगता है।"

"लेकिन जत्थेदार जी, गुरुवाणी तो कहती है कि वह धार्मिक पुरुष अपना धर्म गँवा बैठता है, जो अपने लिए मोक्ष का द्वार माँगता है, धरमी धरम गुआए मंगे मोख दुआर···।''

सोहन सिंह हँस दिया, "आनंद, तुम ब्रह्मज्ञानियों की बात करते हो। इस संसार में ऐसे ब्रह्मज्ञानी कितने हैं? संसार इनसे नहीं चलता। वह चलता है, हमारे-तुम्हारे जैसे सांसारिक जीवों के सहारे। इनका एक ही उसूल है, एक हाथ से दे, दूसरे हाथ से ले।"

"आप मुझसे क्या आशा करते हैं?"

वह फिर उसी तरह हँस दिया, "पहले एक हाथ से तुम्हें कुछ दे लूँ तो दूसरे हाथ से लेने की कुछ आशा करूँ; पर एक बात पक्की है, जितना दूँगा उससे सवाया ही लूँगा।"

वह उठ खड़ा हुआ। उसने अपनी दाढ़ी पर हाथ फेरा, अपनी मूँछों को एक मरोड़ दिया और बोला, "वाहेगुरु जी का खालसा, वाहेगुरु जी की फतेह।"

बाहर इंतज़ार करता गनमैन भी मुस्तैदी से खड़ा हो गया।

आनंद इतना गुमसुम कभी नहीं हुआ था। वह अपने दफ्तर में आँखें बंद किए बैठा था। उसने सुखराम से कह दिया था कि जो भी आए, उसे वह रामिंदर से मिलाए। रामिंदर से कहो, वही सारे टेलीफोन भी सुने।

उसे कितनी ही चीज़ें मथ रही थीं। 'क्लैमर' को शुरू किए दस वर्ष बीत गए

थे। इंग्लिश में एम०ए० करने के बाद वह किसी कॉलेज में लेक्चरर बनना चाहता था। उसी साल कोमल से उसकी शादी हो गई थी। एक कॉलेज में लीव वेकेंसी में उसने एक वर्ष पढ़ाया भी था, लेकिन जीवन में घटनाक्रम इतनी तेज़ी से घूमा कि एक ही महीने में उसके माता-पिता दोनों ही गुज़र गए। उन्हें कोई खास बीमारी भी नहीं थी। पिता को रिटायर हुए भी अधिक समय नहीं हुआ था। अपनी जमा-पूँजी से उन्होंने राजौरी गार्डन में मिडिल इन्कम ग्रुप का डी०डी०ए० का एक फ्लैट खरीद लिया था। रिटायर होते ही वे बहुत उदास हो गए थे और बहुत निराशा-भरी बातें करने लगे थे। एक दिन हलका-सा बुखार हुआ, फिर बुखार बिगड़ गया। मोहल्ले के डॉक्टर ने उन्हें कई प्रकार की दवाइयाँ दीं। उसकी समझ में नहीं आया कि यह कैसा बुखार है। किसी एक्सपर्ट को दिखाने से पहले ही उनकी साँस जवाब दे गई।

माँ के साथ तो इससे भी अनोखी बात हुई। कई साल से उन्हें सीने में दर्द की शिकायत थी। वह दवाई लेती थीं और ठीक हो जाती थीं। एक रात उन्हें हिचकी आई और उसी क्षण उनकी गर्दन दूसरी तरफ लुढ़क गई। आनंद और कोमल पास के कमरे में सो रहे थे। उन्हें माँ के मरने की बात सुबह पता लगी।

एक वर्ष की लीव वेकेंसी पूरी हो गई, तो वह बेकार हो गया। वह सभी कॉलेजों में एप्लाई कर रहा था, पर कहीं भी बात नहीं बन रही थी।

उसे बचपन से ही अखबार पढ़ने का बहुत शौक था। हर दिन तीन-चार अखबार तो वह पढ़ता ही था। उन छोटे-छोटे पर्चों को भी देखता था, जो निजी प्रयासों से निकलते थे और स्थानीय राजनीति की प्रतिदिन की उखाड़-पछाड़ में भागीदारी करके अपनी जगह बनाते थे। इन्हीं को देखकर उसके मन में अंकुर फूटा, क्यों न वह भी एक साप्ताहिक पत्र शुरू करे। उसे लगा था कि दिल्ली की सिख राजनीति इसके लिए बड़ी उर्वर धरती है। इसमें वह अच्छी जगह बना सकता है। बस, क्लैमर का जन्म हो गया।

अपने इस फैसले से वह असंतुष्ट नहीं था। उसने उसके सामने एक नया संसार खोल दिया था। अनेक मुखौटों में छिपी कितनी ही शक्लें उसके आगे अपना पूरा नंगापन लेकर प्रकट होती रहती थीं। वह चेहरों को उघाड़ने, उनकी असलियत उजागर करने में रस लेने लगा था। क्लैमर को कुछ सरकारी विज्ञापन मिलने लगे थे, लेकिन ज़्यादातर विज्ञापन उसे अपने नाम के अर्थ के कारण ही मिलते थे।

लेकिन उसने एक सिद्धांत बना लिया था। वह किसी को ब्लैकमेल नहीं करता

था। किसी से कोई धन, बिना उसका विज्ञापन छापे नहीं लेता था।

टुकड़ों-टुकड़ों में बहुत-सी बातें उसके सामने आ रही थीं। मनजीत, जिसे उसने एक वर्ष अंग्रेज़ी पढ़ाई थी और अनायास उसकी अंतरंग हो गई थी, वह उसे बहुत मासूम और प्यारी लगती थी। उसकी बहुत-सी सहेलियाँ, जिन्हें वह उसके दफ्तर में ले आती थी, शायद उन पर यह रोब डालने के लिए कि एक अंग्रेज़ी साप्ताहिक अखबार के संपादक से उसकी कितनी निकटता है। उनमें नसरीन भी थी। मोटी-मोटी आँखों वाली खूबसूरत शिया लड़की। उसने डॉ० अशरफ से कोर्ट मैरिज कर ली थी, जिसमें वह एक जामिन बना था।

फिर एकाएक पूरे धमाके से आ गई थी सुनंदा सिंह, उफनती हुई नदी की तरह एक पूरी औरत, जिसने उसे रससिक्त कर दिया, अपने प्रवाह में डुबो दिया। टी-हाउस की कितनी बहसें, ठहाके, नोक-झोंक, सब उसे कितना जीवंत रखते थे।

आज उससे मिलने आए थे जत्थेदार सोहन सिंह, जो दिल्ली की सिख राजनीति के लौहपुरुष बनते जा रहे थे। उन्होंने उसके सामने कितने लुभावने प्रस्ताव रखे थे, कितने सुनहरे सपने खड़े कर दिए थे।

और कोमल··· उसकी पत्नी··· ?

13

टी-हाउस के एक कोने में लेखकों-पत्रकारों का जमावड़ा लगा हुआ था। आज बातचीत के सारे सूत्र धर्मपाल जी ने पकड़े हुए थे, "आपमें से बहुतों का विश्वास सर्वोदय में नहीं है। गांधी जी नहीं रहे, लेकिन उनकी शव-परीक्षा करने वालों की कोई कमी नहीं। हमारे कई साथी माओ की इस बात को किसी धार्मिक मंत्र की तरह जपते रहते हैं कि क्रांतियाँ बंदूक की नली में से निकलती हैं, पर जयप्रकाश जी ने सिद्ध कर दिया है कि यदि मन में कुछ करने की भावना हो और दृढ़ निश्चय हो तो छोटी-मोटी क्रांति बिना बंदूक का सहारा लिए भी हो सकती है।"

संजीव वर्मा बोला, "धर्मपाल जी, आप जैसे गांधीवादियों, सर्वोदयवादियों, हृदय-परिवर्तनवादियों की सबसे बड़ी मुश्किल यही है कि आप अपने बनाए यूटोपिया से कभी बाहर नहीं निकलते। बताइए, संसार में ऐसा कौन-सा भाग है, जहाँ क्रांति आई हो और उसके लिए बंदूक का सहारा न लिया गया हो?"

आनंद बोला, "संजीव, एक बात बताओ। इस देश में गांधी जी ने अंग्रेज़ों से लड़ने के लिए जिस अहिंसा का सहारा लिया था, क्या तुम्हारी नज़र में उसका कोई महत्त्व नहीं है?"

"मैं उनके महत्त्व को पूरी तरह नहीं नकारता। गांधी जी कई मोर्चों पर पूरी तरह असफल हो गए थे। हिंदू-मुस्लिम एकता का सपना उनकी आँखों के सामने ही चकनाचूर हो गया। वह कहते थे कि देश का विभाजन मेरी लाश पर होगा, किंतु उनके पट्ट शिष्यों ने बिना उन्हें विश्वास में लिए विभाजन के दस्तावेज़ों पर हस्ताक्षर कर दिए। वह एक मायूस आदमी की तरह सब कुछ देखते रह गए, कुछ नहीं कर सके।"

"मैं आपको जे०पी० की बात बता रहा था।" धर्मवीर ने बिखरे सूत्र को पकड़ने की कोशिश की, ''कुछ समय पहले मुज़फ्फरपुर के एक नक्सलवादी गुट ने ज़िले के सर्वोदय मंडल के अध्यक्ष बद्रीनारायण सिंह और मंत्री गोपाल मिश्र को मृत्यु के परवाने दिए थे, जिनमें कहा गया था कि पाँच और सात जून को उनकी हत्याएँ कर

दी जाएँगी। उस समय जे०पी० का स्वास्थ्य बहुत बिगड़ा हुआ था और वह उत्तराखंड में कहीं विश्राम कर रहे थे। यह समाचार पाकर वह तुरंत मुज़फ्फरपुर आ गए। उन्होंने निश्चय किया कि वह सर्वोदय कार्यकर्ताओं को लेकर अपनी पत्नी प्रभावती के साथ गाँव-गाँव में घूमेंगे। नक्सलवादियों के मृत्यु-परवानों और गोलियों के बीच ऐसा फैसला करना कोई मामूली बात नहीं है।"

रमन बोला, "धर्मपाल जी, क्या ऐसी छुट-पुट बातों से समाज बदलता है? समाज में परिवर्तन लाने के लिए कोई बड़ा अभियान चलाना पड़ता है। लाखों लोगों को साथ जोड़ना पड़ता है। गांधी जी का महत्त्व और किसी बात में लोग मानें या नहीं, उन्होंने आज़ादी की लड़ाई का संदेश जन-जन में तो पहुँचा ही दिया था। उनकी आवाज़ पर लाखों लोग उठ खड़े होते थे। जयप्रकाश जी कोई ऐसा अभियान चलाएँ तो शायद कोई सार्थक उपलब्धि दिखाई दे।"

"तुम्हारी बात में बहुत दम है रमन!" धर्मपाल जी बोले, "लेकिन, कई बार छोटी-छोटी बातों, बहुत साधारण दिखने वाली घटनाओं से बड़ी-बड़ी क्रांतियाँ फूट निकलती हैं। 1857 में मेरठ छावनी में एक सिपाही मंगल पांडे ने उस कारतूस को मुँह से काटने से मना कर दिया था, जिसमें गाय की चर्बी थी। उसे सज़ा मिली, लेकिन उस एक घटना ने हिंदुस्तानी सिपाहियों में ऐसी आग फैला दी कि एक बार तो मज़बूत अंग्रेज़ी हुकूमत के पैर डगमगाने लगे थे। जिस ढंग से जे०पी० के सम्मुख चंबल बीहड़ के पचासों दुर्दांत डाकुओं ने आत्म-समर्पण किया है, वह भी कोई छोटी बात नहीं है।"

धर्मपाल जी बोलते जा रहे थे और सभी बड़े ध्यान से उन्हें सुन रहे थे। कॉफी के अध-भरे और खाली प्याले सभी के सामने पड़े हुए थे। आनंद ने सभी से इशारे से पूछा, 'कॉफी का दूसरा प्याला कौन पिएगा?' तीन लोगों ने अपना सिर हिलाया।

गोस्वामी बोला, "मैं तो बड़े खाऊँगा।"

आनंद ने वेटर को बुलाकर कॉफी और तीन प्लेट बड़े लाने का आदेश दे दिया।

धर्मपाल जी कह रहे थे, "एक दिन एक हट्टा-कट्टा आदमी पटना में जे०पी० के पास आया। बोला, 'मेरा नाम रामसिंह है। चंबल घाटी में मैं जंगल का ठेकेदार हूँ। मैं वहाँ के डाकुओं की तरफ से आपके पास एक संदेश लेकर आया हूँ।' जे०पी० ने पूछा, 'क्या संदेश है?' वह बोला, 'डाकू आपके सामने आत्म-समर्पण करना चाहते हैं।' ऐसा ही एक काम कुछ समय पहले विनोबा भावे कर चुके थे।

जे०पी० की पहली प्रतिक्रिया थी, 'इस काम के लिए आप उनके पास जाइए।' इस पर उस आदमी ने अपना असली परिचय दिया, 'मैं माधो सिंह हूँ। मुझ पर सरकार की ओर से डेढ़ लाख रुपए का इनाम है। सारा जोखिम उठाकर मैं आपके पास आया हूँ।' जे०पी० ने यह कार्य करने का निश्चय कर लिया। चंबल के बीहड़ों में भी यह खबर जंगल की आग की तरह पहुँच गई। परिणाम यह हुआ कि उस क्षेत्र में भयंकर आतंक बने हुए बड़े-बड़े डाकू अपने चार सौ से अधिक साथियों को लेकर हथियारों सहित आगरा में उनके सम्मुख आ गए। उनके सामने हथियार डालकर सबने आत्म-समर्पण कर दिया।"

विक्रम बोला, "ऐसी घटनाएँ बहुत दूर तक और बहुत लंबे समय तक चाहे अपना प्रभाव न बनाए रख सकें, लेकिन समाज की आत्मा पूरी तरह मर नहीं गई है, यह बात तो सिद्ध करती ही हैं।"

संजीव के चेहरे पर गहरा व्यंग्य भाव उभरा हुआ था– "क्या इन टोटकों से कोई बड़ा सामाजिक परिवर्तन आता है?''

गोस्वामी बोला, "क्या इससे चंबल के डाकुओं की समस्या हल हो जाएगी? इन डाकुओं ने आज हथियार डाल दिए हैं तो कल दूसरे लोग हथियार उठाकर उसी रास्ते पर नहीं चल पड़ेंगे?"

आनंद बोला, "किसी भी बीमारी का इलाज बिना उसकी जड़ तक गए ठीक से नहीं हो सकता। पेन किलर खाकर सिरदर्द से कुछ समय तक तो राहत मिल सकती है। अगर सिर में ट्यूमर है तो पेन किलर लेने से उसका हल नहीं निकलेगा। उसके लिए तो बड़ा ऑपरेशन करना ज़रूरी है।"

संजीव वर्मा एकदम उत्साहित हो गया, "गांधी जी, विनोबा जी, जे०पी० जैसे लोग समाज को उसके रोगों के लिए सिर्फ पेन किलर देते हैं। माओवादी क्रांति समाज में जड़ जमाए रोगों का ऑपरेशन करती है।"

गोस्वामी बीच में ही बोल पड़ा, "चाहे मरीज़ की मौत ही क्यों न हो जाए। न मर्ज़ रहे, न मरीज़ रहे।"

सभी लोगों की हँसी से टी-हाउस गूँजने लगा।

14

इम्तियाज़ के चेहरे पर बेहिसाब घबराहट थी। वह पाकिस्तान की राजनीति पर अपना आलेख लिखकर ले आया था।

"आनंद साहब, पाकिस्तान के हालात देखकर मुझे हमेशा मायूसी तो होती रही है, लेकिन इतनी कभी नहीं हुई। लगता है कि पाकिस्तानी हुक्मरानों ने फैसला कर लिया कि अपने मुल्क में डेमोक्रेसी को वह कभी पनपने नहीं देंगे। कितना अच्छा होता, अगर ये लोग जनता के फैसले के सामने सिर झुकाकर सारी सत्ता शेख मुजीब को सौंप देते। लेकिन उन्होंने जनता के फतवे को फौजी बूटों से रौंदते हुए एक फौजी तानाशाह को अपने सिर पर बैठा लिया है।"

"इम्तियाज़, आखिर पाकिस्तान के लोग ऐसी तानाशाही को क्यों कुबूल कर लेते हैं? इसके खिलाफ वे आवाज़ क्यों नहीं उठाते हैं? इस समय पूर्वी पाकिस्तान के बंगालियों पर पाकिस्तानी फौजें जैसा ज़ुल्म कर रही हैं, वैसा तो कोई विदेशी फौज भी नहीं करती। क्या जनरल याह्या खान और उनके साथी यह समझते हैं कि शेख मुजीब को जेल में डालकर या उन्हें फाँसी देकर बंगालियों की आवाज़ दबा देंगे?"

"लेकिन बंगाली तो पूरी तरह लड़ रहे हैं। उन्होंने मुक्तिवाहिनी बना ली है। वे पाकिस्तानी सेनाओं का पूरा मुकाबला कर रहे हैं।"

"इम्तियाज़, तुम अच्छी तरह जानते हो, इस मुक्तवाहिनी के पीछे कौन है? कौन इसे संगठित कर रहा है, कौन बंगाली नौजवानों को फौजी ट्रेनिंग दे रहा है।"

"लेकिन इसके लिए मैं भारत को दोषी नहीं मानता। लाखों लोग पूर्वी पाकिस्तान से अपना घर-बार छोड़कर इस मुल्क में आ गए हैं। लाखों शरणार्थियों का बोझ इस देश पर आ पड़ा है। यहाँ की इकोनॉमी चौपट होती जा रही है। याह्या खान और ज़ुल्फिकार अली भुट्टो की बेहूदगियों का खामियाज़ा हमें भुगतना पड़ रहा है। भारत को भी कुछ न कुछ तो करना ही पड़ेगा। वह हाथ पर हाथ धरे बैठा तो नहीं रह सकता।"

"आगे तुम्हें क्या दिखाई दे रहा है?" आनंद ने पूछा।

"पाकिस्तान के शासक अपने देश के टुकड़े करवाकर छोड़ेंगे और हमारी प्रधानमंत्री इसका पूरा फायदा उठाएँगी।"

"इसका मतलब है, दोनों देशों में फिर युद्ध होगा?"

"युद्ध की बात सुनते ही मेरी रूह काँपने लगती है।" इम्तियाज़ ने माथे पर आया पसीना पोंछते हुए कहा, "युद्ध हिंदुस्तान और पाकिस्तान की फौजों में होता है, लेकिन यहाँ के मुसलमानों की हालत बहुत खराब हो जाती है। लाखों शक्की निगाहें उन्हें घूरने लगती हैं। उनकी समझ में नहीं आता कि ऐसे वक्त वे क्या करें? किसके लिए खुदा से दुआ माँगें? उनका मुल्क हिंदुस्तान है, लेकिन कुछ साल पहले ही उन्होंने अपनी बाँहें उछाल-उछालकर और गला-फाड़ नारे लगाकर वह मुल्क बनवाया था, जिसके साथ जंग छिड़ी हुई है। ऐसी दुविधा में न इधर का हिंदू होता है, न उधर का मुसलमान। पाकिस्तान में जो थोड़े-बहुत हिंदू और सिख हैं, वे भी जंग के दिनों में ऐसी ही साँसत में फँस जाते होंगे।"

कुछ रुककर इम्तियाज़ ने पूछा, "आनंद साहब, आपको क्या लगता है? इस समय इंदिरा गांधी की क्या रणनीति होगी? राजनीति की वह बहुत चतुर खिलाड़ी हैं, इसका सिक्का तो सारी दुनिया मानती है।"

"इसमें कोई शक नहीं। रणनीति बनाने में और विपक्षी को मात देने में उनका कोई जवाब नहीं है। पिछले आम चुनाव के समय उनका नारा था, 'गरीबी हटाओ' और सारे विपक्ष ने एक स्वर से नारा गुँजाया था, 'इंदिरा हटाओ'। कांग्रेस ने विपक्ष के नारे से ही एक नया नारा गढ़ा, 'इंदिरा जी कहती हैं, गरीबी हटाओ और उनके विरोधी कहते हैं, इंदिरा हटाओ, फैसला आपके हाथ में है।' यह नारा ऐसा कारगर साबित हुआ कि इंदिरा जी बाज़ी मार ले गईं और विपक्ष मुँह ताकता रह गया।"

"इस वक्त उनकी रणनीति क्या होगी?"

"मुझे पता लगा है कि हमारी सेनाएँ युद्ध के लिए पूरी तरह तैयार हो रही हैं। हमारे बहुत-से अफसर इस समय पूर्वी बंगाल में हैं, जो मुक्तिवाहिनी के लोगों को ट्रेनिंग दे रहे हैं। वेश बदलकर हमारी सेना के बहुत-से जवान भी मुक्तिवाहिनी में शामिल हैं। प्रधानमंत्री दुनिया के सभी प्रमुख देशों में अपने आदमी भेज रही हैं, जो वहाँ जाकर पाकिस्तानी सेनाओं के ज़ुल्मों और अपने घरों से भागते हुए बंगालियों की दास्तान लोगों के सामने रख रहे हैं। कोई भी बड़ा कदम उठाने से पहले वह विश्व-जनमत

अपने पक्ष में कर लेना चाहती हैं।"

"पहल अगर पाकिस्तान की तरफ से हो गई तो...?" इम्तियाज़ ने पूछा।

"तो पाकिस्तान पूरी तरह इंदिरा जी के बिछाए जाल में फँस जाएगा, पर मुझे ऐसा नहीं लगता। याह्या खान कुंदबुद्धि फौजी अफसर ज़रूर है, लेकिन इतना बेवकूफ नहीं है कि जंग शुरू करने की पहल करे।"

शुक्रवार को क्लैमर का अंक तैयार हो गया था। शनिवार को मैटिनी शो से आनंद और सुनंदा लिबर्टी में रणधीर कपूर की फिल्म 'कल, आज और कल' देखकर निकले तो बाहर अँधेरा छाया हुआ था। सड़कें सूनी पड़ी थीं। ब्लैक आउट की घोषणा कर दी गई थी। पता लगा कि पाकिस्तान के लड़ाकू विमानों ने आगरा, जोधपुर जैसे फौजी हवाई अड्डों पर ज़ोरदार बमबारी की है। उनका इरादा इन हवाई अड्डों पर खड़े भारतीय लड़ाकू विमानों पर अचानक हमला करके उन्हें बर्बाद करना था। यह भी पता लगा कि भारत सरकार को इस हमले का आभास था, इसलिए अधिकतर विमान अज्ञात स्थानों पर नीचे बने तहखानों में थे। आगरा, जोधपुर में पाकिस्तानी विमानों ने बहुत कम नुकसान पहुँचाया था।

भारत की ओर से विधिवत् युद्ध की घोषणा कर दी गई। उसी रात इंदिरा गांधी ने राष्ट्र के नाम अपना संदेश प्रसारित किया। पश्चिम में पाकिस्तान से लगती सभी सीमाओं के साथ ही पूर्वी पाकिस्तान की सीमाओं में भारतीय विजयंत टैंक शोर करते हुए अंदर घुसने लगे। दूसरे दिन सभी अखबारों के शीर्षक थे– We are at war with Pakistan.

अमेरिका से मनजीत का फोन आया। आनंद अपने दफ्तर में टेलीप्रिंटर से आती खबरों से जूझ रहा था। फोन पर मनजीत बोल रही थी, "आनंद सर, पाकिस्तान से युद्ध शुरू हो गया है। मैंने सुना है कि भारत के अनेक शहरों पर पाकिस्तानी जहाज़ों ने बम बरसाए हैं। दिल्ली पर तो अभी कोई हमला नहीं हुआ है न?"

सारी व्यस्तता में आनंद को हँसी आ गई—कैसी पागल लड़की है! हज़ारों मील दूर बैठी है, फिक्र दिल्ली की लगी है। वह बोला, "मनजीत, अभी दिल्ली पर कोई खतरा नहीं है। हमारे लड़ाकू जहाज़ पाकिस्तान के फौजी ठिकानों पर जवाबी हमला

कर रहे हैं··तुम कैसी हो?··दार जी से बात हुई··?"

"मैं बिलकुल ठीक हूँ। युद्ध की खबर सुनकर बहुत चिंता हो रही है। आपको तो पल-पल की खबरें मिल रही होंगी··अपना खयाल रखिएगा। कोमल भाभी और आशू भी अच्छे होंगे··दार जी को फोन कर दीजिए··मैं बिलकुल ठीक हूँ।"

फोन बंद हो गया। आनंद के अंदर एक सुखद हिलोर इधर से उधर दौड़ गई। उसे लगा जैसे मनजीत उसके सामने बैठी कचौरियाँ खा रही है और सालन में पड़ी मिर्चों के कारण सी-सी करती जा रही है। उसके चेहरे पर मुस्कराहट बिखरी और वह टेलीप्रिंटर से निकली खबरों को देखने लगा।

सारे देश में युद्ध की उत्तेजना छाई हुई थी। लोग रेडियो और टेलीविज़न सेटों से सटे हुए बैठे रहते थे। स्कूल-कॉलेज बंद हो गए थे। बाज़ारों की रौनक बहुत कम हो गई थी। लोग छोटे-बड़े झुंडों में बँटे युद्ध की ही बातें करते नज़र आ रहे थे। इन बातों में पाकिस्तान के राष्ट्रपति की आदतों, अय्याशियों के बहुत-से लतीफे इधर-उधर फैल गए थे। कितने ही लोग यह कह रहे थे कि जब याह्या खान युद्ध शुरू होने पर राष्ट्र के नाम अपना संदेश पाकिस्तानी टी०वी० पर दे रहा था, उस समय भी शराब से भरा हुआ गिलास उसके पास रखा था।

एक व्यक्ति का लतीफा सुनकर झुंड में खड़ी भीड़ हँसते-हँसते लोटपोट हो गई थी।

पाकिस्तान की एक फिल्म अभिनेत्री तराना याह्या खान से मिलने उसकी कोठी पर पहुँची। कोठी के गेट पर खड़े सिपाहियों ने उसे रोका और कहा, ''अंदर जाने की किसी को इजाज़त नहीं है।''

अभिनेत्री बोली, ''आप जानते नहीं कि मैं कौन हूँ··मैं तराना हूँ··पाकिस्तानी फिल्मों की मशहूर अदाकारा··।''

लेकिन सिपाही अड़े रहे, ''आप कोई भी हों, किसी को अंदर जाने की इजाज़त नहीं है।''

तराना ने यह नहीं सोचा था कि कोई उसे इस तरह रोकेगा। वह समझती थी कि उसे देखते ही राष्ट्रपति निवास के दरवाज़े अपने आप खुल जाएँगे। इस बात को लेकर वह ड्यूटी पर तैनात सिपाहियों से झगड़ने लगी। आखिर सिपाहियों के मुखिया ने एक सिपाही अंदर भेजा कि वह याह्या खान के पी०ए० से यह पूछकर आए कि मैडम

तराना को अंदर जाने दिया जाए या नहीं। सिपाही जाकर पूछ आया और सिपाहियों ने तराना को अंदर जाने की इजाज़त दे दी।

डेढ़-दो घंटे बाद वह वापस आई। उसने देखा, सभी सिपाही बड़ी मुस्तैदी से कतारबद्ध होकर अटैंशन में खड़े हैं। उसे देखते ही सबने उसे फौजी ढंग से सैल्यूट किया। उसने बड़े ताज्जुब से उनके चीफ से पूछा, ''आप लोग मुझे कोठी के अंदर जाने में इतनी अड़चनें डाल रहे थे। अब वापस जा रही हूँ, तो बड़ी इज़्ज़त से पेश आ रहे हैं··· मुझे सैल्यूट कर रहे हैं?''

चीफ बोला, ''मैडम, जब आप अंदर जाने की ज़िद कर रही थीं, आप सिर्फ तराना थीं। अब जब आप वापस जा रही हैं तो कौमी तराना हैं।''

सत्रह दिनों के युद्ध के बाद पूर्वी मोर्चे पर पाकिस्तानी फौजें पूरी तरह लड़खड़ा गईं। भारतीय सेना के सेनानायक ले०ज० जगजीत सिंह अरोड़ा ने उन्हें चेतावनी दी कि या तो वे हथियार डालकर आत्मसमर्पण कर दें या पूरे विनाश के लिए तैयार हो जाएँ। पाकिस्तानी फौजों के पास कोई विकल्प नहीं था। उनके सेनानायक जनरल नियाज़ी ने जनरल अरोड़ा की शर्तें मानकर आत्मसमर्पण के दस्तावेज़ों पर हस्ताक्षर कर दिए। नब्बे हज़ार से अधिक पाकिस्तानी फौजियों ने भारतीय सेना के सम्मुख हथियार डालकर अपने आपको उनके हवाले कर दिया।

सारे देश में इंदिरा गांधी की जय-जयकार होने लगी। कितने ही कवियों ने उनकी स्तुति में दुर्गा राग लिख दिए।

खुशी से झूमते हुए बलवंत सिंह, भगवंत सिंह ने भाइया जी को बधाई दी, "भाइया जी, पाकिस्तान की इस युद्ध में करारी हार हुई है। नब्बे हज़ार से ज़्यादा पाकिस्तानी फौजियों ने हमारी सेना के आगे हथियार डाल दिए हैं। उनके कमांडर जनरल नियाज़ी ने हमारे जनरल जगजीत सिंह अरोड़ा के हुक्म पर आत्मसमर्पण के कागज़ों पर अपने दस्तखत किए हैं।"

भाइया जी चुपचाप बैठे हुए थे। उनके चेहरे पर खुशी का कोई लक्षण नहीं दिखाई दे रहा था।

भगवंत ने उन्हें झकझोरकर पूछा, "आपको कोई खुशी नहीं हुई? अपना देश इतनी बड़ी जंग में जीत गया है।"

भाइया जी बिना हिले-डुले चुप बैठे थे। बलवंत, भगवंत, उनके बच्चे, घर की

महिलाएँ—सब आश्चर्य से उन्हें देख रहे थे। भाइया जी को क्या हो गया है? जितने दिन युद्ध चलता रहा था, वह अपने रेडियो से सटकर बैठे रहे थे। सारे दिन में दो-तीन अखबार चट कर जाते थे। हर समय यही पूछते रहते थे कि युद्ध कैसा चल रहा है? किस तरफ की सेनाएँ आगे बढ़ रही हैं? कौन-सा मोर्चा किसने जीत लिया है? आज जब युद्ध रुक गया है, भारत ने इकतरफा युद्ध रोकने का ऐलान कर दिया है, भारत की इतनी बड़ी जीत हो गई है, भाइया जी एकदम गुमसुम बैठे हैं। उनके चेहरे पर कोई खुशी नहीं है।

बलवंत के बड़े बेटे सुरजीत ने उनका हाथ पकड़कर पूछा, "भाइया जी, आपको क्या हो गया है? आप कुछ बोलते क्यों नहीं हैं?"

भाइया जी ने बड़ी मुश्किल से अपनी नज़रें उठाईं। उनकी आँखें एकदम सूखी थीं। सुरजीत की पीठ पर हाथ फेरते हुए बोले, "पुत्तर, तुम्हारा देश जीत गया है, पर···मेरा मुल्क हार गया है।" कहते हुए उन्होंने अपनी पगड़ी का एक छोर अपनी आँखों पर रख लिया।

भाइया जी आजकल अपने रेडियो से जुड़े बैठे रहते थे। पाकिस्तान के युद्धबंदी अनेक भारतीय जेलों में रखे गए थे। प्रातः और शाम के एक विशेष प्रसारण में ये युद्धबंदी पाकिस्तान के विभिन्न शहरों-गाँवों में रहते अपने संबंधियों को अपनी राज़ी-खुशी का संदेश प्रसारित करते थे। भाइया जी इस कार्यक्रम को ज़रूर सुनते थे और कैदी सिपाहियों का नाम, उनके वाल्दैन, उनका गाँव या शहर बड़े ध्यान से सुनते थे और बीच-बीच में कभी बलवंत या भगवंत को ज़ोर से आवाज़ देते थे, ''बलवंत, सुन, यह कैदी क्या कह रहा है, मेरा नाम अब्दुल करीम है। मेरे वालिद का नाम मुहम्मद करीम है। मैं लालामूसा का रहने वाला हूँ। कोई मेहरबान मेरी आवाज़ सुन रहा हो तो मेरे घरवालों को खबर करे···अल्लाह के फज़ल से मैं राज़ी-खुशी हूँ··· किसी बात की फिक्र ना करें। यह कैदी लालामूसा का है। पंजण जाने के लिए हम लोग इसी स्टेशन पर उतरते थे। उसके आगे ताँगे या बस से जाते थे। लालामूसा मेरा बहुत आना-जाना रहता था। बड़ा कस्बा था। वहाँ बड़ी मंडी थी। अपनी दुकान के लिए सामान खरीदने के लिए मैं या तो लालामूसा जाता था या जेहलम जाता था।''

ऐसे समाचार रोज़ आते थे···मैं साजिद अली वल्द रहमत अली कुंजाह का रहने वाला हूँ··· मैं रशीद खान वल्द बशीर खान चकवाल का रहने वाला हूँ···मैं गुज्जर खान

का हूँ⋯मैं पिंडी बहाउद्दीन का हूँ⋯मैं पिंड दादन खान का हूँ⋯मैं सराय आलमगीर का हूँ⋯मैं फलाँ जगह का हूँ⋯मैं फलाँ जगह का हूँ⋯।

ऐसी खबरें सुनते हुए एक दिन वह अपनी चारपाई पर बैठे-बैठे एकदम उछल पड़े और उनकी चीख सुनाई दी। उस समय घर में या तो बहुएँ थीं या कुछ बच्चे। सभी घबराकर उनके पास दौड़े चले आए। भाइया जी हाँफते हुए बोले, "बलवंत अभी तक नहीं आया⋯अभी पंजण का गुलाम रसूल बोल रहा था, सूबेदार वली मुहम्मद का बेटा। वह भी जंगी कैदियों में है। सूबेदार वली मुहम्मद मेरा लँगोटिया यार था। कबड्डी में हमेशा वह दूसरी तरफ होता था। जब वह कबड्डी-कबड्डी कहता हुआ मेरे पाले में आता था, मैं उसे ज़रूर दबोच लेता था। जब मैं अपनी बारी देने कबड्डी-कबड्डी कहता हुआ उसके पाले में जाता था, वह अपने सारे साथियों को पीछे धकेलकर अकेला मेरी तरफ बढ़ता था। वह हमेशा मुझ पर भारी पड़ता था। मैं कभी उसकी पकड़ से छूट नहीं पाता था।"

कहते-कहते भाइया जी डुसकने लगे। वह अपनी पगड़ी के छोर से अपनी आँखें पोंछ रहे थे। आँसुओं से उनकी मूँछें और दाढ़ी तर हो गई थीं। वे बुदबुदा रहे थे, "वली मुहम्मद कितना मज़बूत आदमी था⋯निहायत नफीस और उम्दा आदमी। गाँव में वह सबकी मदद करता था, किसी को दुखी नहीं देख सकता था। रात-बिरात जब बुलाओ, दौड़ा चला आता था। वाहेगुरु जाने अब वह है भी या अल्लाह को प्यारा हो गया।"

भाइया जी लगातार आँखें पोंछते जा रहे थे।

लड़ाई खत्म हो गई। दुनिया के नक्शे पर एक नया देश बंगलादेश उभर आया। शेख मुजीब ने पाकिस्तानी जेल से रिहा होकर ढाका में नए देश की सत्ता सँभाल ली। पाकिस्तान में याह्या खान का पतन हो गया। सत्ता ज़ुल्फिकार अली भुट्टो के हाथों में आ गई। शिमला में इंदिरा गांधी और भुट्टो के बीच समझौता हुआ। समझौते की एक मद यह भी थी कि भारत में कैद सभी पाकिस्तानी युद्धबंदी छोड़ दिए जाएँगे। शिमला समझौते की और क्या मदें थीं, भाइया जी की उनमें रुचि नहीं थी। उन्हें इस बात की बेहद खुशी थी कि उनके जिगरी दोस्त वली मुहम्मद का बेटा गुलाम रसूल भी छूट जाएगा और पंजण में अपने माँ-बाप से मिलेगा।

उस परिवार के खिले चेहरे उनकी आँखों के आगे तिरने लगे।

भारत-पाक युद्ध के दौरान जैसी खबरें क्लैमर दे रहा था और उसमें जिस तरह के लेख

छप रहे थे, उससे उसकी प्रसार-संख्या काफी बढ़ गई थी। अब सभी स्टॉलों पर क्लैमर नज़र आता था और लोग उसे पूछते हुए स्टॉलों पर आते थे।

उसका परिणाम यह हुआ था कि सुनंदा अब क्लैमर के लिए ज़्यादा समय देने लगी थी। वह रामिंदर के साथ बैठकर टेलीप्रिंटर से आने वाली खबरों का चयन करती थी, उन्हें रूप-रंग देती थी। वह बहुत-से अखबार पढ़ती थी और उनमें से क्लैमर के लिए खबरें भी निकालती थी, लेख भी लिखती थी।

आनंद बोला, "सुनंदा, अब तो तुम लगभग अपना पूरा समय क्लैमर को देने लगी हो। दूसरी जगह जो तुम कॉलम लिखती हो, वे बिचारे तो रोते होंगे और क्लैमर को कोसते होंगे।"

"उन्हें मैं रोने या कोसने का कोई मौका नहीं देती। उनका काम तो मैं रात को जागकर कर देती हूँ। हाँ, पेंटिंग्स की नुमाइशों में जाना, नाटक देखना, संगीत-सम्मेलन में जाना ज़रूर कम हो गया है।"

"पर सुनंदा, मेरी चिंताएँ तो तुमने बढ़ा दी हैं।"

"वह कैसे···? आपकी चिंताएँ तो मैंने कुछ कम की हैं।"

"यह तो ठीक है, लेकिन तुम जितना समय दे रही हो, उसके हिसाब से मुझे तुम्हें पूरा मुआवज़ा भी तो देना चाहिए।"

सुनंदा हँसने लगी, "आपको याद है, जब मैं आपसे पहली बार मिली थी, आपने कहा था, इट्स ए वन मैन शो। मैंने क्या जवाब दिया था? नो, नाउ ऑन इट्स ए टू परसंस शो—वन मैन एंड वन वूमेन···।"

आनंद ठहाका लगाकर हँसा।

"कहो तो तुम्हारी इस फराखदिली का एक और फायदा उठा लूँ?"

सुनंदा ने बड़ी शरारती आँखों से उसे देखा, "कुछ बाकी रह गया है क्या?"

"तुम बहुत दुष्ट हो। बात को किधर से किधर ले गईं।"

"थैंक्स फॉर द कॉम्प्लीमेंट···अपनी बात पूरी करो।"

"रामिंदर का नाम असिस्टेंट एडीटर के रूप में जाता है। तुम्हें एतराज़ न हो, तो तुम्हारा नाम ज्वॉइंट एडीटर के रूप में देना शुरू कर दूँ?"

सुनंदा कुछ सोचने लगी, "अभी कुछ समय तक इसी तरह चलने दिया जाए तो ज़्यादा ठीक नहीं रहेगा? आई होप, यू डोंट माइंड इट···।"

"इसमें माइंड करने वाली कोई बात नहीं। जैसा तुम ठीक समझो। च्वॉइस इज़ योर्स।"

शाम हो गई थी। दफ्तर के लोग जाने की तैयारी करने लगे थे। सुनंदा ने पूछा, "क्या प्रोग्राम है?"

"आज जल्दी घर लौटना है। कोमल का बर्थ-डे है।"

"गुड, मेरी तरफ से भी कोमल को विश करना और हाँ, उसके लिए कोई अच्छा-सा गिफ्ट लेकर जाना। कल पूछूँगी।"

कोमल उसकी राह देख रही थी। रास्ते में उसने उसके लिए एक शॉल खरीदी थी और एक बेकरी से बर्थ-डे केक ले लिया था। कोमल के माँ-बाप आए हुए थे। उसकी कुछ पुरानी सहेलियाँ भी थीं। उसकी पड़ोसन जसमीत भी थी। आशू बहुत खुश इधर-उधर घूम रहा था।

आनंद ने डाइनिंग टेबल पर केक सजा दिया। कोमल ने शरमाते हुए कहा, "केक काटने की रस्म बच्चों तक ही रहनी चाहिए। उम्र के इस दौर में क्या यह अच्छा लगता है?"

आनंद कोमल के पिता से हँसते हुए बोला, "देखिए, पापा जी, कोमल ने यह मान लिया है कि वह तेज़ी से बुढ़ापे की तरफ जा रही है।"

पापा बोले, "मैं अगले साल साठ पूरे कर रहा हूँ। सोचा था, बड़ी धूमधाम से अपना इकसठवाँ जन्मदिन मनाऊँगा और पूरा इकसठ इंच लंबा केक काटूँगा। कोमल ने तो मेरी सारी योजनाओं पर पानी फेर दिया।"

ठहाकों से सारा कमरा गूँजने लगा।

कोमल ने केक पर लगी मोमबत्तियाँ बुझाईं और आशू को अपने साथ खड़ा करके उसके हाथ में छुरी पकड़ाकर उस पर अपना हाथ रखकर केक काटा। सबने तालियाँ बजाईं। 'हैपी बर्थ-डे' कहा। आनंद ने अपने कैमरे से कई तस्वीरें खींचीं।

जसमीत ने पूछा, "क्या गिफ्ट दे रहे हैं कोमल को?"

आनंद ने आगे बढ़कर लाई हुई शॉल से कोमल के कंधे ढक दिए और पीछे से उसे अपने कलावे में लेने की कोशिश करता हुआ उसके कान में फुसफुसाया, "बड़ी सुंदर लग रही हो।"

उस निकटता-भरी रात में आनंद के ज़हन में बार-बार सुनंदा घुस आती थी। वह

बार-बार उसे झटकना चाहता, लेकिन हर बार वह किसी कोने से उसकी सोच में आ ही जाती। न चाहने पर भी कोमल की शक्ल के ऊपर सुनंदा की शक्ल छा जाती।

रात-भर यह कशमकश चलती रही। उसे बड़ी उखड़ी-उखड़ी-सी नींद आई। नींद में भी दो गड्डमड्ड शक्लें उसके सपनों में आती रहीं। सुबह उसका सिर बहुत भारी था। उसे कोई बात लगातार मथे जा रही थी, अंदर ही अंदर उसे कुछ चुभ रहा था।

वह ऑफिस पहुँचा तो देखा, सुनंदा आई हुई है। वह उसी के कमरे में बैठी अखबार देख रही थी और उस पर निशान लगा रही थी। आनंद के चेहरे की थकान और आँखों का भारीपन देखकर वह मुस्कराई।

"लगता है, रात काफी रोमांटिक रही। आँखें देखकर लगता है कि सारी रात सोए नहीं हो।"

आनंद ने उसे घूरकर देखा, "तुम ठीक कहती हो। मैं उन व्यक्तियों में हूँ, जिन्हें लेटते ही नींद अपने आगोश में ले लेती है, पर पिछली रात बड़ा डिस्टर्ब रहा। उस कारण नहीं जो तुम सोच रही हो, कारण कुछ और ही था।"

"क्या कारण था?"

"कभी फुरसत में बताऊँगा। इस समय क्लैमर की फिक्र करें। सारा शेड्यूल कुछ पिछड़ा हुआ लग रहा है।"

आनंद ने रामिंदर को भी अपने कमरे में बुला लिया और नए अंक की डमी पर चर्चा होने लगी, कितना मैटर प्रेस में जा चुका है, कौन-कौन-से क़ॉलम अभी तैयार होने हैं, इसके लिए किन्हें फोन करने की ज़रूरत है।

आनंद ने पूछा, "सुनंदा, तुम्हारा थियेटर वाला राइटअप कहाँ है? इस अंक में इसे जाना है या नहीं?"

"मेरा कॉलम तो ज़रूर जाएगा। जब से मैंने ये कॉलम लिखना शुरू किया है, इसमें एक भी नागा नहीं हुआ है। शाम को एन०एस०डी० की रिप्रेटरी का एक प्ले देखने जा रही हूँ। कल सुबह दस बजे मेरा राइटअप आपकी मेज़ पर होगा।"

शाम को सुनंदा ने पूछा, "प्ले देखने चलते हैं?"

"नहीं," आनंद बोला, "मूड बहुत खराब है। क्लैमर के रुटीन काम के अलावा और कुछ भी करने का मन नहीं हो रहा है।"

"मेरे साथ से आपका मूड ठीक होने की कोई संभावना नहीं है?"

"सुनंदा, आज मैं अपने साथ होना चाहता हूँ, सिर्फ अपने साथ। मन करता है

कि कहीं एकांत में बैठूँ, जहाँ कोई मेरी जान-पहचान वाला मुझे न मिले। वहाँ मैं सिर्फ अपने आप से बातें करूँ। खुद ही सवाल करूँ, खुद ही उनके जवाब दूँ। कभी-कभी मुझे ऐसा हो जाता है। उस दिन मैं राजपथ के लॉन्स में जाकर किसी अँधेरे कोने में बैठ जाता हूँ। ऐसी जगह ढूँढ़ता हूँ जहाँ चना ज़ोर गरम या झाबा उठाए गोलगप्पे बेचने वाले भी न पहुँचें।"

"आज उधर ही जाएँगे?"

"अभी यह भी फैसला नहीं किया। यह भी हो सकता है कि घर चला जाऊँ और घंटे-दो घंटे आशू के साथ खेलूँ।"

सुनंदा बोली, "राजपथ के अँधेरे लॉन में बैठने के बजाय आशू से खेलना कहीं ज़्यादा अच्छा है। छोटे बच्चे से जो गपशप की जाती है, असल में अपने से ही की जाती है। जो सुकून बच्चे के सान्निध्य से मिलता है, वह कहीं से नहीं मिलता।"

आनंद का तना और परेशान दिखने वाला चेहरा कुछ मुलायम हो गया। बोला, "मैं बहुत छोटा था। मेरे दादा जी अकसर एक पहेली बुझाते थे। पूछते थे, 'अच्छा, बताओ, ऐसी कौन-सी शै है जो पीठ को छूती है और उसकी ठंडक छाती में महसूस होती है?' कहते-कहते वह मुझे अपनी पीठ पर चढ़ा लेते थे, 'यही वह शै हैं।'

सुनंदा उसे देखती रही। उसकी आँखों में आनंद के लिए कितना मोह उमड़ आया था। उसका हाथ पकड़ते हुए बोली, "प्ले देखने जाती हूँ। सुबह अपना राइटअप लेकर आऊँगी।"

15

निधान सिंह को पूरा भरोसा था कि बड़े संत जी के बाद उनका स्थान उसी को मिलेगा। उसे अपना एक ही प्रतिद्वंद्वी दिखाई देता था—बीर सिंह। लायलपुर में भी वह संत निरंजन सिंह की सेवा में पहले आया था और बीर सिंह कुछ बाद में। उसकी ज़िम्मेदारियाँ भी अधिक महत्त्वपूर्ण थीं। डेरे का कितना धन बैंकों में है और कितना डेरे के मज़बूत कमरे के अंदर रखी तिजोरी में है, उसका पूरा हिसाब भी उसी के पास होता था। बैंक की चेक बुक पर पहले सिर्फ बड़े संत जी के हस्ताक्षर होते थे। विभाजन के बाद जब डेरे का केंद्र-स्थान दिल्ली बन गया तो बैंक के खाते में बड़े संत जी की इच्छानुसार निधान सिंह और बीर सिंह के नाम भी शामिल कर लिए गए। तीन में से कोई दो नामों के हस्ताक्षरों से बैंक से रुपया निकलवाया जा सकता था। पिछले कुछ वर्षों से बड़े संत जी ने रुपयों-पैसों के मामले में रुचि लेना लगभग बंद कर दिया था। सारा हिसाब निधान सिंह ही रखता था।

डेरे का अधिक खर्च दो ही मदों पर होता था, एक लंगर के लिए रसद मँगवाने पर और दूसरा डेरे का कोई नया हिस्सा बनवाने में। इसकी देख-रेख दोनों छोटे संत करते थे। कौन-सी रसद कितनी आनी है, कहाँ से मँगवानी है, इस काम के लिए किस सेवादार की ड्यूटी लगानी है, यह काम बीर सिंह करता था। वह पूरी सूची बनाकर निधान सिंह को दे देता। इसके खर्च के लिए बैंक से धन निकालने की ज़रूरत कभी-कभी पड़ती थी। डेरे की तिजोरी में इतनी नकदी होती थी कि उसी से सारी रसद और रोज़ का छोटा-मोटा खर्च पूरा हो जाता था।

इस बीच लाला मुल्खराज का डेरे पर आना-जाना ही नहीं बढ़ा था, उनका महत्त्व और आदर-सत्कार भी बहुत बढ़ गया था। वह अपनी लंबी बड़ी गाड़ी में आते थे और अपने साथ फलों के टोकरे तथा सूखा मेवा लाना नहीं भूलते थे। कभी-कभी वह कई टोकरों में पूड़ी-छोले भी बनवाकर ले आते थे। जिस दिन डेरे पर उनका आगमन होता,

लंगर के श्रद्धालुओं को पूड़ी-छोले मिलते थे और सेब, केले, संतरे भी। इसलिए डेरे पर नियमित आने वाली संगत लाला मुल्खराज को बहुत पहचानती थी और उनका बड़ा आदर करती थी।

एक दिन लाला मुल्खराज बड़े संत जी के चरणों के पास बैठे हुए थे। संत जी किसी दीवान पर मोटे तकिए का आसरा लेकर बैठते थे और लाला जी सदैव उनके सामने ज़मीन पर बिछे गलीचे पर। बड़े संत जी हमेशा कहते थे, ''लाला जी, आप मेरे पास बैठिए या सामने कुर्सी पर।'' किंतु लाला जी आते ही उनके चरणों पर माथा टेककर नीचे बैठ जाते थे और सुखमनी साहब की एक तुक दोहराते थे—

साध के चरन धोए धोए पीवाँ।
साध के दरशन कर कर जीवाँ।।

बड़े संत जी उनकी इस भक्ति-भावना से विभोर हो जाते थे।

लाला जी ने इधर-उधर देखा। दोनों छोटे संतों में कोई नहीं दिखाई दे रहा था। वह संत जी के दीवान के और पास आकर बोले, "संत जी महाराज, आपके तप और वाहेगुरु की अपार कृपा से यह डेरा खूब फल-फूल रहा है। सारे हिंदुस्तान में आपके लाखों सेवक हैं। विदेशों में भी आपकी खूब कीर्ति फैल गई है। कलियुग में आप जैसे ब्रह्मज्ञानी कभी-कभी जन्म लेते हैं।"

संत जी आँखें बंद किए उनकी बातें सुन रहे थे।

"संत जी, कल यह डेरा और बड़ा हो जाएगा। जो गिनती आज लाखों में है, वह करोड़ों में हो जाएगी। आप तो सर्वज्ञ हैं, जाणी-जाण हैं। कुदरत का कोई भेद आपसे छिपा नहीं है। मैं अज्ञानी, मूरख आपके सामने क्या बोल सकता हूँ? फिर भी मेरा मन आपसे एक बात करने को तरसता रहता है।"

"बोलिए लाला जी, आप तो हमारे बड़े प्रेमी हैं। इस डेरे के लोग आपका कितना सत्कार करते हैं। बोलिए, आप क्या कहना चाहते हैं?"

"संत जी, छोटे मुँह बड़ी बात कह रहा हूँ। कहा है, उनको क्या उपदेसिए जिन गुरु नानक देव। आपके ऊपर तो सतगुरु की अपार कृपा है। आपकी सूरत में तो गुरु नानक जी के साक्षात् दर्शन होते हैं, पर एक बात तो अटल है। यह पंचभूत देह तो सदा नहीं रहती। महावाक् है, 'जो आया सो चल्लसी, बारी अपनी-अपनी है।' एक चिंता मुझे सदा सताती रहती है। जब आपकी ज्योति परम ज्योति में विलीन हो जाएगी

तो इस डेरे का क्या होगा?"

संत जी की मुँदी आँखें फिर खुल गईं, "मेरे बाद संत निधान सिंह हैं, संत बीर सिंह हैं। दोनों अपने बचपन से मेरे साथ हैं। दोनों गुणी हैं, ज्ञानी हैं, नित्तनेमी हैं, संयमी हैं...।"

लाला जी बीच में ही बोल पड़े, "दोनों छोटे संतों की काबलियत में मुझे रत्ती-भर भी शक नहीं है संत जी, दोनों ही गुरुवाणी के रसिया हैं, गुणी हैं, ज्ञानी हैं, महापुरुष हैं, यह डेरा इनकी जिंद-जान है, लेकिन संत जी, माया तो बड़ी प्रबल होती है। आप की बात और है, पर यह भी सच है कि वह बड़े-बड़े सिद्ध पुरुषों को भी भटका देती है। संत कबीर जी ने भी कहा है, 'माया महाठगनि हम जानी।' मैं तो आपसे सिर्फ यह अर्ज़ कर रहा हूँ कि आप डेरे की करोड़ों रुपए की धन-संपत्ति की कोई पक्की व्यवस्था अपने जीवन-काल में ही कर दीजिए, जिससे यह मायारूपी सर्पिणी भविष्य में किसी को डस न सके।"

संत जी गंभीर हो गए। कुछ देर आँखें बंद किए कुछ सोचते रहे, फिर बोले, "लाला जी, सलाह दीजिए, हमें क्या करना चाहिए?"

लाला जी ने फिर इधर-उधर देखा। गुरुद्वारे में प्रातःकाल के दीवान की समाप्ति हो गई थी। अरदास के बाद कड़ाह प्रसाद भी वितरित हो चुका था। लंगर हॉल में पंगतें बैठ गई थीं। संगत में लंगर वितरित करने के लिए सेवादार बाल्टियों में दाल, सब्ज़ी, सलाद भर रहे थे। टोकरियों में रोटियाँ भरी जा रही थीं।

"संत निधान सिंह जी और संत बीर सिंह जी के दर्शन नहीं हुए...कहीं गए हुए हैं?" लाला जी ने पूछा।

"हाँ," संत जी बोले, "दिल्ली की गुरुद्वारा कमेटी के प्रधान जत्थेदार सोहन सिंह प्रभात वेला में दर्शन करने आए थे। उनकी नई कोठी में आज गृह-प्रवेश था, अखंड पाठ की समाप्ति थी, कीर्तन के बाद लंगर था। वह बहुत चाहते थे कि मैं उनकी नई कोठी में चलूँ, उनके लिए अरदास करूँ, पर अकाल पुरख को यह मंज़ूर नहीं था। आजकल मेरी सेहत ठीक नहीं रहती है। दीवान में चौकड़ी मारकर बहुत देर बैठा भी नहीं जाता है। दस कदम चलूँ तो साँस फूलने लगती है। मैंने जत्थेदार जी से क्षमा माँग ली और दोनों संतों से कहा कि इस समारोह में चले जाएँ और हमारी तरफ से, पूरे डेरे की तरफ से जत्थेदार सोहन सिंह की चढ़ती कला के लिए अरदास करें। शाम को रहिरास साहब के पाठ से पहले ही आएँगे।"

लाला मुल्खराज को लगा, यह समय सबसे उपयुक्त है। बोले, "संत जी, मुझे लगता है कि इस डेरे के लिए एक ट्रस्ट बना देना चाहिए। ट्रस्ट बन जाएगा तो किसी तरह की गड़बड़ी की संभावना बहुत कम हो जाएगी। आमदनी-खर्च का सारा प्रबंध वह ट्रस्ट करेगा। वाहेगुरु की कृपा से जितना समय आप हमारे बीच में हैं, ट्रस्ट के चेयरमैन आप रहेंगे। आपके बाद आप जिसे भी अपनी गद्दी देंगे, वह ट्रस्ट का चेयरमैन बन जाएगा। सात व्यक्तियों का यह ट्रस्ट बनेगा। दोनों छोटे संत जी भी इसमें ट्रस्टी रहेंगे। एक ज़िम्मेदार व्यक्ति, जो गुरुघर का प्रेमी हो, डेरे को अपना पूरा समय देने वाला हो, अनुभवी हो, ऐसे कानूनी मामलों का माहिर हो, अच्छी अंग्रेज़ी भी जानता हो, सरकारी दफ्तरों में जिसकी पहुँच हो, वकीलों से जिसका संपर्क हो, उसे इस ट्रस्ट के मैनेजिंग ट्रस्टी की ज़िम्मेदारी सौंपनी चाहिए।"

संत जी ने लाला जी की बातें बड़े ध्यान से सुनीं। पहले भी किसी ने उन्हें डेरे के लिए ट्रस्ट बनाने का सुझाव दिया था। उस समय दोनों छोटे संतों ने इस सुझाव को हँसी में उड़ा दिया था, 'लो भाई, अब परमात्मा के घरों में भी सरकारी कानून घुसने लगा है। अब उसका नाम लेने पर भी सरकार टैक्स लगा देगी। अरे भाई, संत-महापुरुषों के डेरे संतों की रूहानी शक्ति से बनते हैं, उनके नाम-सिमरन, तप के बल पर, भजन-कीर्तन से, संगत की सेवा से, संगत को मुक्ति के मार्ग पर डालने से ही ऐसे डेरों की मान्यता होती है। लाखों लोग अपनी कमाई को यहाँ भेंट चढ़ाकर अपना जीवन सफल करते हैं। इसमें कानून का क्या काम है? ट्रस्ट-फ्रस्ट बनाने की क्या ज़रूरत है? संत खुद क्या अपने डेरों की देखभाल नहीं कर सकते? बाहरी मायाधारी लोगों के दखल की इसमें क्या ज़रूरत है?'

इस बात को कई वर्ष गुज़र गए।

आज लाला मुल्खराज ने जिस ढंग से सारी बात बड़े संत जी के सामने रखी थी, उससे उन्हें लगा था, ऐसा ट्रस्ट ज़रूर बनाना चाहिए।

"लाला जी," संत जी बोले, "मैं आपकी बातों से सहमत हूँ। डेरे के लिए ऐसा ट्रस्ट बन जाए तो मैं बहुत बेफिक्र हो जाऊँगा। बहुत-से डेरों में रुपए-पैसे को लेकर जो गड़बड़ियाँ होती हैं, इसकी खबरें मुझे मिलती रहती हैं। मैं नहीं चाहता कि इस डेरे को लेकर लोग ऐसी बातें करें। बताइए, इसके लिए क्या करना चाहिए?"

"संत जी, यह कोई मुश्किल काम नहीं है। आप जब कहें, मैं किसी अच्छे वकील को यहाँ ले आऊँगा, जो ट्रस्ट के नियम बनाने में माहिर होगा। वह हमें ट्रस्ट

की डीड बना देगा। वकील ही सरकार से उसकी मंज़ूरी हमें ले देगा। वकील की जो फीस होगी, वह मैं अपनी जेब से दूँगा। डेरे को उसके लिए कुछ खर्च नहीं करना पड़ेगा।"

संत जी बोले, "ठीक है लाला जी, आप ऐसा ही करिए। इस डेरे का यह सौभाग्य है कि आप जैसे प्रेमी, निष्काम सेवक, अपना तन-मन-धन देने वाले महापुरुष इसके साथ जुड़े हैं। जितनी जल्दी हो सके, आप इस कार्य को सिरे चढ़ाइए।"

लाला मुल्खराज ने बड़ी श्रद्धा से संत जी के चरणों पर माथा टेका और चले गए। संत जी ने जाते समय मुट्ठी भरकर बादाम उन्हें दिए, "यह प्रसाद ले जाइए, दो-दो दाने बच्चों को खिलाइएगा, सतगुरु उनके सभी काज पूरे करेगा।"

दोनों छोटे संत शाम को वापस आए तो उन्हें पता लगा, लाला मुल्खराज आए थे और कई घंटे बड़े संत जी के पास बैठे उनसे वार्तालाप करते रहे। उन्हें कुछ अजीब-सा लगा, लाला जी बहुत धनाढ्य व्यक्ति हैं, उनके बहुत सारे काम-धंधे हैं। जब भी आते हैं तो कुछ देर दीवान में बैठकर कीर्तन सुनते हैं, बड़े संत जी के दर्शन करते हैं, दो-चार मिनट उनसे कुछ बातें करते हैं और चले जाते हैं। आज लाला जी इतनी देर बैठकर संत जी से क्या बातें करते रहे?

शाम हो गई थी। रहिरास का पाठ होना था। बड़े संत जी धीरे-धीरे चलते हुए गुरु ग्रंथ साहब के सामने माथा टेककर बैठ गए थे। दोनों छोटे संत भी बड़े संत जी के पीछे बैठ गए। कुछ संगत भी आ जुड़ी। ताब्या में बैठे ग्रंथी ने रहिरास का पाठ शुरू कर दिया :

दुखु दारू सुखु रोगु भया जा सुखु तामि न होई...

रसदखाने का एक बड़ा दरवाज़ा था, जिसकी चाबी सदा बीर सिंह के पास रहती थी। ज़रूरत पड़ने पर उनसे चाबी लेकर सतवंत रसद निकालकर सेवादारों को दे देती थी, फिर बड़ी सावधानी से दरवाज़े पर ताला लगाकर चाबी बीर सिंह को सौंप देती थी।

रसदखाने में पिछवाड़े खुलने वाला एक छोटा दरवाज़ा भी था, जो सदैव बंद रहता था। पिछवाड़े की ओर झाड़-झंखाड़ उगा रहता था। डेरे में काम न आने वाला बहुत-सा कबाड़ भी वहीं पड़ा रहता था। उसके पीछे चारदीवारी बनी हुई थी, जिसने पूरे डेरे को घेर रखा था। उस तरफ कोई नहीं जाता था, इसलिए काफी गंदगी भी रहती

थी।

जिस दिन बीर सिंह ने मौका देखकर सतवंत को अपनी बाँहों में जकड़कर उस पर चुंबनों की बौछार कर दी थी, उस दिन से दोनों के संबंधों ने नई रंगत ले ली थी। उसे देखते ही सतवंत के चेहरे पर शर्म और अपराध की मिली-जुली लाली आ जाती थी और वह बिना कुछ बोले उसके आगे से गुज़र जाती थी।

एक दिन एकांत देखकर बीर सिंह ने कहा, "सतवंत, रसदखाने के बड़े दरवाज़े पर ताला लगा हुआ है, पर पीछे के दरवाज़े का ताला मैंने खोल दिया है। उधर कोई आता-जाता नहीं है। तुम चुपचाप उस दरवाज़े से अंदर चली जाओ। वहाँ मेरी राह देखना।"

सतवंत एकदम घबरा गई,"किसी ने देख लिया तो?"

"तुम चिंता न करो। इस समय पूरे डेरे में शांति रहती है, फिर उस तरफ तो कभी कोई जाता ही नहीं है।"

"संत जी, मुझे बहुत डर लग रहा है।"

"डरने की कोई बात नहीं है। ऐसा करो, हाथ में एक झाड़ू ले लो। ऐसा दिखे कि तुम उधर सफाई करने जा रही हो।...जाओ...देर न करो...।"

सतवंत ने एक झाड़ू पकड़ ली और इधर-उधर देखते हुए उस तरफ चली गई। बीर सिंह ने अपने कमरे के बाहर अपनी रबड़ की चप्पलें उतार दीं और दरवाज़ा अच्छी तरह उढ़का दिया। फिर वह रबड़ के मुलायम जूते पहनकर उस तरफ इस प्रकार चल दिया जैसे डेरे का मुआयना करने के लिए निकला हो। पिछले दरवाज़े से अंदर जाकर उसने कुंडी लगा दी। वहाँ सतवंत पहले ही पहुँच चुकी थी।

पचास वर्ष का बीर सिंह छोटी उम्र से ही डेरे में आ गया था। डेरे में सभी आयु की स्त्रियाँ आती थीं। वह उनकी ओर आकर्षित होता था। उस स्थिति में उसकी नसें चटकने लगती थीं। उसे बड़ा संतोष मिलता था, जब लोगों से वह अपने कीर्तन की प्रशंसा सुनता था। सतवंत ने आकर उसकी दमित इच्छाओं को उभार दिया था। इस अनुभव की तृप्ति के लिए वह अंदर ही अंदर बहुत व्याकुल हुआ था। सतवंत ने उसके सामने ऐसा संसार खोल दिया था जिसकी वह कल्पना ही किया करता था।

सतवंत इन दिनों यह महसूस करने लगी थी कि सतनाम सिंह उसमें बड़ी रुचि लेने लगा है। मौका देखते ही किसी न किसी बहाने वह उसके पास आ जाता है। लंगर

की सारी देखभाल सतनाम ही करता था, इसलिए किसी न किसी चीज़ की ज़रूरत पड़ती रहती थी। रसद निकालने के लिए सतवंत किसी सेवादार को बुलाती थी तो सतनाम भी उसके साथ दौड़ा चला आता था, इतना आटा ठीक रहेगा, लोग चावल ज़्यादा नहीं खाते हैं, इसलिए इसे थोड़ी मिकदार में पकाना चाहिए। सेवादार चाय में बेहिसाब चीनी डाल देते हैं, आजकल इतनी चीनी कौन पीता है। मैंने कह दिया है, दो-तीन बाल्टी चाय बिना चीनी के बनाया करो, बेहिसाब लोग शुगर की बीमारी के शिकार हैं।

कई बार वह रसद लेकर सेवादार को लंगर में भेज देता और खुद वहीं ठहरा रहता, 'सतवंत जी, वह सामने रखा अचार का पीपा तो उतारिए, लंगर में पड़ा पीपा तो एकदम खाली पड़ा है।'

सतवंत पीपा उतारने के लिए आगे बढ़ती तो वह पीछे-पीछे वहीं पहुँच जाता और पीपा उतारने, उसे दरवाज़े तक लाने में सतवंत की मदद करता। उसकी उँगलियों और हाथों का स्पर्श करता, कभी-कभी बहाने से उसके शरीर के साथ भी जुड़ जाता।

सतवंत उसकी हरकतें समझती थी। डेरे के अनेक सेवादार भी ऐसा मौका ढूँढ़ते रहते थे। डेरे में और भी अनेक स्त्रियाँ काम करती थीं। गुरुद्वारे की सफाई करने, लंगर पकाने, जूठे बर्तनों को माँजने जैसे कामों को करने के लिए, आसपास के घरों की भी बहुत-सी स्त्रियाँ वहाँ आती थीं, लेकिन सतवंत उन सबमें आकर्षक भी थी और जवान भी।

दिल्ली की गुरुद्वारा कमेटी, उसके पदाधिकारियों, नगर के विभिन्न क्षेत्रों की प्रमुख सिंह सभाओं से जितने संपर्क निधान सिंह के थे, उतने बीर सिंह के नहीं थे। वह धार्मिक प्रवचन करने के लिए अनेक गुरुद्वारों में जाता रहता था। सब लोग यही मानते थे कि संत निरंजन सिंह के उत्तराधिकारी वही बनेंगे। निधान सिंह भी कोई अवसर नहीं चूकता था। वह जानता था कि दिल्ली की संगत में उसका जितना प्रभाव बढ़ेगा, उसकी जितनी लोकप्रियता होगी, उसकी जितनी मान्यता होगी, उत्तराधिकार के निर्णय के समय ये सब चीज़ें उसकी बड़ी सहायता करेंगी।

बीर सिंह इस बात को जानता था। उसकी कोशिश भी यह रहती थी कि दिल्ली की संगत में उसकी मान्यता और लोकप्रियता बढ़ती रहे। उसने अपना एक कीर्तनी जत्था बना लिया था, इनमें दो रागी हारमोनियम का इस्तेमाल करते थे और एक तबले पर बैठता था। बीर सिंह स्वयं बहुत अच्छा कीर्तन करता था। वह सूरज प्रकाश की

कथा करने में बड़ा निपुण माना जाता था।

एक बार वह मॉडल टाउन के गुरुद्वारे में कीर्तन करने के लिए आमंत्रित किया गया। वह अपना रागी जत्था लेकर वहाँ पहुँचा। उस दिन गुरु हरिकृष्ण जी का जन्म-दिवस मनाया जा रहा था। गुरुद्वारे का विशाल हॉल संगत से खचाखच भरा हुआ था। रागी जत्थे के साथ पहले दो 'शबदों' का कीर्तन बीर सिंह ने स्वयं किया। संगत इतनी प्रसन्न हुई कि उसके सामने छोटे-बड़े नोटों का अंबार लग गया। कीर्तन के बाद साथ में आए सेवादार ने सारे धन को सँभालकर एक रूमाल में बाँध लिया। उसके बाद उसके साथ आए रागी जत्थे ने एक घंटे तक कीर्तन किया। उसके सामने भी कुछ धन इकट्ठा हुआ।

उस दिन आनंद, कोमल और आशू भी गुरुद्वारे में आए हुए थे। लंगर शुरू होने से पहले आनंद बीर सिंह के पास आया और बोला, "संत जी, आप बड़ा सुंदर कीर्तन करते हैं, गुरुवाणी के रस में डुबो देने वाला। मुझे राग की बहुत समझ नहीं है, लेकिन जिन रागों में आज आपने कीर्तन किया, वह मेरे दिल में उतर गया।"

बीर सिंह आनंद को नहीं जानता था, न उसने कभी उसे देखा था, न ही उसका नाम सुना था। वह बोला, "खालसा जी, किसी शबद को किस राग में, किस धुन में गाया जाना चाहिए, इसका निर्देश श्री गुरुग्रंथ साहब में है। मैं तो उसी राग और उसी धुन में गुरुवाणी का कीर्तन करता हूँ। संत निरंजन सिंह जी के चरणों में बैठकर मैंने राग विद्या का अभ्यास छोटी उम्र से करना शुरू कर दिया था। गुरु महाराज की बेअंत बख्शिश और संत जी के आशीर्वाद से मैंने जो भी थोड़ा-बहुत सीखा है, वह साध-संगत के चरणों में रख देता हूँ। मेरा मुझमें कुछ नहीं, जो कुछ है सो तेरा। तेरा तुझको सौंपते, क्या लागे मेरा।"

सिख सभा के प्रधान चड्ढा जी ने परिचय कराया, ''संत जी, यह हैं सरदार निरवैर सिंह आनंद। अंग्रेज़ी में इनका एक अखबार है, क्लैमर। मैं नहीं जानता कि इस अंग्रेज़ी शब्द का क्या अर्थ है, पर इतना ज़रूर जानता हूँ कि सिर्फ दिल्ली की सिख राजनीति में ही नहीं, समूचे देश की राजनीति में इनकी तूती बोलती है। बड़े-बड़े फन्नेखाँ इनकी चौखट पर सजदा करते हैं। अपनी कलम से यह जिसे चाहें आसमान पर चढ़ा दें, जिसे चाहें ज़मीन पर उतार दें, बड़ी हस्ती हैं ये।"

बीर सिंह के मन में उभरा—यह आदमी मेरे बड़े काम आ सकता है।

बोले, "आनंद जी, मैं ज़्यादा पढ़ा-लिखा नहीं हूँ। लायलपुर के खालसा स्कूल में अभी दसवीं में पढ़ रहा था कि संत निरंजन सिंह जी की सेवा में आ गया था और उन्हीं का सेवक होकर रह गया। कुछ उर्दू पढ़ लेता हूँ, कुछ गुरुमुखी...। अंग्रेज़ी अक्षरों की तो बस पहचान कर पाता हूँ और यस-नो कर लेता हूँ, इससे ज़्यादा कुछ नहीं।"

उसकी बात सुनकर सभी हँसने लगे।

डेरे पर वापस पहुँचकर बीर सिंह आनंद को याद करने लगा। अगर आनंद अपने अखबार में उसके बारे में कुछ लिखे, उसकी तस्वीर छापे, संत निरंजन सिंह के बारे में लिखे, डेरे की उपलब्धियों की चर्चा करे, तो फायदा हो सकता है। बात की बात में उसकी खूब चर्चा हो जाएगी।

वह सोचने लगा, अगर आनंद अपने अखबार में यह लिखे कि बड़े संत जी के बाद संत बीर सिंह उनकी गद्दी सँभालेंगे, तो चारों तरफ बल्ले-बल्ले हो जाएगी।

कितनी देर वह इस सोच में डूबा रहा और आगे की योजनाएँ बनाता रहा।

वह अपने साथ आनंद का कार्ड ले आया था। दूसरे दिन उसने एक सेवादार को पता देकर आनंद के पास भेजा। एक बड़े डिब्बे में उसने अनेक तरह के सूखे मेवे भर दिए थे। वह सेवादार से बोला, "इस पते पर एक अंग्रेज़ी अखबार का दफ्तर है। निरवैर सिंह आनंद उस अखबार के एडीटर हैं। उन्हें यह डिब्बा देना और कहना संत बीर सिंह ने दिया है। यह संत निरंजन सिंह के डेरे का प्रसाद है।"

डिब्बा देकर सेवादार अभी लौटा भी नहीं था कि आनंद का फोन आ गया, "संत जी, डेरे से इतना कीमती प्रसाद भेजकर आपने मुझ पर बड़ी कृपा की है, लेकिन प्रसाद तो प्रसाद होता है...इतना होता है कि मनुष्य दोनों हाथों की अंजुलि बनाकर उसमें ले ले, इसलिए आपके इस बड़े डिब्बे से मैंने प्रसाद के रूप में कुछ रख लिया है। बाकी का प्रसाद वापस भेज रहा हूँ, इसे संगत में बँटवा दीजिएगा। प्रसाद-रूप में मुझे अपना आशीर्वाद भेजिए।"

लाला मुल्खराज अपने साथ दिल्ली के एक जाने-माने वकील गुरुचरण सिंह नैयर को ले आए थे। दोनों ने बड़ी श्रद्धा से बड़े संत जी को माथा टेका और नीचे बैठ गए।

"मेरी एक बात मानिए, नीचे न बैठिए। मेरे सामने कुर्सियों पर बैठ जाइए!" संत जी बड़े प्यार से बोले, "लाला जी, आप तो कुर्ता-पायजामा पहनते हैं। वकील साहब

ने पैंट पहनी हुई है। पैंट पहनने वाले को ज़मीन पर बैठने में तकलीफ होती है, फिर आपसे कुछ खास बातें भी करनी हैं।

दोनों ने उनकी बात मान ली और कुर्सियों पर बैठ गए। दोनों छोटे संत भी उस समय डेरे में ही थे। सुबह के दीवान की समाप्ति हो गई थी। संगत लंगर छक रही थी।

संत जी ने एक सेवादार भेजकर दोनों को वहीं बुला लिया।

नैयर ने ट्रस्ट का पूरा मसौदा तैयार कर लिया था, उसके नियम भी बना लिए थे। नाम रखा गया था, संत निरंजन सिंह गुरुमत ट्रस्ट। ट्रस्ट के उद्देश्यों में था—गुरुमत का प्रचार करना, नए रागियों को गुरुवाणी संगीत की शिक्षा देना, बच्चों को गुरुमुखी पढ़ाना और सिख इतिहास का ज्ञान देना, उन्हें कीर्तन सिखाना, उनके लिए स्कूल खोलना, डेरे की इमारत का विस्तार करना, दूसरे शहरों में डेरे की शाखाएँ स्थापित करना। ऐसे और बहुत-से कार्य उद्देश्यों में रखे गए थे।

यह व्यवस्था भी थी, डेरे की सारी धनराशि को किसी बैंक में रखना और रोज़ के चढ़ावे को नियमित रूप से बैंक में जमा कराना। थोड़ी-सी रकम प्रतिदिन के कामों के लिए डेरे में रखना। एक एकाउंटेंट को नौकरी पर रखना, जो पूरा हिसाब-किताब रखे। सोने-चाँदी की कीमती चीज़ों को बैंक के लॉकरों में रखना।

सबसे महत्त्वपूर्ण बात थी—संत निरजन सिंह की मर्ज़ी के मुताबिक ट्रस्टियों को नामजद करना। यह भी व्यवस्था थी कि डेरे का मुखिया ही ट्रस्ट का स्थायी चेयरमैन रहेगा, शेष ट्रस्टी तीन-तीन साल के लिए होंगे। कोई भी ट्रस्टी उस समय तक ट्रस्टी रह सकेगा, जब तक डेरे का मुखिया चाहेगा, इसलिए वह तीन-तीन साल करके कितनी ही बार ट्रस्टी बना रह सकेगा।

इसमें एक बात ऐसी थी, जिसने दोनों छोटे संतों को बेचैन कर दिया था। डेरे के काम-काज के सारे अधिकार मैनेजिंग ट्रस्टी को दिए गए थे, जिसका चुनाव डेरे के मुखिया पर छोड़ दिया गया था।

दोनों छोटे संत सोच रहे थे कि यदि ऐसा ट्रस्ट बन गया तो उनके हाथ में क्या रहेगा?

ट्रस्ट के नियमों से बड़े संत जी बहुत संतुष्ट दिखाई दे रहे थे। निधान सिंह ने बीच-बीच में कई आपत्तियाँ उठाई थीं, लेकिन बड़े संत जी ने उन्हें खारिज कर दिया था। बीर सिंह ने भी कुछ कहना चाहा था, लेकिन बड़े संत जी ने अपनी बातों से उसका

समाधान कर दिया था।

अंत में संत निरंजन सिंह ने अपना आखिरी फैसला सुना दिया था, “मैं अपने जीते-जी इस ट्रस्ट को बना हुआ देखना चाहता हूँ। नैयर जी, आप इसे रजिस्टर करवाइए।”

नैयर जी बोले, “जो कागज़ात हम सरकार के दफ्तर में पेश करेंगे, उन पर प्रस्तावकों के हस्ताक्षर भी चाहिए और ट्रस्टियों के नाम और पते भी।”

इस मुद्दे पर बहुत देर बातचीत होती रही। फैसला यह हुआ कि इस समय चेयरमैन सहित पाँच ट्रस्टी रखे जाएँ। आगे चलकर सबकी सलाह से दो ट्रस्टी और शामिल कर लिए जाएँ। चेयरमैन बड़े संत जी होंगे ही, शेष चार ट्रस्टियों में दोनों संत होंगे, दिल्ली गुरुद्वारा कमेटी के प्रधान सोहन सिंह होंगे और पाँचवें ट्रस्टी लाला मुल्खराज जी होंगे, वही इस ट्रस्ट के मैनेजिंग ट्रस्टी की सेवा निभाएँगे।

दोनों छोटे संतों ने समझ लिया। यह सारा जाल लाला मुल्खराज का बिछाया हुआ है।

16

सारे देश में प्रधानमंत्री इंदिरा गांधी की जय-जयकार हो रही थी। कितने ही कवियों ने उनकी प्रशस्ति में महाकाव्य लिखे थे। कई नामी लेखकों-पत्रकारों ने उनकी उपलब्धियों पर पुस्तकें लिखकर झटपट प्रकाशित करा ली थीं। उन्हें दुर्गा का अवतार कहा जा रहा था। कुछ बड़े नेता बड़े गर्व से कह रहे थे—इंडिया इज़ इंदिरा एंड इंदिरा इज़ इंडिया।

देश की राजनीति के आकाश पर एक नया सितारा प्रकाशमान हो गया था—इंदिरा गांधी का छोटा बेटा संजय गांधी। संजय गांधी की एकमात्र योग्यता उस प्रधानमंत्री का पुत्र होना था, जिसके सामने देश का संविधान कागज़ का एक पोथा बनकर रह गया था।

इंदिरा गांधी ने अपनी सरकार का एक बीससूत्री कार्यक्रम घोषित किया। अखबारों में बड़े विज्ञापन दिए गए। सड़कों पर बड़े-बड़े होर्डिंग लगवाए गए। संजय गांधी ने अपना एक पाँचसूत्री कार्यक्रम घोषित किया। उसके पाँचसूत्री कार्यक्रम में परिवार नियोजन पर बहुत आग्रह था। लगता था कि इस समय राष्ट्र का सबसे बड़ा एजेंडा परिवार नियोजन हैं और उसका एकमात्र संचालक संजय गांधी है।

संजय की इतनी जय-जय देखकर कुछ लोग बहुत चकित हो रहे थे। राज्यों के चुने हुए मुख्यमंत्री इंदिरा गांधी से इतने आतंकित नहीं रहते थे जितना संजय गांधी से। केंद्रीय सरकार में कोई मंत्रालय ऐसा नहीं था, जो संजय गांधी के दिए हुए आदेश की अवहेलना कर सके।

एक ऐसी शक्ति सामने आ गई थी, जिसे जनता ने नहीं चुना था। उसका चुनाव उसकी माँ ने किया था, जो देश की प्रधानमंत्री थी।

आनंद ने क्लैमर में इस पर एक संपादकीय लिखा। देश में जनतंत्र की छाती पर चढ़कर उभरते एक गैर-संवैधानिक सत्ता के इतने शक्तिशाली होते चले जाने के खतरे को उसने अपने संपादकीय में उजागर किया था।

संपादकीय कंपोज़ होकर जब रामिंदर के सामने आया तो वह चौंक उठा। वह झटपट अपनी सीट से उठकर आनंद के पास आया।

"आनंद साहब, इस बार जो संपादकीय आपने लिखा है, वह बहुत सख्त है। संजय गांधी इस देश का सुपर प्राइम मिनिस्टर है। सभी सरकारें, बड़े-बड़े अफसर उसके सामने हाथ बाँधकर खड़े रहते हैं। उसकी बनाई यूथ कांग्रेस में सभी अपराधी तत्त्वों का जमावड़ा हो गया है। कांग्रेस के बड़े-बड़े नेता इस स्थिति को बड़ी बेबसी से देख रहे हैं। बड़े अखबारों को इस समय संजय गांधी के खिलाफ कुछ लिखने की हिम्मत नहीं होती। और आप हैं कि ऐसा संपादकीय लिख रहे हैं।"

आनंद ने उसे अपने सामने बैठा लिया, "रामिंदर, क्या तुम यह समझते हो कि मैंने जो कुछ लिखा है, वह गलत है?"

रामिंदर बोला, "इसमें कुछ भी गलत नहीं है।"

"क्या इस देश में एक नॉन-कॉस्टीट्यूशनल अथॉरिटी नहीं उभर रही है? क्या देश में तानाशाही का खतरा नहीं बढ़ रहा है? क्या देश को इस खतरे के प्रति आगाह नहीं करना चाहिए? क्या यह हमारा फर्ज़ नहीं है?"

"आपकी सब बातें ठीक हैं आनंद साहब, पर आपसे मैं एक बात पूछता हूँ। आपको सरकारी विज्ञापन चाहिए या नहीं? क्लैमर के लिए थोड़ा-सा कागज़ का कोटा मिलता है। क्या आप सरकारी विज्ञापन बंद करवाना चाहते हैं? कागज़ का कोटा रद्द करवाना चाहते हैं? सोच लीजिए।"

आनंद सोच में पड़ गया। क्लैमर पर सदा ही आर्थिक संकट छाया रहता। कई बार कर्मचारियों को वेतन देना भी कठिन हो जाता था। यदि सरकारी विज्ञापन मिलने बंद हो गए, कागज़ का कोटा रद्द हो गया तो क्या होगा?

लेकिन उसने अपने संपादकीय को नहीं रोका। उसे छपने दिया। इस अंक में कुछ ऐसे समाचार भी थे, जो सरकारी नीतियों का खुलकर समर्थन नहीं करते थे। नतीजा वही हुआ, जिसके प्रति उसके सहायक रामिंदर ने चेतावनी दी थी। क्लैमर को मिलने वाले सरकारी विज्ञापन बंद हो गए। कुछ निजी कंपनियों और उद्योगों के विज्ञापन भी उसे कभी-कभी मिल जाते थे। इन संस्थाओं के मीडिया मैनेजरों ने भी आनंद से कन्नी काटनी शुरू कर दी।

लेकिन कागज़ का कोटा बना रहा।

उस अंक के संपादकीय को पढ़कर सुनंदा भी चिंता में पड़ गई।

“आनंद जी, सिद्धांतवादी होना, सही और स्पष्ट बात करना कुछ हद तक ठीक है, लेकिन वक्त की तेज़ आँधी में अकड़े खड़े रहना कोई समझदारी की बात नहीं है। तेज़ आँधी-तूफान में बड़े-बड़े पेड़ उखड़ जाते हैं, पर पतले बाँस के दरख्तों को ज़्यादा नुकसान नहीं होता, क्योंकि तेज़ हवा के सामने वे थोड़ा-सा झुक जाते हैं और तूफान को सिर से निकल जाने देते हैं।”

उस शाम वह सुनंदा के साथ एक अंग्रेज़ी फिल्म देखने गया। हॉल के अँधेरे में सुनंदा उसका हाथ थामे बैठी रही। फिल्म खत्म होने के बाद दोनों ने कनॉट प्लेस के एक रेस्तराँ में बैठकर खाना खाया। रेस्तराँ में उसे जान-पहचान वाले दो-चार चेहरे दिखाई दिए, लेकिन उसने किसी से नज़र नहीं मिलाई, पर उर्दू का कहानीकार जुबैद उसकी टेबल पर आ ही गया। उसने एक नज़र सुनंदा की ओर देखा, फिर बड़े तपाक से अपना हाथ आनंद की ओर बढ़ाते हुए बोला, “आनंद, इस बार का तुम्हारा एडीटोरियल लाजवाब है। इस वक्त तो ऐसा लग रहा है कि सारा हिंदोस्तान नामर्दी के आलम में है। सब लोग चुप्पी साधे हुए हैं। सरमायादारों के बड़े-बड़े अखबार इसलिए चुप हैं कि उन्हें मिलने वाली सरकारी नियामतें कहीं खत्म न हो जाएँ। तुम्हारा एडीटोरियल पढ़कर महसूस हुआ, अभी इस मुल्क से मर्दानगी पूरी तरह खत्म नहीं हुई है, न सच कहने की हिम्मत। आनंद, तुम मेरी मुबारकबाद के पूरी तरह हकदार हो।”

उसने फिर आनंद का हाथ बड़ी गर्मजोशी से दबाया और रेस्तराँ से बाहर निकल गया।

बलवंत सिंह का बेटा सुरजीत क्लैमर के दफ्तर में आनंद के सामने बैठा हुआ था। वह मिठाई का एक डिब्बा साथ लाया था, “अंकल, मनजीत ने एक बेटे को जन्म दिया है।”

आनंद को बहुत दिनों से मनजीत का कोई समाचार नहीं मिला था। बरफी का एक टुकड़ा मुँह में डालते हुए बोला, “सुरजीत, तू तो अब मामा बन गया है। मेरी तरफ से घर में सभी को बधाई देना। मनजीत का पत्र तो आता रहता है न? खुश है न?”

सुरजीत कुछ उदास हो गया, “बच्चे के जन्म की बात तो हमें तार से पता लगी।

तार जीजा जी ने दिया था। कुछ दिन पहले मनजीत का पत्र आया था। उसमें उसने अपनी खुशी की कोई बात नहीं लिखी थी। सबको याद कर रही थी। बार-बार यही लिख रही थी कि वहाँ उसका मन नहीं लग रहा है।"

"सुरजीत, इसमें घबराने की कोई बात नहीं है। बड़े नाजों से पाली लड़की सबको एकाएक छोड़कर इतनी दूर चली जाए, जहाँ सभी लोग अजनबी हों, तो ऐसा ही होता है।" आनंद कह रहा था, "मनजीत को मैं जानता हूँ। नए-नए दोस्त बनाने में वह बहुत तेज़ है। देखना, कुछ ही दिनों में वह कितनी ही अमेरिकन सहेलियाँ बना लेगी। यह बताओ, भाइया जी कैसे हैं? बहुत दिन से उनके दर्शन नहीं हुए।"

"बहुत दिन से आप उधर आए भी नहीं। भाइया जी आपको बहुत याद करते हैं।"

"अखबार का काम बड़े झंझट का होता है। यह आदमी को शांति से नहीं बैठने देता। भाइया जी से कहना, जल्दी ही किसी दिन उनसे मिलने आऊँगा।"

वह भाइया जी से मिलने अपने दफ्तर पहुँचने से पहले पहुँच गया।

"सत श्रीअकाल भाइया जी!"

आनंद को देखकर उनके चेहरे पर रौनक आ गई, "आओ पुत्तर, मेरे पास बैठो। मनजीत क्या गई, तुम्हारे तो दर्शन ही दुर्लभ हो गए।"

"आप तो कुछ ढीले दिख रहे हैं भाइया जी, सेहत ठीक है न?"

"सेहत का क्या है पुत्तर, हम तो नदी किनारे के दरख्त हैं। ज़रा-सी आँधी आई, नदी का वेग ज़रा-सा तेज़ हुआ, हम ज़मीन से उखड़ जाएँगे। मनजीत की बहुत याद आती है। मरने से पहले एक बार उसे देखना चाहता हूँ, बस।"

उसने देखा, भाइया जी की आँखें डबडबा आई हैं।

बलवंत और भगवंत भी वहीं आ गए। सतनाम कौर सबके लिए चाय ले आई।

बलवंत बोला, "मनजीत अगले महीने आ रही है।"

भाइया जी ने चौंककर उसकी ओर देखा, "क्या उसकी चिट्ठी आई है? तुमने मुझे बताया क्यों नहीं?"

"कल ही उसकी चिट्ठी दुकान के पते पर आई थी," बलवंत बोला, "रात को जब मैं घर आया, आप सो गए थे।"

आनंद ने पूछा, "मनमोहन भी साथ आ रहा है?"

"नहीं, उसे अपने ऑफिस से छुट्टी नहीं मिल रही है। वियतनाम में अमेरिका बुरी

तरह फँसा हुआ है। यह समस्या तो उसके गले की हड्डी बन गई है, न अंदर जाती है, न बाहर निकलती है।"

"मैंने सुना है कि अमेरिकी जनता भी निक्सन सरकार की नीतियों के बहुत खिलाफ होती जा रही है। हज़ारों अमेरिकी सैनिक वहाँ बेमतलब मारे जा रहे हैं, करोड़ों अमेरिकी डॉलर इस युद्ध में खर्च हो रहे हैं और उस देश की आर्थिक हालत दिन पर दिन बिगड़ती जा रही है।"

"आनंद जी, आप बिलकुल ठीक कह रहे हैं।" बलवंत बोला, "अमेरिका को दूसरे देशों की राजनीति में दखल देने, वहाँ बिना मतलब पंगा लेने की आदत पड़ गई है।"

आनंद हँस पड़ा, "इस समय संसार में दो बड़ी शक्तियाँ हैं, एक अमेरिका और दूसरी रूस...सोवियत यूनियन। वियतनाम की बगल में तीसरी बड़ी ताकत चीन बन रहा है। अमेरिका और रूस में इस बात की होड़ है कि दुनिया के बाकी देशों में किसकी हेजेमोनी...किसका रोब-दाब कायम होता है। सारा झगड़ा इस हेजेमोनी का है।"

अगले महीने मनजीत आ गई। उसकी गोद में कुछ महीने का बॉबी था।

बॉबी के नैन-नक्श तो मनजीत पर गए थे, पर उसने अपना रंग बाप से लिया था। मनजीत की गोद में बैठा वह उसका बेटा नहीं लगता था।

उसके आने की सबसे ज़्यादा खुशी भाइया जी को हुई थी। आजकल उन्हें पता नहीं क्या हो गया था, छोटी-छोटी बातों पर उनका गला रुँध जाता था, आँखें भर आती थीं और झर-झर करते हुए आँसू बहने लगते थे। मनजीत को देखकर भी उनका यही हाल हुआ। अपने पास बैठाकर उसकी पीठ पर हाथ फेरते हुए वह रोने लगे। मनजीत भाइया जी-भाइया जी कह रही थी और वह अपनी पगड़ी से आँसू पोंछते जा रहे थे।

"पुत्तर, वाहेगुरु ने मेरे मन की मुराद पूरी कर दी है। अब अगर वह मुझे अपने पास बुला ले, तो कोई मलाल नहीं होगा।"

"भाइया जी, आप कैसी बातें कर रहे हैं? अभी आपको गुरमीत के हाथ पीले करने हैं, सुरजीत को लाड़ा बनाकर घोड़ी पर चढ़ाना है। इतनी जल्दी मैं आपको नहीं जाने दूँगी।"

मनजीत आनंद के दफ्तर में उसके सामने बैठी हुई थी, "सर, आप काफी दुबले दिख

रहे हैं। लगता है, कोमल भाभी आपकी फिक्र नहीं करती हैं। किसी दिन आकर उनसे खूब लड़ूँगी।"

"कोमल से मिलकर उससे तुम ज़रूर लड़ो, पर मेरे दुबले हो जाने का राज़ यह है कि लंबे अर्से से मैंने तुम्हारे साथ बैठकर खूब मिर्च-मसाले वाली कचौरियाँ नहीं खाई हैं।"

वह खिलखिलाकर हँस पड़ी।

वह बोला, "मनजीत, तेरी ऐसी हँसी सुनने के लिए मेरे कान तरस गए।" उसने घंटी बजाकर सुखराम को बुलाया और नत्थू हलवाई के यहाँ से कचौरियाँ लाने को कहा।

मनजीत बोली, "बॉस्टन में भी मुझे नत्थू हलवाई की कचौरियों की बहुत याद आती थी।"

खूब सी-सी करते हुए और बार-बार पानी पीते हुए उसने कचौरियाँ खाईं।

"इतना तीखा खाने की आदत नहीं रही है। कुछ मीठा भी मँगवाइए।"

आनंद ने सुखराम से रसमलाई लाने को कहा।

"अपना कुछ हाल बताओ, मनमोहन कैसा है? अमेरिकी लाइफ कैसी है? अपने आपको तुमने वहाँ के माहौल में कितना एडजस्ट कर लिया है?"

मनजीत के चेहरे पर कुछ उदासी झलक आई।

"आपको क्या बताऊँ सर," वह बोली, "मेरी कुछ समझ में नहीं आ रहा है। मनमोहन को खुश रखने की मैं पूरी कोशिश करती हूँ। शुरू-शुरू में कुछ महीने ठीक-ठाक चला। वह मुझे छुट्टी वाले दिन घुमाने भी ले जाते थे, शॉपिंग भी खूब कराते थे। बार-बार बड़ा ज़ोर देकर कहते थे, यह ले लो, वह ले लो, लेकिन अब उनका रवैया काफी बदला हुआ है। मुझे बाहर ले जाने से बहुत कतराने लगे हैं। कहीं जाना हो तो मुझसे कुछ दूर-दूर चलते हैं। जिस काउंटर पर मैं खड़ी होती हूँ, उससे दूर वह किसी दूसरे काउंटर पर चले जाते हैं। मेरी समझ में कुछ नहीं आ रहा है। घर की ज़रूरत का कोई सामान खरीदना हो तो कहते हैं, तुम जाकर ले आओ। पता नहीं मनमोहन को क्या होता जा रहा है?"

आनंद उसे देखते हुए चुप बैठा था। उसकी समझ में भी कुछ नहीं आ रहा था।

"तुम्हें ऐसा नहीं लगता कि वह किसी कॉम्पलेक्स का शिकार होता जा रहा है?"

वह बताने लगी, "उन्हें कैसा कॉम्पलेक्स हो सकता है? पढ़ाई-लिखाई में वह

मेरे से कहीं आगे हैं। जिस कन्सर्न में काम करते हैं, वहाँ उनकी इज़्ज़त भी है और तनख्वाह भी अच्छी मिलती है। दो-एक बार वह मुझे ऑफिस भी ले गए थे अपने बॉस से, अपने कुलीग्स से मिलाने के लिए।"

"फिर क्या कारण हो सकता है?"

वह कहने लगी, "मैं किस मौके पर क्या पहनती हूँ, कैसा मेकअप करती हूँ, कितनी चूड़ियाँ पहनती हूँ, यहाँ तक कि कैसे बुंदे पहनती हूँ, माथे पर कैसी बिंदी लगाती हूँ, इसमें भी बड़ी टोका-टाकी करते हैं। कभी कहते हैं, साड़ी पहनो। कभी अपनी मर्ज़ी से साड़ी पहन लूँ, तो नाराज़ हो जाते हैं। कहते हैं, साड़ी बदलो, सलवार-कमीज़ पहनकर आओ। आजकल उन्हें बिंदी से बड़ी चिढ़ हो गई है। किसी न किसी बहाने टोकते हुए कहते हैं—हिंदुस्तानी लड़कियों को सजने-सँवरने की बड़ी आदत होती है। हर लड़की अपने आप को किसी हूर से कम नहीं समझती। अमेरिका में यह सब नहीं चलता। यहाँ की लड़कियाँ ब्लाउज़ और स्लैक्स पहनकर झट से चल देती हैं। कोई मेकअप की चिंता नहीं करती। न कोई भड़कीले गहने पहनती है, न कानों में लंबे झुमके लटकाती है। अकसर कहते हैं, अमेरिका आई हो, अमेरिकनों की तरह बनो। हिंदुस्तानियों वाली भोंड़ी आदतें छोड़ो।"

वह चुप हो गई, फिर बोली, "मनमोहन से शादी करके क्या मैंने ठीक किया था? यह सवाल आजकल मेरे मन में बार-बार चक्कर काटता है।"

शाम के चार बजने वाले थे। आम तौर पर इसी समय 'सुनंदा क्लैमर के लिए कुछ न कुछ लिखकर ले आती थी, तभी सुखराम ने आकर बताया, ''सुनंदा मैडम आई हैं।''

सुनंदा ने मनजीत को बैठे देखा, तो कुछ ठिठकी।

"आओ सुनंदा, तुम इससे पहले मिली हो, यह मनजीत है।"

सुनंदा ने मनजीत से हाथ मिलाया और उसी के पास कुर्सी खिसकाकर बैठ गई, "मनजीत, तुमसे एक-दो बार मैं मिल चुकी हूँ। तुम अमेरिका में हो न? किस शहर में हो?"

"बॉस्टन में। मेरे पति भी वहीं काम करते हैं।"

"कब आईं? कब तक रहोगी?"

"पिछले हफ्ते ही आई हूँ...कुछ दिन रहूँगी।"

सुनंदा ने टाइप किए कुछ कागज़ आनंद के सामने रख दिए। आनंद उन्हें देखने

लगा।

सुनंदा ने मनजीत की साड़ी को छूकर देखा, "इस साड़ी में तुम बहुत सुंदर दिख रही हो मनजीत!"

वह कुछ कहने ही वाली थी कि सुनंदा फिर बोल पड़ी, "तुम कुछ भी पहनो, कोई फर्क नहीं पड़ेगा। तुम हो ही बड़ी सुंदर। कुछ भी पहनो, कैसे भी रहो, सुंदर ही लगोगी।"

"आप कैसी बातें कर रही हैं?" मनजीत शरमा गई। एकाएक वह सोच में डूब गई, फिर बोली, "सर, सुनंदा जी मेरी जिस बात की इतनी तारीफ कर रही हैं, क्या वही बात मेरी मुसीबत का बड़ा कारण नहीं है?"

सुनंदा उसे चौंककर देखने लगी।

आनंद कुछ गंभीर हो गया, "मनजीत, तुम्हारी बात ठीक हो सकती है।"

17

केंद्र सरकार ने दिल्ली के ऐतिहासिक गुरुद्वारों के प्रबंध के लिए अधिनियम बनाने की घोषणा की। सरकार यह नहीं चाहती थी कि दिल्ली के गुरुद्वारे शिरोमणि गुरुद्वारा प्रबंध कमेटी के अंतर्गत रहें। 1925 में जो गुरुद्वारा एक्ट बनाया गया था उसका कार्य-क्षेत्र केवल तत्कालीन पंजाब तक था। पंजाब के बाहर के गुरुद्वारे उसके अधिकार-क्षेत्र में नहीं आते थे। गुरु गोबिंद सिंह के जन्म-स्थान पर बने पटना के गुरुद्वारे का प्रबंध ज़िलाधीश की देख-रेख में वहाँ की एक कमेटी करती थी। नांदेड़ में बने सचखंड हज़ूर साहब का प्रबंध भी उसी तरह होता था। दिल्ली के नौ ऐतिहासिक गुरुद्वारों की स्थिति कुछ विचित्र थी। यहाँ की प्रबंध समिति कभी अमृतसर की शिरोमणि कमेटी से जुड़ जाती, कभी उससे बागी हो जाती थी। दिल्ली कमेटी का कार्यकाल तो उसके ढीले-ढाले विधान के अनुसार निश्चित था, लेकिन कोई धड़ा उसकी परवाह नहीं करता था। जिस गुट के हाथ में प्रबंध आ जाता था, वह आसानी से अपना कब्ज़ा नहीं छोड़ता था और नया चुनाव टालता रहता था। प्रबंध बदलने के लिए अकसर 'जिसकी लाठी उसकी भैंस' के सिद्धांत का प्रयोग किया जाता था।

इन झगड़ों से तंग आकर केंद्र सरकार ने एक अध्यादेश द्वारा वर्षों से अधिकार जमाए बैठी कमेटी को भंग करके दिल्ली के पाँच प्रतिष्ठित सिखों का एक बोर्ड बना दिया था और यह घोषणा कर दी थी कि स्थानीय ऐतिहासिक गुरुद्वारों के प्रबंध के लिए शिरोमणि गुरुद्वारा प्रबंधक कमेटी की तर्ज़ पर एक अधिनियम बनाया जाएगा, जिसे दिल्ली के सभी बालिग सिख मतदान द्वारा चुनेंगे। ऐसा अधिनियम बनाने के लिए विशेषज्ञों की एक समिति गठित कर दी गई थी।

दिल्ली की इस राजनीति में जत्थेदार सोहन सिंह सिरमौर बनकर उभर आए थे। इंदिरा गांधी से निकटता होने के कारण उन्होंने विभिन्न गुरुद्वारों और स्कूलों के लिए बहुत-सी सुविधाएँ प्राप्त कर ली थीं, इस कारण समाज में उनकी प्रतिष्ठा बहुत बढ़ गई थी। इसी कारण वह पंजाब के अकाली नेताओं की आँखों में बहुत खटकने लगे थे और दिल्ली में उनके विरोधियों की

संख्या बढ़ गई थी।

दिल्ली से पंजाबी में बहुत-से छोटे-मोटे साप्ताहिक अखबार प्रकाशित होते थे। इन साप्ताहिकों की न कोई नीति थी, न किसी के प्रति कोई प्रतिबद्धता। सभी अखबार ब्लैकमेल करके ज़िंदा रहते थे। कहीं से कुछ विज्ञापनों का जुगाड़ हो जाए, कोई धड़ा सरकारी विज्ञापन दिलवाने में उनकी कुछ मदद कर दे, कहीं से कुछ अनुदान मिल जाए, कोई धड़ा अखबार की दो-चार सौ प्रतियाँ खरीदकर बँटवा दे, इसी कोशिश में इन अखबारों के संचालक लगे रहते थे। इस खेल में जत्थेदार सोहन सिंह का कोई मुकाबला नहीं था। पिछले कुछ अरसे में उनके पास बहुत-सा धन जमा हो गया था। इसका भरपूर उपयोग वह अपनी लोकप्रियता को बनाए रखने में करते थे। छोटे-मोटे साप्ताहिकों की किसी न किसी प्रकार मदद करके वह उन्हें अपने पक्ष में रखते थे।

क्लैमर की स्थिति कुछ अलग ढंग की थी। आनंद के पास सभी धड़ों के नेता आते थे। सभी उसे खुश करने की कोशिश करते और उसके लिए विज्ञापनों का प्रबंध करते। अंग्रेज़ी में होने के कारण और अपनी व्यापक कवरेज के कारण उसे उन क्षेत्रों में भी पढ़ा जाता था, जिनका गुरुद्वारा राजनीति से कुछ लेना-देना नहीं था। सरकारी क्षेत्रों में भी सिख राजनीति को समझने के लिए लोग क्लैमर को ही पढ़ते थे।

जोध सिंह इस समय सोहन सिंह के सबसे बड़े प्रतिद्वंद्वी थे। उनके ऊपर पंजाब के अकाली नेताओं का वरदहस्त रहता था। शिरोमणि अकाली दल से सोहन सिंह की बरखास्तगी और उनके द्वारा अपना अलग अकाली दल बनाने के बाद जोध सिंह को अकाली दल का अध्यक्ष बना दिया गया था।

एक दिन जोध सिंह के साथ शिरोमणि अकाली दल के एक बड़े नेता क्लैमर के दफ्तर में आए। आनंद को कुछ आश्चर्य हुआ। अभी तक इस स्तर का कोई नेता उसके पास नहीं आया था। आनंद ने उनका स्वागत करते हुए कहा, "आइए जत्थेदार जी, मेरे बड़े भाग्य, आपने मेरे छोटे-से दफ्तर में आने का कष्ट किया।"

पंजाब से आए जत्थेदार परमात्मा सिंह ने कहा, "सरदार निरवैर सिंह जी, सचमुच आपका दफ्तर बहुत छोटा है। हम चाहते हैं कि यह दफ्तर वैसा ही हो जैसा बड़े-बड़े अंग्रेज़ी अखबारों का है। आपके दफ्तर में तो अभी ए०सी० भी नहीं लगा है।"

"जत्थेदार जी, यह मुसीबत मेरे अखबार के नाम के साथ है और मेरे नाम के साथ भी है। अखबार का नाम क्लैमर है। यह नाम लोगों को खुश नहीं करता बल्कि परेशान करता है। ऐसे नाम से कौन भला आदमी जुड़ना चाहेगा? मेरा नाम भी कुछ ऐसा ही है। पता नहीं क्या

सोचकर मेरे माता-पिता ने मुझे निरवैर बना दिया। आज की दुनिया में जो निरवैर है, वह न घर का है, न घाट का। दुनिया में कामयाबी हासिल करने के लिए किसी को दोस्त बनाना पड़ता है और किसी से वैर करना पड़ता है। इसके बिना कोई किसी को घास नहीं डालता। आप ए०सी० की बात करते हैं, यहाँ रोटियों के लाले पड़े रहते हैं।"

परमात्मा सिंह और जोध सिंह दोनों ही ठहाका लगाकर हँसे। परमात्मा सिंह बोले, "हम भी नहीं चाहते कि आप निरवैर बने रहें। हम आपको अपना दोस्त बनाना चाहते हैं। हम यह नहीं कह रहे हैं कि वैर किससे करें। हमसे दोस्ती करेंगे, तो बहुत-से वैरी खुद-ब-खुद पैदा हो जाएँगे।"

इस बात पर तीनों ने खूब ठहाका लगाया।

परमात्मा सिंह बोले, ''आप जैसे पत्रकार को पंथ का साथ देना चाहिए। दिल्ली में पंथ के वैरी कौन हैं, मुझे बताने की ज़रूरत नहीं है। आप सब जानते हैं, बहुत-सी ताकतें शिरोमणि अकाली दल में फूट डालने की पूरी कोशिश कर रही हैं। इस समय अकाली दल पूरे देश की राजनीति का एक हिस्सा बन गया है। जयप्रकाश नारायण ने देश में संपूर्ण क्रांति की मुहिम चलाई है, अकाली दल उसमें पूरी तरह शामिल हो गया है। संगठन कांग्रेस, सोशलिस्ट पार्टी, जनसंघ इस मुहिम में शामिल हैं। देश के ऐसे व्यापक मंच पर दूसरी पार्टियों के साथ अकाली दल पहली बार आया है। हम चाहते हैं कि ऐसी स्थिति में आप हमारा साथ दें। आपका और आपके पर्चे का नाम सभी लोग जानते हैं। हम चाहते हैं कि ऐसे बड़े मंच पर आप अकाली दल के स्पोक्समैन बनकर आएँ और राष्ट्रीय राजनीति में अपनी पूरी भूमिका निभाएँ।"

आनंद चुपचाप बैठा हुआ था।

उठने से पहले जोध सिंह बोले, "क्लैमर की ज़रूरतों की चिंता हम करेंगे।" कहते हुए उसने अपनी जेब से चेक बुक निकाली, "क्लैमर के लिए इस समय एक लाख ठीक रहेगा?"

आनंद हँस पड़ा, "जोध सिंह जी, मैं देख रहा हूँ कि आपकी चेक बुक में इस समय एक ही लीफ है। नई चेक बुक मँगवाने में आपको एक-दो दिन तो लग ही जाएँगे। इस समय आप इसे अपने ही पास रखिए···पता नहीं कहाँ इसकी ज़रूरत पड़ जाए।"

परमात्मा सिंह ने आनंद से हाथ मिलाते हुए कहा, "निरवैर जी, आपका हाथ तो बहुत मुलायम है, पर मैं महसूस कर सकता हूँ कि अंदर की हड्डियाँ इतनी मुलायम नहीं हैं।"

इस बात पर फिर एक ठहाका लगा।

18

गांधी शांति प्रतिष्ठान के सभागार में सर्वोदय नेता प्रभुदयाल ने पत्रकार-सम्मेलन आयोजित किया था। दिल्ली के सभी प्रमुख पत्रों के संवाददाता उसमें उपस्थित थे। आनंद अपने साथ रामिंदर को भी ले आया था, "रामिंदर, यदि समय मिल जाए तो अपने लिए प्रभुदयाल ज़ी का अलग से इंटरव्यू भी ले लेना। आज वह समय न दें तो कल के लिए उनसे समय ले लेना।"

बिहार में छात्र आंदोलन प्रतिदिन तेज़ होता जा रहा था। इससे पहले गुजरात में वहाँ के छात्रों ने बेलन से थालियाँ बजा-बजाकर ऐसा राज्यव्यापी आंदोलन किया था कि वहाँ की सरकार गिर गई थी।

पत्रकार-सम्मेलन में अपनी बात आरंभ करते हुए प्रभुदयाल जी ने कहा, "अपने देश को आज़ादी मिले छब्बीस वर्ष से अधिक हो गए हैं। किंतु इन वर्षों की हमारी उपलब्धियाँ क्या हैं? हमारा लोकतंत्र डगमगा रहा है। महँगाई सुरसा की तरह बढ़ती जा रही है। बेरोज़गारी पहले से ज़्यादा बढ़ी है और भ्रष्टाचार तो जैसे इस देश के लोगों की मानसिकता का हिस्सा बनता जा रहा है। जयप्रकाश जी इन स्थितियों से बहुत क्षुब्ध हैं। वह इस देश में एक नई अहिंसक क्रांति लाना चाहते हैं।"

एक पत्रकार ने पूछा, "जिस प्रकार का आंदोलन इस समय बिहार में शुरू हो गया है क्या उससे अराजकता नहीं फैल जाएगी? वहाँ उन्होंने छात्रों का आंदोलन शुरू कर दिया है। यह तो बोतल में से जिन्न निकालने के समान है। जिन्न को बाहर निकालना तो आसान है, लेकिन उसे दोबारा बोतल में बंद करना बहुत मुश्किल काम है।"

प्रभुदयाल ने बीच में ही टोकते हुए कहा, "मैं आपका एक भ्रम दूर करना चाहता हूँ। बिहार आंदोलन का प्रारंभ छात्रों ने किया है। उनके आग्रह पर उसे नेतृत्व दिया जे०पी० ने। इस कारण उसे जन-आंदोलन का रूप मिल गया और छात्रों ने उन्हें लोकनायक की संज्ञा दी।"

उसी पत्रकार ने अपनी जिज्ञासा व्यक्त करते हुए कहा, “इससे कोई अंतर नहीं पड़ता कि आंदोलन का प्रारंभ छात्रों ने किया और जे०पी० उससे बाद में जुड़े। आज जो कुछ वहाँ हो रहा है, वह जे०पी० के ही निर्देशन में हो रहा है। क्या ऐसे आंदोलनों से कोई क्रांति लाई जा सकती है?”

प्रभुदयाल बोले, “किसी भी क्रांति की शुरुआत किसी कोने में पैदा हुई एक चिंगारी से होती है, फिर वही चिंगारी बढ़ते-बढ़ते दावानल का रूप ले लेती है। आपको याद होगा कि कुछ समय पहले ही पवनार में विनोबा जी के आश्रम में जयप्रकाश जी ने देश के युवकों के नाम 'यूथ फॉर डेमोक्रेसी' (जनतंत्र के लिए युवक) नाम से एक अपील जारी की थी। उन्होंने कहा था, जब कभी देश का उद्धार होगा या क्रांति होगी, तो उसकी अगुवाई युवक और छात्र ही करेंगे। उनके इस आह्वान को गुजरात के छात्रों ने सुन लिया और वहाँ राज्यव्यापी आंदोलन छिड़ गया। यही बात बिहार में दोहराई जा रही है। छात्र माँग कर रहे हैं कि देश की शिक्षा-पद्धति में आमूल-चूल परिवर्तन किया जाए, क्योंकि इस शिक्षा से क्लर्क तो पैदा हो रहे हैं, छात्रों में आत्मबोध पैदा नहीं हो रहा है, जो उन्हें न केवल स्वावलंबी बनाए, बल्कि उनमें ऐसी चेतना, ऐसा आत्मविश्वास उत्पन्न कर सके, जो उन्हें अपना रास्ता तलाशने में सहायक हो। दिशाहीन शिक्षा से देश की कोई समस्या हल नहीं होगी। इससे भ्रष्टाचार बढ़ेगा, अशांति बढ़ेगी, युवकों की प्रवृत्ति हिंसा की ओर जाएगी। बिहार राज्य छात्र संघर्ष समिति ने शिक्षा में आमूल-चूल परिवर्तन, महँगाई, भ्रष्टाचार और बेरोज़गारी से संबंधित आठ माँगें सरकार के सम्मुख रखी हैं और इनके लिए वे संघर्ष कर रहे हैं।”

आनंद ने पूछा, “प्रभुदयाल जी, इस समय देश में जिस ढंग का जनतंत्र है, जिस ढंग की हमारी चुनाव-प्रणाली है, इस संबंध में भी जयप्रकाश जी लगातार कुछ न कुछ कह रहे हैं। वह इस प्रणाली से बहुत असंतुष्ट दिखाई देते हैं। क्या उनके पास इसका कोई विकल्प है?”

प्रभुदयाल बोले, “आप ठीक कहते हैं। जयप्रकाश जी इस संबंध में लगातार अपने विचार प्रकट करते हैं और अपना असंतोष भी ज़ाहिर करते रहते हैं। उनका मत है कि पार्टी-प्रणाली पर आधारित और पार्टियों द्वारा संचालित दलीय जनतंत्र बहुत ही असंतोषजनक और त्रुटिपूर्ण है। छब्बीस वर्षों से हम इस दलीय जनतंत्र को देख रहे हैं। अपने घोषणा-पत्रों से भिन्न सभी पार्टियों का व्यवहार और कामकाज साँपनाथ के भाई नागनाथ जैसा है। आम लोग वोट देकर इस जनतंत्र में जैसे-तैसे नाममात्र की

अपनी भूमिका अदा करते हैं, क्योंकि उनके सामने कोई विकल्प नहीं है।"

आनंद ने अपनी बात दोहराई, "क्या जयप्रकाश जी कोई विकल्प सुझाते हैं?"

प्रभुदयाल जी बोले, "वह कहते हैं कि इस प्रश्न पर देशव्यापी बहस होनी चाहिए, किसी सार्थक और बेहतर विकल्प की तलाश की जानी चाहिए। उनका कहना है कि चुनाव की वर्तमान पद्धति में आमूल-चूल परिवर्तन किए जाने चाहिए। हमें संसदीय अथवा अन्य प्रकार के प्रचलित लोकतंत्रों से आगे जाकर दल-आधारित राजनीति के बदले लोकनीति का निर्माण करके निर्दलीय लोकतंत्र की स्थापना करनी चाहिए। जे०पी० इसे सामुदायिक लोकतंत्र कम्युनिटी डेमोक्रेसी कहते हैं।"

एक पत्रकार ने पूछा, "जे०पी० के पास ऐसे लोकतंत्र को लाने की कोई योजना है?"

"देखिए," प्रभुदयाल जी बोले, "जे०पी० के मानस में राजनीति के उस स्वरूप के प्रति शंका ही नहीं, वितृष्णा उत्पन्न हो गई है, जिसमें सत्ता का संघर्ष ही सरकार बनाने या चलाने का आधार बन जाए। वह मानते हैं कि प्रचलित लोकतंत्री संस्थानों में, राजनीतिक दलों की आपाधापी में, जिसके बिना पश्चिम में विकसित लोकतंत्री प्रणाली की कल्पना नहीं की जा सकती, हमारे देश के लिए उपयुक्त नहीं है। जे०पी० मानते हैं कि भारत में निर्दलीय पंचायत, दलविहीन राजनीति और निर्दलीय राष्ट्रीय सरकार ही लोक-कल्याण कर सकती है। अपने इसी आदर्श को साकार रूप देने के लिए वह इन दिनों निर्दलीय ग्राम पंचायतों द्वारा ग्रामदानी क्षेत्रों में उम्मीदवार खड़े करने की योजना बना रहे हैं।"

एक पत्रकार ने पूछा, "एक ओर जयप्रकाश जी निर्दलीय राष्ट्रीय सरकार का सपना देख रहे हैं, जिसमें वह जन-जन की भागीदारी चाहते हैं। दूसरी ओर इस समय देश में सारी सत्ता एक व्यक्ति के हाथों में केंद्रित होती चली जा रही है। क्या इससे तानाशाही के उभरने का खतरा नहीं पैदा हो गया है?"

इस प्रश्न का उत्तर देने में प्रभुदयाल ने कुछ समय लगाया। उनके माथे पर कुछ रेखाएँ उभर आईं। वे धीरे-धीरे बोले, "जयप्रकाश जी इन स्थितियों से बहुत चिंतित हैं। अपनी बातचीत में वे प्रायः कहते हैं कि केंद्र में सत्ता का जिस प्रकार केंद्रीकरण होता जा रहा है, वह बड़ी चिंता का विषय है। सारी सत्ता केवल केंद्रीय शासन में इकट्ठी हो रही हो, ऐसा भी नहीं है। वह तो एक व्यक्ति के हाथों में केंद्रित होती जा रही है। कांग्रेस पार्टी चुनाव में सफलता के बावजूद एक खोखला संगठन बन गई है।

कांग्रेसी मुख्यमंत्रियों का आधार लोकतांत्रिक समर्थन न होकर प्रधानमंत्री की इच्छा मात्र बन गया है। इस स्थिति की विडंबना यह है कि सत्ता का बहुत प्रभावशाली केंद्र वह व्यक्ति बन बैठा है, जिसकी कोई संवैधानिक स्थिति नहीं है। अगर कुछ है भी तो एक उच्छृंखल युवक की है, जिसके चारों ओर ऐसे ही समाज-विरोधी तत्त्वों का जमावड़ा हो गया है। क्या इस देश की व्यवस्था का संचालन ऐसे तत्त्व करेंगे?"

दो घंटे से अधिक चले इस पत्रकार-सम्मेलन में ऐसे अनेक प्रश्न उभरे। बहुत-से पत्रकारों के माथे की लकीरें अधिक गहरी हो गई थीं।

19

मनजीत ने कमलजीत को फोन किया, "मैं भारत आई हुई हूँ।"

वह एकदम चौंक गया, "कब आईं?"

"आठ-दस दिन हुए हैं। तुम आजकल क्या कर रहे हो? कंपटीशन की कितनी परीक्षाओं में बैठ चुके हो?"

"यह मत पूछो," वह बोला, "एक-एक करके सभी परीक्षाओं में बैठ रहा हूँ। कोशिश कर रहा हूँ, किसी न किसी परीक्षा में सफलता मिल जाएगी, ऐसी आशा है। तुम अपने हाल सुनाओ। अमेरिका में तो बहुत मौज होगी?"

"सारे हाल-चाल फोन पर ही पूछोगे या कॉफी भी पिलाओगे? मद्रास कैफे में तुम्हारे साथ पी हुई कॉफी की मुझे वहाँ भी बहुत याद आती थी।"

दूसरी शाम उसी कैफे में दोनों कॉफी पी रहे थे।

कमलजीत बोला, "मनजीत, वहाँ जाकर तो तुम्हारा रंग और निखर गया है। पहले से ज़्यादा सुंदर हो गई हो। तुमने कुछ वेट भी पुटअप कर लिया है।"

"एक और बात भी हो गई है," वह हँसते हुए बोली, "एक बच्चे की माँ भी बन गई हूँ। बॉबी पाँच महीने का हो गया है।"

उसने उसे बड़े ध्यान से देखा, "ऐसा लगता तो नहीं। लगता है, मनमोहन सिंह तुम्हें बहुत खुश रखते हैं।"

"बहुत खुश...।"

मनजीत के इन दो शब्दों से कमलजीत को लगा, ये शब्द सहज नहीं हैं।

सुनंदा पूछ रही थी, "आनंद जी, उस दिन जब मनजीत आपके साथ बैठी बातें कर रही थी, उसकी बातों से कुछ ऐसा संकेत मिलता था कि उसके साथ कुछ समस्या है। मैं सोचती रही, पर मेरी पकड़ में कुछ नहीं आया।"

आनंद उसका लाया आलेख पढ़ रहा था। बीच में ही पढ़ना छोड़कर बोला, "सुनंदा, मनुष्य की मानसिक उलझनें पहले भी बहुत रही होंगी, लेकिन उस समय इनकी ओर बहुत ध्यान नहीं दिया जाता था। आजकल तो ऐसा लगता है कि हर इंसान इस बीमारी का शिकार हो गया है। ऊपर से बहुत खुश और संतुष्ट दिखने वाला व्यक्ति भी अंदर से बहुत परेशान, तनावग्रस्त और मानसिक दृष्टि से बहुत बिखरा हुआ होता है। क्यों न हम अपने पेपर में किसी मनोवैज्ञानिक से इस संबंध में एक कॉलम लिखवाया करें?"

"यह एक अच्छा कॉलम रहेगा।" सुनंदा की आवाज़ में कुछ भारीपन आ गया था, "आप जानते ही हैं कि लंबे समय तक मैं गहरे मानसिक तनाव का शिकार रही हूँ। कभी-कभी तो मुझ पर डिप्रेशन इस कदर हावी हो जाता था कि लगता था, आत्महत्या ही इसका एकमात्र निदान है।"

उसकी आँखें एकदम तरल हो गईं, "आपसे न मिली होती तो पता नहीं मेरा क्या हाल होता?"

उसने आनंद के हाथ के ऊपर अपना हाथ रख दिया।

आनंद बोला, "सुनंदा, यह मेरा दफ्तर है..." फिर उसने बड़ी शरारत से उसे देखा, "तुम्हारा फ्लैट नहीं है।"

सुनंदा संयत होकर बैठ गई।

"मैं मनजीत की बात पूछ रही थी," वह बोली, "उसके साथ तो ऐसी कोई समस्या नहीं लगती। पढ़ा-लिखा, अच्छी नौकरी पर लगा पति है। उसे मैंने देखा तो नहीं, लेकिन लगता है, ठीक-ठाक ही होगा?"

आनंद हँस दिया, "इस ठीक-ठाक में ही कुछ ठीक-ठाक नहीं लगता।"

"ऐसी क्या बात है?"

"तुम मनमोहन से कभी नहीं मिलीं। वह बहुत क्वालीफाइड आदमी है। देश-विदेश की बहुत-सी डिग्रियाँ उसके पास हैं। उसमें मेरे खयाल से कोई ऐब भी नहीं है।"

"फिर...?"

"पर देखने में, शक्ल-सूरत में ऐसा है कि मनजीत के साथ उसका मैच नहीं बैठता।"

"क्या बदसूरत है?"

"देखो, खूबसूरती और बदसूरती अपने आप में कोई चीज़ नहीं है। उसके अलग-अलग मापदंड हैं। इसी मापदंड को मापते समय हमारे संतुलन में कभी-कभी चूक हो जाती है। तुम्हें शायद यह पता नहीं कि जब मनमोहन शादी के इरादे से भारत आया हुआ था, उसे देखने मुझे लखनऊ भेजा गया था।"

"अच्छा···!" सुनंदा ने आश्चर्य से पूछा, "आपने लौटकर क्या कहा था?"

"देखो, हमारे समाज में सिर्फ यही नहीं देखा जाता कि लड़के-लड़की की जोड़ी कैसी है। लड़के की माली हालत, लड़की की सुरक्षा, उसके भविष्य की गारंटी जैसी बहुत-सी बातें देखी जाती हैं। लड़की के रिश्ते में हमारे माँ-बाप जितना सरोकार महसूस करते हैं, सारी उम्र के लिए उसकी चिंता का बोझ अपने कंधों पर उठाए रखते हैं, उतना शायद ही दुनिया के किसी समाज में होता हो। मैंने आकर सारी बात मनजीत के माता-पिता को बता दी थी। परिवार के कुछ लोग इस रिश्ते के लिए सहमत नहीं थे, लेकिन मनजीत के पिता वही सारी बातें सोच रहे थे, जो हमारे समाज में आम पिता की सोच होती है।"

"मनजीत को भी आपने सारी बात बताई थी?"

"मैंने उसे सब कुछ बता दिया था। यह भी कह दिया था कि फैसला करना सिर्फ तुम्हारा काम है।"

"मनजीत इस शादी के लिए रज़ामंद थी?"

"मनजीत को मैं लंबे समय से जानता हूँ," आनंद बोला, "दुनिया-भर में घूमने, उसे देखने, विदेश में जाकर बसने की हमेशा ही उसमें लालसा थी, इसीलिए वह एयर होस्टेस बनना चाहती थी, लेकिन उसके पिता को यह काम पसंद नहीं था। इसके लिए उन्होंने अनुमति नहीं दी। तुम जानती हो, जो लालसा दबाई जाती है, वह और बलवती हो जाती है। अमेरिका जाने, वहाँ बसने का लोभ भी एक कारण होगा, जिसने उसे इस रिश्ते के लिए रज़ामंद कर दिया।"

"अब क्या समस्या है···? आप क्या सोचते हैं?"

"मुझे लगता है कि मनमोहन में यह अहसास बढ़ता जा रहा है कि उसकी पत्नी बहुत सुंदर है, वह उसके साथ मेल नहीं खाती है। हो सकता है, जब कभी वह मनजीत को अपने साथ लेकर बाहर निकलता हो, लोग उन्हें कुछ ज़्यादा ध्यान से देखते हों, उन पर रिमार्क भी कसते हों। मुझे लगता है, मनजीत के कारण उसमें कुछ कॉम्पलेक्स आ गया है, जो उसके व्यवहार में, जैसा मनजीत बताती है, साफ झलकता है।"

सुनंदा बोली, "हमें क्लैमर में ऐसी समस्याओं के लिए एक कॉलम ज़रूर शुरू करना चाहिए।"

वह शनिवार था। क्लैमर का नया अंक प्रकाशित हो गया था। दोपहर को उसकी पोस्टिंग हो गई थी। रामिंदर चार अंकों की डमी तैयार रखता था। बीच में यदि कोई महत्त्वपूर्ण घटना घट जाए, किसी विषय पर कुछ लिखवाने की तुरंत आवश्यकता पड़ जाए, तो उसकी व्यवस्था कर ली जाती थी। क्लैमर के लिए लिखने वाले लेखकों का एक पैनल बना हुआ था। आनंद को ध्यान आया, विश्वविद्यालय में मनोविज्ञान पढ़ाने वाला डॉ० जयनंदन कभी-कभी टी-हाउस आता है। क्यों न नए कॉलम की शुरुआत उसी से कराई जाए? यह सोचकर उसने वहाँ जाने का मन बना लिया।

"मेरे साथ आज टी-हाउस चलती हो?" उसने सुनंदा से पूछा।

"टी-हाउस की चर्चा तो मैं सुनती रहती हूँ।" सुनंदा बोली, "मेरा मन भी करता है कि वहाँ जाऊँ, लेखकों के बीच में बैठूँ, उनकी बातें सुनूँ, उनकी चर्चा में भाग लूँ, लेकिन थोड़ा घबराती हूँ।"

"इसमें घबराने की क्या बात है?" आनंद बोला, "लेखक कोई बाघ या चीते तो नहीं होते कि चीर-फाड़कर खा जाएँगे?"

"आनंद जी, इस बात को आप महसूस नहीं कर सकते, इसे एक औरत ही महसूस कर सकती है। उसे ज़्यादातर मर्दों की आँखों में किसी बाघ, चीते या भेड़िए वाली ललक दिखाई देती है, जो मौका मिलते ही औरत को चीर-फाड़कर खा जाना चाहती है। अच्छा, यह बताइए, वहाँ कितनी महिलाएँ, लेखिकाएँ उन्मुक्त भाव से आती हैं, जिस तरह पुरुष लेखक आते हैं?"

आनंद बताने लगा, "अधिक नहीं, दो-चार लेखिकाएँ कभी-कभी आ जाती हैं। कई बार तो वे बिलकुल अलग बैठी होती हैं। एक-दो महिलाएँ, जो कविताएँ भी लिखती हैं और पत्रकार भी हैं, कुछ अधिक सहज होकर हम सबके साथ बैठती हैं और बहस में हिस्सा भी लेती हैं।"

"क्या पुरुष उनके साथ पूरी सहजता से पेश आते हैं?"

आनंद बोला, "इसे मैं अपने समाज का पिछड़ापन ही मानता हूँ कि यहाँ स्त्रियाँ और पुरुष आपस में मिलते समय उतने सहज नहीं हो पाते, जितना उन्हें होना चाहिए। किसी पुरुष के साथ किसी स्त्री को देखकर लोग दो और दो चार जोड़ना शुरू कर

देते हैं।"

"क्या लेखकों की मानसिकता भी ऐसी ही है?"

"बहुत हद तक," वह बोला, "तुम मेरे साथ वहाँ चलोगी तो कितनी ही आँखों में अनेक जिज्ञासाएँ उभर आएँगी, लेकिन सुनंदा, इस मानसिकता से मुक्ति तभी मिलेगी, जब स्त्री-पुरुष सहज होकर आपस में मिलना शुरू करेंगे। किस स्त्री के साथ किस पुरुष के क्या संबंध हैं, इस बात के लिए फिज़ूल की माथापच्ची नहीं करेंगे। तुम आज मेरे साथ वहाँ चलो। डॉक्टर जयनंदन वहाँ मिल गए तो अपने नए कॉलम के बारे में बात भी कर लेंगे।"

आनंद घर वापस आया तो कोमल ने बताया, "मनजीत आई थी।"

"अच्छा···! कुछ खास कहती थी?"

"आपने उसके साथ अच्छा नहीं किया।"

आनंद चौंका, "मैंने उसके साथ क्या बुरा किया?"

"मनजीत आप पर कितना भरोसा करती है," वह उसका कोट हैंगर पर टाँगते हुए बोली, "मनमोहन को देखने आप लखनऊ गए थे। यह फैसला तो आप स्वयं कर सकते थे कि वह मनजीत का मैच है या नहीं। आपने जिस ढंग की यहाँ आकर रिपोर्ट दी थी उसमें झुकाव उसकी शक्ल-सूरत की तरफ कम था, उसकी डिग्रियों की ओर ज़्यादा था। क्या शादी डिग्रियों के हिसाब से चलती है?"

आनंद को कोई उत्तर नहीं सूझा। बोला, "वह क्या कहती थी?"

"उसकी बातें सुनकर मुझे रोना आ गया।"

"उसने ऐसी क्या बातें बताईं? दुनिया में ऐसे कितने ही विवाह होते हैं, जिन्हें बड़ी आसानी से अनमेल कहा जा सकता है। अनमेलता भी तो एक तरह की नहीं होती।"

कोमल ने उसके सामने मशरूम के सूप का प्याला रख दिया था। आशू उसकी गोद में बैठा हुआ चॉकलेट खा रहा था।

"तुमने अंग्रेज़ी लेखक सामरसेट मॉम का नाम सुना है?"

"सुना है। उसका एक नॉवल हमारे अंग्रेज़ी के कोर्स में लगा हुआ था।"

"सामरसेट मॉम ने जीवन के अंतिम वर्षों में आकर और बहुत कुछ लिख लेने के बाद निर्णय लिया कि अब वह अपने लेखन का जाल समेट लेगा। उसने अपने

अनुभवों पर आखिरी किताब लिखी—'समिंग अप।' उसका जन्म फ्रांस में हुआ था। वह लिखता है कि उसकी माँ बहुत सुंदर थी और बाप बहुत कुरूप। दोनों की जोड़ी को देखकर लोग उसे ब्यूटी और बीस्ट की जोड़ी कहते थे। एक बार मॉम की माँ की एक सहेली ने उससे पूछा, 'तुम इतनी सुंदर हो और तुम्हारा पति इतना कुरूप और भोंड़ा है। तुम उसे छोड़ क्यों नहीं देतीं? कितने ही लोग तुम्हें अपनाने के लिए तैयार हैं।' उसकी माँ ने बड़े सहज भाव से उत्तर दिया, 'यह व्यक्ति कभी मेरी भावनाओं को ठेस नहीं पहुँचाता।' लेकिन मनजीत ने जो बातें बताई हैं, उससे तो लगता है कि उसका पति बात-बात पर उसे ठेस पहुँचाता है, उसे अजीब ढंग से सताता है। मुझे लगता है, वह इससे बुरी तरह ईर्ष्या करता है। शायद उसे अपने कुरूप होने का गहरा अहसास है। मनजीत का रंग-रूप उसे पीड़ित करता है...उसमें कुंठा पैदा करता है।"

कोमल एकदम गंभीर हो गई, "आज हम सब लोग मनजीत के बारे में सोच रहे हैं। उसकी पीड़ा को समझने की कोशिश कर रहे हैं। हमें सारी कमी मनमोहन में ही दिखाई दे रही है, लेकिन उस पर क्या बीतती होगी, कभी हमने इसे भी महसूस करने की कोशिश की है?"

आनंद बहुत ध्यान से कोमल को देखने लगा। उसने सदा ही उसे एक अच्छी गृहिणी के रूप में देखा था। राजनीति, साहित्य, संस्कृति पर कभी उसके साथ अधिक चर्चा नहीं की थी। क्लैमर की समस्याओं पर उससे कभी-कभी बातचीत होती थी। ज़्यादा बातें जब कभी मौका मिलता, आशू की पढ़ाई, रसोई के लिए आटा-दाल की चिंता, रिश्तेदारी में जन्म, मरण, विवाह अथवा ऐसी ही कुछ बातों की चर्चा, तीज-त्योहार के दिन किसको क्या देना है, इसके हिसाब-किताब के दायरे में ही घूमती थीं। कभी-कभी वह जसमीत की बात ले बैठती थी। शादी से पहले उसका किसी अन्य लड़के से कुछ चक्कर था, दोनों शादी भी करना चाहते थे, किंतु लड़के के घरवालों को यह बात मंज़ूर नहीं थी। वे बीस घरे के खुखरैण खत्री थे। रामगढ़िया सिखों की लड़की को वे अपने घर लाने को किसी भी कीमत पर तैयार नहीं थे। विवाह के बाद भी जसमीत अपने पुराने प्रेमी से कभी-कभी मिलती थी।

मनमोहन को लेकर आज कोमल ने जो बात कही थी, उसने उसे चौंका दिया था।

"तुम्हारे खयाल से, किसी न किसी स्तर पर मनमोहन भी पीड़ित होगा?"

"मुझे लगता है, मनमोहन की पीड़ा मनजीत से किसी तरह कम नहीं होगी। मेरा

खयाल है, शायद कुछ ज़्यादा ही हो।"

आनंद उसकी बात सुनकर सोचने लग गया।

"आपने अभी सामरसेट मॉम की माँ की बात बताई। इसे मॉम के बाप के नज़रिए से देखा जाए तो उसे अपने कुरूप होने का अहसास होगा...शायद बहुत गहरा अहसास होगा। इतनी सुंदर बीवी पाने का कहीं उसमें पछतावा होगा और अपराध भाव भी। ऐसा व्यक्ति या तो बहुत विनम्र और संवेदनशील हो जाता है या बहुत क्रूर और संवेदनहीन। मॉम का बाप पहले प्रकार का व्यक्ति बन गया।"

आनंद की तुरंत प्रतिक्रिया हुई, "कहीं मनमोहन दूसरे किस्म का व्यक्ति न साबित हो? इससे मनजीत की मुश्किलें बहुत बढ़ जाएँगी।"

20

'संत निरंजन सिंह गुरुमत ट्रस्ट' बन गया था। लाला मुल्खराज ने मैनेजिंग ट्रस्टी के रूप में काम करना शुरू कर दिया था। उन्होंने सबसे पहला काम यह किया कि डेरे के आय-व्यय का हिसाब रखने के लिए एक एकाउंटेंट की नियुक्ति कर दी। शरण सिंह सरकार के ऑडीटर जनरल के दफ्तर से सीनियर एकाउंटेंट होकर रिटायर हुआ था।

बैंक में खाता संत निरंजन सिंह के नाम पर था। जब कभी भी ठेकेदारों या लंगर के लिए थोक में मँगवाई रसद के भुगतान के लिए चेक देना होता था, उसकी पड़ताल दोनों छोटे संत करते थे।

मुल्खराज जी ने बड़े संत जी को इस बात के लिए सहमत कर लिया कि बैंक खाता अब ट्रस्ट के नाम से हो और चेकों पर ट्रस्ट के चेयरमैन, मैनेजिंग ट्रस्टी के अतिरिक्त किसी एक ट्रस्टी के हस्ताक्षर हों।

मुल्खराज जानते थे कि इस व्यवस्था से दोनों छोटे संत खुश नहीं हैं। रोज़ के नकद चढ़ावे का सारा हिसाब-किताब निधान सिंह के पास रहता था। बैंक में रुपया जमा कराने या निकलवाने का प्रबंध भी वही करता था। वह अपने पास एक कॉपी रखता था, जिसमें वह कुछ हिसाब-किताब लिखता रहता था। बीर सिंह को यह पूरा विश्वास था कि निधान सिंह के कमरे में स्टील की जो बड़ी आलमारी है, जिसकी चाबी सदा उसकी अंदर की फतुही में रहती है, उसमें उसकी अपनी बहुत-सी दौलत बंद है।

डेरे के लिए ज़रूरी चीज़ों को खरीदने, लंगर के लिए रसद मँगवाने आदि का सारा काम बीर सिंह करता था। कभी-कभी अपने अधिकार-क्षेत्रों को लेकर दोनों में तकरार भी हो जाती थी। उस समय बड़े संत जी जो फैसला सुना देते थे, वह अंतिम होता था।

बीर सिंह ने लंगर के लिए देसी घी से लेकर दोने-पत्तल तक मँगवाने का पूरा ठेका खारी बावली के भगत सिंह किराना स्टोर को दे दिया था। भगत सिंह से उनकी खूब पटती थी। उसने बिना कहे-सुने बीर सिंह का कमीशन बाँध दिया था। अपने हिसाब का चेक

लेने के लिए जब वह डेरे पर आता था, उसके पास बीर सिंह को देने के लिए लिफाफा होता था।

उस दिन मुल्खराज बड़ी विनम्रता से बोल रहा था, "जब यहाँ बड़े संत जी महाराज और संत निधान सिंह जी, संत बीर सिंह के इकट्ठे दर्शन हो जाते हैं, मुझे लगता है कि साक्षात् प्रभु के दर्शन हो गए हैं। गुरुवाणी कहती है, संत मंडल महि हरि मनि वसै। संत मंडल महि दुरतु सब नसै। मेरे धन्य भाग जो मुझ जैसे घोर पापी को आप सबकी सेवा करने का अवसर मिला···मेरा जीवन सफल हो गया।"

बड़े संत जी आँखें मूँदकर बैठे हुए थे। निधान सिंह ने एक नज़र से बीर सिंह को देखा, उसके चेहरे पर मुस्कराहट उभर आई।

"लाला जी···," निधान सिंह बोला, "आपने हम पर, इस डेरे पर जो कृपा की है, गुरु महाराज उसका फल आपको ज़रूर देंगे, कोटि मधे कोऊ बिरला सेवक पूरन भगत चिरानो।"

मुल्खराज ने बड़ी श्रद्धा से हाथ जोड़े और अपना सिर झुका दिया।

बीर सिंह सोचने लगा, निधान सिंह इसे इतना सिर क्यों चढ़ा रहा है? उसे लगा, निधान सिंह कोई लंबा खेल खेल रहा है।

वह बड़ी उपदेश-भरी मुद्रा में बोला, "लाला जी, कभी-कभी हमें लगता है कि माया-मोह में फँसे हुए संसारी लोग हमसे कहीं अच्छे हैं। आप लोग संत-बैरागी होने का दावा नहीं करते। आप माया-मोह के बीच में जीते हैं, लेकिन हम तो इसे छोड़ चुके हैं, फिर भी इसके चक्कर में फँस जाते हैं। भगत कबीर जी ने ठीक ही लिखा है, 'माया महाठगनि हम जानी'···।"

उसने उड़ती नज़र से निधान सिंह की ओर देखा, "बड़े संत जी महाराज की महिमा से यह डेरा आज दूर-दूर की संगतों के लिए सुख-समृद्धि का केंद्र बन गया है। जो भी यहाँ आता है, उसकी मुरादें वाहेगुरु पूरी करता है, लेकिन हमारे सामने भी एक संकट तो आ ही गया था। संगतें बेअंत माया यहाँ भेंट चढ़ा जाती हैं। उसका हिसाब-किताब रखना हमारे लिए बड़ा दूभर कार्य था। गुरु-चरणों से हमारा ध्यान टूटता जा रहा था···आपने आकर हमें चिंता से मुक्त कर दिया है। पैसे-धेले की ज़िम्मेदारी आपने सँभाल ली है। अब हम अपना पूरा ध्यान संगत की सेवा और गुरु महाराज के चरणों में रख सकेंगे।"

बीर सिंह की बातें सुनकर निधान सिंह को बड़ी उलझन महसूस हुई। अब चढ़ावे का सारा हिसाब-किताब शरण सिंह रखने लगा था। सारी रकम गिनकर बैंक में हर रोज़

जमा करा दी जाती थी। जो धन शाम के चढ़ावे में आता था या जिस दिन बैंक बंद होता था, उसे अच्छी तरह गिनकर, पोटली में बाँधकर निधान सिंह की आलमारी में रख दिया जाता था। दूसरे दिन शरण सिंह उस धन को बैंक में जमा करा देता था। बीर सिंह मुल्खराज की इतनी तारीफ करके उसे अपनी ओर से सर्टीफिकेट दे रहा था। वह सोचने लगा, बीर सिंह मेरी जड़ों में तो मट्ठा डाल ही रहा है, मुल्खराज की आँखों में माया-त्यागी, सच्चा संत दिखने की कोशिश भी कर रहा है।

दोनों छोटे संतों को लग रहा था कि अगर इस डेरे में अपनी जगह बनाए रखनी है, तो मुल्खराज से बनाकर रखनी होगी। बड़े संत जी पर मुल्खराज का पूरा रंग चढ़ चुका था। निधान सिंह और बीर सिंह ने दो-एक बार उसके संबंध में बड़े संत जी से कुछ कहना चाहा था, लेकिन उन्होंने उसे पूरी तरह खारिज कर दिया था।

उस दिन सतवंत की बात सुनकर बीर सिंह सन्न रह गया। सतवंत ने उसे बताया, उसके दिन चढ़ गए है।

बीर सिंह की त्योरियाँ चढ़ गईं, "ये कैसे हुआ? तुझे ध्यान रखना चाहिए था।"

"मैं क्या ध्यान रखती? ध्यान तो आपको रखना चाहिए था।"

बीर सिंह गहरी चिंता में डूब गया। यह बात यदि लोगों को पता लग गई, तो क्या होगा? बड़े संत जी की गद्दी लेना तो दूर, उसका सारा मान-सम्मान मिट्टी में मिल जाएगा, उसे बहुत बेइज़्ज़त होकर डेरा छोड़ना पड़ेगा, फिर वह क्या करेगा?

"तू किसी डॉक्टरनी या नर्स को जानती है?"

"नहीं...क्यों?" सतवंत ने चौंककर पूछा।

"उससे मिलकर अपनी सफाई करा ले।"

"मैं किसी डॉक्टरनी या नर्स को नहीं जानती। मुझे बहुत डर लग रहा है।"

"किसी दाई को तो ज़रूर जानती होगी? यह काम तो वह भी कर देगी।" बीर सिंह ने बहुत खीझकर कहा।

सतवंत को ध्यान आया। उसकी कॉलोनी में एक दाई है। बच्चे के जन्म के समय उसे परिवारों में बुलाया जाता है, लेकिन वह उससे बात कैसे करे? सारी कॉलोनी में बात फैल जाएगी, वह किसी को मुँह दिखाने योग्य नहीं रहेगी।

"मैं दाई से बात नहीं कर सकती। सब लोग यह बात जान जाएँगे। मैं तो ज़िंदा ही मर जाऊँगी।"

बीर सिंह बहुत घबराया हुआ था, "कितने दिन चढ़ गए हैं?"

"तीसरा महीना है।"

"बेवकूफ...तुझे अब खयाल आया है? इतने दिन सोती रही क्या? पहले क्यों नहीं बताया?"

"मैंने सोचा, आप गुस्सा होंगे, मुझे डेरे से निकाल देंगे। कुछ टोने-टोटके करती रही। सोचा, शायद उसी से काम चल जाए, पर कुछ नहीं हुआ। अभी तो पता नहीं लगता, पर कुछ दिनों में पेट दिखने लगेगा, तब सबको पता लग जाएगा। मैं क्या जवाब दूँगी?"

बीर सिंह सोचने लगा, "अच्छा, अभी तो जा। किसी से कुछ भी नहीं कहना। मैं कुछ उपाय सोचता हूँ।"

बीर सिंह को लगा, उसका सब कुछ बर्बाद हो जाएगा।

एकाएक उसे सतनाम सिंह की याद आई। उसे इस बात का अहसास था कि उसकी नज़र सतवंत पर रहती है। सतवंत भी उससे इस बात का ज़िक्र कर चुकी थी। उसने सोचा, क्यों न सतवंत से उसकी शादी करवा दी जाए?

एक दिन उसने उसे बुलाया। दोपहर का समय था। सारी संगत लंगर छक चुकी थी। सेवादार सफाई आदि के कामों में लगे हुए थे। बड़े संत जी हरिद्वार गए हुए थे। लाला मुल्खराज अपनी बड़ी गाड़ी में उन्हें ले गया था। निधान सिंह नगर के किसी धनाढ्य सिख परिवार में बेटी का आनंद कारज कराने के लिए गया हुआ था।

बीर सिंह ने उसे अपने कमरे में बुलाया। गर्मी के दिन थे। सतनाम ने आकर उन्हें माथा टेका और हाथ जोड़कर सामने खड़ा हो गया। बीर सिंह ने उसके सिर पर हाथ फेरा, फिर बड़े प्यार से बोला, "सतनाम, तुम जब से इस डेरे में आए हो, इस डेरे की रौनक ही कुछ और हो गई है। लंगर में तुम जितनी सेवा करते हो, उससे मैं बड़ा प्रसन्न हूँ। बड़े संत जी भी तुम्हारी काफी बड़ाई करते हैं।"

सतनाम की मुद्रा खिल गई। बोला, "संत जी, मैं तो बड़ा भागों वाला हूँ। आपकी, साध-संगत की सेवा करके मुझे बड़ा सुख मिलता है। मेरा जीवन सफल हो गया है।"

बीर सिंह ने उसे पकड़कर अपने पास बैठा लिया। घंटी बजाकर एक सेवादार को बुलाया, "लहन सिंह, ज़रा दो गिलास अच्छी लस्सी बनाकर लाओ। ऊपर मलाई की मोटी परत रखना।"

सतनाम उन्हें आश्चर्य से देखने लगा।

कुछ देर में सेवादार मीठी लस्सी के दो बड़े गिलास ले आया।

"लो भाई सतनाम सिंह⋯लस्सी छको।" कहते हुए बीर सिंह ने एक गिलास उसके हाथ में पकड़ा दिया।

सतनाम सिंह ने बड़े आदर से गिलास अपने दोनों हाथों में थाम लिया।

दोनों लस्सी पीने लगे।

बीर सिंह कहने लगा, "भाई सतनाम सिंह, तुम तो बड़े गुणी-ज्ञानी हो। सारे देश में घूमे हो। सभी तीर्थों की तुमने यात्रा की है। गृहस्थ जीवन के बारे में तुम्हारा क्या विचार है?"

वह चौंका, पर मन ही मन प्रसन्न हुआ। आखिर संत बीर सिंह ने उसे इस योग्य समझा कि उससे कुछ विचार-चर्चा करें।

"संत जी, मैं तो मूरख गँवार हूँ⋯आप महान् ज्ञानी हैं। आपके सामने मैं क्या बोल सकता हूँ, लेकिन मैंने जो भी थोड़ा-बहुत पढ़ा है, उससे मैं यही समझा हूँ कि गुरमत में गृहस्थ जीवन को बहुत ऊँचा स्थान दिया गया है। गुरुवाणी में कहा ही है, सतगुरु की ऐसी वडिआई। पुत्र कलत्र विचे गति पाई।"

बीर सिंह बहुत प्रसन्न होकर उसकी पीठ थपथपाने लगा, "बल्ले ओ भाई सतनाम सिंह⋯तुम तो सचमुच बड़े ज्ञानी हो। जिसे सतगुरु की कृपा मिल जाए, वह गृहस्थी में⋯स्त्री और बच्चों के बीच रहकर परमगति को प्राप्त कर सकता है। सतनाम सिंह, तुम तो गुरुवाणी का मर्म समझते हो। तुम्हारी बात सुनकर मुझे बड़ी खुशी हुई है।"

सतनाम ने बड़ी विनम्रता से हाथ जोड़े और सिर झुका लिया।

बीर सिंह बहुत गंभीर हो गया—"सतनाम, तुम जानते ही हो कि हमारे पूज्य गुरु साहबान गृहस्थी थे। बाल-बच्चे वाले थे। गृहस्थ में रहकर वे अकाल पुरख से एकरूप हो गए थे। पर⋯इस डेरे में संत घर-गिरस्ती से दूर रहते हैं। बड़े संत जी ने उदासी धारण कर ली थी। संत निधान सिंह जी और मैं उनके चरणों से लगे और उसी प्रकार उदासी हो गए⋯घर-गिरस्ती के बारे में कभी सोचा ही नहीं। सारा जीवन नाम-सिमरन और संगत की सेवा में अर्पित कर दिया।"

"आप तो परम ज्ञानी हैं संतजी, बड़े संत जी महाराज तो ब्रह्मज्ञानी हैं। सुखमनी साहब में लिखा है—ब्रह्मज्ञानी आप परमेसुर।"

"सतनाम, कभी-कभी हमारा मन भी करता है⋯हम गिरस्ती हों⋯हम भी पुत्र-कलत्र के बीच में रहें⋯उसी में गति प्राप्त करें। लेकिन अब हमारे लिए यह बात अनहोनी हो गई है। पर एक बात मेरे मन में आती है। तुम बैरागियों की तरह अपना जीवन क्यों गुज़ार रहे हो? अभी तुम्हारी कोई उम्र भी नहीं है। तुम गृहस्थ जीवन में क्यों नहीं आ जाते? यह डेरा

तो तुम्हारा ही है। अपने परिवार समेत यहीं रहो, सबकी सेवा करो, गृहस्थ जीवन का सुख भी भोगो।"

बीर सिंह की बात सुनकर सतनाम का सारा शरीर झनझना उठा। उसके अंदर हलचल-सी मच गई। गृहस्थ होने, पत्नी होने, बच्चे होने की कल्पना से उसे सिहरन होने लगी। वह बहुत सकुचाते हुए बोला, "संत जी, आप ठीक कहते हैं, मेरा मन भी गृहस्थ होने का करता है, पर मेरे लिए यह काम कौन करेगा, मेरा तो कोई है ही नहीं।"

बीर सिंह ने एक बुज़ुर्ग की तरह उसके कंधे पर हाथ रखा—"इसकी चिंता तुम न करो। यह काम मैं करूँगा। तुम मेरे छोटे भाई जैसे हो। मैं बड़े संत जी की रज़ामंदी भी ले लूँगा। हाँ, अगर कोई लड़की तुम्हारी निगाह में हो तो मुझे बता दो, नहीं तो उसकी खोज भी मैं ही कर लूँगा।"

बीर सिंह ने बड़े ध्यान से उसे देखा, सतनाम सिर झुकाए बैठा था। बीर सिंह को लगा, शायद वह स्वयं सतवंत का नाम ले दे, किंतु वह कुछ बोला नहीं।

गोदाम के पिछले हिस्से में सतवंत बीर सिंह की छाती से लगी रो रही थी, "संत जी, मेरा कुछ कीजिए, मैं जीते-जी मर जाऊँगी।"

"तू चिंता न कर। मैंने तेरी मुसीबत दूर करने का एक उपाय सोच लिया है। इससे साँप भी मर जाएगा और लाठी भी नहीं टूटेगी।"

उसने सतवंत को सारी बात बताई। पहले तो वह घबराई, ''यह कैसे हो सकता है संत जी?'' फिर वह समझ गई। उसे लगा, इस तरह वह एक ब्याही औरत का दर्जा पा लेगी।

डेरे में सतनाम सिंह और सतवंत कौर का विवाह करवा दिया गया। बड़े संत जी ने उन्हें आशीर्वाद दिया। डेरे से उन्हें गिरस्ती चलाने के लिए बहुत-सी चीज़ें दी गईं और रहने के लिए अलग क्वार्टर भी दिया गया।

21

क्लैमर के कार्यालय में सीमित साधनों से निकलने वाली कुछ पत्र-पत्रिकाओं के संपादक या उनके प्रतिनिधि बैठे हुए थे। सबकी एक ही समस्या थी। सरकारी विज्ञापन मिलना बहुत मुश्किल होता जा रहा था। डी०ए०वी०पी० सभी पत्रों से उनकी बिक्री का पूरा हिसाब माँगती थी। हर मास का पूरा हिसाब बनाकर और चार्टर्ड एकाउंटेंट का प्रमाणपत्र साथ लगाकर भेजना पड़ता था। उसी के हिसाब से उन पत्र-पत्रिकाओं को विज्ञापन रेट दिए जाते थे, जो बहुत कम होते थे। ऐसे सभी पत्रों में बिक्री के फर्ज़ी हिसाब-किताब रखे जाते थे। सभी अपनी वितरण-संख्या बढ़ा-चढ़ाकर दिखाते थे, जिससे कि उन्हें विज्ञापन की ऊँची दर प्राप्त हो जाए।

'थॉट' के संपादक सुरेश मलिक बोले, "सरकार जितने अधिक नियम बनाती है, सरकारी अफसरों की उतनी ही बन आती है। सभी शर्तें कोई पूरी कर नहीं पाता। आप अफसरों की मुट्ठी गर्म कर दीजिए, वे स्वयं आपको रास्ता बता देंगे।"

'घर-गिरस्ती' की संपादिका वीना चेतन बोली, "एक विज्ञापन देने के लिए सरकार जितने फार्म भरवाती है, जितनी औपचारिकताएँ पूरी करने को कहती है, उसके लिए तो अलग से एक क्लर्क रखने की ज़रूरत पड़ती है। हमारे पास इतने साधन कहाँ हैं? किसी तरह मर-खपकर मैं अपनी पत्रिका निकालती हूँ। इसकी बिक्री से कितने पैसे मिलते हैं, मुझे बताने की ज़रूरत नहीं, आप सब जानते हैं। हमारे जो थोड़े-बहुत एजेंट हैं, वे बरसों तक हिसाब नहीं देते। प्राइवेट कंपनियों वालों के सभी विज्ञापन बड़े-बड़े अखबार खा जाते हैं। अगर हमें कोई सहारा है तो सरकारी विज्ञापनों का। अब वह भी बहुत मुश्किल होता जा रहा है।''

'फ्री वॉयस' के संपादक अनिल जुनेजा ने बड़ी व्यंग्य-भरी नज़रों से उसकी ओर देखा, "वीना जी, आपको तो ज़्यादा शिकायत नहीं होनी चाहिए। जितने सरकारी विज्ञापन आपकी पत्रिका को मिलते हैं, उतने हममें से किसी को नहीं मिलते।"

"उसके लिए मैं जितने पापड़ बेलती हूँ, क्या आप जानते हैं?"

"कुछ तरीके हमें भी बता दीजिए।"

"जुनेजा जी, सब तरह के पापड़ बेलना सबके बूते की बात नहीं है, फिर भी आपको एक गुर बता देती हूँ। डी०ए०वी०पी० के सभी मीडिया एक्ज़ीक्यूटिव को अपना दोस्त बनाइए। उन्हें मौके-बेमौके गिफ्ट भिजवाइए, कभी-कभी डिनर और ड्रिंक पर बुलाइए।"

"ये ढंग तो हम जानते हैं।" 'समय' का संपादक सुमंत बनर्जी बोला, "कोई और गुर बताइए।"

"सुनिए, मैं क्या करती हूँ। इस काम के लिए मैं अपने किसी कर्मचारी पर भरोसा नहीं करती। मैं सीधे चीफ मीडिया एक्ज़ीक्यूटिव के पास जाती हूँ। उसके सामने एक बंद लिफाफा रखती हूँ और कहती हूँ, सर, यह लिफाफा लीजिए और मेरा लिफाफा मुझे दीजिए। बस, लेकिन बनर्जी मोशाय, यह काम करने के लिए बड़ा गुर्दा चाहिए।"

सभी हँसने लगे।

"लेकिन दोस्तो, समस्या का यह सही निदान तो नहीं है!" आनंद बोला, "हमें सरकार पर यह दबाव डालना चाहिए कि छोटे और मझोले समाचार-पत्रों और पत्रिकाओं के प्रति उसकी स्पष्ट नीति होनी चाहिए। उन्हें सरकारी विज्ञापन देते समय वही नीति नहीं अपनानी चाहिए, जो बड़े-बड़े पूँजीपति घरानों से निकलने वाले पत्रों के प्रति होती है।"

"यह दबाव किस प्रकार डाला जाए?" सुरेश मलिक बोला, "सारे देश में उथल-पुथल हो रही है, आंदोलनों की धूम मची हुई है। ऐसे में हमारी बात कौन सुनेगा?"

"अपनी बात सुनाने का शायद यही सही समय है।" आनंद ने कहा, "मैं समझता हूँ कि हम अपना एक डेलीगेशन लेकर सूचना और प्रसारण मंत्री से मिलें, उनके सामने अपनी बातें रखें। किसी भी सरकार को ऐसे समय में उन पत्रों के सहयोग की आवश्यकता होती है, जो न तो औद्योगिक घरानों के दबाव में होते हैं और न किसी राजनीतिक दल के खूँटे से बँधे होते हैं।"

"आनंद, तुम देख रहे हो कि इस समय इस देश में सत्ता किसकी चल रही है? बड़े-बड़े केंद्रीय मंत्री, मुख्यमंत्री, सरकारी अफसर उस सत्ता के आगे पानी भरते हैं।" सुमंत ने कहा।

"तुम्हारा इशारा संजय गांधी की तरफ है?"

"निश्चित," सुमंत कहे जा रहा था, "किसी मंत्री, किसी अफसर के पास जाने का कोई लाभ नहीं है। वहाँ तो हमारी बात लाल फीतों में कैद होकर अपना दम तोड़ देगी। यदि हमारी बात संजय गांधी की समझ में आ गई तो छोटे और मझोले अखबारों के लिए सरकारी नीति को बनने और उसके अमल में आने में कोई देर नहीं लगेगी।"

वीना सुमंत की बात सुनकर बहुत उत्साहित हो गई, "सुमंत जी बिलकुल ठीक कहते हैं। इस समय जो काम संजय जी कर सकते हैं, कोई नहीं कर सकता। क्या किसी सरकार में इतनी हिम्मत थी कि वह तुर्कमान गेट जैसी बस्ती को इस तरह उजाड़ देती और उजड़े हुए लोगों के लिए एक नई और साफ-सुथरी बस्ती देखते-देखते बनवा देती? आज जिस प्रकार का अनुशासन दफ्तरों में दिखाई दे रहा है, क्या पहले दिखाई देता था?"

सभी ने वीना की बात का समर्थन किया, "हमें संजय गांधी से मिलना चाहिए।"

आनंद सिर झुकाए बैठा था।

"क्या कहते हो आनंद?" जुनेजा ने पूछा।

"मैं संजय जी से अपॉइंटमेंट ले सकती हूँ। उस परिवार में मेरी कुछ पहुँच है।" वीना बोली।

"संजय गांधी से हम किस हैसियत से मिलेंगे?" आनंद बोला, "मेरा मतलब है कि उनकी कॉन्स्टीट्यूशनल अथॉरिटी क्या है?"

"आनंद, तुम कैसी बच्चों जैसी बातें कर रहे हो?" जुनेजा तुनककर बोला, "सब जानते हैं कि उसकी संवैधानिक स्थिति इसके अलावा और कुछ नहीं है कि वह प्रधानमंत्री का बेटा है, लेकिन यह कौन नहीं जानता कि इस समय वही संविधान है, कानून है, देश का नेता है और कहें तो वह सब कुछ है। उसी का हुक्म चलता है, उसी की तूती बोलती है।''

आनंद हँस दिया, "जुनेजा, हम सभी लोग पत्रकार हैं, अखबारों से जुड़े हुए लोग हैं। अखबार चलाना हमारा व्यवसाय सही, पर इस व्यवसाय को अपनाकर हमने अनायास कुछ ज़िम्मेदारियाँ भी ओढ़ ली हैं। क्या हम लोगों को यह संदेश देना चाहते हैं कि कोई व्यक्ति, बिना किसी वैधानिक अधिकार के यदि सत्ता का सर्वेसर्वा बन जाए तो हमें आगे बढ़कर उसकी हुकूमत मान लेनी चाहिए और लोकतंत्र की सारी लंबी-चौड़ी बातों को छींके पर टाँग देना चाहिए?"

थोड़ी देर के लिए सारे कमरे में सन्नाटा छा गया।

सुरेश मलिक बोला, "आनंद, तुम्हारी बात ठीक है, लेकिन इस समय जैसी स्थिति है, उसमें इस सच्चाई को स्वीकार करना कटु यथार्थ है। अगर हम चाहते हैं कि हमारी मुश्किलें कुछ कम हों, तो इस कड़वी दवा को हमें पीना पड़ेगा।"

"मुझे अफसोस है मलिक साहब," आनंद बोला, "मेरे गले की नली बहुत सँकरी है। उसमें से यह कड़वी दवा नीचे नहीं उतरेगी।"

22

मनजीत अपने बच्चे को लेकर अमेरिका वापस चली गई। कुछ समय बाद उसका एक लंबा पत्र आनंद को आया—

'सर, मैं बहुत परेशान हूँ। मनमोहन की दिमागी हालत दिन-प्रतिदिन बिगड़ती जा रही है। अपने काम पर भी वह नियमित नहीं जा रहे हैं। यही हाल रहा तो उनकी नौकरी छूट जाएगी, फिर मेरा क्या होगा? बॉबी अभी बहुत छोटा है। मुझे यहाँ नौकरी मिल सकती है, पर बॉबी को किसके भरोसे छोड़कर जाऊँ? सबसे अनहोनी बात यह है कि मनमोहन का अपने बेटे से कोई मोह नहीं है। कई बार तो मुझे ऐसे लगता है, वह प्यार करना तो दूर, उसे छूना तक पसंद नहीं करते हैं। हमारा दांपत्य जीवन··· उसके बारे में क्या लिखूँ···? शादी के बाद पहले कुछ महीने तो जैसे-तैसे चला। इस संबंध में कितनी कहानियाँ मैंने अपनी सहेलियों से सुनी थीं। मुझे लगता है कि वे सब किसी स्वप्नलोक की कहानियाँ थीं। मेरे लिए वह उन दिनों भी कुछ आनंददायी नहीं था। अब तो वह यातना और पीड़ा से भर गया है। मनमोहन उस समय किसी हिंसक पशु की तरह बरताव करता है।

सर, मैं अपनी इस व्यथा को किसके सामने रखूँ? अपने घर में मैं किसी को परेशान नहीं करना चाहती। आपके अतिरिक्त वहाँ ऐसा कोई व्यक्ति नहीं है, जिसके सामने मैं ये सब बातें रख सकूँ। आप मुझे कोई पत्र नहीं लिखिएगा। मुझे लगता है कि आजकल मनमोहन मेरी बहुत पहरेदारी करने लगे हैं। मैं किसी पुरुष से बात करूँ, यह इन्हें बिलकुल अच्छा नहीं लगता। कभी गलती से किसी से हँसकर बात कर लूँ तो इनकी त्योरियाँ चढ़ जाती हैं। उस समय इनका चेहरा बड़ा भयानक लगने लगता है।

मैं नहीं जानती कि मेरा भविष्य क्या है? विदेशों में जाने, सारी दुनिया में घूमने का मेरा कितना शौक था, लेकिन उस शौक को पूरा करने के लिए इतनी कीमत चुकानी पड़ेगी, मैं यह नहीं जानती थी।

दिल्ली की बहुत याद आती है। आपके दफ्तर में खाई हुई कचौरियों का स्वाद आज भी मेरे मुँह में है। कोमल भाभी और प्यारा आशू कैसा है? कभी-कभी भाइया जी से मिल आया करिए। आपको बहुत याद करते हैं। पता नहीं मैं अब उनके दर्शन कर भी सकूँगी या नहीं।

क्या कभी नसरीन मिली? पता नहीं उसका क्या हाल है?'

आनंद बहुत उदास हो गया। मनजीत की इस दशा में वह भी एक भागीदार है, यह बात उसे बहुत साल रही थी। यदि वह चाहता तो यह शादी नहीं होती। उस समय उसके मन में आया था कि वह कह दे कि मनमोहन मनजीत के लिए योग्य वर नहीं है। उस समय उसके मन में यह बात भी आई थी कि कहीं वह अनजाने ही उसकी शादी में अड़ंगा डालने जैसी बात तो नहीं कर रहा है, कहीं वह उसका साथ तो नहीं बनाए रखना चाहता है? मनजीत उसे अच्छी लगती थी। उसके घर के लोग उस पर विश्वास करते थे। उनके विश्वास की रक्षा के लिए ही तो कहीं उसने मनमोहन से उसके विवाह का पूरा समर्थन नहीं कर दिया था?

उसे सुनंदा की याद आ गई।

दोपहर का समय था। उसने सोचा, इस समय वह घर में ही होगी। उसने फोन मिलाया। उधर उसी की आवाज़ थी।

"क्या कर रही हो?"

सुनंदा चौंकी। आनंद उसे बहुत कम फोन करता था।

"बस, निकलने की ही तैयारी कर रही थी। कैसे फोन किया?"

"आज बहुत उदास हूँ।"

"आप और उदास…? आश्चर्य…ऐसा तो बहुत कम होता है।"

"एक बात बताऊँ…? देखो, हँसना नहीं। औरतों को मैन्सेज़ होते हैं न? एक-दो महीनों में मुझ पर भी यह दौर आता है, तब मैं बहुत उदास हो जाता हूँ।''

उसकी खिलखिलाहट सुनाई दी, "आपने यह भेद तो कभी नहीं बताया।"

"आजकल औरतों को देखकर भी कहाँ पता लगता है। पहले तो इन दिनों उनके माथे पर लेबल चिपका दिया जाता था, खास तरह की धोती पहनाकर उन्हें घर के एक कोने में बैठा दिया जाता था, उन्हें चौके में नहीं घुसने दिया जाता था। जैसे इस बात की सार्वजनिक घोषणा कर दी जाती थी, नॉट टु बी टच्ड, हैंडल विद केयर…।"

वही खिलखिलाहट, "इस बारे में काफी कुछ जानते हैं आप।"

आनंद भी हँसा, "नहीं, अधिक नहीं, सब कुछ सुना-सुनाया है। खैर, यह बताओ, शाम का कार्यक्रम क्या है?"

"शाम को कमानी में डागर बंधुओं का ध्रुपद गायन है। मैं आपको फोन करने ही वाली थी। चलते हैं?''

"ओह बाबा, इतनी भयंकर उदासी और ऊपर से डागर बंधुओं का ध्रुपद, जो एक शब्द पकड़ते हैं और फिर उसे घंटों तक छोड़ते नहीं। इस उदासी को तोड़ने के लिए तो कोई तीखी चीज़ पीनी पड़ेगी।"

"क्या इरादा है?"

"बहुत नेक तो नहीं है। कहो तो वहीं आकर बताऊँ?"

"आ जाओ।"

आनंद ने सुनंदा को मनजीत का पत्र दिया, "इसे पढ़ो। मैं अपराधबोध से भर गया हूँ कि इतनी अच्छी लड़की की इस दशा का कुछ ज़िम्मेदार मैं भी हूँ।"

"मैं भी यह मानती हूँ । पहले तो मुझे यही बात खतरों से भरी लगती है कि कोई हिंदुस्तानी लड़की अमेरिका में बसे किसी लड़के से शादी कर रही है। कुछ साल वहाँ रहने के बाद लोगों की मान्यताएँ भी बदल जाती हैं और नैतिकताएँ भी। विदेशों में बसने वाले बहुत-से लड़के बहुत मासूम बनकर यहाँ आते हैं। वहाँ का ग्लैमर दिखाकर भोले-भाले माँ-बाप को भुलावे में डालकर मासूम लड़कियों से शादी कर लेते हैं। जितने दिन यहाँ रहते हैं, मौज-मस्ती करते हैं, फिर जल्दी बुला लेने का वायदा करके यहाँ से चले जाते हैं। ज़्यादातर केसों में वहाँ बुलाते ही नहीं। अगर लड़की किसी तरह वहाँ चली भी जाए तो उसे पता लगता है कि इस आदमी ने तो यहाँ पहले से ही शादी कर रखी है। लड़की न घर की रहती है, न घाट की।"

"लेकिन यह मामला तो दूसरी तरह का है। इसमें कोई धोखा नहीं हुआ। मनजीत की समस्या आम लड़कियों जैसी नहीं है।"

"आपकी बात ठीक है," सुनंदा सोच में पड़ गई। बोली, "दुर्भाग्य से उसे ऐसा पति मिल गया, जो मानसिक दृष्टि से बीमार है।"

"मनजीत का पत्र पढ़कर लगता है कि उसकी यह बीमारी लगातार बढ़ती जा रही है।"

आनंद घर पहुँचा तो पता लगा कि जत्थेदार सोहन सिंह का संदेश लेकर एक व्यक्ति आया था। पहले वह ऑफिस गया था। वहाँ उसे न पाकर वह घर आया। संदेशवाहक एक चिट छोड़ गया था—जत्थेदार जी आपसे तुरंत मिलना चाहते हैं। कृपया उनसे फोन पर संपर्क कर लीजिए।

कोमल ने पूछा, "आप अपने ऑफिस से जल्दी निकल गए थे?"

"हाँ, किसी से मिलना था।" उसने जेब से मनजीत का पत्र निकाला, "लो, इसे पढ़ो।"

वह सोहन सिंह को फोन करने लगा।

उधर से आवाज़ आई, "आज शाम से आपको ढूँढ़ रहा हूँ। सुना है, आजकल आप नाटक बहुत देखने लगे हैं। आपका साथ भी काफी रंगीन होता है।"

उसकी बात सुनकर आनंद खीझ उठा, "आप अपनी बात बताइए, जत्थेदार जी। मुझसे ऐसा अर्जेंट काम क्या आन पड़ा?"

"काम अर्जेंट भी और आपके फायदे का भी है। कल सुबह वोल्गा में आ जाइए। साथ-साथ कॉफी पिएँगे।"

आनंद जब वोल्गा पहुँचा तो वेटर ने इशारा किया, "सरदार जी ऊपर बालकनी में हैं।"

आनंद ऊपर चला गया। सोहन सिंह ने खड़े होकर उसका स्वागत किया और अपने साथ ही सोफे पर बैठा लिया।

"क्या खाएँगे?"

"नाश्ता मैं घर से कर आया हूँ। कॉफी पिऊँगा।''

आनंद ने देखा, सोहन सिंह के सामने पनीर के पकौड़ों की आधी से अधिक भरी प्लेट रखी हुई है। सोहन सिंह ने उसे आनंद की ओर सरका दिया।

"पेपर कैसा चल रहा है?"

"दो वक्त की रोटी मिल जाती है, मेरे लिए इतना बहुत है।"

आनंद कॉफी पीने लगा।

"देश में इंदिरा जी के खिलाफ माहौल बनाया जा रहा है। जे०पी० फौज और पुलिस में बगावत फैलाना चाहते हैं, इससे तो सारे देश में बदअमनी फैल जाएगी।"

आनंद कॉफी पीते हुए उनकी बातें सुन रहा था। सोहन सिंह बार-बार उसे देखता था और उसकी प्रतिक्रिया जानने की कोशिश करता था।

“आप जानते हैं, इस समय इंदिरा-विरोधी सारी ताकतें इकट्ठी हो रही हैं। संगठन कांग्रेस वाले, आर०एस०एस० वाले, लोहियावादी सभी लोग साझा मुहाज़ बना रहे हैं, लेकिन सबसे ज़्यादा अफसोस की बात है कि पंजाब के अकाली भी इस मुहाज़ में शामिल हो रहे हैं। मैं समझता हूँ कि अकालियों को इनका साथ नहीं देना चाहिए, आप क्या सोचते हैं?”

“देखिए, जत्थेदार जी, यह बात तो सभी जानते हैं कि आप इस समय इंदिरा जी के बहुत निकट हैं। जिस समय उन्होंने कांग्रेस के ऑफिशियल उम्मीदवार नीलम संजीव रेड्डी के खिलाफ अपनी पसंद के उम्मीदवार को खड़ा किया और जिताया, जब उन्होंने चौदह बैंकों का राष्ट्रीयकरण किया, जब उन्होंने पुराने राजा-महाराजाओं के प्रिवीपर्स बंद कर दिए, तो मैंने खुलकर उनके समर्थन में क्लैमर में कई लेख लिखे थे, पर उसके बाद जिस ढंग से उनकी हुकूमत चलने लगी, उससे मेरे मन में असंतोष पैदा होना शुरू हो गया। उनके हाथ में सारी सत्ता केंद्रित हो गई है। कांग्रेस के बड़े-बड़े नेता उनसे दूर चले गए हैं, या दूर कर दिए गए हैं। उनके चारों तरफ बौने कद वाले लोग इकट्ठा हो गए हैं जो हमेशा उनकी खुशामद करते रहते हैं। ऐसी हालत में किसी भी देश में तानाशाही का खतरा बहुत बढ़ जाता है। ऐसी तानाशाही में कुनबापरस्ती पनपती है। संजय गांधी का जिस ढंग से उभार हो रहा है, उससे यह बात ज़ाहिर होती है कि लोकतंत्र के लिए यह रुझान अच्छा नहीं है।”

“लेकिन सिखों के लिए इंदिरा जी ने कभी कुछ बुरा नहीं किया। पंजाबी सूबे की माँग बरसों से लटक रही थी, उसके लिए सिखों ने कितना संघर्ष किया। इंदिरा जी ने प्रधानमंत्री बनते ही पंजाबी सूबे की माँग स्वीकार कर ली। जब भी सिख उनके सामने कोई माँग रखते हैं, वह पूरी हमदर्दी से उस पर गौर करती हैं। अकालियों को जे०पी० के साथ जाने की क्या ज़रूरत है?” सोहन सिंह बोलते-बोलते कुछ उत्तेजित हो गए थे।

“जत्थेदार जी, मेरे खयाल से अकालियों ने पहली बार कोई समझदारी का काम किया है। मेरी उनसे यह शिकायत रहती है कि वे पंजाब में अपनी डेढ़ चावल की खिचड़ी अकेले पकाते रहते हैं। वहाँ भाषा के सवाल पर उन्होंने ईमानदारी से हिंदुओं को साथ लेने की कोशिश नहीं की। देश की राजनीति में उनकी भूमिका कांग्रेस-विरोधी हैं, क्योंकि पंजाब की राजनीति में कांग्रेस के खिलाफ चुनाव लड़ना उनकी नियति है। इसलिए देश के दूसरे विपक्षी दलों से उनका पूरा तालमेल होना चाहिए। यहाँ भी वे

ऐसा नहीं करते। मैं समझता हूँ कि इस समय जे०पी० की अगुवाई में जो कांग्रेस-विरोधी मोर्चा बन रहा है, उसके साथ जुड़कर उन्होंने राष्ट्रीय राजनीति में भी अपनी कुछ जगह बनाई है।"

सोहन सिंह कॉफी पीते-पीते कुछ सोचने लगा।

"देखिए आनंद जी, इन लंबी-चौड़ी बातों को छोड़िए। कुछ काम की बातें करते हैं।"

आनंद मुस्कराया, "चलिए, असली मुद्दे पर आ जाएँ।"

"मैं चाहता हूँ, इस वक्त आप इंदिरा जी का साथ दीजिए।"

आनंद हँस पड़ा, "आप भी कमाल करते हैं। भला मेरे जैसे मामूली आदमी की उन्हें क्या ज़रूरत है? वो जिधर भी जाती हैं, लाखों की भीड़ उन्हें देखने और सुनने के लिए उमड़ आती है। पूँजीपतियों के बड़े-बड़े अखबार, उनके संपादक उन्हीं का गुणगान करते हैं। इस स्थिति में क्लैमर जैसा छोटा-सा पेपर उनके साथ है या नहीं, इससे क्या फर्क पड़ता है?"

"ऐसी बात नहीं है। आपके अखबार की आवाज़ बहुत मज़बूत है और दूर-दूर तक सुनी जाती है। ऐसी आवाज़ की इस वक्त उन्हें ज़रूरत है। कुछ दिन पहले मेरी उनसे मुलाकात हुई थी। मैंने उनसे आपका और आपके पर्चे का उल्लेख किया था। वह दिल से चाहती हैं कि आप उनका साथ दें।"

आनंद को चुपचाप कॉफी पीता देख सोहन सिंह ने कहा, "आनंद जी, आप वक्त की नब्ज़ को पहचानिए। जयप्रकाश नारायण भानुमती का जो कुनबा जोड़ रहे हैं, वह ज़्यादा दिन इकट्ठा नहीं रहेगा। ये लोग जितनी जल्दी इकट्ठे हुए हैं, उतनी ही जल्दी बिखर जाएँगे। नेहरू-गाँधी परिवार की जड़ें बहुत गहरी हैं। जनता का इस परिवार पर अटूट विश्वास है। पिछले चुनाव में उनके विरोधियों ने नारा दिया— 'इंदिरा हटाओ।' इंदिरा जी ने नारा दिया—'गरीबी हटाओ।' चुनाव-परिणाम आपने देख लिए।"

"आप मुझसे क्या उम्मीद करते हैं?"

"सबसे अहम काम तो आप यह कर सकते हैं कि अकालियों को कुछ अक्ल दीजिए। उन्हें समझाइए कि वे विरोधियों के गुट में शामिल न हों। वहाँ से उन्हें कुछ नहीं मिलेगा।"

सोहन सिंह ने आनंद का चेहरा पढ़ना चाहा, फिर बोला, "आप सोचते होंगे, मुझे क्या मिलेगा?"

"मेरे लिए यह सोचना बहुत अस्वाभाविक तो नहीं है," वह बोला, "आखिर मैं एक वीकली पेपर चला रहा हूँ। उसका पेट भी तो भरना पड़ता है। अखबारों का गणित तो बहुत सीधा है। विज्ञापन मिलेंगे तो चलेगा, नहीं मिलेंगे तो बंद हो जाएगा।''

"विज्ञापनों की आप चिंता न कीजिए। मैं आपके सामने सरकारी विज्ञापनों के ढेर लगवा दूँगा।"

कुछ रुककर वह बहुत धीरे-धीरे बोला, "आप जानते हैं कि सरकार राज्यसभा के लिए कुछ लोगों को नॉमिनेट करती है। अगर इस सरकार के साथ आपकी ट्यूनिंग ठीक रही तो वहाँ भी आपका नंबर लग सकता है।"

आनंद को याद आया। कुछ दिन पहले ही राष्ट्रपति ने पंजाबी के एक प्राध्यापक-कवि को राज्यसभा के लिए नामांकित किया था। उसने अपने विश्वविद्यालय के सौ से अधिक प्राध्यापकों का एक समर्थन-पत्र प्रधानमंत्री को भेजा था। पत्र पर सभी ने अपने खून से हस्ताक्षर किए थे।

आनंद उठते हुए बोला, "ठीक है जत्थेदार जी, मैं आपकी बातों पर विचार करूँगा। इस समय तो मुझे अपने दफ्तर जल्दी पहुँचना चाहिए।"

कुछ महीनों बाद मनजीत का एक और पत्र आया—

'सर, इस समय मैं बहुत परेशान हूँ। मनमोहन की नौकरी छूट गई है। वह दिन-भर घर में पड़ा रहता है और अजीब-अजीब-सी बातें करता है। हमेशा शंका-भरी नज़रों से दरवाज़े की ओर देखता रहता है। बार-बार उठकर यह देखता है कि दरवाज़ा ठीक से बंद है कि नहीं। उसे लगता है कि पुलिस उसे पकड़कर ले जाएगी। आजकल यहाँ वियतनाम युद्ध की बहुत चर्चा है। वहाँ अमेरिका के हज़ारों सिपाही मारे जा चुके हैं। अमेरिका ने अरबों डॉलर इस युद्ध में झोंक दिए हैं। यहाँ की आर्थिक दशा दिन-पर-दिन बिगड़ती जा रही है। मार्केट में बहुत रिसेशन है। बड़ी-बड़ी कंपनियों में छँटनी हो रही है। आम लोग अपनी सरकार की वियतनाम नीति से बहुत नाराज़ हैं।

यह बात आपको मालूम होगी कि इस समय अमेरिका में कॉन्सक्रिप्शन, यानी अनिवार्य भर्ती कानून लागू है। वियतनाम में युद्ध करने के लिए सरकार को हज़ारों सिपाहियों की ज़रूरत है। दुनिया-भर में अमेरिका ने अपने सैनिक अड्डे बनाए हुए हैं। वहाँ भी उसने हज़ारों सैनिकों को तैनात कर रखा है। इस कानून के अनुसार सरकार 18 वर्ष से अधिक आयु के किसी भी व्यक्ति को सेना में भर्ती कर सकती है और

उसे कुछ महीने की ट्रेनिंग देकर लड़ाई के मैदान में भेज सकती है।

मनमोहन के मन में यह भय समा गया है कि अमेरिकी सरकार उसे कभी भी पकड़कर फौज में भर्ती कर लेगी और फिर किसी दिन उसे वियतनाम भेज दिया जाएगा। वह दिन-भर यही बड़बड़ाता रहता है। कभी-कभी बहुत अजीब बातें करता है। कहता है, प्रेसीडेंट निक्सन की उस पर खास नज़र है। कहता है कि एक बार मैंने ऑफिस में बातचीत करते हुए उसकी वियतनाम पॉलिसी की कड़ी निंदा कर दी थी। अमेरिका की खुफिया एजेंसियों ने इसकी खबर निक्सन को दे दी होगी। तब से वह बहुत नाराज़ हो गया है। वह मौका मिलते ही उसे पकड़ मँगवाएगा और मरने के लिए वियतनाम भेज देगा।

मैं इस समय एक डिपार्टमेंटल स्टोर में कुछ घंटों के लिए सेल्स गर्ल का काम कर रही हूँ। बॉबी को उस समय मैं एक 'क्रेच' में छोड़ जाती हूँ। उसे मैं मनमोहन के सहारे नहीं छोड़ सकती।

कुछ दिन पहले यहाँ मैंने एक साइक्याट्रिस्ट से बात की थी। उसे मनमोहन की पूरी कहानी बताई। सारी बात सुनने के बाद उसने कहा कि इसे स्किजोफ्रेनिया की बीमारी होती जा रही है। उसने मुझे बताया कि इस बीमारी से ग्रस्त व्यक्ति शारीरिक दृष्टि से बिलकुल ठीक रहता है, किंतु मानसिक दृष्टि से यह काफी खतरनाक बीमारी है और कभी-कभी पागलपन में बदल जाती है। उस समय आदमी कुछ भी कर सकता है।

सर, आप दिल्ली में किसी मनोचिकित्सक से मिलकर इस बीमारी के विषय में पूरी जानकारी लीजिए। उसके सामने मनमोहन का केस भी रखिए। मुझे बताइए कि मैं क्या करूँ? मुझे अपना भविष्य पूरी तरह अंधकार से भरा हुआ दिखाई दे रहा है। कभी-कभी सोचती हूँ कि दिल्ली वापस चली जाऊँ, पर मनमोहन का क्या करूँ? इस हालत में उसे यहाँ अकेला भी नहीं छोड़ सकती। आप बताइए कि मैं क्या करूँ?'

पत्र पढ़कर आनंद सोच में डूब गया। दूसरे कमरे में रामिंदर और सुनंदा बैठे क्लैमर के पेज बना रहे थे। सोहन सिंह ने उसे इंदिरा गांधी की सरकार की उपलब्धियों पर पूरे दो पृष्ठ के विज्ञापन भिजवाए थे। ये विज्ञापन किसी सरकारी एजेंसी से नहीं आए थे, इन्हें दिल्ली के मोटर पार्ट्स डीलरों ने मिलकर स्पॉन्सर किया था।

उसने सुनंदा को अपने कमरे में बुलवाया।

"लो, यह पत्र पढ़ो।"

सुनंदा ने पूरा पत्र पढ़ा, फिर सोचने लगी।

"तुम किसी अच्छे मनोचिकित्सक को जानती हो? मैं उससे मिलना चाहता हूँ।"

"विलिंगडन हॉस्पिटल में साइक्याट्री का एक पूरा डिपार्टमेंट है। उसमें एक डॉक्टर लेखी हैं। मैं उन्हें थोड़ा-बहुत जानती हूँ।"

आनंद ने घड़ी देखी, "पाँच बजने वाले हैं। उन्हें फोन करो, अभी अस्पताल में होंगे। उनसे अपॉइंटमेंट लो। देखो, कब का समय देते हैं।"

सुनंदा ने डायरेक्टरी देखकर उनका फोन मिलाया। जब उसने डॉक्टर लेखी को अपना परिचय दिया तो ऐसा लगा, वह सुनंदा को अच्छी तरह जानते हैं।

कल शाम छह बजे मिलना तय हुआ।

दूसरे दिन शाम को आनंद ने डॉक्टर लेखी को मनजीत की सारी बात बताई और उसका पत्र भी उन्हें दिखाया।

सारी बात सुनने के बाद डॉक्टर लेखी ने कहा, "इसमें कोई शक नहीं कि मनमोहन इस मनोरोग का शिकार हो गया है। इस बीमारी में मानसिक संतुलन बिगड़ जाता है। व्यक्ति विभ्रम का शिकार हो जाता है, उसकी सोच दिशाहीन हो जाती है। उसे लगता है कि कुछ लोग उसे सज़ा देने या मारने के लिए उसके पीछे लगे हुए हैं। उसकी जासूसी की जा रही है। ऐसा व्यक्ति अपने आप में सिमटता जाता है। वह भावना-शून्य होता चला जाता है। उसकी मानसिक स्थिति ऐसी होती जाती है कि वह एक समय पर स्थिर हो जाता है। समय की गति और आने वाले परिवर्तनों के प्रति भी वह निरपेक्ष-सा हो जाता है।

"इसका इलाज क्या है?" सुनंदा ने पूछा।

"देखिए, यह कोई शारीरिक बीमारी तो है नहीं, यह तो मनोरोग है। आम तौर पर डॉक्टर ऐसे मरीज़ों को ट्रैंक्विलाइज़र ही देते रहते हैं। यदि पारिवारिक और सामाजिक वातावरण ठीक हो, उसे यह भरोसा मिल सके कि उसके चारों ओर उसके शुभचिंतक हैं जो हर समय उसकी रक्षा करने में लगे रहते हैं, उसके शत्रु खत्म हो गए हैं··· तो बहुत धीरे-धीरे उसकी सोच को सही दिशा में लाया जा सकता है।''

"लेकिन डॉक्टर लेखी, जो व्यक्ति अपनी पत्नी से ही डरता हो, उसमें पत्नी को लेकर हीन भावना आ गई हो, उसे तो उसकी पत्नी भी कुछ नहीं दे सकती। पारिवारिक वातावरण अच्छा बनाने में पत्नी की भूमिका ही सबसे अहम होती है। यदि वही दुश्मन लगने लगे तो मरीज़ सुधरेगा कैसे?''

लेखी हँसने लगा, "देखिए, इस समय ऐसा लग रहा है कि प्रेसीडेंट निक्सन उसका सबसे बड़ा शत्रु है।''

''लेकिन मनजीत को भी तो वह मन ही मन अपना दुश्मन मानता है। ऐसी हालत में वह बेचारी भी उसके लिए क्या कर सकती है?''

सुनंदा बोली, "वह इतना ही कर सकती है कि उसकी बराबरी पर आने के लिए वह अपने आपको कुरूप बना ले, उसके सामने गंदे कपड़े पहने, किसी प्रकार का सिंगार न करे।"

"ऐसी बातें मनोरोगियों को कुछ सुख तो दे ही सकती हैं।" डॉक्टर ने कहा।

"लेकिन डॉक्टर लेखी, यह इलाज तो नहीं है, यह तो आत्महत्या है।" आनंद बोला।

आनंद ने मनजीत को पत्र लिखा—

'मनजीत, तुम एक बार मनमोहन को लेकर दिल्ली आ जाओ। उसे इस समय वियतनाम की छाया से बचाना चाहिए। यहाँ आकर निक्सन और उसकी सरकार का भय कुछ कम हो जाएगा। शायद इसका कुछ फायदा हो। डॉक्टरों का कहना है कि मनमोहन का वातावरण बदलना चाहिए।'

23

सतवंत को सात महीने बाद बेटी पैदा हुई। बीर सिंह को लगातार यह चिंता सताती रही थी कि जब सतवंत सात-साढ़े सात महीने के बाद बच्चे को जन्म देगी तो लोग क्या कहेंगे? यह कहा जा सकता है कि यह सतमासा बच्चा है। लेकिन किसी भी अस्पताल की डॉक्टरनी तो यह जानती ही होगी कि बच्चा सतमासा है या नौमासा।

जन्म से कुछ माह पहले ही बीर सिंह ने सतनाम को बुलाकर कहा,"सतनाम, मैं चाहता हूँ कि तुम्हारा पहला बच्चा अच्छे माहौल में और अच्छी देख-रेख में पैदा हो। तुम कभी किसी पहाड़ी इलाके में गए हो?"

"संत जी, वैसे तो मैं सारे देश में घूमा हूँ, लेकिन पहाड़ों पर जाने का कभी मौका नहीं मिला।"

"तुम ऐसा करो,'' बीर सिंह ने उसके हाथ में नोटों का एक बंडल पकड़ाते हुए कहा, "ये पाँच हज़ार हैं। सतवंत को लेकर तुम डलहौजी चले जाओ। जब तक बच्चा पैदा नहीं होता, तुम वहीं रहो। वहाँ अच्छे-अच्छे अस्पताल हैं। तुम्हें चिंता करने की ज़रूरत नहीं है। तुम्हें अगर और रुपये चाहिए हों तो मुझसे मँगवा लेना। हाँ, इस बात का ज़िक्र किसी से न करना कि तुम और सतवंत कहाँ जा रहे हो। कोई पूछे तो कह देना कि तुम सतवंत को हजूर साहब दर्शन कराने के लिए ले जा रहे हो।"

बीर सिंह ने उसका विवाह सतवंत से करा दिया था, इस कारण सतनाम बीर सिंह का पूरी तरह भक्त बन गया था। वह डेरे में सदा उनकी प्रशंसा करता था। उनके शबद-कीर्तन की, उनकी राग-विद्या की, उनके गुरुमत-ज्ञान की सदैव चर्चा करता था। उसके मन में यह बात बैठ गई थी कि निधान सिंह और बीर सिंह के रहते वह बड़े संत जी का उत्तराधिकारी नहीं बन सकता, लेकिन यदि संत बीर सिंह बड़े संत जी बन जाएँ तो वह उनका दाहिना हाथ अवश्य बन जाएगा।

आज की बात सुनकर वह बहुत प्रसन्न हुआ। बीर सिंह के पैरों पर सिर रखते

हुए बोला, "संत जी, मैं बहुत सौभाग्यशाली हूँ। आपका वरदहस्त सदा मेरे सिर पर रहा है। आपने इस उजड़े हुए आदमी का घर बसा दिया, आपको मेरी होने वाली संतान की भी कितनी चिंता है।"

"भाई सतनाम सिंह, तू तो हमारा सबसे प्रिय सेवक है। हमें भरोसा है कि जब भी हमें तेरी ज़रूरत पड़ेगी, तू आगे बढ़कर सारी ज़िम्मेदारी सँभाल लेगा। अभी तो डलहौजी जाने की तैयारी कर।"

डलहौजी में कुछ महीने गुज़ारकर सतनाम सतवंत और नई जन्मी गुड्डी को लेकर वापस आया तो उसे सारे डेरे का माहौल चिंता और उत्तेजना से भरा हुआ दिखाई दिया। बड़े संत निरंजन सिंह कई दिन से अस्पताल में पड़े हुए थे। वह किसी को पहचान नहीं रहे थे। डॉक्टरों ने कह दिया था कि बस कुछ दिन की ही बात है। सबको इस बात की बहुत उत्सुकता थी कि उन्होंने अपना उत्तराधिकारी किसे बनाया है? सबकी आँखें लाला मुल्खराज पर लगी हुई थीं। सबका अनुमान था कि बड़े संत जी ने अपने उत्तराधिकारी के संबंध में लाला जी से अवश्य बात की होगी।

दोनों छोटे संत और लाला मुल्खराज अस्पताल के कमरे में बड़े संत जी के पास बैठे हुए थे। अस्पताल के बाहर बहुत-से लोगों की भीड़ जमा थी। बहुत-सी स्त्रियाँ रोते हुए अपने-अपने दुपट्टों से अपनी आँखें पोंछ रही थीं।

बड़े संत जी बेहोशी में थे। वे बीच-बीच में लंबी साँस लेते थे। कभी-कभी उन्हें हिचकी भी आ जाती थी, फिर धीरे-धीरे उनकी साँस चलने लगती थी।

संत जी को ऐसी स्थिति में रहते हुए कई दिन निकल गए। सतनाम सिंह सबसे अधिक दुखी और व्याकुल नज़र आता था। वह दिन-रात संत जी के कमरे के आगे बैठा रहता था।

सबके मन में एक बात बार-बार आती थी कि संत निरंजन सिंह का वारिस कौन होगा? उनकी गद्दी कौन सँभालेगा?

एक दिन प्रातः तीन बजे संत निरंजन सिंह को बड़ी-सी हिचकी आई और उनके प्राण निकल गए। इसका सबसे पहले पता सतनाम सिंह को लगा। वह कितनी ही देर उनके पैर पकड़े रोता रहा, फिर पागलों की तरह रोता हुआ डेरे पर आया—''संत जी समा गए··संत जी गुरुपुरी सिधार गए··संत जी सच खंड चले गए'' की आवाज़ें डेरे में गूँजने लगीं। डेरे की एक सेवादारनी ने सतवंत की बेटी को सँभाल लिया था। सतवंत

संत जी के सिरहाने बैठी सुखमनी साहब का पाठ कर रही थी।

लाला मुल्खराज और दोनों छोटे संत बड़े संत जी की अंतिम यात्रा की तैयारियों में लगे हुए थे। उनका पार्थिव शरीर डेरे में लाया जा चुका था। श्रद्धालुओं की लंबी कतार उनके अंतिम दर्शनों के लिए उनके कमरे के बाहर खड़ी थी।

एक ही प्रश्न सभी के चेहरों पर धूप-छाँव की दोपहरी की तरह फैला हुआ था, संत जी की गद्दी कौन सँभालेगा?

भोग के दिन अंतिम अरदास में शामिल होने के लिए बहुत बड़ी संगत उमड़ आई थी। संत बीर सिंह ने उस दिन ऐसा कीर्तन किया कि असंख्य मनों का उद्वेग उनकी आँखों से छलकने लगा था।

सबसे पहले संत निधान सिंह बोले। उन्हीं में लोगों ने संत निरंजन सिंह का रूप देखा। वैसी ही सफेद गोल पगड़ी, लंबी दाढ़ी, जिसके तीन-चौथाई बाल सफेदी धारण कर चुके थे, गोरा, भरा हुआ रोबीला चेहरा और किसी सुरूर में डूबी हुई आँखें। उन्होंने कच्छे के ऊपर लंबा सफेद कुर्ता पहना हुआ था। गले में सफेद रूमाल था और दाहिने हाथ में पहने मोटे कड़े के नीचे उँगलियों में सफेद स्टील के मनकों वाली माला थी।

उन्होंने अपनी श्रद्धांजलि में लायलपुर के दिनों को याद किया। उसमें उन्होंने कितनी ही बार संत बीर सिंह का ज़िक्र किया।

दिल्ली की अकाली राजनीति के दोनों प्रतिद्वंद्वियों सोहन सिंह और जोध सिंह ने भी अपनी श्रद्धांजलि अर्पित की।

किंतु लाला मुल्खराज की श्रद्धाजंलि ने सारी संगत को हिला दिया। उन्होंने बहुत भावुक होकर संत जी से अपने संबंधों की बात बताई। यह बताते-बताते वह माइक पकड़े इस तरह बुक्का फाड़कर रोने लगे कि अनेक व्यक्तियों को उन्हें सँभालना पड़ा।

भोग के बाद दूसरे दिन निधान सिंह और बीर सिंह एक-दूसरे के सामने पड़े, किंतु बड़े संत जी की गद्दी के बारे में कोई बात नहीं की। दोनों जैसे एक-दूसरे से नज़रें चुरा रहे थे और महसूस कर रहे थे, कोई तीसरा ही व्यक्ति इस रहस्य से पर्दा उठाएगा।

उसी शाम लाला मुल्खराज डेरे में आए। डेरे में ट्रस्ट का एक अच्छा सजा हुआ दफ्तर था। मुल्खराज ने दोनों संतों को संदेश भेजा, रहिरास के पाठ के बाद ट्रस्ट के दफ्तर में लाला जी दोनों संतों के दर्शन करना चाहते हैं।

मुल्खराज का यह संदेश दोनों संतों को अच्छा नहीं लगा था, पर जिस ताले को खोलने के लिए दोनों आतुर थे, उसकी चाबी तो उसी के पास थी।

गुरुद्वारे में रागी कीर्तन कर रहे थे। तीनों दफ्तर में सोफों पर बैठे हुए थे। सेवादार ने सभी के सामने दूध में चाय-पत्ती डालकर बनाई चाय रख दी थी। शाम को ही किसी श्रद्धालु ने बेसन के लड्डुओं का एक डिब्बा संत बीर सिंह के सामने रखकर माथा टेका था। बीर सिंह ने वह डिब्बा भी कमरे में मँगवा लिया था।

बात मुल्खराज़ ने शुरू की, "संसार में जो कुछ होता है, वह अकाल पुरख की इच्छा से, उसी के भाणे में होता है। उसने महाराज संत जी को जितने श्वास बख्शे थे, एक ब्रह्मज्ञानी महापुरुष की भाँति उन्हें जीकर वे अकाल पुरख में ही लीन हो गए हैं। उनकी कमी तो कोई पूरी नहीं कर सकता, किंतु जो महान् कार्य उन्होंने प्रारंभ किया था, उसे आप दोनों महापुरुषों ने ही आगे बढ़ाना है। मैं तो आपका तुच्छ सेवक हूँ···आप जैसा आदेश देंगे वैसा ही करूँगा···।"

दोनों संत भ्रम में पड़ गए। मुल्खराज ने बड़ी प्यारी और पोली बातें कही थीं असली बात पर कोई रोशनी नहीं डाली थी।

दोनों ही संतों में कोई भी अपनी विशेष उत्सुकता प्रदर्शित नहीं करना चाहता था वे यह दिखाना चाहते थे कि बड़े संत जी ने जो फैसला किया है, उसके प्रति वे पूरी तरह निर्लिप्त हैं, जैसे जल महि कमल निरालम, पर पूरी बात तो पता लगनी चाहिए

बीर सिंह बोला, "लाला जी, संत जी महाराज का आप पर बहुत भरोसा था आपसे सलाह किए बिना वह कोई अहम फैसला नहीं करते थे। हम सभी लोग तो डेरे के निमाणे सेवक हैं।''

बीर सिंह ने अपनी बात पूरी नहीं की थी कि निधान सिंह बोलने लगे, "लाला जी, यह बात तो सभी समझते हैं कि संत जी महाराज के समा जाने के बाद उनकी जगह कौन लेगा, लेकिन क्या उन्होंने इस बारे में आपसे कोई बात की थी?"

बीर सिंह के चेहरे पर गुस्से की लहर इधर से उधर दौड़ गई। निधान सिंह ने अपना दावा बहुत चतुराई से पेश कर दिया है, लेकिन वह यह भी जानता था कि मुल्खराज और ट्रस्ट के दूसरे सदस्यों की सहमति के बिना डेरे की गद्दी न निधान सिंह को मिलेगी, न उसे। उसने अपने आपको संयत करते हुए कहा,"संत निधान सिंह जी की बात पूरी तरह सही नहीं है। लोग तो अलग-अलग तरीके के कयास लगाते होंगे आखिरी फैसला तो संत जी महाराज को ही करना था। यह बताइए कि अपने फैसले के बारे में उन्होंने आपसे कुछ कहा था? क्या आपको उन्होंने लिखकर कुछ दिया है?"

मुल्खराज ने वातावरण में आते तनाव को महसूस कर लिया। उसने यह भी समझ लिया कि दोनों संतों में से कोई भी अपना दावा आसानी से नहीं छोड़ेगा। वह बड़ी नम्रता से कुछ उदासी-भरे शब्दों में बोला, "मेरा खयाल है कि बड़े संत जी महाराज इस बारे में अपना फैसला जग-जाहिर करना चाहते थे। उनसे बातचीत के दौरान कई बार मुझे इसका अहसास हुआ था, लेकिन यह बात किसी के ध्यान में नहीं थी कि ऐसा दुःख-भरा समय इतनी जल्दी आ जाएगा, इसलिए उन्हें न कुछ कहने का मौका मिला, न कुछ लिखने का। अब तो यह फैसला आपको ही करना पड़ेगा।"

वह दबी आँखों से दोनों को देखने लगा।

दोनों संत चुपचाप बैठे हुए थे।

निधान सिंह बोला, "संत बीर सिंह जी, हम दोनों का साथ कम से कम पचास साल पुराना है। हम मिलजुलकर इस डेरे की सेवा करते हैं। आपको यह भी याद होगा कि मैं आपसे एक-दो बरस पहले बड़े संत जी महाराज के चरणों में आया था। संत जी की हम दोनों पर ही अपार कृपा थी। संगत हम दोनों को बराबर मान्यता देती है, लेकिन अंग्रेज़ी में उसे क्या कहते हैं—सीनियर होना। डेरे में मैं आपसे सीनियर हूँ। आयु में भी आप मुझसे दो-तीन साल छोटे हैं। संत जी की गद्दी की सेवा अगर मुझे मिल भी गई तो डेरे में आपकी जगह, मान-सम्मान में कहीं कोई कमी नहीं आएगी।"

उसकी बात सुनकर बीर सिंह हँस दिया, "संत जी, सीनियर या जूनियर होने की बात सरकारी दफ्तरों में की जाती है। यह तो धर्म का क्षेत्र है। इसमें व्यक्ति की योग्यता देखी जाती है, उसका चरित्र, उसका ज्ञान, उसकी श्रद्धा देखी जाती है। सारा सिख इतिहास आपके सामने है। हमारे गुरु साहबान अपना उत्तराधिकारी चुनते समय सीनियर-जूनियर नहीं देखते थे।"

बीर सिंह के मुँह से चरित्र शब्द सुनकर निधान सिंह चौंका। सतवंत से उसके संबंधों की भनक उसे थी। लंगर के लिए रसद-पानी की खरीद में उसका कमीशन रहता है, इसका भी उसे पता था। उसे अपने बारे में भी सब कुछ याद था। पिछले साल ही उसने अपने भतीजे को तीन लाख रुपए यह कहकर दिए थे कि ये पैसे किसी दानी पुरुष ने उसकी सहायता के लिए दिए हैं।

"संत बीर सिंह जी," वह उसी विनम्रता से बोला, "अपने गुरु साहब अपने उत्तराधिकारी की घोषणा अपने जीवनकाल में स्वयं कर जाते थे। आठवें गुरु हरिकृष्ण जी आठ वर्ष की छोटी-सी आयु में ही ज्योति-जोत समा गए थे, लेकिन आँख मूँदने

से पहले उन्होंने 'बाबा बकाले' कहकर अपने वारिस की ओर संकेत कर दिया था। हमारे संत जी महाराज भी कुछ फैसला कर जाते तो किसी प्रकार का विवाद पैदा नहीं होता। दुर्भाग्य से ऐसा नहीं हुआ।"

"क्या यह बात साध-संगत पर छोड़ दी जाए?" बीर सिंह ने कहा।

"मुझे कोई एतराज़ नहीं। साध-संगत का हुकुम मेरे सिर-माथे।" निधान सिंह बोला।

"लेकिन संत जी," मुल्खराज बोला, "संगत इस बात का फैसला कैसे करेगी? इस डेरे में श्रद्धा रखने वालों की गिनती लाखों में है। जो देश और विदेश में फैले हुए हैं, क्या उन्हें इकट्ठा करके उनसे वोट लिए जाएँगे?"

दोनों ही संत सोच में पड़ गए।

मुल्खराज बोला, "मैं सभी ट्रस्टियों की मीटिंग बुलाता हूँ। आप लोग आपस में फैसला कर लीजिए। यदि आपमें सहमति नहीं हुई तो ट्रस्टियों का बहुमत जिसके पक्ष में होगा, वही बड़े संत जी की गद्दी सँभालेगा।"

यह कहकर वह दोनों संतों की प्रतिक्रिया जाने बिना उठकर कमरे से बाहर निकल गया। संत भी वहाँ से निकलकर अपने-अपने कमरों में चले गए।

बीर सिंह बैठा सोच रहा था। ट्रस्ट के कुल पाँच सदस्य हैं। बड़े संत जी को दो ट्रस्टी और नियुक्त करने थे, जो उन्होंने किए नहीं थे। उनके देहावसान के बाद चार ट्रस्टी रह गए। दोनों संत तो स्वयं गद्दी के दावेदार हैं। जत्थेदार सोहन सिंह अपनी राजनीति में पूरी तरह डूबे हुए हैं, अब बागडोर पूरी तरह लाला मुल्खराज के हाथों में है।

मुल्खराज ने सोहन सिंह को फोन किया। सोहन सिंह के घर पर दोनों मिले। कई घंटे वे इस बात पर विचार करते रहे कि संत निरंजन सिंह के डेरे का वारिस किसे बनाया जाए।

सोहन सिंह का तर्क था, डेरे का मुखिया उसी को बनाया जाए जो हमारे अनुकूल चल सके। डेरे के साथ करोड़ों की जायदाद तो जुड़ी है ही, लाखों की संगत इसके प्रभाव में है। राजनीति की शतरंज में डेरे का मोहरा बहुत लाभदायक हो सकता है।

सोहन सिंह बोला, "देखिए लाला जी, हमें ऐसा व्यक्ति चाहिए जो हमारे कहने में रहे। हमें बहुत सच्चा-सुच्चा और उसूलों वाला बंदा नहीं चाहिए। ऐसे लोग बहुत खतरनाक होते हैं। जब ये किसी बात पर अड़ जाते हैं तो इन्हें उससे हटाना आसान नहीं होता। बात-बात पर गुरुवाणी की मिसालें पेश करते हैं। ऐसे आदमी को सँभालना

बहुत मुश्किल होता है।"

मुल्खराज ने देखा, सोहन सिंह वही बात कह रहे हैं जो वह चाहता था, किंतु वह स्वयं कुछ नहीं बोला। उसने केवल इतना कहा, "देखिए जत्थेदार जी, बड़े संत जी नहीं रहे। ट्रस्ट में अब केवल चार लोग हैं। दोनों संत तो दावेदार हैं। फैसला हम दोनों को करना है। आप हमारे लीडर हैं। क्या बात अच्छी है, क्या अच्छी नहीं है, आपसे बेहतर कोई नहीं जानता। हम तो आपके पीछे चलने वालों में हैं।"

ट्रस्ट की बैठक में दोनों ट्रस्टियों ने एकमत से निर्णय दिया, बड़े संत जी महाराज की अचानक तबीयत खराब हो गई और वे अकाल पुरख के चरणों में जा बिराजे, इसलिए वे अपने उत्तराधिकारी के संबंध में स्पष्ट निर्देश नहीं दे सके। हम लोग उनके बहुत निकट थे। महापुरुषों के मन की थाह लेना सरल काम नहीं है, लेकिन जितना आभास हमें मिला था, उससे हम इसी निष्कर्ष पर पहुँचे हैं कि संत जी महाराज संत बीर सिंह जी को अपना वारिस बनाना चाहते थे। यही उनकी इच्छा थी। उस इच्छा पर फूल चढ़ाते हुए हम संत बीर सिंह जी को डेरा संत निरंजन सिंह का मुखिया घोषित करते हैं। संत निधान सिंह जी के प्रति हमारे मन में अपार श्रद्धा है। वह बड़े गुणी, ज्ञानी महापुरुष हैं। हमारा विश्वास है कि वह इस डेरे की सेवा उसी तरह करते रहेंगे जैसे शुरू से करते आ रहे हैं।

डेरे के ज़्यादातर लोगों के लिए यह निर्णय बहुत चौंकाने वाला था।

संत निधान सिंह ने बड़े शांत चित्त से इस निर्णय को सुना। उन्होंने निश्चय कर लिया, वह अपना अलग डेरा बनाएँगे, डेरा संत निधान सिंह।

24

आनंद दफ्तर पहुँचा तो उसने देखा, सुरजीत बैठा हुआ है। किसी संभावित आशंका से वह चिंतित हो उठा।

"सुरजीत, क्या बात है? घर में सब ठीक तो है? भाइया जी कैसे हैं? मनजीत की कोई खबर?"

सुरजीत के चेहरे पर चिंता तो थी, पर उसकी बात सुनकर उसके चेहरे पर मुस्कराहट उभर आई।

"मुझे देखकर आप फिक्र में पड़ गए हैं, ऐसी कोई बात नहीं है। भाइया जी कुछ ठीक नहीं हैं। डॉक्टर कहता है, इन्हें कोई बीमारी नहीं है। इनका बुढ़ापा ही इनकी बीमारी है। आपको यह खबर देने आया हूँ कि दीदी और जीजा जी परसों सुबह आ गए थे।"

"अच्छा···?" वह एकदम चौंका, "दोनों कैसे हैं? बॉबी कैसा है? मनमोहन का क्या हाल है?"

"वैसे तो सभी ठीक हैं, लेकिन जीजा जी तो सभी को अजीब नज़रों से देखते हैं। उनकी आँखों में अजीब-सा बौरायापन दिखाई देता है। बातें भी बड़ी बहकी-बहकी करते हैं।"

"मैं शाम को आऊँगा।"

"यही बात मैं कहने आया हूँ।" सुरजीत कुछ हिचकते हुए बोला, "मनजीत दीदी ने कहा है कि वह आपसे खुद मिलेंगी, आप अभी घर मत आइएगा,"

आनंद के चेहरे पर आश्चर्य उभर आया—"अच्छा···, यह मनजीत ने कहा है?"

"हाँ···वह आपसे मिलकर सारी बात बताएँगी।"

सुरजीत चला गया तो वह सोचने लगा, मनजीत ने उसे घर आने से क्यों रोका है?

रामिंदर ने टेलीप्रिंटर से आई खबरों की कुछ शीटें उसके सामने रख दीं। वह

उन्हें देखने लगा। खास खबर यह थी कि सरकार के कुछ समय पहले सुप्रीम कोर्ट के तीन सीनियर जजों–शेलेट, हेगड़े और ग्रोवर की वरिष्ठता की उपेक्षा करके ए०एन०रे० को भारत का सर्वोच्च न्यायाधीश बनाने के फैसले की चारों ओर बड़ी आलोचना हो रही है। आम लोगों का यह विचार है कि इस प्रकार इंदिरा गांधी की सरकार न्यायपालिका को अपनी मुट्ठी में रखना चाहती है। इस कदम से देश में तानाशाही के स्थापित होने का खतरा बढ़ गया है।

सुखराम ने बताया, "इम्तियाज़ साहब आए हैं।"

"भेज दो।"

"आदाब, आनंद साहब!" इम्तियाज़ ने अंदर आकर कुर्सी पर बैठते हुए कहा।

आनंद ने खबरों की शीटों से नज़र उठाकर कहा, "क्या बात है इम्तियाज़ साहब, बहुत दिन बाद दर्शन हुए?"

"कोई खास बात नहीं," वह बोला, "आपकी तरफ से भी कोई मैसेज नहीं मिला। सोचा, खुद चलकर आपकी खैरियत का हाल-चाल ले आऊँ।"

"खुदा के फज़ल से मैं तो ठीक हूँ। यह बताइए, मुल्क का क्या हाल है?"

"इसे आप बेहतर जानते हैं। मैं तो आजकल एक ही लफ्ज़ बार-बार सुन रहा हूँ, कमिटेड। हमारी प्रधानमंत्री कहती हैं, मुझे कमिटेड लोग चाहिए, ज्यूडीशरी कमिटेड होनी चाहिए, ब्यूरोक्रेसी कमिटेड होनी चाहिए, पार्लियामेंट को कमिटेड होना चाहिए, सेना और पुलिस को कमिटेड होना चाहिए। आनंद साहब, यह बताइए कि यह कमिटमेंट किसके लिए होना चाहिए? मुल्क के लिए या इंदिरा गांधी के लिए?"

"इम्तियाज़ साहब, आप एक बात बताइए सुप्रीम कोर्ट के तीन सीनियर जजों को एक किनारे लगाकर एक जूनियर जज को चीफ जस्टिस बनाना क्या इसी कमिटमेंट थ्योरी का हिस्सा है?"

"मुझे तो यही लगता है। इंदिरा जी के खिलाफ भ्रष्टाचार की बहुत-सी बातें अखबारों में छप रही हैं। ज्यूडीशरी में उनके प्रति कमिटेड लोग होंगे, तो उन्हें आँच नहीं लगने देंगे।"

"आप इस कमिटमेंट वाली बात पर क्लैमर के लिए कुछ लिखिए।" आनंद बोला।

इम्तियाज़ ने आश्चर्य से उसकी तरफ देखा, "आप यह लेख छापेंगे? जोखिम की बात है। हमारी प्रधानमंत्री सारी दुनिया को दो हिस्सों में बाँटती हैं, एक वे लोग

जो उनके हिमायती हैं, उनके प्रति पूरे वफादार हैं। दूसरे वे लोग जो उनकी हर बात की आलोचना करते हैं, मुखालफत करते हैं। पहली तरह के लोग दोस्त हैं, दूसरी तरह के दुश्मन। ऐसा लेख छापकर आप दुश्मनों की कतार में खड़े हो जाएँगे, सोच लीजिए।''

आनंद हँस दिया, "इम्तियाज़ भाई, मैं इस खतरे से वाकिफ हूँ। आप लिखिए तो, फिर मैं देखूँगा कि आपकी तलवार से मेरा झटका होता है या मैं धीरे-धीरे हलाल किया जाता हूँ।"

दोनों ही ठहाका लगाकर हँसने लगे।

इम्तियाज़ बोला, "मैं जानता हूँ कि सिख बकरे का झटका करते हैं, लेकिन मुसलमान हलाल करते हैं। पहले वे बकरे की गर्दन की नसें काटते हैं, उसका खून रिसने देते हैं, फिर उसे धीरे-धीरे ज़िबह करते हैं।"

"तो आप मेरा झटका नहीं होने देंगे? मैं हलाल किया जाऊँ, कुछ ऐसी चीज़ आप लिखेंगे?"

दोनों के ठहाकों से पूरा दफ्तर गूँजने लगा।

देश के राजनीतिक माहौल में बहुत गर्माहट आ गई थी। जयप्रकाश नारायण के संपूर्ण क्रांति के आह्वान की गूँज सारे देश में सुनाई दे रही थी। सरकार की ओर से लगातार यह प्रचार हो रहा था कि यह आंदोलन प्रतिक्रियावादी शक्तियों द्वारा चलाया जा रहा है। वे सेना और पुलिस को सरकार के खिलाफ भड़का रहे हैं। एक बड़े कांग्रेसी नेता ने कहा, जयप्रकाश पागल हो गए हैं। वे देश में आग लगा रहे हैं। उसके जवाब में जे०पी० ने कहा, आग तो लगी हुई है, किंतु नज़र नहीं आ रही है। तुम्हारी कुर्सियों के नीचे आग सुलग रही है।

टेलीप्रिंटर पर एक खबर आई, पटना में लाखों की भीड़ ने सरकार के खिलाफ प्रदर्शन किया है। पुलिस ने आंदोलनकारियों को बड़ी बेदर्दी से लाठियों से पीटा है। जे०पी० के ऊपर भी लाठियाँ बरसीं और वह घायल होकर धरती पर गिर पड़े।

आनंद को लगा, कल के अखबारों में यही खबर सुर्खियों में होगी। उसने रामिंदर को अपने कमरे में बुलाया, "रामिंदर, तुमने यह खबर देखी?"

वह टेलीप्रिंटर पर आई खबर पढ़ने लगा, "यह तो बड़ी गंभीर घटना है। नौजवान तबका तो पूरी तरह उनका भक्त है। इस खबर से लोग भड़क उठेंगे।"

"ज़रा किसी एजेंसी से बात करो। हमें पटना में हुए लाठी-चार्ज और घायल जे०पी० की कुछ तस्वीरें चाहिए। अगले अंक की हमारी लीड स्टोरी यही होनी चाहिए।"

"ठीक है, मैं अभी कुछ तस्वीरें मँगवाने की व्यवस्था करता हूँ।"

वह कमरे से बाहर निकल रहा था कि सुनंदा आती हुई दिखाई दी। वह मुस्कराया, "आइए मैडम, इस समय आनंद साहब काफी तनाव में हैं। उन्हें कुछ राहत दीजिए।"

रामिंदर के लहजे में सुनंदा को गहरा व्यंग्य दिखाई दिया। पिछले कुछ समय से वह आनंद और उसके संबंधों को लेकर ऐसी ही बातें करता था।

वह आनंद के सामने आकर बैठ गई, जो टेलीप्रिंटर से आई खबरों पर नज़रें दौड़ा रहा था।

"रामिंदर कह रहा था, इस समय आप बहुत तनाव में हैं?"

"लो, यह खबर पढ़ो।" उसने जे०पी० के घायल होने वाली खबर उसके सामने रख दी।

सुनंदा पढ़ने लगी।

"जे०पी० के आंदोलन से इस देश में संपूर्ण क्रांति होगी या नहीं, यह तो मैं नहीं जानती, लेकिन जिस ढंग से वह आंदोलन चला रहे हैं, उससे संपूर्ण टकराहट वाली स्थिति ज़रूर आ जाएगी। वह शायद इंदिरा जी को पूरी तरह समझते नहीं हैं।"

"तुम इंदिरा जी को बेहतर जानती हो? जे०पी० ने उन्हें बचपन से देखा है। उनकी आँखों के सामने ही उन्होंने राजनीति का क ख ग का पाठ पढ़ा है।"

सुनंदा हँसने लगी, "मैं इंदिरा जी को निजी तौर पर बिलकुल नहीं जानती, लेकिन यह दावा तो कुछ हद तक कर ही सकती हूँ कि मैं औरत को जानती हूँ। उन्होंने कांग्रेस के बड़े-बड़े दिग्गजों को ऐसी धूल चटाई है कि वे भी क्या याद करेंगे। क्या कोई ऐसी उम्मीद करता था?"

आनंद ने बड़े नाटकीय अंदाज़ में हाथ जोड़ दिए, "हे देवी, जे०पी० और इंदिरा की टकराहट का क्या नतीजा निकलेगा, मैं नहीं जानता, लेकिन तुम इस गरीब संपादक पर कृपादृष्टि रखना। कभी टकराहट का मौका आ जाए तो मुझे समय से आगाह कर देना। यह बंदा खुद-ब-खुद रास्ते से हट जाएगा।"

"बस्स···! एक घुड़की में ही दिन में तारे नज़र आने लगे!"

"तुमने ऐसी ही दो-चार बातें और कीं तो मुझे इसी कमरे में दिन में चाँद नज़र आने लगेगा! ओह सॉरी, चाँद तो मेरे सामने ही बैठा हुआ है।" उसने अपनी आवाज़ हलकी कर दी, "आज तुम बड़ी खूबसूरत लग रही हो। इरादा क्या है?"

"आपको किडनैप करने का...अपहरण करके कहीं भगा ले जाने का।"

"यह गुलाम अपहरित होने के लिए एकदम तैयार है...रेडी टु बी किडनैप्ड।"

सुनंदा ने घड़ी देखी, "पाँच बज रहे हैं।"

"आधा घंटा और। कुछ चीज़ें लाइनअप कर दूँ। अपना थियेटर पर राइटअप लाई हो तो रामिंदर को दे दो।"

रामिंदर का नाम सुनकर उसने भौंहें सिकोड़ीं। अपना पर्स खोलकर उसने लिफाफा निकाला, "इसे उसके पास भिजवा दीजिए। इतनी देर सामने बैठकर अपने मुजरिम को देखती रहूँगी।"

"और यह सोचती रहूँगी कि किडनैप्ड प्राणी को कहाँ और किस तरह निपटाया जाएगा।"

आनंद सामने रखे कागज़ पर कुछ लिखने लगा।

दफ्तर से निकलकर दोनों इंडिया गेट के लंबे लॉन में, नहर के किनारे एक बड़े वृक्ष के पास बैठ गए। नवंबर की शुरुआत थी। हलकी-हलकी ठंड का अहसास हो रहा था। चारों ओर चाट, भेलपूरी, चिप्स, कुल्फी बेचने वाले घूम रहे थे। दोनों ने पहले भेलपूरी खाई, फिर कुल्फी भी ले ली।

एकाएक सुनंदा बहुत उदास हो गई। वह आनंद के बहुत पास आ गई। पहले उसने उसके एक हाथ को अपने दोनों हाथों में ले लिया, फिर अपना सिर उसके कंधे पर रख दिया। आनंद ने देखा, वह रो रही थी।

आनंद उसका सिर सहलाने लगा।

"मैं तुम्हारा दर्द समझता हूँ।"

"कोई किसी का दर्द नहीं समझता।" उसने अपना सिर उठा लिया और अपना चेहरा साफ करने लगी।

"तुम ठीक कहती हो," वह बोला, "मैं शायद थोड़ा-बहुत समझने का दावा करूँ। शायद यह भी कहूँ कि मैं उसे महसूस भी करता हूँ, लेकिन समझने, महसूस करने और उसे अपने अंदर समा लेने में अंतर है, वैसे ही, जैसे समुद्र की लहरों को

किनारे खड़े होकर देखना, उसमें पैर डालकर उसके स्पर्श को महसूस करना और फिर कपड़े उतारकर उसमें कूद पड़ना।"

"देखो आनंद...," वह बहुत उदास स्वर में बोली, "तुमसे मिलने से पहले मैं बहुत भटकी हुई ज़रूर थी, लेकिन विह्वल नहीं थी। इमोशनली बहुत डिस्टर्ब नहीं थी। जितना डिस्टर्ब होना था, हो चुकी थी। अधिक डिस्टर्ब होने के लिए सुमीत ने कोई गुंजाइश नहीं छोड़ी थी।"

पास से चना जोर गरम वाला लड़का हाँक लगाता हुआ गुज़रा। सुनंदा मुस्कराई, "चने खिलाते हो?"

आनंद बोला, "पंजाबी में कहते हैं कि कुड़ियाँ ते चिड़ियाँ चुगदीआँ ई चंगआँ लगदीआँ हन।''

उसने चने की दो पुड़ियाँ लेकर एक सुनंदा को पकड़ा दी।

"आपसे मिलना मुझे बहुत अच्छा लगा था..."

"रुको, थोड़ी देर इस 'आपको' तुम ही रहने दो। कल दफ्तर में फिर आप पर उतर आना। अब आगे बोलो।"

"ठीक है, मैं कभी-कभी यह लिबर्टी ले लिया करूँगी।"

"यू कैन टेक ऐनी लिबर्टी।"

"यही बात तो मुझे परेशान करती है।" सुनंदा उसके एकदम पास सरक आई और उसका हाथ सहलाने लगी, "आनंद, कभी-कभी सोचती हूँ कि तुमसे न मिली होती, तो मैं क्या होती, कितनी भटकी हुई होती। तुमसे मिलती हूँ तो मुझे लगता है, मुझे जीवन का एक अर्थ मिल गया है। अब ऐसा महसूस होता है कि आज मेरा सब कुछ तुम्हीं से शुरू होता है और तुम्हीं पर आकर खत्म हो जाता है।"

आनंद कुछ भावुक हो गया, "सुनंदा, तुम शायद यह नहीं जानतीं कि तुम क्या हो? तुम बहुत ज़हीन हो। तुम्हारी क्रिटिकल फैकल्टी बहुत तेज़ है। चीज़ों को बड़ी गहराई से समझने और पकड़ने की तुम्हारी सिद्धता है। तुम्हारा अपना वजूद है, अस्तित्व है। इसमें मेरा भी कुछ योगदान हो सकता है, लेकिन तुम तुम हो, इससे कोई इंकार नहीं कर सकता।"

"पर आनंद, मैं जितनी तुम्हारे नज़दीक चली गई हूँ, क्या मैं किसी के अधिकार-क्षेत्र में नाजायज़ घुसपैठ नहीं कर रही हूँ? उसके हक पर डाका नहीं डाल रही हूँ?"

"तुम कोमल की बात कर रही हो?"

"हाँ, मुझे लगता है, मैं उसकी गुनहगार हूँ।"

"गुनहगार तो मैं भी हूँ।"

"आनंद, तुम्हारी पत्नी बहुत अच्छी है, बहुत प्यारी है। मैं उससे एक-दो बार ही मिली हूँ। मुझे हमेशा लगा है, वह पहाड़ों से उतरता हुआ एक स्वच्छ और निर्मल जल का झरना है।"

आनंद कुछ नहीं बोला।

दोनों चलने लगे तो सुनंदा ने एक लिफाफा आनंद के कोट की जेब में डाल दिया।

"आज सुबह उठी तो मैं बहुत उदास थी, बहुत डिस्टर्ब थी। मन कर रहा था कि तुम्हारे कंधों पर सिर रखकर रोऊँ, बस, रोती रहूँ। उस हालत में मैंने तुम्हें एक पत्र लिख डाला। घर जाकर अकेले में इसे पढ़ना और फिर फाड़कर फेंक देना।"

कार में बैठते हुए आनंद ने कहा, "तुम्हें घर छोड़ देता हूँ।"

वह कार में नहीं बैठी, "अभी कुछ देर मैं यहीं घूमूँगी, कुछ आवारागर्दी करूँगी, गोलगप्पे खाऊँगी, अभी अपने फ्लैट पर जाने का मन नहीं हो रहा है। तुम जाओ, काफी समय हो गया है। तुम्हारी बीवी और बेटा तुम्हारी राह तक रहे होंगे।"

आनंद ने उसका हाथ दबाया और कार स्टार्ट करने लगा।

दूसरे ही दिन सुनंदा को कोमल का फोन मिला, "मैं कोमल बोल रही हूँ।"

वह चौंक उठी। कोमल का फोन…! उसके घर के नंबर पर…! वह कुछ हड़बड़ाती-सी बोली, "कैसी हैं आप मिसेज़ आनंद? मुझे कैसे याद किया?"

"बस, ऐसे ही," कोमल बड़े सहज ढंग से बोल रही थी, "आप शायद सफदरजंग एन्क्लेव में हैं। राजौरी गार्डन वहाँ से काफी दूर है, लेकिन यदि आप कुछ देर के लिए इधर आ सकें तोऽऽ…।"

उसका 'तोऽ' कुछ लंबा हो गया।

सुनंदा सोच में पड़ गई। बहुत-सी आशंकाएँ उसे घेरने लगीं। उसकी साँस कुछ तेज़-तेज़ चलने लगी, कोमल उससे क्यों मिलना चाहती है?

"शाम को मुझे एक प्ले देखने जाना है," वह बोली, "क्या अभी आ जाऊँ? ग्यारह बजे हैं। आपके घर पहुँचने में एक घंटा तो लग ही जाएगा।"

"अभी आ जाओ, यही ठीक रहेगा।"

कोमल ने फोन रख दिया। सुनंदा गहरी चिंता में डूब गई। कल शाम की सारी बातें उसके अंदर रूप बदल-बदलकर तिरने लगीं। फ्लैट से बाहर निकलकर उसने ऑटो लिया। रास्ते-भर वह सोचती रही और अपने आप से जैसे झगड़ती रही।

आनंद का घर ढूँढ़ने में उसे कुछ समय लग गया। उसने कॉलबेल पर उँगली रखी तो सामने कोमल खड़ी दिखाई दी। जैसे वह उसकी राह देख रही थी, "आइए...।"

सुनंदा को याद आया। इससे पहले शायद वह आशू के जन्मदिन पर आई थी।

"क्या पिएँगी... चाय या कॉफी?"

सोफे पर बैठते-बैठते वह काफी सहज हो गई थी।

"सुना है, आप कॉफी बहुत अच्छी बनाती हैं।"

कोमल हँस दी, "आनंद ने बताया होगा?"

सुनंदा को लगा, कोमल की हँसी सहज नहीं है।

"वह आपकी बहुत तारीफ करते हैं। कहते हैं, सुनंदा के आने से उनका बोझ बहुत कम हो गया है। लगता है, आप लोगों के बोझ को कम कर देती हैं... या यूँ कहूँ कि शेयर कर लेती हैं।"

सुनंदा कोमल के कथन में निहित श्लेष का अर्थ ढूँढ़ने लगी। जब तक कोमल कॉफी बनाकर नहीं ले आई, वह उलझी हुई गुत्थी का सिरा तलाशती रही।

दोनों कॉफी पीने लगीं।

कोमल ने पास में रखी हुई एक मेज़ की दराज़ से एक पत्र निकाला और सुनंदा के सामने रख दिया, "उनके कोट की जेब में यह लिफाफा पड़ा हुआ था... बंद। आज वे दूसरा कोट पहनकर चले गए। मैं इसे हैंगर पर टाँगने लगी तो इस लिफाफे पर मेरी नज़र पड़ी। मैंने इसे खोला तो इसमें एक पत्र था। आखिर में आपका नाम था, सुनंदा। यह पत्र आपने उन्हें लिखा था?"

सुनंदा के चेहरे पर हवाइयाँ उड़ रही थीं।

"हाँ...।"

"कब लिखा था?"

"कल ही मैंने उन्हें दिया था।"

"कल शाम आप दोनों इकट्ठा थे?"

"हाँ।"

"कहाँ?"

"इंडिया गेट के लॉन में कुछ देर बैठे थे।"

"उन्होंने इसे पढ़ा था?"

"नहीं···लिफाफे को कोट की जेब में रख लिया था।"

"लगता है, उन्होंने पढ़ा नहीं। लिफाफा पूरी तरह बंद था। उसे मैंने खोला और आपका पत्र पढ़ा।"

सुनंदा की नज़रें कॉफी के प्याले पर झुकी हुई थीं।

"आप आनंद को बहुत चाहती हैं?"

"मैं उनकी बहुत इज़्ज़त करती हूँ।"

"पत्र की भाषा इज़्ज़त वाली नहीं, चाहत वाली है। लो, अपनी लिखी बातों को फिर से पढ़ो।" कोमल ने वह लिफाफा उसके हाथ में दे दिया।

सुनंदा लिफाफा पकड़े नीचे देखती रही।

"वह मेरे पति हैं···मेरे बच्चे के बाप हैं।"

"मैं यह जानती हूँ। आनंद जी से मिलने से पहले भी जानती थी।"

कोमल के चेहरे पर तमतमाहट उभर आई थी।

"क्या तुम्हारा इरादा यह है कि वह मुझे तलाक दे दें और तुमसे शादी कर लें?"

कोमल की बात सुनकर सुनंदा की झुकी हुई आँखों से आँसू झरने लगे।

"दीदी, मैं ऐसा बिलकुल नहीं चाहती। मेरे कारण आपके सुखी वैवाहिक जीवन में कोई संकट आ जाए, इससे पहले मैं मर जाना पसंद करूँगी।"

"तुम्हारा पत्र क्या बोलता है?" कोमल ने तमतमाए स्वर में कहा, "कोई भी पढ़ेगा तो इसका क्या अर्थ निकालेगा?"

"दीदी, आनंद जी ने मेरे बारे में आपको कुछ बताया होगा। मैं बहुत-से हादसों के बीच से गुज़री हूँ। अमेरिका में मेरे माता-पिता एक कार-एक्सीडेंट में मारे गए थे। सुमीत ने मेरे साथ क्या किया था, यह भी आपको पता होगा। जिस समय मैं बहुत भटकी हुई थी, मुझे आनंद जी का सहारा मिला। उनके प्रेम के सागर में से मैंने कुछ बूँदें ज़रूर चुरा ली हैं। मैं जानती हूँ, उन पर आपका हक है। मैं आपकी गुनहगार हूँ, आप जो चाहें मुझे सज़ा दें।" कहते-कहते वह सोफे से उठकर कोमल के पैरों के पास बैठ गई, "मैं आनंद जी की दुनिया से एकदम बाहर निकल जाऊँगी।"

कोमल ने अपने दुपट्टे से उसकी आँखें पोंछीं और उसे कंधे से पकड़कर सोफे

पर बैठाया।

"कॉफी लाती हूँ।" कहते हुए वह रसोई की तरफ चली गई।

सुनंदा बौराई-सी बैठी थी। उसने कोमल के चेहरे पर आई हुई तमतमाहट को देखा था। उसने यह भी सोचा था कि जल्दी ही तनाव और गुस्से से भरी यह स्थिति किसी पतीले में भरे हुए दूध की तरह उबलकर चारों ओर बिखरने लगेगी। लेकिन कोमल की सारी उत्तेजना हलकी आँच पर रखे हुए दूध के पतीले जैसी बनी रही, जिसमें गर्म होता हुआ दूध उबलता तो है, उफनकर बाहर नहीं गिरता।

कोमल कॉफी ले आई। साथ में कुछ क्रीम बिस्किट भी थे।

"तुमने खाना नहीं खाया होगा?"

झुकी नज़रों से अपनी कॉफी में चम्मच चलाते हुए सुनंदा बोली, "सुबह नाश्ते में ही इतना खा लेती हूँ कि लंच की कभी ज़रूरत नहीं महसूस होती।"

दोनों कॉफी पी रही थीं और चुप बैठी थीं। सुनंदा अनुभव कर रही थी कि कोमल बीच-बीच में उसके चेहरे को बड़े ध्यान से देखने लगती है। एक-दो बार उसकी उठी आँखें कोमल की आँखों से मिल भी गईं। उसने झट से उन्हें नीचे गिरा दिया। उसे लगता, कोमल उसे उसी तरह देख रही है।

"तुमने मुझे दीदी कहा है न?"

कोमल की बात सुनकर सुनंदा एकदम चौंक उठी, "हाँ…हाँ, दीदी…।"

"इस शब्द की गरिमा की रक्षा करोगी?"

सुनंदा एकदम सोच में पड़ गई। कोमल की बात का वह क्या उत्तर दे?

"आप मुझसे कोई प्रतिज्ञा करवाना चाहती हैं? कोई वायदा लेना चाहती हैं?"

"देखो सुनंदा, मैं तुमसे कितनी भी प्रतिज्ञाएँ करवा लूँ, वायदे ले लूँ, क्या होगा इससे? लोग जो करना चाहते हैं, करते हैं। कोई हर वक्त किसी की चौकीदारी नहीं कर सकता। मैं इंसान की दयानतदारी पर, उसकी मानसिकता पर, उसकी सोच पर विश्वास करती हूँ।"

"मैं यदि आपसे केवल इतना कहूँ कि मैं आपको जीवन में कभी कोई नुकसान नहीं पहुँचाऊँगी, आपके सम्मान को कभी चोट नहीं लगने दूँगी, तो क्या यह काफी होगा?"

"काफी है, लेकिन एक बात और। मैं इस सारी बात का ज़िक्र आनंद से नहीं करूँगी। तुम्हारा पत्र भी उन्हें नहीं दूँगी। पूछेंगे तो कह दूँगी, मुझे नहीं पता।"

सुनंदा आश्चर्य से उसे देखने लगी।

"आप उनसे झगड़ेंगी नहीं...? अपना गुस्सा नहीं प्रकट करेंगी?"

"एक आम औरत की तरह मैं यह सब कर सकती हूँ, करना भी चाहिए, पर मैं यह सब नहीं करूँगी। मैं उन्हें शर्मसार नहीं करना चाहती, उन्हें छोटा नहीं बनाना चाहती।"

सुनंदा उसे एकटक देखे जा रही थी, यह कैसी पत्नी है!

"तुम भी उनसे इस बात की चर्चा नहीं करना।" वह बोली, "चलो, थोड़ा-सा खा लो।"

25

मनजीत का फोन आया, “सर, आज शाम को हमारे घर आ सकते हैं?”

“मनमोहन कहाँ है?”

“मैं उन्हें लेकर लखनऊ गई थी,” मनजीत बड़ी उदास आवाज़ में बोली, “उनके भाइयों की समझ में नहीं आता कि इन्हें बीमारी क्या है? वे समझते हैं कि किसी ने इन पर कुछ जादू-टोना कर दिया है। उनका विश्वास है कि कुछ झाड़-फूँक कराने, किसी संत की भभूति खिलाने, लंबी पाठ-पूजा करने से उनकी बीमारी दूर हो जाएगी।”

“भाइया जी कैसे हैं?”

“बस, आखिरी साँसें गिन रहे हैं।”

“मैं शाम को आऊँगा।”

शाम को वह पहुँचा तो देखा, परिवार के सभी लोग भाइया जी की चारपाई को घेरे हुए हैं। उनकी आँखें कभी मुँद जाती थीं, कभी खुल जाती थीं। उनके होंठ लगातार कुछ बुदबुदा रहे थे। आनंद उनके पास जाकर बैठ गया। उसने उनका एक हाथ अपने दोनों हाथों में ले लिया। झुर्रियों-भरा उनका बूढ़ा हाथ कँपकँपा रहा था। उनकी आँखें मुँदी हुई थीं।

“भाइया जी···!” उसने पुकारा।

उनकी आँखें खुलीं। उन्होंने आनंद को देखा और बुदबुदाने लगे, “दोस्त मोहम्मद कहाँ गया?”

आनंद उन पर झुक गया, “कौन दोस्त मोहम्मद भाइया जी···, यहाँ तो आपका खिला हुआ सारा बाग-परिवार खड़ा है। आपके पुत्तर हैं, बहुएँ हैं, पोते-पोतियाँ हैं, मनजीत भी आई हुई है।”

भाइया जी ने अपनी बुझती नज़र इधर-उधर दौड़ाई। कुछ क्षण के लिए वह मनजीत पर टिकी, फिर बोले, “अभी-अभी मेरा यार दोस्त मोहम्मद मुझसे बातें कर

रहा था। कहता था, ओए मान सिंह, आ···आज फिर मुकाबला हो जाए। एक भैंस के नीचे तू बैठ जा, एक के नीचे मैं बैठ जाता हूँ···एक बल्टोई तू अपनी जाँघों में ले ले, एक मैं ले लेता हूँ···देखते हैं, कौन ज़्यादा दूध पीता है।"

फिर वे इस ढंग से बुदबुदाने लगे कि शब्द समझ से बाहर हो गए।

बलवंत सिंह बोला, "आनंद जी, भाइया जी मुझसे कुछ दिन पहले कह रहे थे, मेरे दिन अब पूरे होने वाले हैं।···मेरे फूल जेहलम नदी में डालना।"

"जेहलम में···!" आनंद बोला, "देश का बँटवारा हुए कितने साल बीत गए हैं। बाद में दो पीढ़ियाँ और आ गई हैं। पाकिस्तान से हम तीन बार युद्ध कर चुके हैं, लेकिन भाइया जी के दिल में अभी पुराना पंजाब बसा हुआ है। न इन्हें अपना गाँव भूलता है, न अपने पुराने साथी भूलते हैं और न जेहलम नदी भूलती है।"

बलवंत सिंह हँस दिया, "भाइया जी शरीर से दिल्ली में हैं, पर इनका दिल उसी इलाके में घूमता रहता है। कभी यह लालामूसा स्टेशन से इधर आने के लिए गाड़ी पकड़ते हैं, कभी मंडी बहाउद्दीन से चिलगोज़े खरीदने लगते हैं, कभी पंजा साहब के दर्शन करने चले जाते हैं।"

"आपको पता है न?" सुरजीत बोला, "जब हमारी फौजों ने पाकिस्तान को हराया था और नब्बे हज़ार से ज़्यादा पाकिस्तानी सिपाहियों ने जनरल अरोड़ा के सामने आत्मसमर्पण किया था, भाइया जी ने क्या कहा था? वह बोले थे, सुरजीत, तेरा देश जीत गया, मेरा मुल्क हार गया।"

भाइया जी को नींद आ गई थी। सभी लोग दूसरे कमरे में आ गए।

बलवंत सिंह कहने लगा, "हमारी मनजीत की तो किस्मत ही खराब है। कितनी उमंग के साथ हमने इसकी शादी की थी। बचपन से ही यह विदेश जाने के सपने देखती थी। हमें इस बात की भी बड़ी खुशी थी कि चलो, इसका यह सपना भी पूरा हो गया, पर किसने सोचा था कि मनमोहन का यह हाल हो जाएगा?''

"सर, आप ही बताइए कि मैं क्या करूँ? इनके घर के लोगों ने तो कभी ऐसी बीमारी का नाम ही नहीं सुना। वे समझते हैं कि किसी दुश्मन ने इन पर भूत-प्रेत की छाया डाल दी है।"

"इस वहम को दूर करने में भी क्या बुराई है?" बलवंत सिंह बोला, "हम बचपन से ऐसी बातें सुनते आ रहे हैं। घर के शरीक-रिश्तेदार ही जादू-टोना कर देते हैं। कुछ चीज़ों की पोटली बाँधकर घर के किसी कोने में गाड़ देते हैं। उसका असर यह होता

है कि सारे परिवार पर मुसीबतें आ जाती हैं। घर का कोई सदस्य बीमार रहने लगता है, औरतें पागलों जैसा व्यवहार करने लगती हैं। उन्हें दौरे पड़ने लग जाते हैं। ऐसे लोगों को जब किसी सिद्ध पुरुष के पास ले जाया जाता है तो वह बता देता है कि घर के किस कोने में वह पोटली दबी हुई है। कोना खोदकर जब वह पोटली निकाली जाती है तो घर की हालत सुधरने लगती है, बीमारी दूर भाग जाती है।"

आनंद सोचने लगा। बोला, "वहम दूर करने में कोई बुराई नहीं है, बलवंत सिंह जी, लेकिन भूत-प्रेत, जादू-टोना हैं तो वहम ही। इनमें कोई सच्चाई तो है नहीं। जो चीज़ें हमारी समझ में नहीं आतीं, हम उन्हें अलौकिक मान लेते हैं। वास्तव में यह सब मानसिक बीमारियाँ हैं। शारीरिक बीमारियाँ हमें दिखाई देती हैं, उनका पता लगाना भी आसान होता है। डॉक्टर ऐसी बीमारियों की दवा भी दे देते हैं, लेकिन मानसिक रोग भी होते हैं, इसका पता लोगों को नहीं था। पश्चिमी संसार में जब मनोविज्ञान का अध्ययन शुरू हुआ तो लोगों को इस बात का पता लगा। आज सारे संसार में मनोचिकित्सा को उतना ही महत्त्व दिया जाता है, जितना शारीरिक चिकित्सा को।"

"यह बात मेरे जेठों की समझ से बाहर है।" मनजीत बोली।

"मेरा खयाल है आनंद साहब, अगर आप एक बार मनमोहन से खुद मिलें, उसकी हालत देखें तो बड़ा अच्छा हो। आप उसके भाइयों से भी मिलकर देखें, शायद कोई रास्ता निकल आए।"

"मैं भी आपके साथ चलूँगी।"

"मनजीत, तुम तो जानती ही हो कि वीकली पेपर का कितना काम रहता है...?"

उसने बीच में ही उसकी बात काट दी, "अब तो आपको एक बहुत अच्छी असिस्टेंट मिल गई है।"

आनंद ने उसकी बात का व्यंग्य समझा। बोला, "हम लोग शनिवार की रात की गाड़ी से लखनऊ चल सकते हैं।"

रविवार की प्रातः दोनों लखनऊ पहुँचे। जगमोहन सिंह की दुकान बंद थी। सभी लोग घर पर ही थे। वहाँ पहुँचकर नहाने-धोने के बाद वह जगमोहन सिंह के साथ नाश्ते की मेज़ पर बैठा। मनजीत अपनी जेठानी से बातें कर रही थी। उन्हें इस घर में आए डेढ़ घंटा हो गया था। मनमोहन के अभी तक दर्शन नहीं हुए थे। आनंद उसके बारे में दो-एक बार पूछ चुका था। उसे यही उत्तर मिला था, 'वह अपने कमरे में है।'

"मनमोहन को भी यहीं बुला लें।" आनंद ने कहा।

जगमोहन बोला, "हमारी समझ में नहीं आता, इसे हो क्या गया है? जब से आया है, अपने कमरे में ही बंद रहता है। कमरे के अंदर ही अटैच्ड बाथरूम में नहाता-धोता है। बड़ी मुश्किल से उसकी भाभी उसके कपड़े बदलवाती है। नाश्ता, खाना सभी कुछ वह अपने कमरे में ही मँगवाता है⋯हमारी कुछ भी समझ में नहीं आता।"

"मैं उससे मिलना चाहता हूँ।" आनंद ने कहा।

"पहले आप नाश्ता कर लीजिए।"

"जगमोहन जी, मैं उससे नाश्ते से पहले मिलना चाहता हूँ। मैं कोशिश करूँगा कि वह हमारे साथ नाश्ता करे।"

"आप कोशिश करके देख लीजिए।"

आनंद उठकर मनमोहन के कमरे की ओर गया। उसने बाहर से दस्तक दी। तीन-चार दस्तकों के बाद अंदर से आवाज़ आई, "कौन है?"

"मैं हूँ निरवैर सिंह आनंद⋯दिल्ली से आया हूँ। आपसे मिलना चाहता हूँ।"

कुछ देर रुकने के बाद आनंद ने फिर से कहा, "मनमोहन जी, कृपा करके दरवाज़ा खोलिए, मुझे आपसे ज़रूरी काम है।"

मनमोहन ने थोड़ा-सा दरवाज़ा खोला और बीच में ही खड़ा हो गया। आनंद उसे देखकर अचंभित रह गया। उसने एक गंदा-सा पायजामा और मैली बनियान पहनी हुई थी। उसके केश बिखरे हुए और दाढ़ी छितरी हुई थी। लगता था, वह कई दिन से नहाया नहीं था।

मनमोहन उसे डरी-डरी आँखों से देख रहा था।

"मैं अंदर आ सकता हूँ?" आनंद ने पूछा।

मनमोहन ने अधखुले कपाट को कसकर पकड़ लिया, "नहीं, मैं जानता हूँ, आपको किसने भेजा है। निक्सन ने मेरे खिलाफ पुलिस लगा रखी है।⋯अमेरिका में भी निक्सन की पुलिस मुझे पकड़ना चाहती थी। ये लोग मुझे वियतनाम भेजना चाहते हैं मरने के लिए। मैं वहाँ मरने के लिए क्यों जाऊँ⋯मैं अमेरिकन नहीं हूँ, मुझे वो लोग अपनी फौज में ज़बरदस्ती कैसे भरती कर सकते हैं⋯लाखों अमेरिकी लोग वियतनाम में मर गए हैं। अच्छा है और मरें⋯पर मैं क्या करूँ⋯मैं अमेरिकन थोड़े हूँ⋯।''

"मनमोहन जी, आपको शायद मालूम नहीं कि वियतनाम की लड़ाई खत्म हो गई है। अमेरिका ने वहाँ से अपनी फौजें हटा ली हैं। अब कोई लड़ाई नहीं हो रही

है। अब किसी को वहाँ नहीं भेजा जा रहा है। आप बिलकुल बेफिक्र हो जाइए। आइए, हमारे साथ बैठकर नाश्ता कीजिए…।"

दरवाज़े पर उसकी पकड़ और मज़बूत हो गई, "आप मुझे बरगला रहे हैं…मैं आपकी बातों में नहीं आऊँगा। मैं जानता हूँ…आपको निक्सन ने भेजा है…आप वहाँ की पुलिस के आदमी हैं। आप यहाँ से मुझे ज़बरदस्ती नहीं ले जा सकते। यहाँ निक्सन का राज नहीं है…।" कहते हुए उसने झट से दरवाज़ा बंद कर लिया।

बहुत उदास होकर आनंद वापस आ गया।

"मैंने आपसे कहा था न," जगमोहन सिंह ने कहा, "मनमोहन पर किसी ने टोना कर दिया है। इस पर किसी प्रेत की छाया है। जब तक वह दूर नहीं होगी, इसकी ऐसी ही हालत रहेगी।"

"मनमोहन को किसी डॉक्टर को दिखाना चाहिए, किसी साइक्याट्रिस्ट को। इसे जो बीमारी है, उसका इलाज कोई मनोचिकित्सक ही कर सकता है।" आनंद बोला।

दोनों नाश्ता करने लगे।

जगमोहन बड़े विश्वास से बोला, "देखिए, जो रोग मनमोहन को लगा है, उसका इलाज किसी डॉक्टर के पास नहीं है। इसके लिए तो किसी ऐसे संत-महात्मा, सिद्ध पुरुष की मदद लेनी होगी जो भूत-प्रेतों की विद्या जानता हो। वे कोई तावीज़ देंगे, कोई मंत्र देंगे, कोई पाठ देंगे, तभी इसका कल्याण होगा।"

वह खातें-खाते रुक गया, "आनंद जी, हम पास के गुरुद्वारे में अखंड पाठ करवा रहे हैं। पाँच पाठों का भोग पड़ चुका है। हमने इक्कीस अखंड पाठ करवाने की बात सोची है।"

मनजीत और उसकी जेठानी भी उनके पास आकर बैठ गए।

जेठानी बोली, "वीर जी, पंजाब में एक डेरा है, उसकी बड़ी मान्यता है। होली के मौके पर वहाँ लाखों लोग जाते हैं। वहाँ बहुत-से सिद्ध पुरुष हैं, जिन्हें मसंद कहा जाता है। जिन लोगों पर भूत-प्रेतों की छाया होती है, उन्हें वे अपनी शक्ति से झुमवाते हैं। बीमार लोग कई-कई घंटे अपना सिर घुमाते हुए झूमते रहते हैं। मसंद कुछ मंतर पढ़कर झूमते हुए बंदे के सिर पर फूँकते हैं। कुछ देर में भूत उनकी मुट्ठी में आ जाता है…वह बोल पड़ता है। मसंद पूछता है, तूने इस बंदे को क्यों पकड़ रखा है? हर बंदा, चाहे वह औरत हो या मर्द, उनके सामने बोल पड़ता है और यह बताता है कि मैंने इसे क्यों पकड़ा है। मसंद पूछता है, किसके कहने पर तूने इसे पकड़ा है? भूत बता

देता है, मैंने उसके कहने पर इसे पकड़ा है। वह असली आदमी या औरत का नाम बता देता है। मसंद कहता है, अब तू इसे छोड़ दे और यहाँ से भाग जा, नहीं तो मैं तेरी दुर्गत करूँगा। मसंद उस झूमते हुए बंदे के सिर के बाल ज़ोर से खींचने लगता है। बंदे के अंदर बैठा हुआ भूत बुरी तरह चीखने लगता है। वह रोते हुए कहता है, हे मसंद जी, मुझे माफ कर दीजिए, मैं इस बंदे के अंदर से निकल जाऊँगा, इसे कभी तंग नहीं करूँगा, मुझे माफ कर दीजिए। मसंद भूत से पूरा वायदा करवाकर उसे अपनी शक्ति से मुक्त कर देता है। बंदा बिलकुल ठीक हो जाता है।"

जगमोहन बोला, "मनमोहन को उस डेरे पर ले जाना चाहिए।"

मनजीत आनंद की ओर देखने लगी।

आनंद बोला, "यदि आप लोगों को इन बातों पर इतना भरोसा है तो एक बार वहाँ हो आइए।"

जगमोहन ने दीवार पर लगा कैलेंडर देखा, "अगले हफ्ते होली है। इसी अवसर पर वहाँ जोड़-मेला लगता है। यह होली निकल गई तो फिर पूरा एक साल लग जाएगा। चलना है तो हमें तुरंत फैसला करना चाहिए।"

"क्या मनमोहन साथ चलने के लिए मान जाएँगे?" मनजीत ने पूछा।

"उसे मनाना तुम्हारा काम है मनजीत!" जगमोहन ने कहा, "जब तुम उसे अमेरिका से यहाँ ला सकती हो तो उस डेरे पर भी ले चल सकती हो।"

आनंद ने कहा, "जगमोहन जी ठीक कहते हैं। मैं आज रात की गाड़ी से दिल्ली वापस चला जाऊँगा। तुम लोग उस डेरे पर हो आओ, शायद वाहेगुरु की तुम पर कृपा हो जाए।"

"सर, आप भी हमारे साथ चलते तो कितना अच्छा होता।" मनजीत बोली।

"नहीं, मनजीत, इस समय मेरा जाना बहुत मुश्किल है। देश की राजनीति बड़ी तेज़ी से करवटें बदल रही है। क्लैमर के लिए यह बड़ा ज़रूरी है कि मैं इस सब पर अपनी नज़र रखूँ," आनंद हँस दिया, "मनमोहन तो मुझे निक्सन का एजेंट समझता है। मेरे साथ होने से वह समझेगा कि यह भी अमेरिकी सरकार की कोई चाल है।"

एक सप्ताह में मनजीत वापस आ गई। आनंद को उसने फोन पर कहा, "हम लोग पंजाब के उस मशहूर डेरे से होकर वापस आ गए हैं।"

"अच्छा, कैसा रहा वह अनुभव?"

"बस, कुछ पूछिए नहीं," मनजीत फोन पर ही हँसते हुए बोली, "चारों ओर पाखंडियों का राज था। शाम को आप कुछ फुरसत में हों तो आ जाऊँ?"

आनंद ने सामने रखी हुई टेबल डायरी देखी, कुछ सोचा और कहा, "आ जाओ।"

शाम को वह आ गई।

आनंद ने पूछा, "पहले यह बताओ कि मनमोहन कहाँ है? तुम्हारे साथ दिल्ली आया है?"

"नहीं···," वह बोली, "होशियारपुर से हम अमृतसर चले गए, दरबार साहब में माथा टेकने । हमने सरोवर में स्नान भी किया। इन दिनों मनमोहन का व्यवहार बहुत नॉर्मल रहा। वह सब चीज़ों को बड़े ध्यान से देखता था, सबकी बातों को भी बड़े ध्यान से सुनता था। दरबार साहब में उसने माथा भी बड़ी श्रद्धा से टेका। खड़े होकर कुछ देर अरदास करता रहा। कभी-कभी तो ऐसा लगता था कि वह बिलकुल ठीक-ठाक है, उसे कोई बीमारी नहीं है। यह ज़रूर है कि वह बोलता बहुत कम था। वैसे भी वह बहुत कम ही बोलता है।"

आनंद ने पूछा, "होशियारपुर के डेरे का अनुभव कैसा रहा?"

मनजीत कानों पर हाथ रखते हुए बोली, "भगवान् बचाए ऐसे डेरों से। वहाँ एक लाख से ज़्यादा लोग आए होंगे। दो दिन रहने के लिए हमें बड़ी मुश्किल से एक कमरा मिला, बहुत गंदा-सा। चारों तरफ मसंदों का राज था। डेरे के बाहर एक बड़ी खुली जगह है। सैकड़ों औरतें और मर्द वहाँ केश खोले अपने सिर को ज़ोर-ज़ोर से घुमाते नज़र आते थे, जिसे झूमना कहते हैं। ऐसा लगता था कि सभी लोग मिर्गी के शिकार हैं।"

"सचमुच···," मनजीत बोली, "मुझे खुद बड़ा आश्चर्य हो रहा था। कोई आम आदमी इतनी देर पागलों की तरह अपना सिर नहीं झुमा सकता। वे सभी लोग किसी न किसी जादू-टोने के शिकार थे। सबको किसी जिन्न, भूत, भूतनी ने पकड़ रखा था। मसंद आता था। वह रोगी के बालों में अपनी उँगलियाँ घुमाता था और अपने मुँह में कुछ बुदबुदाने लगता था। कुछ देर में रोगी की आँखें बंद होने लगती थीं। वह धीरे-धीरे अपनी गर्दन घुमाने लगता। उसके झूमने की रफ्तार तेज़ होने लगती थी। फिर बहुत तेज़ हो जाती थी। मसंद पूछता, तू कौन है? फिर ज़ोर से डाँटते हुए पूछता था, सच-सच बता, तू कौन है? तूने इसे क्यों पकड़ रखा है? तीन-चार बार पूछने के बाद झूमते हुए रोगी के मुँह से कुछ शब्द निकलते थे··· मैं फलाने··· वह किसी मर्द या औरत

का नाम लेता था···की प्रेतात्मा हूँ। मसंद पूछता था, तूने इसे क्यों पकड़ रखा है? झूमता हुआ व्यक्ति कोई कारण बताता था। औरतें आम तौर पर अपनी सास या जिठानी-देवरानी की शिकायतें करती थीं कि उन्होंने किस तरह उन्हें सताया था। मर्द अकसर यह शिकायत करते थे कि इस आदमी ने मुझे धोखा दिया, मेरा धन हड़प कर लिया, मेरी हत्या कर दी या करवा दी···।

''मसंद कहता था, तू इसे कब छोड़ेगा? झूमता हुआ व्यक्ति कहता था, मैं इसे नहीं छोड़ूँगा···मैं इससे बदला लूँगा···पूरा बदला लूँगा। मसंद पहले नर्मी दिखाता था, अरी प्रेतात्मा, अब तूने इसे बहुत सता लिया है···इसे बहुत सज़ा दे दी है···तू अब इसे छोड़ दे। प्रेतात्मा कहती थी, अभी इसे और सज़ा मिलेगी, फिर मसंद उसे डराता था, अगर तू इसे नहीं छोड़ेगा तो मैं तुझे नरक की आग में झोंक दूँगा···तू उसमें हमेशा जलता रहेगा···।"

मनजीत कुछ देर चुप रही, फिर बोली, "यह सब आपको क्या लगता है सर? क्या इस सबमें कुछ सच्चाई है?"

"देखो मनजीत, मनुष्य का अंतर्जगत्, बहुत विशाल है। उसकी चेतना की कितनी ही परतें हैं—चेतन, उपचेतन, अवचेतन। हम जिस चेतन में जीते हैं, मनोवैज्ञानिकों के अनुसार वह इतना ही है, जितना पानी में पड़ा हुआ बर्फ का टुकड़ा, जिसका केवल एक टिप ही हमें ऊपर दिखाई देता है, आइसबर्ग, शेष बर्फ तो पानी के अंदर ही होती है। हमारी सभी क्रियाओं के पीछे उपचेतन और अवचेतन का कितना बड़ा हाथ होता है, हम नहीं जानते।"

"क्या ये मसंद भोले-भाले लोगों को हिप्नोटाइज़ कर लेते हैं?"

"यही बात है। जो व्यक्ति मानसिक दृष्टि से जितना कमज़ोर होता है, वह उतनी ही जल्दी हिप्नोटाइज़ हो जाता है। ऐसी अवस्था में उसके अवचेतन में भरी बहुत-सी बातें उभर आती हैं और वह बोलने लगता है।"

"आपको एक मज़ेदार बात बताऊँ," वह बोली, "जब एक मसंद ने हमसे वहाँ आने का कारण पूछा तो मेरे जेठ जगमोहन जी ने मनमोहन की सारी स्थिति उसे बताई। मसंद ने झट से कहा, इस पर किसी ने टोना कर दिया है। इसके अंदर जो भूत घुस गया है, हम जल्दी ही उसे बाहर निकाल देंगे। उसने बहुत-से रुपए हमसे ले लिए और दूसरे दिन आने के लिए कहा। हम दूसरे दिन वहाँ पहुँचे तो मसंद ने मनमोहन की पगड़ी उतारकर उसके केश खोल दिए। मनमोहन बड़ी हिकारत-भरी नज़रों से उसे देख रहा था। मसंद

ने वैसा ही किया जैसा वह दूसरों के साथ करता था, लेकिन मनमोहन की न आँखें बंद हुईं, न सिर झूमा। मसंद ने बड़ी कोशिश की। बार-बार कुछ बुदबुदाता और मनमोहन के केशों में हाथ फेरता, पर मनमोहन पर असर ही नहीं होता। वह मसंद उसके कान में कहता, अरे भाई, तू झूमता क्यों नहीं...? चल झूम...! मनमोहन कहता, तुम मुझे झुमाओ तो मैं झूमूँगा। मैं अपने आप क्यों झूमूँ? आखिर मसंद बहुत तंग होकर जगमोहन जी से बोला, तुम्हारा मरीज़ बड़ा ज़िद्दी है। यह हमारी बात ही नहीं मानता। इसे समझाइए कि हम जैसा कहें, वैसा करे। कुछ देर में मनमोहन कपड़े झाड़कर उठ खड़ा हुआ और बड़े गुस्से से बोला, मुझे किन पाखंडियों के पास ले आए हैं आप? चलिए यहाँ से।"

आनंद हँस पड़ा, "तुम ठीक कहती हो। मनमोहन स्कीज़ोफ्रेनिया का शिकार ज़रूर हो गया है, लेकिन वह बहुत पढ़ा-लिखा व्यक्ति है। उसकी चेतना उस तरह कमज़ोर नहीं है, जैसी किसी आम अनपढ़ ग्रामीण व्यक्ति की हो सकती है। मसंदों के लिए आम व्यक्तियों को हिप्नोटाइज़ करना आसान है, लेकिन मनमोहन पर उनका जादू नहीं चला।"

"शायद यही कारण हो।"

"तुम्हें इतिहास की एक बात सुनाता हूँ," आनंद बोला, "गुरु गोबिंद सिंह पंजाब से निकलकर दक्षिण की ओर गए थे, यह तो तुम जानती हो। जब वे नांदेड़ पहुँचे तो उन्होंने माधोदास बैरागी की बड़ी चर्चा सुनी। लोग कहते थे कि जिन्न-प्रेत उसके वश में हैं। वह बड़ा चमत्कारी साधु है। गुरु गोबिंद सिंह उससे मिलने के लिए उसके आश्रम पहुँचे। उस समय माधोदास अपने आश्रम में नहीं था। गुरु गोबिंद सिंह उसी गद्दी पर बैठकर उसकी प्रतीक्षा करने लगे जिस पर वह बैठता था। यह देखकर माधोदास के चेले घबरा गए। उन्होंने गुरुजी से कहा कि इस गद्दी पर आपको बैठा हुआ देखकर माधोदास बहुत क्रोधित होगा। एक बार किसी अन्य व्यक्ति ने ऐसा ही किया था। माधोदास ने अपने भूत-प्रेतों द्वारा वह गद्दी उलटवाकर उसे बहुत अपमानित किया था। आप कृपा करके उसकी गद्दी से उठ जाइए। उनकी बात पर गुरु गोबिंद सिंह मुस्कराए और बोले, आप लोग इस बात की चिंता न कीजिए। माधोदास वापस आया। उन्हें अपनी गद्दी पर बैठा देखकर क्रोधित भी हुआ। कहा जाता है कि उन्हें अपने भूत-प्रेतों के ज़रिए अपमानित करने का भी उसने प्रयास किया, लेकिन उन पर कोई प्रभाव नहीं पड़ा। माधोदास ने अनुभव कर लिया कि गुरु गोबिंद सिंह की आत्मिक शक्ति उससे कहीं अधिक है। इसके बाद वह उनके चरणों पर गिर पड़ा और बोला,

गुरु जी, मैं तो आपका बंदा हूँ। उसका नाम ही 'बंदा' पड़ गया। यह वही व्यक्ति है, जिसने एक बार तो सारी मुगल हुकूमत की जड़ें हिला दी थीं।" कुछ रुककर उसने मनजीत से पूछा, "तुमने यह तो बताया नहीं कि मनमोहन कहाँ है?"

मनजीत बोली, "अमृतसर से हम लोग सीधे लखनऊ चले गए थे। वहाँ पहुँचकर मैंने उनसे कहा, आप मेरे साथ दिल्ली चलिए। वह बोले, नहीं, मैं दिल्ली नहीं जाऊँगा। वहाँ अमेरिकन एम्बेसी है।"

26

बिहार में छात्र-आंदोलन चलते कई वर्ष हो गए थे। जयप्रकाश नारायण का संपूर्ण क्रांति का नारा वहाँ सबसे अधिक तेज़ आवाज़ में सुनाई दे रहा था। हज़ारों लोग गाते फिर रहे थे, 'जयप्रकाश का बिगुल बजा तो जाग उठी तरुणाई है।'

आनंद बहुत दिन से बिहार जाने की योजना बना रहा था। वह स्वयं वहाँ जाकर सारी स्थिति को समझना चाहता था। उसे लग रहा था कि इस देश में कुछ अप्रत्याशित घटित होने जा रहा है।

सुनंदा ने उससे पूछा, "मैं भी साथ चलूँ?"

आनंद ने बड़ी मुस्कराती आँखों से उसे देखा, "बिहार पहले से ही जल रहा है। उसकी चिंगारियाँ दिल्ली तक पहुँच रही हैं। हम इस आग में घी डालने का काम न ही करें, तो अच्छा है।"

"व्यर्थ ही आप बातों को उलझा रहे हैं," सुनंदा झुँझलाकर बोली, "कहाँ जे०पी० की संपूर्ण क्रांति, कहाँ..." आनंद ने वाक्य पूरा किया, "कहाँ सुनंदा की संपूर्ण मूर्खता...। अरे भाई, तुम मेरे साथ जाओगी तो यहाँ जो हंगामा बरपेगा, उससे कौन निपटेगा? हो सकता है, मुझे वहाँ पाँच-सात दिन लग जाएँ। क्लैमर को चलाना है कि नहीं?"

आनंद बिहार चला गया। पटना में जे०पी० से उसकी भेंट नहीं हुई। वह बिनोवा भावे से मिलने पवनार आश्रम गए थे। उसने बहुत-से छात्र नेताओं और आम लोगों से बातचीत की। अपने टेपरिकॉर्डर में उनके इंटरव्यू लिए। लोगों की नब्ज़ पहचानने की कोशिश की। मुंगेर, आरा, समस्तीपुर, गया आदि स्थानों पर होता हुआ वह सात दिन बाद दिल्ली वापस आ गया।

आनंद ने नई दिल्ली स्टेशन पर उतरकर अखबार खरीदा। पहले पन्ने की ही मोटी सुर्खी थी—इलाहाबाद उच्च न्यायालय ने राजनारायण की याचिका स्वीकार करते हुए प्रधानमंत्री इंदिरा गांधी पर उनका लगाया यह आरोप स्वीकार कर लिया है कि पिछले

लोकसभा चुनाव में उन्होंने भ्रष्ट उपाय अपनाए थे, इसलिए रायबरेली से उनका चुनाव अवैध करार दिया है और आगामी छह वर्षों के लिए उन्हें किसी प्रकार का चुनाव लड़ने के लिए अयोग्य घोषित कर दिया गया है।"

आनंद यह समाचार पढ़कर एकदम चौंक गया। उसने झटपट तीन-चार अखबार और खरीद लिए। ऑटो रिक्शा से घर की ओर जाते हुए उसने सरसरी तौर पर सारे अखबार देख डाले।

घर पहुँचकर उसने रामिंदर को उसके घर पर फोन किया, "रामिंदर, तुमने अखबार देखा? इलाहाबाद हाईकोर्ट ने इंदिरा गांधी के चुनाव को अवैध घोषित कर दिया है।"

उधर से रामिंदर ने कहा, "आनंद साहब, यह तो धमाका हो गया। तीन-चार पेपर मैं चाट गया हूँ, मुझे यकीन नहीं हो रहा है। हाईकोर्ट के जज जगमोहनलाल सिन्हा ने बड़ी जुर्रत का काम किया है।"

"देखो रामिंदर, इस बात को इंदिरा गांधी इतनी आसानी से स्वीकार नहीं कर लेंगी। तुमने यह भी पढ़ा होगा कि इलाहाबाद हाई कोर्ट ने उन्हें सुप्रीम कोर्ट में इस निर्णय के विरुद्ध अपील करने की अनुमति दे दी है और कहा है कि उसके फैसले पर अमल आगामी बीस दिनों तक रुका रहेगा।"

"हाँ, मैंने यह भी पढ़ लिया है, लेकिन इन दिनों गर्मी की छुट्टियों के कारण सुप्रीम कोर्ट बंद है। केवल एक बेंच ही काम कर रही है।"

"खैर, तुम जल्दी ही ऑफिस पहुँचो। टेलीप्रिंटर से आ रही खबरों को देखो। इस फैसले पर आम लोगों की क्या प्रतिक्रिया है, इसका भी जायज़ा लो। मैं सुबह ही वापस आया हूँ। नहा-धोकर जल्दी ही ऑफिस पहुँचता हूँ।"

आनंद ने झटपट रेडियो खोला। खबरें आ रही थीं। विरोधी नेता माँग कर रहे थे कि सर्वोच्च न्यायालय का निर्णय आने तक श्रीमती गांधी को प्रधानमंत्री-पद से त्यागपत्र दे देना चाहिए।

आनंद ऑफिस पहुँचा। उसने फोन करके सुनंदा को भी बुला लिया। कुछ देर में इम्तियाज़ भी वहाँ आ गया। टेलीप्रिंटर पर लगातार समाचार आ रहे थे। हरियाणा की ओर से ट्रकों में भर-भरकर लोग, इंदिरा गाँधी ज़िंदाबाद···जगमोहन सिन्हा मुर्दाबाद के नारे लगाते हुए दिल्ली आ रहे थे। प्रधानमंत्री निवास के बाहर हज़ारों लोग इकट्ठा होकर इंदिरा गांधी के पक्ष में नारे लगा रहे थे।

“यह है अपने मुल्क की सियासत।” इम्तियाज़ बोला, “लोकतंत्र का तकाज़ा यह है कि अगर अदालत ने इंदिरा जी के खिलाफ फैसला दिया तो बड़ी अदालत का फैसला आने तक वह प्रधानमंत्री-पद से अपना इस्तीफा दे दें और किसी सीनियर मिनिस्टर को आरिज़ी तौर पर यह ज़िम्मेदारी सौंप दें। लेकिन इंदिरा जी ने यह करने के बजाय अपनी कोठी पर भीड़ इकट्ठी करनी शुरू कर दी है। उनका बेटा घूम-घूमकर अपनी माँ की गद्दी बचाने के लिए भाड़े पर लाए लोगों की भीड़ जमा कर रहा है। हरियाणा के चीफ मिनिस्टर को अपनी वफादारी दिखाने का पूरा मौका मिल गया है। वह ट्रकों में भर-भरकर लोगों को दिल्ली भेज रहे हैं। वाह री जम्हूरियत...वाह रे लोकतंत्र!”

सुनंदा बड़े ध्यान से उसकी बातें सुन रही थी। बोली, “इम्तियाज़ साहब, आप की समझ में इस समय इंदिरा जी को क्या करना चाहिए?”

“मेरी समझ में उन्हें तुरंत इस्तीफा दे देना चाहिए और स्वर्ण सिंह या प्रणव मुखर्जी जैसे किसी सीनियर मिनिस्टर को उस समय तक के लिए प्रधानमंत्री बना देना चाहिए, जब तक सुप्रीम कोर्ट का फैसला न आ जाए।”

सुनंदा हँसने लगी, “इंदिरा जी इस समय जिसे अस्थायी प्रधानमंत्री बनाएँगी, अगर वह बाद में कुर्सी खाली करने से इंकार कर दे तो क्या होगा?”

“सुनंदा जी, आप भी कैसी बातें करती हैं,” इम्तियाज़ बोला, “लीडर तो कांग्रेस की पार्लियामेंट की पार्टी चुनती है। उसमें इंदिरा जी का बहुमत है। उन्हें किस बात का खतरा है?”

“इम्तियाज़ साहब, जिसके पास कुर्सी होती है, उसे अपनी छाया से भी खतरा महसूस होता है। आप जानते ही होंगे कि औरंगज़ेब जैसे बादशाह को सबसे ज़्यादा खतरा अपने बेटों से था। उसका सबसे बड़ा बेटा मोहम्मद सुलतान सारी उम्र अपने बाप की कैद में रहा। कैदखाने में ही उसकी मृत्यु हुई। दूसरा बेटा मोहम्मद अकबर अपने बाप के क्रोध से बचने के लिए जीवन के कितने ही साल मुफलिसी में इधर-उधर भटकता रहा और आखिर में फारस में जाकर मरा। मोहम्मद मुअज्जम, जो बाद में अपने भाई मोहम्मद आज़म को मारकर बहादुरशाह नाम से गद्दी पर बैठा था, वह भी लंबे समय तक अपने बाप की कैद में रहा था।”

आनंद बोला, “बाप रे! सुनंदा, तुमने तो औरंगज़ेब का पूरा इतिहास ज़ुबानी रट रखा है। उसके सारे खानदान का कच्चा चिट्ठा तुम्हारे पास है। यह तो बताओ, तुम

कहना क्या चाहती हो?"

"बड़ी सीधी-सी बात है," वह बोली, "जो व्यक्ति जितना असुरक्षित होता है, उतना ही अपनी कुर्सी को लेकर डरा हुआ होता है। उसे बाहर वालों से उतना डर नहीं होता, जितना अपनों से। इंदिरा जी अपनी गद्दी को लेकर सदा ही बहुत असुरक्षित महसूस करती रही हैं। उन्हें हमेशा यह लगता रहता है कि कांग्रेस के बड़े-बड़े घाघ नेता उन्हें कभी भी गद्दी से उतार देंगे, इसलिए इस्तीफा देने का रिस्क वे कभी नहीं उठाएँगी।"

रामिंदर अभी तक चुप बैठा सभी की बातें सुन रहा था। बोला, "यदि वे इस्तीफा देना भी चाहें तो उनका बेटा संजय उन्हें कभी ऐसा नहीं करने देगा।"

क्लैमर के अगले अंक में आनंद ने अपने संपादकीय में लिखा कि लोकतंत्र के उच्चतर आदर्शों और मूल्यों की रक्षा करने के लिए प्रधानमंत्री इंदिरा गांधी को सर्वोच्च न्यायालय का निर्णय आने तक अपने पद से त्यागपत्र दे देना चाहिए।

इस बीच सर्वोच्च न्यायालय की एक सदस्यीय बेंच ने निर्णय दिया कि छुट्टियों के बाद संपूर्ण केस विस्तार सहित पूरी बेंच के सामने प्रस्तुत किया जाए। उस समय तक श्रीमती गांधी प्रधानमंत्री-पद पर बनी रह सकती हैं, किंतु लोकसभा की सदस्य के नाते वह न तो सदन की कार्रवाई में हिस्सा ले सकती हैं और न ही भत्ता आदि प्राप्त कर सकती हैं।

संपूर्ण देश में इंदिरा गांधी के त्यागपत्र की माँग लगातार बढ़ती जा रही थी। सभी विपक्षी नेता दिल्ली आ गए थे। जयप्रकाश नारायण सभी के केंद्र में थे। मोरारजी देसाई के नेतृत्व में जनता मोर्चे का गठन हो गया था। उन्होंने घोषित किया कि श्रीमती गांधी से इलाहाबाद उच्च न्यायालय का फैसला मनवाने के लिए शीघ्र ही राष्ट्रीय स्तर पर शांतिपूर्ण सत्याग्रह का आयोजन किया जाएगा।

दिल्ली के रामलीला मैदान में एक विशाल रैली की घोषणा हुई। अनेक दलों के नेता उसमें शामिल हो रहे थे। आनंद ने इम्तियाज़ को फोन किया, "इम्तियाज़ भाई, रामलीला मैदान में बहुत बड़ी रैली होने जा रही है। लगता है, इंदिरा जी के खिलाफ सभी लोग कतारबद्ध हो रहे हैं। इलाहाबाद हाईकोर्ट के फैसले ने इन्हें एक मंच पर आकर अपनी मुहिम चलाने का मौका दे दिया है। मैं खुद इस रैली में जाकर सारे रंग-ढंग देखना चाहता हूँ। हो सके तो आप भी आ जाइए।"

"ठीक है," इम्तियाज़ ने कहा, "पहले मैं आपके दफ्तर आ जाऊँगा, फिर साथ चलेंगे।"

सुनंदा दो दिन पहले किसी विवाह समारोह में भाग लेने के लिए अंबाला चली गई थी। आनंद और इम्तियाज़ रैली में पहुँचे। रैली में बहुत भीड़ थी। लगता था, जैसे सारी दिल्ली उमड़ आई है। विशाल ऊँचे मंच पर बहुत-से नेता दिखाई दे रहे थे। भीड़ लगातार नारे लगा रही थी, इंदिरा गांधी इस्तीफा दो...इस्तीफा दो...इंदिरा हटाओ...लोकतंत्र बचाओ...!

रैली से वापस लौटते हुए दोनों टी-हाउस पहुँच गए। वहाँ लेखकों का अच्छा-खासा जमावड़ा था। रमन ने उसे दूर से ही देख लिया, "आओ आनंद भाई, बहुत दिन बाद नज़र आ रहे हो!"

दोनों उनके बीच जाकर बैठ गए।

धर्मपाल जी बोले, "आज तो रामलीला मैदान में जे०पी० और उनके साथी बहुत बड़ी रैली कर रहे हैं। आप वहाँ नहीं गए?"

"वहीं से आ रहा हूँ। सचमुच बहुत बड़ी रैली थी।" वह बोला।

विक्रम बोला, "मैंने आपके पिछले अंक में छपा संपादकीय पढ़ा था। आप भी यही सोचते हैं कि इंदिरा जी को त्यागपत्र दे देना चाहिए?"

"मेरा तो यही विचार है," आनंद बोला, "अगर इलाहाबाद हाईकोर्ट ने अपना फैसला इंदिरा जी के खिलाफ दे दिया है तो उन्हें त्यागपत्र दे देना चाहिए।"

"उन्होंने सुप्रीम कोर्ट में इस फैसले के विरुद्ध अपील की है। कोर्ट ने अंतिम फैसला आने तक उनके प्रधानमंत्री बने रहने की बात मान ली है।" संजीव की आवाज़ में खासा तीखापन था।

"आप ठीक कह रहे हैं," आनंद ने कहा, "सुप्रीम कोर्ट का निर्णय तो कोर्ट का अवकाश समाप्त होने के बाद ही आएगा। इस अवधि में यदि श्रीमती गांधी अपने किसी सहयोगी को अपने पद का दायित्व सौंप देतीं तो लोकतंत्र की प्रतिष्ठा बढ़ती।"

इतने में इम्तियाज़ बोल पड़ा, "यह सब तो ठीक है, लेकिन आज की रैली में जे०पी० ने कुछ ऐसी बातें कहीं, जो मुझे ठीक नहीं लगीं।"

सभी उत्सुक हो उठे। धर्मपाल ने पूछा, "ऐसा क्या कहा उन्होंने?"

"देखिए, सरकार की किसी बात का विरोध करने के लिए जनता आंदोलन करे, जुलूस निकाले, धरने दे, यह तो ठीक है, लोकतंत्र में यह उसका अधिकार है, लेकिन जनता से यह कहना कि वह सरकार को कर देना बंद कर दे, सैनिकों या सिपाहियों

से यह कहना कि अगर सरकार उन्हें कोई गलत हुक्म दे, तो वे लोग उसे मानने से इंकार कर दें, यह ठीक नहीं है। यह तो उन्हें बगावत करने के लिए भड़काना है। लोकतंत्र इसकी इजाज़त नहीं देता।"

संजय बोला, "इम्तियाज़ बिलकुल सही बात कह रहा है। जे०पी० बुरी तरह फ्रस्ट्रेट हो चुके हैं। उनकी ये बातें इस फ्रस्ट्रेशन को ही ज़ाहिर करती हैं।"

गोस्वामी कुछ कहने के लिए कुलबुला रहा था। वह बोला, "जो लोग उनके साथ जुड़े रहे हैं, वे भी बुरी तरह कुंठित हो गए हैं। इंदिरा जी ने उन्हें देश की राजनीति से दूध से मक्खी की तरह निकाल दिया है। अपना सिंडीकेट बनाए ये नेता सारी राजनीति को अपनी उँगलियों पर नचाना चाहते थे और अपने-अपने क्षेत्रों में महंत बने बैठे थे। इंदिरा जी ने इन महंतों की गद्दियाँ हिला दी हैं।"

संजय ज़ोर से हँसा, "गोस्वामी कभी-कभी बड़ी समझदारी-भरी बातें करता है।"

रमन बोला, "इससे रोज़-रोज़ समझदारी की उम्मीद न करो। इस पर कभी-कभी यह गुण ऊपर से उतरता है। इसे इल्हाम होता है। लगता है, आज ऐसा ही दिन है।"

सारा टी-हाउस ठहाकों से गूँजने लगा।

जिस शाम रामलीला मैदान में रैली हुई थी, उसी रात गांधी शांति प्रतिष्ठान से जे०पी० को गिरफ्तार कर लिया गया। उन पर आरोप था कि उन्होंने सेना में बगावत फैलाने वाला भाषण दिया है।

उसी रात सारे देश में आपातकाल की घोषणा कर दी गई। विरोधी दलों के सभी बड़े-बड़े नेता गिरफ्तार कर लिए गए। दूसरे दिन श्रीमती गांधी ने राष्ट्र के नाम एक संदेश प्रसारित किया। उन्होंने कहा, ''आपातकाल इसलिए लगाया जा रहा है, क्योंकि देश की आंतरिक स्थिरता खतरे में पड़ गई है। विदेशी शक्तियों के इशारे पर काम करने वाले लोग इन गड़बड़ियों को फैला रहे हैं। कानून और व्यवस्था बिगड़ गई है। इस अराजकता में असामाजिक तत्त्व हावी हो गए हैं। हमारे सामने इसके अतिरिक्त और कोई विकल्प नहीं रह गया है कि हम सख्ती के साथ अराजकता को काबू करें और असामाजिक तत्त्वों को दबा दें।''

आनंद के कमरे में सुनंदा, रामिंदर और इम्तियाज़ बैठे हुए थे।

आनंद कह रहा था, "श्रीमती गांधी सारे देश में इमरजेंसी लगा देंगी, ऐसा तो

किसी ने नहीं सोचा था।"

इम्तियाज़ बोला, "मुल्क के हालात बहुत खराब हो गए थे। गुजरात और बिहार में तो जैसे कोई हुकूमत ही नहीं रह गई थी। सारे देश में जे०पी० संपूर्ण क्रांति लाने का ऐलान कर चुके थे। रामलीला मैदान की रैली में जो कुछ उन्होंने कहा था, वह तो खुला ऐलाने जंग था। ऐसी हालत में इंदिरा जी के सामने और चारा ही क्या था?"

"इम्तियाज़ साहब, श्रीमती गांधी ने सिर्फ इमरजेंसी ही नहीं लगाई है, पूरी प्रेस सेंसरशिप भी लगा दी है। अब हम अपने अखबार में बिना सेंसरशिप अधिकारियों को दिखाए कुछ भी नहीं छाप सकते।" रामिंदर बोला

आनंद के चेहरे पर चिंता उभर आई थी, "प्रेस पर सेंसर लगाना बड़ी गलत बात है। लोगों से अभिव्यक्ति की आज़ादी छीन लेना, उनके कुछ भी लिखने-बोलने पर इस तरह की पाबंदी लगा देना तो पूरी तानाशाही है।"

"आनंद साहब, आपकी यह बात तो ठीक है," इम्तियाज़ बोला, "इमरजेंसी लगाकर इंदिरा गांधी ने अपने मुखालिफ लीडरों को तो जेल की सलाखों के पीछे डाल ही दिया है, प्रेस सेंसरशिप लगाकर आम लोगों की आवाज़ क्यों दबाई जा रही है, यह समझ में नहीं आता? इस वक्त मुझे फैज़ अहमद फैज़ की एक नज़्म की कुछ सतरें याद आ रही हैं :

निसार मैं तिरी गलियों पे ऐ वतन, कि जहाँ
चली है रस्म कि कोई न सर उठा के चले
जो कोई चाहने वाला तवाफ़ को निकले
नज़र चुरा के चले, जिस्म-ओ-जाँ बचा के चले।''

सुनंदा हँस पड़ी, "वाह, इम्तियाज़ साहब, लेकिन आप तो इस इमरजेंसी के हिमायती हैं?"

"इमरजेंसी का तो कुछ हद तक हिमायती हूँ, लेकिन इस बात की ताईद नहीं कर सकता कि कोई एक शख्स मुल्क के करोड़ों लोगों की ज़ुबान पर इस तरह ताला लगा दे। ऐसा काम तो हिटलर ही कर सकता था।"

आनंद बोला, "आप देख ही रहे हैं कि बड़े-बड़े अखबारों की सुर्खियों पर काली स्याही पुती हुई है। बहुत-से संपादकों ने अपने संपादकीय की जगह ब्लैंक छोड़ दी है। सोचना यह है कि इस हालत में क्लैमर की नीति क्या होगी?"

उसी समय फोन की घंटी बजी।

उधर से जत्थेदार सोहन सिंह बोल रहे थे, "आनंद जी, सत श्रीअकाल!"

"सत श्रीअकाल, जत्थेदार जी, बड़े दिनों बाद याद किया।"

"जब आपके हित की कोई बात सामने आती है तो याद कर लेता हूँ।"

"आपकी बड़ी कृपा है मुझ पर।"

"सुनिए, इमरजेंसी लग गई है। बड़े-बड़े लीडर अंदर हो गए हैं। मैडम किसी को छोड़ने वाली नहीं हैं। अखबारों पर सेंसरशिप लग गई है। जिसने ज़रा-सा उनके खिलाफ लिखा कि उसने जेल की हवा खाई।"

"जी, आपकी बात बिलकुल ठीक है।"

"मैं आपको दो बातों के लिए फोन कर रहा हूँ," उनकी आवाज़ कुछ सख्त हो गई, "एक तो यह कि अपने अखबार का सुर ठीक रखिएगा। आपका पिछला संपादकीय मैंने पढ़ा था, जिसमें आपने लिखा था कि श्रीमती गांधी को इस्तीफा दे देना चाहिए। आपको ऐसा लिखने की क्या ज़रूरत थी? अब कुछ गड़बड़-शड़बड़ मत लिखिएगा।"

"दूसरी क्या बात है जत्थेदार जी?"

"दूसरी बात यह है कि इस वक्त आप सरकार की मदद कीजिए। अकाली इमरजेंसी के खिलाफ मोर्चा लगा रहे हैं। उन्होंने दरबार साहब कॉम्प्लेक्स से इमरजेंसी के विरोध में रोज़ जत्थे भेजने का ऐलान किया है। आप उन्हें समझाइए। उनसे कहिए कि ऐसी बेवकूफी न करें। मैडम सिखों को बहुत मानती हैं। वह उनकी सभी माँगें मान लेंगी। उन्हें जे०पी० क्या दे देंगे…? मोरार जी से तो उन्हें कुछ उम्मीद नहीं करनी चाहिए। जनसंघी तो सिखों को फूटी आँख नहीं देखना चाहते। अकाली उनके साथ चलने की मूर्खता क्यों कर रहे हैं? इस समय उन्हें इंदिरा जी का साथ देना चाहिए।"

"जत्थेदार जी, जहाँ तक पहली बात का सवाल है, मैं आपकी बात पर पूरी तरह गौर करूँगा। जहाँ तक अकालियों की बात है, यह तो उनकी पार्टी का फैसला है। इसमें मैं कैसे दखल दे सकता हूँ?"

"आप मेरी बात समझिए," जत्थेदार जी अपनी आवाज़ दबाते हुए बोले, "यह मौका ऐसा है, जब आप सरकार से पूरा फायदा उठा सकते हैं। आप अपने अखबार में दो-चार लेख खुद लिखिए और कुछ और लोगों से लिखवाइए। आप इमरजेंसी का समर्थन कीजिए और अकालियों के ऐलान की भरपूर निंदा कीजिए।"

आनंद कुछ क्षणों के लिए चुप हो गया।

उधर से फिर आवाज़ आई, "आप मेरी बात समझ रहे हैं? यह मौका सूझ-बूझ से काम लेने का है।"

"मैं आपकी इस बात पर भी गौर करूँगा। सुना है, पिछले दिनों आपकी तबीयत कुछ ठीक नहीं थी। क्या बात थी?"

सोहन सिंह कुछ उदास आवाज़ में बोले, "अरे आनंद जी, एक रोग हो तो बताऊँ। पिछले दिनों शुगर बहुत बढ़ गई थी। हाई ब्लडप्रेशर तो हमेशा बना रहता है। मुट्ठी भर-भरकर दवाइयाँ खाता हूँ, लेकिन कुछ न कुछ लगा ही रहता है।"

आनंद ने हँसते हुए कहा, "जत्थेदार जी, एक दवाई मैं भी आपको बताता हूँ। सुबह थोड़ी-सी सैर करिए और अपना वज़न कम कीजिए। आपकी तोंद दिन पर दिन बढ़ती जा रही है।" कुछ रुककर वह बोला, "जत्थेदार जी, कड़ाह प्रसाद भी सिर्फ प्रसाद के रूप में थोड़ा-सा खाया कीजिए। आप तो···।"

सुनंदा, रामिंदर और इम्तियाज़ उसकी बातें सुन रहे थे।

रामिंदर बोला, "क्या कहते हैं जत्थेदार सोहन सिंह?"

"कहते हैं, मैडम का साथ दूँ···इमरजेंसी के हक में लेख लिखूँ···दोस्तों से भी लिखवाऊँ···अकालियों को समझाऊँ कि वो इमरजेंसी के खिलाफ मोर्चा न लगाएँ। अवसर का पूरा फायदा उठाऊँ।"

"ठीक है।" इम्तियाज़ कुर्सी से उठता हुआ बोला, "इस दुनिया में समझदार उसी को कहा जाता है, जो मौके का भरपूर फायदा उठाता है।"

"जाने से पहले एक बात और बताइए इम्तियाज़ भाई," आनंद ने पूछा, "व्यक्ति समझदार कैसे बनता है?"

"मौके का फायदा उठाकर।" कहते हुए वह कमरे से बाहर निकल गया।

27

मनजीत का फोन आया, “भाइया जी पूरे हो गए।”

आनंद ऑफिस जाने को तैयार हो रहा था। बोला, “कब?”

“आधी रात को,” वह बोली, “शाम से ही उनकी हालत बहुत खराब हो गई थी। डॉक्टर आया था। उसने भी जवाब दे दिया था। कह रहा था कि रात निकल जाए तो बड़ी बात है। जब प्राण निकले, हम सब उनके पास बैठे हुए थे।”

“अंतिम संस्कार कब है?”

“कुछ रिश्तेदारों को आना है,” वह टेलीफोन पर ही रोने लगी, “भाइया जी मुझे बहुत चाहते थे··मुझसे बड़ा प्यार करते थे। प्यार से लबालब भरी उनकी आँखें मुझे नहीं भूलतीं। जब मैं कॉलेज जाने लगती थी तो काँपते हाथों से अपनी फतुही से निकाल कर मुझे पैसे देते थे। कहते थे, पुत्तर, कुछ अच्छी चीज़ें खाया कर।”

भाइया जी का अंतिम संस्कार हो गया। उनकी अस्थियाँ चुनकर रख ली गईं। बलवंत सिंह ने कहा, “उनकी अंतिम इच्छा थी कि उनकी अस्थियों को जेहलम में प्रवाहित किया जाए।”

सभी सोचने लगे, यह कैसे होगा? इन अस्थियों को लेकर पाकिस्तान कौन जाएगा?

आनंद बोला, “जेहलम कश्मीर से होकर पाकिस्तान में जाती है। कश्मीर जाकर जेहलम में प्रवाहित करना ज़्यादा मुश्किल काम नहीं है।”

सुरजीत बोला, “यह ठीक है। मैं भाइया जी के फूल लेकर कश्मीर चला जाऊँगा।”

भगवंत बहुत उदास बैठा था। एकाएक उसकी आँखें भर आईं, “सवाल सिर्फ जेहलम नदी का नहीं है। जेहलम हमारे गाँव से लगकर गुज़रती थी। भाइया जी का

मन तो सदा उस धरती के लिए तड़पता था। वह चाहते थे कि उनके फूल उस धरती को भी छुएँ।"

सब सोचने लगे।

बलवंत सिंह बोला, "ननकाना साहब, पंजा साहब के दर्शनों के लिए जाने वाले अगले जत्थे में हममें से कोई चला जाएगा। वही यह काम भी कर आएगा। तब तक फूल किसी बर्तन में बाँधकर गुरुद्वारे में रख देते हैं।"

वह आनंद की ओर मुड़ा, "यह बताइए कि मनजीत की समस्या कैसे हल करें?"

सबको लगा, जैसे यह प्रश्न घर के किसी कोने में छिपा खड़ा था, अब धमककर सबके बीच आ गया है।

आनंद ने मनजीत से पूछा, "लखनऊ से मनमोहन का कोई समाचार मिला?"

"मैं कुछ दिन पहले वहाँ गई थी," मनजीत रुआँसी हो आई थी, "उनकी हालत तो वैसी ही है। हमेशा दरवाज़ा बंद करके बैठे रहते हैं, मुझसे भी कोई बात नहीं करते। मैं कहती थी, आइए, अब अमेरिका वापस चलते हैं। वियतनाम की लड़ाई खत्म हो गई है। अमेरिकी सैनिक वहाँ से वापस आ गए हैं। अब किसी को वहाँ नहीं भेजा जा रहा है। अब किसी बात का खतरा नहीं है, लेकिन उन पर किसी बात का असर नहीं होता। लगता है, उनके लिए समय ठहर गया है। उन्हें लगता है कि वहाँ लड़ाई चल रही है, लोगों को ज़बरदस्ती फौज में भर्ती किया जा रहा है। निक्सन इन्हें ढूँढ़ रहा है…।"

"यह ऐसी बीमारी है, जिसमें समय ठहर जाता है। आदमी ठहरे हुए समय में जीने लगता है।" आनंद बोला।

"लेकिन सर, मुझे बताइए, मैं क्या करूँ? मैं छह महीने के अंदर वहाँ वापस नहीं जाऊँगी तो मेरी सिटीज़नशिप समाप्त हो जाएगी। बंटी अमेरिका में जन्मा है, इसलिए वह तो वहाँ का पैदाइशी नागरिक है। मुझे इसके भविष्य के विषय में भी तो कुछ सोचना है।"

"तुम क्या सोचती हो?" आनंद ने पूछा।

"मेरी समझ में कुछ नहीं आ रहा है," मनजीत आँखें पोंछते हुए बोली, "मेरा फ़र्ज़ बनता है कि यहाँ रहकर मैं मनमोहन की देखभाल करूँ, लेकिन यह बीमारी तो जल्दी ठीक होने वाली नहीं लगती।"

सभी उदास भाव से सिर झुकाए बैठे थे।

"वहाँ से आए मुझे छह महीने होने वाले हैं," वह बोली, "मुझे यदि वहाँ की अपनी नागरिकता बचानी है तो यह पीरियड समाप्त होने से पहले मुझे वहाँ वापस जाना होगा। कुछ समय रहकर मैं फिर वापस आ सकती हूँ।"

भगवंत हँसा, "मनजीत समझती है कि अमेरिका जाना-आना ऐसा है जैसे करोल बाग या चाँदनी चौक जाकर वापस आना हो!"

हुआ ऐसे ही। मनजीत बंटी को लेकर बॉस्टन वापस चली गई। वहाँ वह किसी डिपार्टमेंटल में स्टोर सेल्स गर्ल की नौकरी करने लगी। बंटी के लिए उसने एक क्रेच का प्रबंध कर लिया।

इमरजेंसी में लोगों की धड़ाधड़ गिरफ्तारियाँ हो रही थीं। कुछ संस्थाओं पर प्रतिबंध लगा दिया गया था। अनेक पत्रकारों को भी गिरफ्तार कर लिया गया। क्लैमर में भी संपादकीय की जगह बड़े-बड़े अक्षरों में लिखा था, सेंसर्ड...।

आपातकाल और प्रेस सेंसरशिप के खिलाफ देश के बड़े वर्ग में बड़ी कुलबुलाहट थी, किंतु कोई खुलकर बोल नहीं पा रहा था। जयप्रकाश नारायण के समग्र क्रांति के आंदोलन से जुड़े कई दल इसके विरुद्ध आंदोलन कर रहे थे। इन दलों के बहुत-से सदस्य जेलों में डाल दिए गए थे। कुछ बड़े नेता भूमिगत हो गए थे। चारों तरफ उनकी खोज हो रही थी।

टी-हाउस में आनंद बहुत दिन बाद आया था। उसने देखा, धर्मपाल और संजीव बुरी तरह जूझ रहे थे। संजीव कह रहा था, ''अभिव्यक्ति की स्वाधीनता का नारा पूँजीवादी जनतंत्र का अपने हितों के लिए लगाया जाने वाला सिर्फ एक नारा है। जिस व्यवस्था में अभिव्यक्ति के माध्यमों पर पूँजीपतियों का एकाधिकार होगा, उसमें स्वाधीनता कैसे होगी?"

धर्मपाल उत्तेजित स्वर में बोला, "तुम जिस व्यवस्था की वकालत कर रहे हो, वहाँ तो सब कुछ सरकार के हाथ में है। उस व्यवस्था में तो आनंद जैसा व्यक्ति अपना छोटा-सा अखबार भी नहीं निकाल सकता। वहाँ तो सब कुछ पार्टी के निर्देश पर होता है। साहित्य को भी पार्टी का साहित्य बनना पड़ता है। इस व्यवस्था में व्यक्ति को चीखने और रोने की तो कुछ आज़ादी है। वहाँ तो यह भी संभव नहीं है।"

आज टी-हाउस वाला जमावड़ा कुछ सँभल-सँभलकर बोल रहा था। सबको इस बात का अहसास था कि गुप्तचर विभाग के लोग सभी पर कड़ी नज़र रख रहे हैं।

किसके घर पर रात को पुलिस की दस्तक पड़ जाएगी, कहा नहीं जा सकता।

विक्रम बोला, "दोस्तो, मैं आपको एक लोककथा सुनाता हूँ। बताइए कि यह कहानी आज के हालात पर क्या कुछ रोशनी डालती है?"

गोस्वामी बहुत धीरे से बोला, "जिस समय में हम जी रहे हैं, उसमें बातें सिर्फ लोककथाओं, प्रतीकों, संकेतों के माध्यम से ही की जा सकती हैं। देखें, विक्रम की लोककथा क्या कहती है।"

वह कहानी सुनाने लगा, "एक बड़ा प्रभावशाली व्यक्ति था···।"

"इंदिरा गांधी की तरह।" गोस्वामी बोल पड़ा।

विक्रम ने उसे आँखें तरेरकर देखा, "गोस्वामी, इस कथा का अर्थ निकालने की तुम्हें ऐसी जल्दी क्या है?···अब बीच में बिलकुल मत बोलना।"

वह आगे सुनाने लगा, "वह व्यक्ति सभी तरह के सही-गलत धंधे करता था। उसके सामने बोलने का साहस किसी में नहीं था। उसके पास चार मुर्गे थे। उसने एक नया नौकर रखा। उस नौकर की विशेषता यह थी कि वह मुर्गों की भाषा समझ लेता था। एक रात एक मुर्गा बड़े जोर से बाँग दे रहा था। प्रभावशाली व्यक्ति ने उस नौकर को बुलाकर पूछा, तुम तो इनकी भाषा समझते हो। बताओ, यह मुर्गा क्या बोल रहा है? नौकर ने बड़े ध्यान से मुर्गे की बाँग सुनी और कुछ चिंतित हो गया। मालिक ने ज़ोर देकर कहा, बताओ, यह क्या बोलता है? नौकर ने कहा, हुजूर, यह कुछ ठीक नहीं बोल रहा है। आप न ही सुनें तो अच्छा है। मालिक उत्तेजित हो गया। बोला, नहीं, तुम मुझे बताओ···सच-सच बताओ। नौकर ने बड़े संकोच से बताया—हुज़ूर, यह आपकी बड़ी निंदा कर रहा है। यह कहता है कि आप बड़े जालिम हैं। आपने अपनी सारी दौलत झूठ और पाप के ज़रिए एकत्र की है। अपने स्वार्थ के लिए आप लोगों की जान ले लेते हैं। आपका यह अन्याय ज़्यादा समय तक नहीं चलेगा। लोग आपको कभी क्षमा नहीं करेंगे।

''उसकी बात सुनकर प्रभावशाली व्यक्ति को बहुत गुस्सा आया, अच्छा, इस मुर्गे की इतनी हिम्मत···! जाओ, फौरन उसकी गर्दन काट दो।

''मुर्गे की गर्दन काट दी गई।

''दूसरी रात उस व्यक्ति ने सुना कि दूसरा मुर्गा बोल रहा है। प्रभावशाली व्यक्ति ने नौकर से पूछा, यह क्या बोल रहा है? नौकर ने ध्यान से सुना और सोच में पड़ गया। बोलो, यह क्या बक रहा है? मालिक गरजा। नौकर ने कहा, हुज़ूर, यह भी कुछ

ठीक नहीं बोल रहा है। मालिक ने पूछा, क्या बोल रहा है? नौकर बोला, हुज़ूर, यह कहता है कि कल रात आपने इसके एक साथी की गर्दन कटवा दी। यह बहुत गलत काम किया। आखिर वह मुर्गा कुछ गलत तो नहीं कह रहा था। सच कहने की इतनी बड़ी सज़ा? यह अन्याय है।

"प्रभावशाली व्यक्ति ने कहा, इस बदतमीज़ की भी गर्दन उड़ा दो।

"दूसरे मुर्गे की भी गर्दन काट दी गई।

"तीसरी रात प्रभावशाली व्यक्ति ने सुना, एक और मुर्गा बोल रहा है। उसकी आवाज़ पहले दो मुर्गों जैसी तीखी नहीं थी। ऐसा लगता था, जैसे वह अपने आप से बातें कर रहा है। उसने नौकर से पूछा, यह मरदूद क्या कह रहा है?

"नौकर ने फिर बड़े ध्यान से सुना और कहा, हुज़ूर, यह बोल रहा है कि ज़माना बहुत खराब है। सच को सच कहना बहुत खतरनाक काम है। सच कहने पर गर्दन उड़ा दी जाती है, इसलिए सब कुछ देखो, सब कुछ सुनो, पर चुप रहो, ज़ुबान पर ताला लगा लो।

"प्रभावशाली व्यक्ति मुस्कराया। बोला, हूँ, यह शैतान कहता है, सब कुछ देखो और चुप रहो, फिर भी बोलता है। ऐसा करो, इसकी जीभ काट लो, जिससे यह इतनी बात भी न बोल सके।

"तीसरे मुर्गे की जीभ काट ली गई।

"अब सिर्फ एक मुर्गा बचा था।

"चौथी रात उस व्यक्ति ने सुना कि वह मुर्गा बड़ी सुरीली आवाज़ में बाँग दे रहा है। उसने देखा, वह मुर्गा बाँग ही नहीं दे रहा है, बल्कि उछल-कूद भी रहा है।

"नौकर मुस्कराया और बोला, यह मुर्गा तो आपके बड़े गुण गा रहा है। कहता है, मालिक बड़े धर्मात्मा हैं। समाज का कल्याण करना ही इनके जीवन का उद्देश्य है। उनके सभी काम जनता के हित के लिए होते हैं। मालिक महान् हैं, मालिक मानवता के परम उद्धारक हैं।

"प्रभावशाली व्यक्ति ठठाकर हँसा और बोला, "इसे ज़िंदा रहने दो। और सुनो, जब तक यह ऐसी बात कहता रहे, इसका दाना-पानी बढ़ा दो।''

रामिंदर और स्टाफ के सब लोग चले गए थे। आनंद और सुनंदा ऑफिस में रुके हुए थे। सुखराम बाहर बैठा हुआ था। आनंद फाइलों में से ऐसी सामग्री निकाल रहा था,

जो सेंसर के दायरे में नहीं आती थी। उसमें फिलिस्तीन की समस्या पर एक लेख था। उसके पास अमेरिका में हुए वाटरगेट स्कैंडल पर नई रोशनी डालने वाला लेख भी था, जिसे आनंद ने स्वयं आग्रह करके लिखवाया था। इस स्कैंडल के कारण अमेरिकी राष्ट्रपति निक्सन को अपने पद से त्यागपत्र देना पड़ा था।

"सुनंदा, वाटरगेट जैसे कितने स्कैंडल इस देश में होते हैं, लेकिन किसी का कुछ नहीं बिगड़ता, खास तौर से यदि वह राजनेता हो।"

"आनंद जी, आपने यह बात कही तो मुझे नागरवाला केस की याद आ गई," सुनंदा बोली, "इस घटना को हुए तीन-चार साल हुए होंगे। एक व्यक्ति रूसी मेहराब नागरवाला पार्लियामेंट स्ट्रीट के स्टेट बैंक ऑफ इंडिया के हेड ऑफिस में आता है। वह पब्लिक बूथ से प्रधानमंत्री इंदिरा गांधी की आवाज़ में बैंक के चीफ कैशियर से बात करता है और बैंक के लॉकर से साठ लाख रुपए निकालकर ले जाता है। कुछ घंटों में ही इस धोखाधड़ी का पता लग जाता है। नागरवाला पकड़ा जाता है। उससे सारी रकम भी बरामद हो जाती है, लेकिन उस घटना से कुछ प्रश्न उभर आते हैं। इंदिरा गांधी ने उस बैंक के लॉकरों में कितना रुपया रखा हुआ था? क्या उस धन का कोई हिसाब-किताब था? नागरवाला ने जिस ढंग से वहाँ से रुपए निकलवा लिए थे, उससे लगता है कि प्रधानमंत्री के कुछ विश्वस्त लोग वहाँ रुपया जमा कराने और निकालने के लिए आते रहते होंगे।"

"मुझे वह घटना याद है," आनंद बोला, "मुझे यह भी याद है कि सारे देश में इस घटना की खूब चर्चा हुई थी। क्लैमर ने अपने दो-तीन अंकों में इस घटना के अनेक पहलुओं पर लिखा था। पार्लियामेंट में भी इसे लेकर काफी शोर-शराबा हुआ था और हमेशा जैसे होता है, सरकार ने सारे मामले की जाँच करने के लिए एक कमेटी बना दी थी। किसी मुद्दे को ठंडे बस्ते में डालना हो तो सरकार एक इन्क्वायरी कमीशन बैठा देती है। लंबे समय तक तो उसकी रिपोर्ट ही नहीं आती। जब आती है तो सरकार चुप्पी साध लेती है। रिपोर्ट की फाइल धूल खाने के लिए किसी आलमारी में रख दी जाती है।"

"इस कांड की सबसे आश्चर्यजनक बात मुझे यह लगती है कि कुछ दिन बाद ही पुलिस हिरासत में अभियुक्त नागरवाला की रहस्यमय परिस्थितियों में मौत हो जाती है। सारी घटना पर पर्दा पड़ जाता है, न रहेगा बाँस, न बजेगी बाँसुरी।"

"संसार के सभी देशों में ऐसे स्कैंडल होते हैं, लेकिन शायद ही इन्हें इस प्रकार

हशअप कर दिया जाता हो।" आनंद बोला, "आओ चलें, कहीं बैठकर कॉफी पीते हैं।"

ऑफिस से निकलकर दोनों रीगल की ऊपरी मंज़िल पर बने रेस्तराँ में आकर बैठ गए।

"यहाँ बैठना मुझे बहुत अच्छा लगता है," सुनंदा बोली, "सारे कनॉट प्लेस की रौनक नज़र आती है।"

"क्या खाओगी?"

"हैम सैंडविचेज़।"

खाते-खाते आनंद गंभीर हो गया। बोला, "सुनंदा, जिस ढंग से पकड़-धकड़ हो रही है, उससे मुझे लगता है कि एक दिन यह पंजा मेरी गर्दन भी पकड़ लेगा।"

सुनंदा चौंक गई, "ऐसा क्यों लगता है आपको? क्लैमर में हम कोई आपत्तिजनक चीज़ तो नहीं छाप रहे हैं।"

"लेकिन हम अनुकूल चीज़ें भी तो नहीं छाप रहे हैं। सरकार की नज़र में वह हर चीज़ विरोध में जाती है, जो उसके पक्ष में नहीं होती।"

"आप भी तो पंगा लेने से बाज़ नहीं आते। आपने क्लैमर के पिछले अंक में एक प्रभावशाली व्यक्ति और चार मुर्गों वाली कहानी क्यों छाप दी थी? क्या सरकार उन प्रतीकों का अर्थ नहीं निकाल लेगी?"

"सुनंदा, मन करता है कि कुछ साफ-साफ लिखूँ। मैंने यह लोककथा टी-हाउस में विक्रम से सुनी थी। मुझे लगा, वर्तमान स्थिति में यह कहानी पूरी बात कह जाती है।"

"ठीक है, लिखते रहिए ऐसी बातें। जेल के सीखचों के पीछे आपके लिए खासी जगह है।"

"यदि मैं जेल चला गया तो तुम्हें न केवल क्लैमर सँभालना होगा, कोमल और आशू का भी खयाल रखना पड़ेगा।"

उसकी आँखें डबडबा आईं। वह कुछ नहीं बोली। उसने अपना एक हाथ टेबल पर रखे आनंद के हाथ पर रख दिया।

28

दिल्ली की सड़कों पर ट्रकों पर चढ़ी हुई भीड़ नारे लगाती हुई प्रधानमंत्री निवास की ओर बढ़ी जा रही थी। सभी लोग एक ही नारा लगा रहे थे, इंदिरा गांधी ज़िंदाबाद ...फासिस्ट ताकतें मुर्दाबाद...अमेरिकी एजेंट मुर्दाबाद...! प्रधानमंत्री निवास के बाहर इसी प्रकार के नारे लगाती हुई भीड़ रोज़ इकट्ठी हो रही थी। कभी-कभी प्रधानमंत्री स्वयं आकर उस भीड़ को संबोधित करती थीं और बताती थीं कि किस प्रकार फासिस्ट और सांप्रदायिक ताकतें षड्यंत्र कर रही हैं, किस प्रकार ये लोग देश की प्रगति में रोड़े अटका रहे हैं, किस प्रकार सेना और पुलिस को विद्रोह करने के लिए भड़काया जा रहा है। मैं कहती हूँ, देश से गरीबी हटाओ, ये लोग कहते हैं, इंदिरा हटाओ, आप ही फैसला कीजिए कि आप क्या चाहते हैं?

भीड़ की ओर से नारों का ज्वार उमड़ पड़ता, इंदिरा जी, आगे बढ़ो, हम तुम्हारे साथ हैं।

सरकार की ओर से एक बीससूत्री कार्यक्रम घोषित किया गया। सड़कें उन होर्डिंगों से पट गईं, जिनके माध्यम से इस कार्यक्रम का प्रचार किया जा रहा था। कुछ दिन बाद उनके पुत्र संजय गांधी का अपना पाँचसूत्री कार्यक्रम घोषित किया गया। सड़कें, बाज़ार, अखबार संजय गांधी के बड़े-बड़े चित्रों के साथ कार्यक्रम के प्रचार से भर गए थे।

कोमल बहुत सहमी हुई थी। उसे लग रहा था कि कुछ अनिष्ट होने वाला है। रात को जब आनंद घर लौटा तो उसने देखा, उसके चेहरे पर भी चिंता की रेखाएँ उभरी हुई हैं।

"क्या बात है?" उसने चाय का प्याला उसके सामने रखते हुए पूछा।

आशू टेबल पर बैठा अपना होमवर्क कर रहा था। कोमल की बात सुनकर उसने

आनंद की ओर देखा, "पापा, आज आपका चेहरा बहुत उतरा हुआ है। पगड़ी भी कितनी ढीली-ढीली बँधी हुई है।"

वह हँस पड़ा। उसने पगड़ी उतारकर एक तरफ रख दी।

"आशू बेटे, हो सकता है, तुम्हारे पापा को कुछ दिन के लिए बाहर जाना पड़े। तुम्हारी मम्मी तो तुम्हारे साथ ही रहेगी। उदास मत होना, अपनी मम्मी का कहना मानना और पढ़ाई में पूरा मन लगाना।"

उसकी बात सुनकर कोमल चौंक पड़ी, "आप कहीं बाहर जा रहे हैं?"

"हो सकता है, मुझे बाहर जाना पड़े।"

"कहाँ?"

"आराम से तुम्हें सारी बातें बताऊँगा," वह उठते हुए बोला, "मैं कपड़े बदलकर फ्रेश हो लूँ। तुम खाना लगाओ, भूख भी अपने पूरे ज़ोर पर है।"

बहुत दिन बाद उसने आलमारी से व्हिस्की की बोतल निकाली और गिलास में डबल पेग डालकर उसमें पानी मिलाने लगा। कोमल ने देखा। उसे मालूम था, आनंद जब कभी बहुत परेशान होता है, बहुत चिंतित होता है, कोई बात जब उसे बुरी तरह साल रही होती है, वह यह ही करता है। उसने कुछ सलाद काटकर उसके पास रख दिया।

रात को जब आशू सो गया और कोमल रसोई से छुट्टी पा गई, तो पलंग पर लेटे आनंद के पास आकर बैठ गई।

"बोलिए, क्या बात है? आज आप इतने परेशान क्यों हैं?"

आनंद ने उसका एक हाथ अपने दोनों हाथों में ले लिया, "कोमल, तुम्हें मालूम है, इस समय सारे देश में इमरजेंसी लगी हुई है?"

"हाँ...।"

"इंदिरा गांधी का विरोध करने वाले सभी बड़े-बड़े नेता जेलों में डाल दिए गए हैं। उनकी पार्टियों के हज़ारों कार्यकर्ता भी गिरफ्तार हो गए हैं।"

"हाँ, यह भी मुझे मालूम है। अखबारों में इस बारे में रोज़ खबरें छपती हैं। पर इससे आपको परेशान होने की क्या ज़रूरत है?"

"तुम्हें शायद यह नहीं मालूम कि बहुत-से पत्रकार भी सरकार के चंगुल में आ गए हैं।"

"पत्रकारों को पुलिस क्यों पकड़ रही है?" कोमल ने बहुत चौंककर पूछा।

"देखो कोमल, देश में सिर्फ इमरजेंसी ही नहीं लगी हुई है, प्रेस सेंसरशिप भी पूरी तरह लागू की गई है। सरकार के खिलाफ, इमरजेंसी के खिलाफ कोई भी अखबार कुछ नहीं लिख सकता। छापने से पहले सारा मैटर सेंसरशिप बोर्ड को भेजना पड़ता है। बोर्ड के लोग उसकी ज़ाँच-परख करते हैं, जो बात उन्हें सरकार-विरोधी लगती है, उस पर लाल स्याही फेर दी जाती है।"

"तभी...।" वह बोली, "क्लैमर के पिछले कुछ अंकों में आपने अपना संपादकीय नहीं लिखा था। उस स्थान पर सेंसर्ड छाप दिया था।"

"यह इसलिए कि जो संपादकीय मैंने लिखा था, उसे सेंसर बोर्ड ने पास नहीं किया। अतः पिछले दो-एक अंकों में मैंने ऐसे संपादकीय लिखे हैं, जिनका इस सरकार या इमरजेंसी से कुछ लेना-देना नहीं है।"

"फिर...? डरने की क्या बात है?"

"मुश्किल यह है कि मैं इमरजेंसी के पक्ष में कुछ नहीं लिख रहा हूँ। सूचना और प्रसारण मंत्रालय से मेरे पास रोज़ एक समाचार बुलेटिन आता है। सरकार की ओर से ऐसे बुलेटिन सभी अखबारों को भेजे जाते हैं। इनमें सरकार की उपलब्धियों की चर्चा होती है। किस प्रदेश में कितनी नसबंदी की गई, इसके आँकड़े होते हैं। हमें यह आदेश भी दिया जाता है कि गैर-सरकारी एजेंसियों से हमें जो समाचार मिलते हैं, उनमें से हम किस ढंग के समाचार छापें, किस ढंग के नहीं। बहुत-से अखबारों ने अपना रुख बदल लिया है। कल तक जो सरकारी नीतियों का विरोध करते थे, आज वे सरकार के प्रशंसक बन गए हैं।"

"आपने क्या सोचा है?" कोमल ने बहुत चिंतित होकर पूछा।

"इसी सोच ने मुझे परेशान कर दिया है। हो सकता है कि सरकार की कड़ी नज़र मेरी तरफ मुड़ जाए और मैं गिरफ्तार हो जाऊँ।"

कोमल सोच में डूब गई। उसे महसूस हुआ, जैसे उसके चारों ओर जल ही जल भरता जा रहा है। पानी धीरे-धीरे उसके ऊपर उठ रहा है, जिसमें वह डूबती जा रही है। वह चारों तरफ हाथ-पैर मार रही है। आनंद उसे बचाने की बड़ी कोशिश कर रहा है, पर पानी उसकी नाक और मुँह में भरता ही जा रहा है।

"क्या सोच रही हो?" आनंद ने उसके हाथ को अपने दोनों हाथों से दबाया।

उसकी आँखें डबडबा आईं, "मैं आपसे वह करने को नहीं कहूँगी, जो आप नहीं करना चाहते; लेकिन मेरा और आशू का क्या होगा? हम बिलकुल बेसहारा हो

जाएँगे।"

वह कुछ देर सोच में डूबी रही, फिर बोली, "आप अगर जेल चले गए तो क्लैमर का क्या होगा? उसे कौन चलाएगा?"

दूसरे दिन वह दफ्तर आया तो उसकी मेज़ पर छोटी-छोटी पुस्तकों का एक बंडल पड़ा हुआ था। यह सारी सामग्री प्रेस सूचना विभाग की ओर से आई थी। सबसे पहले उसका ध्यान एक छोटी-सी अंग्रेज़ी पुस्तिका की ओर गया, Total Revolution—A Fascist Conspiracy। लाल बॉर्डर वाली पुस्तिका के बीच में काले रंग में एक रेखाचित्र छपा हुआ था। इसमें जयप्रकाश नारायण का विकृत और बीभत्स चेहरा दिखाई दे रहा था। उनके सामने क्रॉस बनाते हुए दो झंडे थे। एक झंडे पर भयानक दिखती मानव खोपड़ी थी, दूसरे झंडे पर स्वस्तिक का चिह्न था। नीचे कुछ खोपड़ियाँ और हड्डियाँ बिखरी हुई थीं।

वह उसे पढ़ने लगा, किसी ने आचार्य बिनोवा भावे से आपातकाल की घोषणा के बारे में उनकी राय जाननी चाही। उन्होंने उसका समर्थन करते हुए कहा, यह अनुशासन पर्व है। आगे के पृष्ठों में था कि जे०पी० ने किस प्रकार सर्वोदय और सर्व सेवा संघ को देश की फासिस्ट शक्तियों, आर०एस०एस०, आनंदमार्गियों और अगणित माओवादी अराजक संस्थाओं को सौंपकर उन्हें संपूर्ण क्रांति की छतरी के नीचे ले लिया है। जे०पी० को अमेरिकी खुफिया एजेंसी सी०आई०ए० से कितना धन मिलता है। किस प्रकार विदेशी शक्तियाँ जे०पी० के माध्यम से इस देश में अराजकता फैलाने में लगी हुई हैं।

वह दूसरी पुस्तिकाओं को उलट-पलटकर देख ही रहा था कि सुखराम ने एक चिट लाकर उसके सामने रख दी, विक्रम।

"बुलाओ।" आनंद बोला और मेज़ के कागज़ एक ओर करने लगा।

विक्रम आकर सामने की कुर्सी पर बैठ गया।

"सुबह-सुबह इधर किधर?"

विक्रम हँसा, "यूनिवर्सिटी जा रहा था। सोचा, तुम्हें एक खबर सुनाता चलूँ।"

"ऐसी क्या खबर है?" आनंद ने उत्सुकता से पूछा।

विक्रम ने एक पत्रिका उसके सामने रखते हुए कहा, "इसे पढ़ो, बिहार में किसी स्थान पर लेखकों का एक सम्मेलन हुआ है, जिसमें प्रधानमंत्री के बीससूत्री कार्यक्रम

का समर्थन करते हुए, देश में आपातकाल की घोषणा का स्वागत किया गया है और इस बात पर आग्रह किया गया है कि आपात-स्थिति में कोई ढिलाई न बरती जाए, क्योंकि प्रतिक्रियावादी नव-फासिस्ट शक्तियाँ तेज़ी से संगठित होकर प्रतिघात करने की तैयारी में संलग्न हैं।"

आनंद विक्रम की बातें भी सुन रहा था और उसके द्वारा लाई पत्रिका में छपी पूरी रिपोर्ट भी पढ़ रहा था।

"इतना ही नहीं।" विक्रम कुछ संजीदा होकर बोला, "आनंद, लेखकों के इस सम्मेलन में प्रतिक्रियावादी नव-फासिस्ट शक्तियों के खिलाफ संघर्ष में प्रेस सेंसरशिप को आवश्यक अस्त्र के रूप में इस्तेमाल करने की सरकार से माँग की गई है।''

"लेखकों को यह क्या हो गया है?" आनंद बोला, "लेखक-पत्रकार तो अभिव्यक्ति की स्वाधीनता के सबसे बड़े अलमबरदार होते हैं। वही लोग सरकार से प्रेस सेंसरशिप को एक हथियार के रूप में इस्तेमाल करने की माँग कर रहे हैं। कैसी विचित्र बात है!"

विक्रम बोला, "मैंने मराठी की सुप्रसिद्ध लेखिका दुर्गा भागवत की एक टिप्पणी पढ़ी है। वह कहती हैं कि कुछ अपवादों को यदि छोड़ दें, तो हिंदी के अधिकांश लेखक सरकार के चापलूस हो गए हैं, जबकि हिंदी प्रदेश की जनता खुलकर इस संघर्ष की भागीदार है। जब जनता इस संघर्ष में जुटी है, तब लेखक सरकारी प्रचार का अंग बनकर उसकी टाँग खींच रहा है। कुछ लेखकों और संपादकों ने सरकारी दमन का पक्ष लिया है, उसका प्रचार किया है और जनता के साथ धोखा किया है!"

विक्रम चला गया। आनंद कुछ देर सोच में डूबा रहा, फिर उसने लिखना शुरू किया, "आपातकाल में लेखक कैसी भूमिका निभा रहे हैं?

लेख पूरा करके उसने रामिंदर को अपने कमरे में बुलाया, "यह है इस बार का संपादकीय। कंपोज़ होने के लिए दे दो।"

वह संपादकीय लेकर अपने कमरे में चला गया, फिर दस मिनट में ही लौट आया।

"आनंद साहब, क्या आप समझते हैं कि सेंसर इसे पास कर देगा?"

"देखो रामिंदर," आनंद बोला, "सरकार की नीति अब सेल्फ सेंसर की है। जो भी चीज़ आप छापना चाहें, उसे स्वयं सेंसर कीजिए।"

"आनंद साहब," उसने बहुत ज़ोर देते हुए कहा, "सेल्फ सेंसर सरकारी सेंसर से ज़्यादा खतरनाक है। सरकारी सेंसर में हम अपनी ज़िम्मेदारी से मुक्त हो जाते हैं।

इसमें तो सरकार कोई भी रुख ले सकती है।"

आनंद हँसा, "तुम्हारी बात ठीक है, रामिंदर, लेकिन कुछ न कुछ रिस्क तो लेना ही पड़ेगा। यदि हम इतना भी नहीं लिखेंगे, तो फिर पन्ने काले करने का क्या फायदा है?"

"आप जानते हैं कि बड़े-बड़े फन्ने खाँ, जो इमरजेंसी लगने पर बहुत बढ़-चढ़कर बोल रहे थे, अब चुप्पी साधे हुए हैं। एक सामान्य नीति यह बन गई है कि जब कोई नहीं बोलता तो मैं ही क्यों बोलूँ! हर आदमी अपना बचाव करना ठीक समझ रहा है, हालाँकि सभी मानते हैं, जो हो रहा है, वह गलत है। सरकार ने भी एक अच्छा शब्द गढ़ लिया है, कमिटेड··प्रतिबद्ध। सरकार सभी से, जजों से, सरकारी कर्मचारियों, लेखकों से और पत्रकारों से चाहती है कि वे कमिटेड हों।"

आनंद ने बीच में ही टोक दिया, "सरकार के प्रति, उसकी नीतियों के प्रति, उसके दमन के प्रति··यही न?"

"आज की स्थिति तो ऐसी ही है। उस दिन इम्तियाज़ साहब ने फैज़ अहमद फैज़ की एक नज़्म की कुछ सतरें सुनाई थीं न··निसार मैं तिरी गलियों पे ऐ वतन, कि जहाँ चली है रस्म कि कोई न सर उठा के चले··· जो कोई चाहने वाला तवाफ़ को निकले, नज़र चुरा के चले, जिस्म-ओ-जाँ बचा के चले···।"

"रामिंदर, लगता है कि तुम सारे हालात से काफी खौफज़दा हो गए हो!" वह भी हँसने लगा, "अभी तो तुम्हारी शादी नहीं हुई है। मेरे सामने कोमल है और आशू का मासूम चेहरा है, लेकिन मैं यह भी सोचता हूँ कि हमारी भी कुछ प्रतिबद्धताएँ ··कमिटमेंट्स हैं। क्या हमें इन्हें भूल जाना चाहिए?"

इतने में दरवाज़े पर सुनंदा दिखाई दी।

"आइए सुनंदा जी," रामिंदर बोला, "आप भी आनंद साहब का यह संपादकीय पढ़ लीजिए और बताइए कि क्या इसे छापना ठीक रहेगा?"

वह पास में ही कुर्सी खींचकर बैठ गई। रामिंदर के हाथ से उसने संपादकीय ले लिया और पढ़ने लगी। उसके चेहरे पर चिंता की रेखाएँ उभर आईं। अपने पर्स से पेन निकाला और संपादकीय के हाशिए पर कुछ लिखने लगी।

"देखिए आनंद जी, क्लैमर में क्या छपना चाहिए, क्या नहीं, यह फैसला सिर्फ आपका है, फिर भी मैंने हलका-सा कुछ रद्दोबदल हाशिए पर लिखा है। कुछ शब्दों के स्थान पर दूसरे शब्द सुझाए हैं। आपको ठीक लगे तो इन पर विचार कर लीजिए।"

उसने वह कागज़ आनंद की ओर बढ़ा दिया।

वह उसे पढ़ने लगा।

"सुनंदा, तुमने यह कहावत ज़रूर सुनी होगी, साँप भी मर जाए और लाठी भी न टूटे। मैं इस नीति का समर्थक नहीं हूँ। सवाल है कि साँप को मारना है या अपनी लाठी को बचाना है? आपको अपनी लाठी इतनी ही प्यारी है तो साँप को अपना काम करने दीजिए। अगर आपको साँप का इस तरह खुलेआम घूमना अनुचित और खतरनाक लगता है, तो फिर उसे मारने के लिए अपनी लाठी का इस्तेमाल कीजिए। इस बात की चिंता किए बिना कि वह टूटेगी या बचेगी। हर काम में यह वणिक् बुद्धि मुझे पसंद नहीं है।"

उसने रामिंदर को कागज़ पकड़ाते हुए कहा, "सुनंदा के सुझावों के अनुसार मैंने इसमें एक-दो शब्दों को बदला है। अब इसे फाइनल करके प्रेस में दे दो।"

सुनंदा सामने बैठी आनंद को देख रही थी। आनंद अपनी फाइलों में डूबा हुआ था। दोनों कुछ नहीं बोल रहे थे। सुनंदा को महसूस हुआ, इस आदमी को समझना बहुत आसान नहीं है। आनंद ने महसूस किया, सुनंदा बहुत चुप होकर उसे देख रही है, लगातार देखे जा रही है। उसने फाइलों से बिना नज़र उठाए पूछा, "आज तुम मुझे कुछ ज़्यादा ध्यान से देख रही हो। लगता है, जैसे अपनी तेज़ नज़रों से मुझे बींध दोगी।"

सुनंदा मुस्कराई, "मुझे लगता है, इससे भी कोई खास फायदा नहीं होगा। आपको समझना इतना आसान नहीं है, जितना मैं समझती रही हूँ।"

उसने नज़रें उठाईं, "क्या किसी को भी पूरी तरह समझना आसान है? इंसान खुद को भी कितना समझता है?"

वह चुप थी।

"सुनंदा, मैंने कुछ फाइलें बना दी हैं। इनमें अगले चार-छह अंकों की लगभग पूरी सामग्री है। मुझे लगता तो नहीं, लेकिन कुछ भी हो सकता है। तुम और रामिंदर मिलकर अगले कुछ अंक तो निकाल ही लोगे। इसमें इम्तियाज़ की भी मदद ले लेना। अपना कागज़ त्रेहण पेपर मार्ट से आता है। वह अपने पुराने मित्र हैं। उसमें कोई दिक्कत नहीं होगी। सरकारी विज्ञापन शायद बंद हो जाएँ, लेकिन अपने कुछ नियमित मददगार हैं। रामिंदर उनके बारे में जानता है। आर्थिक दृष्टि से वे कोई कठिनाई नहीं आने देंगे।"

सुनंदा की आँखें डबडबाई हुई थीं, "लगता है, मन से आपने पूरी तैयारी कर ली है।"

आनंद हँसा, "बी प्रिपेयर्ड फॉर द वर्स्ट।"

फिर वह कुछ उदास हो गया।

"मुझे कोमल और आशू की चिंता है।"

"वह चिंता आप मेरे लिए छोड़ दीजिए।"

दोनों चुप थे।

कुछ क्षण बाद आनंद बोला, "सुनंदा, आज मैं तुम्हारे साथ कुछ क्षण...बहुत अंतरंग क्षण गुज़ारना चाहता हूँ।"

वह उसे बड़े ध्यान से देखने लगी। उसे लगा, उसके सामने एक बहुत मासूम व्यक्ति बैठा हुआ है।

"चलिए...अपने फ्लैट पर चलते हैं।"

29

दो-चार दिन निकल गए। वह अंक निकल गया था, जिसमें आनंद का लेखकों से संबंधित संपादकीय छपा था। इस अंक और पिछले कुछ अंकों को लेकर वह अपने एक मित्र एडवोकेट गिरिजाशंकर व्यास से मिला था। उन्होंने ताज़ा संपादकीय पढ़ा और पिछले अंकों को भी उलटा-पलटा।

"आनंद जी, मुझे इनमें ऐसी कोई चीज़ नहीं दिखाई देती, जो आपत्तिजनक हो और सेंसर के दायरे में आती हो, फिर भी कुछ नहीं कहा जा सकता। इमरजेंसी लगी हुई है। कानून की व्याख्या करने के सारे अधिकार सरकार ने ले लिए हैं। 'मीसा' की नंगी तलवार किसी की भी तरफ घूम सकती है। मेंटीनेंस ऑफ इंटरनल सिक्योरिटी एक्ट के लिए सरकार वकील, दलील, अपील किसी को भी नहीं मानती है, लेकिन आपको चिंता करने की ज़रूरत नहीं है। यहाँ बड़े-बड़े मगरमच्छ हैं पकड़ने के लिए ...यू एंड योर पेपर आर स्मॉल फ्राइज़...।"

वह गहरी नींद में सोया हुआ था। कोमल ने उसे जगाया, "देखिए, दरवाज़े पर कोई दस्तक दे रहा है।"

वह चौंककर उठ बैठा। बत्ती जलाई। सुबह के पाँच बजने वाले थे। उसने दरवाज़ा खोला। सामने पुलिस के तीन लोग खड़े थे।

वह सारी स्थिति समझ गया। उसके दिल की धड़कन तेज़ हो गई।

"आइए...।"

वे तीनों अंदर आ गए। उनके कंधों पर लगे बैज से वह जान गया, उनमें एक सब-इंस्पेक्टर था और दो हवलदार। उसने उन्हें ड्राइंगरूम में बैठाया।

इंस्पेक्टर बड़ी शिष्टता से बोला, "आनंद साहब, मैं आपको अच्छी तरह जानता हूँ। मुझे अफसोस है, हम आपको गिरफ्तार करने आए हैं।"

इंस्पेक्टर के मुँह से गिरफ्तार शब्द बड़ी मुश्किल से निकला। वह सिर झुकाए खड़ा था।

"आप लोग पानी तो पिएँगे?" कहकर उसने कमरे का पंखा चलाया। कोमल सहमी हुई एक किनारे खड़ी थी।

"मैं दो-एक फोन कर सकता हूँ?" आनंद ने पूछा।

"शौक से।" इंस्पेक्टर ने कहा।

उसने व्यास को फोन मिलाया। वह भी नींद से जागा।

आनंद बोला, "व्यास जी, मैं आनंद बोल रहा हूँ। पुलिस मुझे गिरफ्तार करने आ गई है। मेरी असिस्टेंट सुनंदा सिंह आपसे मिलेगी। देखिएगा⋯क्या हो सकता है?"

उसने दूसरा फोन सुनंदा को मिलाया। आनंद की आवाज़ सुनकर वह बहुत घबरा गई।

"सुनो सुनंदा, घबराने की कोई बात नहीं है। पुलिस आ गई है। मुझे इनके साथ जाना होगा। इस बात की संभावना तो थी ही। तुम एडवोकेट गिरिजाशंकर व्यास से मिल लेना। उनका फोन नंबर मेरी डायरी में है। और हाँ, कोमल और आशू का खयाल रखना। बाकी बातें मैं तुम्हें समझा ही चुका हूँ।"

आशू सोया हुआ था। कोमल की आँखों से लगातार आँसू बह रहे थे।

"मैं कपड़े बदल लूँ इंस्पेक्टर साहब?"

"जल्दी बदल लीजिए।"

उसने बेडरूम में जाकर कपड़े बदले। एक जोड़ा कुरता-पायजामा और टूथब्रश आदि उसने एक छोटे-से बैग में डाल लिए। सोते हुए आशू के गाल थपथपाए। कोमल पास ही खड़ी थी।

"चिंता की कोई बात नहीं है," उसने कोमल के कंधे थपथपाए, "इस बात का डर तो था ही। थोड़ी देर में सुनंदा तुम्हारे पास आ जाएगी। वकील की सलाह से मुझसे मिलने के लिए आ जाना। वाहेगुरु पर भरोसा रखो, सब ठीक हो जाएगा।"

वह एक झटके में ड्राइंगरूम में आया, "आइए इंस्पेक्टर साहब, चलें, मैं तैयार हूँ।"

वह पुलिस वालों के साथ बाहर निकल गया। पुलिस की जीप के स्टार्ट होने और चलने की आवाज़ कोमल के कानों में पिघले सीसे की तरह उतर गई।

कुछ देर में सुनंदा आ गई। कोमल उसके साथ लगकर फफक-फफककर रोने लगी।

"दीदी, हिम्मत से काम लीजिए। आशू को कुछ मत बताइएगा। चलिए, उसके स्कूल जाने का समय हो रहा है। उसे तैयार कीजिए, मैं उसका लंच बॉक्स तैयार करती हूँ।"

वहाँ से निकलकर सुनंदा सीधे एडवोकेट व्यास के पास पहुँची।

"मैंने क्लैमर के कई अंक देखे थे। नए अंक में छपा संपादकीय लेख भी पढ़ा था। मुझे उसमें कुछ भी आपत्तिजनक नहीं लगा था, लेकिन आनंद साहब से मैंने कह दिया था, इस स्थिति में कुछ भी हो सकता है। आज मैं जेल-अधिकारियों के लिए एक चिट्ठी तैयार करता हूँ। मुझे उम्मीद है कि जल्दी ही हमें आनंद साहब से मिलने की इजाज़त मिल जाएगी।"

वहाँ से सुनंदा क्लैमर के ऑफिस आ गई। उसने सारी बात रामिंदर को बताई। इम्तियाज़ को भी फोन पर बता दिया, आज सुबह आनंद जी को पुलिस गिरफ्तार करके ले गई है।

दूसरे दिन फ्लैट की घंटी बजने पर कोमल ने दरवाज़ा खोला। साम्ने अटैची लिए हुए सुनंदा खड़ी थी।

कोमल उसे कुछ क्षण एकटक देखती रही।

दोनों की आँखों से आँसू टपक रहे थे।

कोमल ने आगे बढ़कर उसकी अटैची पकड़ ली—"आओ...।"

□ □